異世界迷宮の最深部を目指そう
16
Aim the deepest part of the different world labyrinth
割内タリサ　イラスト／鵜飼沙樹

「——私の名は『星の理を盗むもの』
ラグネ・カイクヲラ」

登場人物

異世界迷宮の最深部を目指そう 16

割内タリサ

OVERLAP

異世界迷宮の最深部を目指そう

Aim the deepest part of the different world labyrinth

登場人物紹介

ラスティアラ・フーズヤーズ

聖人ティアラの再誕のために用意された魔石人間。

相川渦波《あいかわかなみ》

異世界に召喚された少年。次元魔法を得意とする。

スノウ・ウォーカー

何に対しても無気力な竜人だったが、最近は少し前向き。

マリア・ディストラス

カナミの奴隷。家を燃やした子。アルティと融合し、力を得た。

ディア

魔法を得意とする少女。シスの魂と分離し、自身を取り戻した。

セラ・レイディアント

ラスティアラに忠誠を誓う青い狼の獣人。男性を苦手としている。

ライナー・ヘルヴィルシャイン

自己犠牲の精神が強い少年。カナミの騎士として付き従う。

グリム・リム・リーパー

呪いから解放された「死神」。カナミの癒やし。

パリンクロン・レガシィ

天上の七騎士。いくつもの策謀にカナミを陥れるも、敗北を喫した。

聖人ティアラ

再誕の機会はあったものの、現代の若者に力を託して消えた聖人。

ラグネ・カイクヲラ

天上の七騎士《セレスティアル・ナイツ》・総長。舞闘大会で魔石に異様な執着を見せた。

理を盗むもの

『未練』を持つ迷宮の門番たち。

十階層
【十守護者】火の理を盗むもの
アルティ

二十階層
【二十守護者】闇の理を盗むもの
ティーダ・ランズ

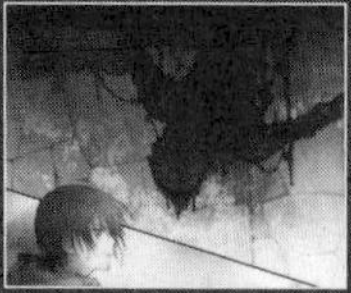

三十階層
【三十守護者】地の理を盗むもの
ローウェン・アレイス

四十階層
【四十守護者】木の理を盗むもの
アイド

五十階層
【五十守護者】風の理を盗むもの
ロード・ティティー

六十階層
【六十守護者】光の理を盗むもの
ノスフィー・フーズヤーズ

七十階層
【七十守護者】血の理を盗むもの
ファフナー・ヘルヴィルシャイン

八十階層
【八十守護者】無の理を盗むもの
セルドラ・
クイーンフィリオン

九十階層
【九十守護者】次元の理を盗むもの
ノイ・エル・リーベルール

最深部
【百守護者】■の理を盗むもの
■■■■・■■■

CONTENTS

イラスト／鵜飼沙樹

1．命の値打ち

フーズヤーズ城の地下空間。円柱状の空洞の底には、大量の赤い血が溜《た》まりに溜まっていた。そして、その血を吸い上げて育つかのように、『世界樹《ユグドラシル》』が一つ空洞中央にて堂々と、天を貫くように聳《そび》え立っている。その赤い池と赤い木は、明るすぎる光源によって照らされていた。光源の正体は、炎。

いま、この地下空洞では、『血の理《ことわり》を盗むもの』の代役と『火の理を盗むもの』の代役が、死力を尽くして戦っているところだった。

血の池の上で、油に灯《とも》ったかのような炎が燃え盛っては、迸《ほとばし》る。鮮血が空洞内で飛び散っては、炎の中に落ちて蒸発していく。延々と生成される『血の人形』たちに、延々と放たれるのは多様な火炎魔法。

どこに目を向けても、赤一色。どろりと粘着質な水滴の赤。肌を焦がす高温の赤。

どちらが先に地下全てを塗り変えられるかを競うように、代役二人が魔法を構築し続けている。準備運動を終えた二人の戦いは凄《すさ》まじく、そして目まぐるしい。

『血の騎士』が十ほど生成されたと思えば、次の瞬間には炎の矢が百ほど襲い掛かり、一瞬にて全てが弾《はじ》け飛ぶ。その炎の矢の自由を許すまいと血の壁がいくつか作られれば、巨大な炎の蛇が大きな顎を開き、横から食らいついて破壊する。血の霧が発生すれば炎の剣に払われて、血の雨が降れば炎の渦が掻《か》き消す。血が舞い、炎が食らう。その繰り返しの繰り返しの繰り返し。

その応酬の中で、僕は——ライナー・ヘルヴィルシャインは、魔法を使うことなく血の池の端を一人で駆け続ける。

ファフナーさんは僕を敵の一人として数えてくれたが、はっきり言って、この正面からの魔法の打ち合いに参加するのは不可能だ。

もちろん、やろうと思えば僕にも同等の魔法は使える。魔法の質で劣っているとは思っていない。だが、余りに魔法の量が別次元過ぎるのだ。

僕が必死に風の魔法を一つ発動させる間に、二人は一呼吸で百を超える魔法を放つだろう。だから、すぐに僕は魔法での援護を諦めた。僕がやるべきことは、この赤の世界に風の色を足すことではない。この赤に紛れて、ファフナーさんの隙を突くことだ。

常にマリアの反対側に移動して、時々ファフナーさんの後ろから風の大魔法の《タウズシュス・ワインド》を放つ。それだけで、彼の意識は分散する。

少なくとも、別の大魔法を発動させるゆとりだけは与えない。

僕は先ほどの準備運動の戦いで見た『何か』——あの身の毛のよだつ化け物の生成を最も警戒していた。本人は使う気はないと言っていたが、念には念を入れて、妨害を重ね続ける。その僕の慎重な戦術のおかげか、地下の戦いは上手《うま》く拮抗《きっこう》し続けていた。

ファフナーさんは戦う前に大仰なことを口にしていたが、それに見合うだけの戦いになってはいない。もちろん、準備運動の時点の戦いと比べると、何十倍もの質と量の魔法が飛び交っている。しかし、それだけだ。

ファフナーさんは何をもって『試練』と言ったのか。

この拮抗した戦いのどこが『ヘルヴィルシャイン』なのか。

血から学べという言葉の意味は何だったのか。

この戦いに疑問を抱いたとき、急に、

――それは落ちてきた。

向かい合って戦うファフナーさんとマリアの間に、ぼちゃりと。前触れはなかった。

真上から急に落ちてきて、風の魔法か何かで着地して、血飛沫《ちしぶき》を撒《ま》き散らした。

僕もマリアも驚き、咄嗟《とっさ》に距離を取った。その中、ファフナーさんだけは待望していたかのように冷静だった。そして、その落ちてきたものに近づき、親しげに声をかける。

「来たか、ラグネ」

名前を呼ぶ。それは全く予想していなかった名前だった。ファフナーさんの言う通り、落ちてきたのは僕の先輩騎士であるラグネ・カイクヲラで間違いない。着地後、血飛沫の中で顔をあげた少女の顔は、よく見知っていた。

「ラ、ラグネさん？　その姿は……」

僕も名前を呼び、同時に警戒を強める。見知った顔だったが、姿が余りに異様過ぎた。

何よりもまず先に目に付くのは、その血塗《ちまみ》れの身体《からだ》。

彼女の全身が余すことなく真っ赤に染まっている。それは『血の理を盗むもの』相手に血の池で戦っていたマリアと僕以上の赤さだった。

血に染まった顔、歪《ゆが》む笑み。血の滴る前髪、血で染まった両目。

そして、何よりも異様なのは彼女が手に持つ、もの。

それを目にしたマリアが声を漏らす。

「……カナミさん？」

四肢を切断された死体を、落ちてきたラグネさんは抱きかかえていた。

その死体は、斬り傷らしき損傷で一杯だった。

胴体は穴だらけで、喉に大きな刺し傷が一つ。凄惨な有様だ。いまにも首が千切れて、頭と胴体が離れそうだが、その首の強靭《きょうじん》な筋肉が繋《つな》ぎ止め続けているようだ。

死体の生前の強さを察せられる筋力だ。

――いや、そんなものを察する余裕はない。

それどころじゃない。その死体の服を僕は知っている。その顔もよく知っている。間違えるはずがない。しかし、距離を取った僕とマリアは、その光景を理解するのに時間がかかっていた。死体の名前は分かっても、それを認めまいと本能が拒否していた。

その間に、事前に落ちてくるのを知っていたであろうファフナーさんは話を始める。

「俺の『経典』と『心臓』もあるな……。結局、おまえが手に入れたんだな」

「はい。上から、両方とも盗《と》ってきたっす。これで、私がファフナーさんの主《あるじ》ってことで構わないっすか？」

　いつも通りの様子でラグネさんは話す。この異常な状況の中、仲間であるはずの僕たちに一声もかけることなく、敵とだけ話し続けている。

　当然だが、いまもスキル『悪感』は発動し続けている。

『最悪』が二つ。目の前で話していることに、警告音を大きく鳴らし続けている。

「ああ、それはいい。ただ、それよりも……。なぜ、渦波《かなみ》を殺した」

　ファフナーさんは僕とマリアが理解を拒んでいるものを口にした。

　――「なぜ渦波を殺した」。

　それはどういうことだ……？

　ラグネさんがジークと戦って、勝ったということか……？

　ジークを殺したということは、ジークが死んだということか……？

　死んだってことは、その――つまり、死んだってことか……？

　要領を得ない思考が空回る。認めたくないことを認めない自分がいて、余りに無駄な時間が過ぎる。僕たちは呆然《ぼうぜん》と立ち尽くし、目の前の二人だけの会話が続いていく。

「ラグネ。渦波と二人で手を繋ぎ、世界の運命に立ち向かおうとは思わなかったのか？」

「…………。いやあ、それは無理っすよ。カナミのお兄さん、胡散臭《うさんくさ》いっすもん。絶対に途中で裏切るっす。だから、先に裏切ってやったっす」

　ラグネがジークを殺したと裏付ける会話が飛び交う。

死体なんて、どうせ偽物だと思いたかった。なのに、あの『血の理を盗むもの』が認めてしまっている。この世界で最も死に詳しそうな男が、ジークの死を前提に話をしてしまっている。ジークは死んだと、そう理解せざるを得ない光景が、網膜に映り続ける。

「そうか……。裏切られる前に裏切ったのか。そういうことか……」

ファフナーさんは視線を血の池に落とした。

そして、まるで血を流すかのように、また大粒の涙を落としていく。

ジークの死を悲しんでいるのだろう。認めない僕とマリアの二人に現実を突きつけるかのように、涙を零《こぼ》し続けて、ファフナーさんは恨むように呟《つぶや》く。

「ああ、分かってたぜ。世の中、こんなもんだ。希望があったと思えば、すぐに絶望のどん底。……当たり前だ。他人を信じ切ることなんて誰にもできない。そういう風にできている。だから、いつだって人は殺し合う。貶《おとし》め合って、落とし合う。それはどうにもならない性《さが》だ。そんなこと、分かってる。分かっては、いたんだ……。でもよ……。こうも簡単に、死ぬなんて……。こうも、早く……。ぁあ、あぁぁ……、ああっ……!!」

……ありえない。

おかしい。ジークが死ぬのは、おかしい。

あのティアラさんだって、ジークは絶対に死なないと言っていた。

死ななくなるから問題だとまで言っていた。これから、ジークは妹の陽滝《ひたき》ってやつと共に世界の敵になるんじゃなかったのか？　最強どころか無敵となってしまうジークを止める為《ため》に、僕たちは準備してきたんじゃないのか？　その為にラスティアラは仲間たちを一つに纏《まと》めて、備えてたんじゃないのか？

しかし、いまジークが死んだとなると、それらの前提が全部ひっくり返ってしまう。

もう理解に十分な情報は揃《そろ》っている。けれど、どうしても、まだ僕は認めることができなかった。それはすぐ近くにいたマリアも同じだったようで、震えながらラグネさんに問いかける。

「ラ、ラグネさん……。それ……、その手の……」

「はい。マリアさん、見た通りっす。ただ、ちょっと待ってくださいっすね。まずはファフナーさんと主従の契約をはっきりさせたいので」

見たまま、死体だと即答された。

希望を乱暴に断ち切られ、僕とマリアの顔は一層青くなる。そのショックの間に、涙を拭い切れずとも顔をあげたファフナーさんが続きを話していく。

「は、ははっ。主従の契約か。ってことは、おまえが渦波の代役をやるつもりか？」

「いいえ、代役じゃないっす。私はカナミのお兄さんを超えて、『一番』になるつもりっすよ。『大いなる救世主《マグナ・メサイア》』ってやつを超えて、世界の何もかもに勝って、勝って勝って勝ち続けて……。最後の最後に、神様にでもなれたらいいなあって思ってるっす」

「嘘吐《うそつ》け。俺に気に入られようと適当言ってるだろ、おまえ」

涙を浮かべた両目でファフナーさんは睨《にら》み、それをラグネさんは涼しげに受け流す。

「むう……。やっぱり、駄目っすか。というより、ファフナーさんがまとも過ぎるっすねー。いままで会ったことのある『理を盗むもの』の中で、一番まともっす。切羽詰まってないし、何かに縋《すが》ろうともしていない。あなたはとても正気で、普通のまま、『代償』も全く払わず、一人の『人』として、この世界と向き合っている」

「は？　この俺が普通？　ははっ、初めて言われたぜ。俺の全部を見て、まさか普通とはな！　だが、俺はおまえが思っている以上に――」

「ちゃんと人の不幸を悲しめて、それに釣られて涙が出るあたり、めちゃくちゃ正気っすよね？」

ぴしゃりと、ラグネさんは断言した。それにファフナーさんは、すぐに言い返すことはなかった。それどころか、認めるかのように小さく「――だな。だから、俺は駄目なんだ」と頷《うなず》き、また涙の量を増やした。

目の前の二人には、僕たちにはない通じ合うものがあると分かる会話だった。

だが、いまそんなことは、僕たちにとって重要ではない。

重要なのは別にある。それを僕の代わりに、先にマリアが叫ぶ。

「ラグネさん!!　そんなことより！　それを!!　いますぐ、その手にあるものを説明してください!!」

ようやくショックから立ち直って、一歩前に踏み出した。

「説明って言われてもっす。見ての通り、これは死体。それで説明終わりっす」

対して、ラグネさんは猫のように笑った。

その一歩を待っていたと言わんばかりに、煽《あお》るように答えていく。

「だ、誰……、なんですか……。それ……」

「ああ、そこからっすか？　見ての通り、これはカナミのお兄さんっすね。つまり、上階での戦いが決着したってことっす。ノスフィーさんもカナミのお兄さんも敗れちゃって、この私が勝ち残りました。そのくらい、見て分からないっすか？」

聞き終わると同時に、マリアは臨戦態勢に入った。『血の理《ことわり》を盗むもの』という規格外と戦っていたときでも、まだ臨戦態勢でなかったと思えるほどに、濃い魔力と殺気を纏う。

その目線の先は、もちろんラグネさんの持つ死体。

「……それ、よく見せてください。私に確認させてください」

そして、寄こせと強請《ねだ》った。だが、敵は首を振って、その要求を断る。

「それは駄目っす。もう、これは私のものっす。私の大事な――」

「いいから、早く――」

言い切られる前に、マリアは断られるのを断って、その手からノーモーションで火炎魔法を放った。それは赤い炎ではなく白い炎。一切計算のない全力の《フレイム・アロー》が、血の池を抉《えぐ》るように蒸発させつつ、奔《はし》る。

「――《クォーツシールド》」

それをラグネさんは予期していたのか、全く動揺なく魔法で対応した。

その《クォーツシールド》は通常の地属性の魔法ではなく、大地の力を極限まで純化させた水晶の魔法。かつて『舞闘大会』で『地の理を盗むもの』ローウェン・アレイスの使用した水晶が生成されていく。ラグネさんの腰にあった剣から水晶がカビのように広がり、左半身を覆った。それは半球状の盾となり、小型の太陽が駆け抜けるかのような《フレイム・アロー》を弾《はじ》き逸《そ》らす。

《フレイム・アロー》は後方の壁にぶつかって、土を溶かし、どこまで続くのか分からない横穴を空けた。その見事な水晶の防御に、ファフナーさんは暢気《のんき》に感嘆する。

「へえ。俺らの魔石を集めると、そんなことができるのか」

「ファフナーさん、ちょっとカナミのお兄さんを預かってくださいっす。でも、あとで魔石を抜くんで、丁重にお願いいっす」

ラグネさんは抱えていた死体を、手の空いている彼に渡そうとする。

これから始まるであろう戦いの準備だろう。いまのふざけた威力の魔法を前にして、尚《なお》ラグネさんは最前線から退こうとしない。

「ああ、言われなくても丁重に扱うさ。あの渦波の死体だ」

ファフナーさんは死体を受け取って、その身体を強く抱き締めて、その瞼《まぶた》を閉じて、目に溜《た》まった涙を全て零した。その様子を見て、当然だがマリアの熱は上昇していく。

「こちらに渡せと言っているのが……!! 聞こえないんですかっ!?」

彼女の魔力が熱を持ち、何の魔法も発動していないのに、足元の血溜まりが沸騰していく。本気も本気だ。一年前のパリンクロンとの戦いと同じほどに、キレている。

あのとき、キレたマリアは戦場一つを焦土に変えた。その地図を書き換えるレベルの魔法を、こんな狭い場所で放とうとしているのを察して、咄嗟《とっさ》に僕は止めようとする。

「…………っ!!　ま、待て！　落ち着いたほうがいい！　まだ決まったわけじゃない！　何かおかしい！　色々と何かがっ、おかしいんだ!!」

炎に巻き込まれたくないというのもあるが、それ以上に敵の挑発に乗ってしまっていることが不安だった。しかし、その制止をマリアが聞くはずもなく、次の魔法が構築されていく。

「私は落ち着いています。落ち着いた上で、どちらにしても戦うだけのことだと……、いま判断しただけ!!――魔法《自魂焦熱の骸炎《ティアナ・ブレイズ》》!!」

マリアは両腕をかざして、その先にて特大の魔力を収束させていく。

圧縮されていく魔力の属性は、火。

当然ながら、その魔力の球体《かたまり》は高温で、白い。

赤や青といった尋常の色を超えて、濃くなりすぎた魔力と熱は白く、輝く。

先ほど僕は、《フレイム・アロー》を小型の太陽と喩《たと》えた。

しかし、いま発動している魔法を見れば、いかに先の《フレイム・アロー》の熱が温かったのかがよく分かる。そして、こちらこそが本物の太陽であると訴えるように、白い球体は地面の水分を消し飛ばしながら、白煙を撒《ま》き散らして、膨らんでいく。

肌が焼け焦げて、眼球が溶けそうになる。すぐに僕は両腕で顔面を保護して、さらに風魔法で防御態勢に入った。前準備の段階で、もはや範囲魔法と化している。そこにあるだけで、血の池が全て沸騰し切った。地下空洞を灼熱《しやくねつ》地獄に変えて、ありとあらゆる生命を否定しようとしている。その殺意に満ちた白い球体が、とうとう人を呑《の》み込むのに十分な体積を得て、いま――

「食らえ」

その太陽を、マリアは放つ。

それは正に「殺す」という目的を魔法《かたち》にした白い太陽だった。

自分に向けられた魔法ではなかったが、近くにいるだけで僕は焼け死にかける。

その凶悪で殺人的な一撃が真《ま》っ直《す》ぐに、ラグネさんに向かって奔っていく。

正直、そこまで速い魔法ではない。先ほどの《フレイム・アロー》と比べると、鈍い。女性が軽く小石を放った程度の速度だ。避けるだけならば、子供でもできるだろう。

しかし、その球体を避けても意味はないと、周囲の涸《か》れていく血の池が教えてくれる。これは点を貫く魔法ではなく、空間を燃やし尽くす魔法だ。なにより魔法制御の優れた魔法使いが放ったものならば、遠隔操作の可能性がある。

ゆえに、またラグネさんは動かず、冷静に、回避でなく防御を選んでいく。

「それぞれ、得意な防御魔法を。――魔法《ディフェンス・フィールド》」

先ほどの水晶の防御と同じように、またラグネさんは本来使えないはずの属性の魔法を展開し始めていく。

同時に、ラグネさんが腰に下げている水晶の剣が、濃い魔力を漏らしながら輝いた。

それだけではない。胸にかけた二つのペンダントも同様だ。ここで僕は、彼女が『理を盗むもの』たちの力を引き出していることを確信する。

その真っ赤な風貌と死体が目立ち過ぎていたので気づくのに遅れてしまったが、間違いなくラグネさんが身につけているのは『アレイス家の宝剣ローウェン』。それと、闇と風と木の『理を盗むもの』の魔石たちだ。

――その四人の魔石から、いま魔法が引き出される。

ただ、それは僕やジークが持っていたときの引き出し方と違う。

僕たちの場合、自前の魔力を魔石に通して、『理を盗むもの』たちの魔法の『術式』を借りて発動させるという手順を踏んでいた。目の前のラグネさんは、明らかに自前の魔力を使っていない。魔石本体が魔力を生み出して、彼女に分け与えている。その使い方が誰と似ているかと言えば、対峙《たいじ》しているマリアだろう。

その違いの原因を、薄《うっす》らとだが理解できている。僕やジークになくて、ラグネさんとマリアにあるもの――それは、おそらく『親和』という現象。あの『親和』という現象が、魔石から力を引き出す際に最も重要であると、ティアラさんから説明を貰《もら》っている。

つまり、いまラグネさんは四人の『理を盗むもの』たち全員と、同時に『親和』できているということ。『親和』について詳しくはない僕でも、それが異常であると理解できた。

とてつもなく恐ろしい真似《まね》をしていると『悪感』でも分かる。

そして、そのスキル『悪感』があるからこそ、以前に感じた寒気の意味も、いまやっと分かっていく。

その以前とは、一年前。連合国『舞闘大会』決勝戦の終わり際。僕が満身創痍《まんしんそうい》のジークから『アレイス家の宝剣ローウェン』を奪って、さらにラグネさんに奪われたとき。

あのとき、ラグネさんは観客席で『アレイス家の宝剣ローウェン』を初めて手にして、呆然《ぼうぜん》と見惚《みと》れた。その姿を見て、僕は寒気を感じた。

このまま彼女に持たせては絶対に駄目だと、胸騒ぎに襲われた。

なぜ、そう思ったのか？　それはラグネさんが何らかの異常な手段で、『親和』しようとしていたからだろう。だから、ジークも僕も本能的に顔を青くして、すぐさま取り返そうとしたのだ。

幸い、あのときは一瞬の隙をついたエルミラード・シッダルクのおかげで大事にはならなかった。だが、本当は『舞闘大会』のあと、『地の理を盗むもの』の力を得たラグネさんとの戦いがあってもおかしくはなかったのだ。

かつての寒気の理由が、この最悪な状況とスキル『悪感』のおかげで解明されていく。

その最中、四色に染まった魔法がラグネさんの身体《からだ》から広がっていった。

先ほど彼女自身が口にして頼んだ通り、魔石の四人それぞれの得意な属性の魔法だった。

それは四色の魔力の膜を張るだけの基礎魔法だったが、その出所はあの反則的な『理を盗むもの』。しかも、全ての属性が相反することなく同居し、共鳴し、重なり合っている。学院の教科書ならば、一頁《ページ》目で紹介されるような基礎中の基礎《ディフェンス・フィールド》が、全く別物の高位防御魔法と化していく。

闇、地、風、木の魔力。

黒、白、翠《みどり》、緑の色。

重なり、溶け合い、混ざり、厚みを増して、最後は一色に落ち着く。

それは多くの不純物を含んだ奇妙な黒色。豊饒《ほうじょう》の大地が描かれた絵画を何千年も塗り重ね続けて、何色の絵の具を使っていたか忘れてしまうかのような黒だった。その不思議な黒色の膜が、地下空洞全てを包もうと広がり、マリアの白い太陽と接触した。

瞬間、世界が強く鮮やかに、明滅する。

黒と白の魔力の粒子を散らせつつ、二つの魔法がせめぎ合う。

二つは均衡していた。

複数の色の混ざり合わさった黒。一色だけを突き詰めて純化させた白。

対となる魔法が押し合って、地下空洞を楽器に見立てたかのような怪音を鳴らし、地下空洞全体を激しく揺らした。そして、よく観察すると、ラグネさんを焼き殺そうと真っ直ぐ進む白い太陽を、接触した黒い膜が地面に落とそうとしているように見えた。

下へ下へと引っ張る黒い膜に、前へ前へと進もうとする白い太陽。

その状況を、ラグネさんは分析するように呟《つぶや》く。

「ご、強引に混ざり合わせちゃうと……、魔力って黒に寄るんすね……！　しかも、なんというか、重い……！　防御のつもりが、変な魔法に……！」

防ぎ、弾くだけのつもりが、いつの間にか落とす魔法になったと、術者本人が驚いていた。対峙するマリアも同じように驚き、呟く。

「この力の源は、私と同じ……？　だとしても、私たちの年季のほうが上っ……!!」

ラグネさんも『親和』していることにマリアは気づき、ショックを受けていた。

ただ、すぐに殺意を練り直し、自分たちの絆《きずな》のほうが上だと勇む。

「そっちのほうが慣れてても、所詮は一つっす！　こっちは四つもあるっすよ！　力比べは、こちらからお願いしたかったところ！　受けて立つっす!!」

互いに、小細工なしの魔法のぶつけ合いを選択した。いま維持されている二つの魔法に、両者の濃い魔力が追加で注ぎ込まれていく。自分こそが最も『理を盗むもの』と『親和』しているんだと競うように、二人は咆哮《ほうこう》する。

「燃やし尽くせぇえええぇええぇえ――!!」

「っぁあああアアァアアアアッッ――!!」

白い太陽が、さらに膨らんだ。

人を呑み込むどころか、後方の『世界樹《ユグドラシル》』さえも呑み込むほどに体積が増す。

黒い膜が、さらに分厚くなる。

表現を膜から壁に変えなければならないほどに、堅牢《けんろう》で重厚な防御魔法に変わる。

間違いなく、二つとも世界最上位の魔法だろう。

ただ、その二つを見守り続けるのは不可能だと、早々に理解させられてしまう。

余波の熱風だけで、僕の風魔法の防御を上回り始めたのだ。このままだと、魔法をぶつけ合うラグネさんとマリアよりも先に、観戦しているだけの僕が殺されてしまう。

ラグネさんの後方にいるファフナーさんを確認したところ、流動する血の壁を生成して耐えていた。流石《さすが》は『理《ことわり》を盗むもの』の一人、まだまだ余裕がありそうだ。

正直、自分が最初に根をあげるのだけは避けたい。仲間の戦いの邪魔だけはしたくない。

しかし、現実は易しくなく、散り飛ぶ魔力の粒子が僕の風の魔法を侵食して、壊していく。

吹き荒れる熱風が、僕の肌を溶かそうとしていく。

ライナー・ヘルヴィルシャインの奥の手を使わないと、この場に留《とど》まることすらできない。それを痛感して、僕が新たな決断をする――前に、幸か不幸か、それは起こる。

「――って、あれっ？」

「なっ――!?」

ラグネさんが素っ頓狂な声をあげて、マリアが疑問の声をあげた。

そして、究極の魔法のせめぎ合いが、決着を迎えた。

刹那のことだった。白い太陽が黒い壁の魔力を上回ったと思ったら、次の瞬間には力関係が『反転』していた。太陽の熱が一瞬で冷めて、あっさりと掻《か》き消えたのだ。

黒い壁に侵食されたとか、呑み込まれたとか、そういう話ではない。独りでに白い太陽が弱まって、魔法構築を止《や》めたかのように消えたのだ。

両者共に予期せぬ決着だったのか、どちらも困惑していた。

その現象をラグネさんは分析しているようで、独り言で口にしていく。

「い、いまのは、さっきの『星の理』の力？　もしかして、人だけじゃなくて、魔法にも発動するんすか？……しかも、勝手に？」

「ちっ、『魔法相殺《カウンターマジック》』ですか!?　解除系のような気もしますが……いや！　だとしても、今度は複数の魔法を全方位から、撃って……、しま、えば……――」

ラグネさんは黒い壁を維持したまま、突っ立っていた。

対して、マリアは追撃を準備しようとして、魔力を練りながら一歩前に出て――喋《しゃべ》っている途中で、前のめりに転ぶ。地面に倒れ臥《ふ》して、ぴくりとも動かなくなった。

「え？」

相対していたラグネさんは、ぽかんと口を開ける。

それは遠くで見守る僕もファフナーさんも、全く同じ気持ちだった。

あれほどの魔力と生命力を纏《まと》っていたマリアが、急に全ての力を失って倒れた。下手をすれば、城どころか国をも焼き尽くすと感じさせていた熱源が、一瞬でゼロまで冷えた。

僕は地下空洞内の熱風が消えたおかげで助かったが、二人の戦いは……。

「え？　も、もしかしてっすけど……、私の能力が炎から術者まで伝わって……、し、死んだ？」

ラグネさんの言う通り、まるでマリアは死んだかのように動かない。

その倒れた彼女の姿を見て、背筋が凍る。すぐに状態を確認しようと駆け寄ろうとするが、その前にマリアの服の裾から一人の少女が這《は》い出て、叫んだ。

「――な、なんで!?　マリアお姉ちゃん！　何があったの、お姉ちゃん!?」

服から黒の色と力が抜けた代わりに、リーパーが倒れたマリアの身体を起こして、その息を確認する。表情から、まだマリアが死んだわけではないことは窺《うかが》えた。しかし、すぐに目を覚ますこともないと窺える。

リーパーは倒れたマリアの前に立って、闇の魔力を凝縮させて大鎌を生成した。

「こうなったら、私だけでも……！」

戦意を見せて、ラグネさんを睨《にら》んだ。

それを目の前の敵は涼やかに受け流して、独白を再開させていく。

「気絶みたいっすね……。でも、これじゃあ、力に戦いを邪魔されたのと同じ。力を使っているんじゃなくて、逆に使われているかのような……、胡散臭《うさんくさ》さ」

そして、展開していた規格外の基礎魔法《ディフェンス・フィールド》を解除した。

地下空洞内を染めていた魔法が全て解かれて、残ったのは荒れた大地と『世界樹《ユグドラシル》』だけとなる。リーパーと僕相手に大仰な魔法は必要ないと、判断したのだろう。その手抜きに、リーパーは誇りを傷つけられたかのように顔を歪《ゆが》ませて、戦意を漲《みなぎ》らせていく。

だが、それを僕は全力で止める。

「死神っ、やめろ！　そこの魔女が正面から全力で戦って、こんなにもあっさり負けたんだ！　他の誰が戦っても無理だ!!」

それも、ただ負けたわけじゃない。

ラグネさんが新たに得た力の――試しで、あっさりと負けたように見えた。

「そ、それは、そうかもだけど！　でも、あそこのお兄ちゃんを確かめないと……！」

リーパーは悔しそうに、後ろを振り返って答える。

「確かめるのも、無理だ！　例の魔石が四つもあって、全部引き出されてる！　後ろにはファフナーさんだっているんだぞ!!」

元々、ファフナーさんと戦うだけでもマリアの力は必須だったのだ。

そこに正体不明のラグネさんが敵に加わっている。もはや、僕とリーパーだけで戦っても勝ち目なんてあるはずがない。

ジークらしき死体を前にして、仲間内で最強のマリアが敗れたが、自分でも驚くほどに、僕は冷静な思考ができていた。

この状況を予期して、覚悟していたわけじゃない。かといって、状況に現実感がないわけではない。単純に、二度目だからだろう。一度、僕は似た状況を味わっている。

それは崇拝し、心酔していた兄ハイン・ヘルヴィルシャインの死の経験。どれだけ無敵だと信じていた人でも、負けるときは負けるし、死ぬときは死ぬ。それも、あっさりと、思いがけない理由で、とても理不尽に、死ぬ。さらには、その死に関わることさえできず、悲しむ暇もなく、それでも受け入れないといけないときが人生にはある。

その兄の与えてくれた訓戒が、僕に僅かな余裕を与えてくれた。腹の底ではドロドロとしたものが渦巻いていても、いま、この場で必要な言葉と行動を導いてくれた。

「おまえなら、もう分かってるだろ!?」

このリーパーという名の黒い少女は、幼い外見に似合わず仲間内でトップクラスの頭脳を持っている。その聡明《そうめい》さに合わせて僕は、とても短く叫び伝えた。

「ううう――」

リーパーは唸《うな》り、後退《あとずさ》った。合理的に理解してくれたようだ。

あれが、もし本当にジークの死体ならば、死んでいる男よりも生きているマリアを優先して守るべき。もしジークの死体じゃないならば、あれは罠《わな》でしかなく、敵を無視して本物のジークと合流するべき。

と、そこまで思い至ってくれた仲間に、叩《たた》きつけるような指示を出していく。

「感情のままに動けば、無駄に死人が増えるぞ！　復讐《ふくしゅう》の為《ため》に命を捨てるなんて、馬鹿な真似は止めろ！　おまえは上にいる竜人《ドラゴニュート》のやつに、この状況を伝えて、できるだけ大人数で固まって、態勢を立て直すことだけ考えろ！　ここは僕が時間を稼ぐから、先に気絶した魔女を連れて行け！　いいな!?」

この二人は、いま、真っ向から戦っていい相手じゃない。

少なくとも、相手の選んだタイミングと状況でなく、こちらの選んだタイミングと状況で戦わないと、簡単に殺される。

「わ、分かった！」

その僕からの指示に、リーパーは予想よりも早く頷《うなず》いてくれた。

思えば、彼女も最愛の人を失ったことがあった。僕と同じ訓戒のおかげで、とても迅速にマリアの服の中に入り込み直す。そして、気絶したマリアの身体《からだ》が、彼女が目を覚ましているかのように動き出す。

その魔力のこもった黒い服を動かすことで、強引に操っているのだろう。

さらにリーパーは、黒い霧を爆発させるかのように噴出させた。

いつも迷宮で使っている逃亡用の魔法《ダーク》だ。

闇を纏って、闇を広げて、リーパーはマリアを連れて、壁に向かって移動していく。

その逃走に対して、最初に反応したのはファフナーさんだった。

「ラグネ、いつまで自問自答してるんだ？　あれ、いいのか？」

壁を這うように駆け上がる闇の塊を指差して、近くのラグネさんに聞いた。

そこでラグネさんは独白を中断させて、冷酷な表情に顔を固め直す。

「……いや、駄目っす。ファフナー、主《あるじ》として騎士である貴方《あなた》に最初の命令を与える。あれを追いかけて、殺せ。『火の理を盗むもの』の魔石を回収したあとは、目についた全てを殺せ。全力で、この世界の人々を血の染みに変えろ」

マリアとの戦いを終えて、あの炎の殺意を全て受け継いだかのような顔つきとなっていた。ただ、その命令に、ファフナーは顔を顰《しか》める。

「おい、待て。俺に『捕まえろ』でなく、『全力で殺せ』と命令するのか？　それがどういう意味か、いまのおまえなら分かってるよな？」

「はい、分かってるっす。私はノスフィーさんと違って、あなたを扱《こ》き使うつもりっすよ。手抜きは許さないっす。殺して殺して、殺し続けて行ってください。きっと、それが私が『一番』であり続けて……、次の領域へ至るまでに必要なことで……。あなたの救済にも、大切なことのはずっす」

いくら騎士が難色を示そうとも、前言は翻さないと言い切った。

それをファフナーは驚いた様子で口を開けて、観念した様子で頷いていく。

「……ははっ。俺にも、か。本当におまえはそういうのが得意だな。……分かった。その答えがおまえの望みならば協力しよう。というか、『経典』があれば、勝手に身体は動くんだけどな。――《ブラッド・ウェアーズ》」

ファフナーは地下空洞内に残っている『世界樹《ユグドラシル》』以外の血を全て、身体に掻き集めていく。そして、リーパーと同じように大量の赤い血を纏って、その中にジークと思われる死体を収めてから、追跡に動き出した。

べちゃりと、血の塊となったファフナーが高速で壁に張り付く。もう自分を地下に繋《つな》ぎ止める鎖はないのだと言うように、闇の塊を追いかけて駆け上がろうとする。

「――《タウズシュス・ワインド》!!」

その背中に、僕は全力の魔法を放った。

巨大な風の杭《くい》を構築して、一つ二つ三つと順に投げつけていったが、それを血の塊は背中に目があるかのように綺麗《きれい》にかわしていく。

投げつける風の杭が十を超えたところで、僕は妨害を諦めた。

そして、僕の魔法で壁が砕けて、石の破片が地下の底に降り注ぐ中。

ラグネさんは親しげに、僕に話しかけてくる。

「こっちもっすけど……。そっちも簡単に見逃したっすね」

僕の魔法が当たらなかったのは、当然の話だった。

魔法を撃ちながら、ずっと僕はラグネさんに意識を集中させていた。彼女の性格ならば、目を離した途端に奇襲をしかけてくるかと思ったが、その僕の考えは見抜かれていたようだった。彼女に虚を突いたカウンターは通用しないと確信する。

――やはり、この人が一番危険だ。

ただでさえ厄介な戦い方をするというのに、いまや『理を盗むもの』たちと同じ魔力を手に入れてしまっている。

絶対にラグネさんは、ここで僕が押し留める。それは彼女の戦い方と性格をよく知っていて、能力的にも相性のいい僕にしかできないことだ。

――もし、このラグネ・カイクヲラを地上で野放しにしてしまえば、もう二度と誰にも止められなくなる。

その僕の考えと予感を表情から読んだのか、ラグネさんは笑う。

「ははは一。どうやら、私が『一番』厄介と認めてくれたみたいっすね一。あの『血の理《ことわり》を盗むもの』よりも、私のほうがやばいと。……いやあ、『一番』ってのは辛《つら》いもんっすね一！　前みたいに楽できないっす！　警戒されまくりで、奇襲ができない！」

対して、僕は彼女の顔を見ても、考えが全く読めない。

何が楽しくて、笑っているのか。本当に辛いと感じているのか。どうして、こんな姿になって、ここまで落ちてきたのか……。

少し前までは同僚としての絆《きずな》を感じていた彼女の心が、もう全く分からない。

「いい判断っすよ、ライナー……。ただ、代わりに、おまえはここで死ぬ」

一切飾りのない冷たい声だった。

これこそが本音であると示すように、あの下手な敬語も消えた。

こちらも、もう余計なことは考えない。もう何も聞かないし、確かめない。ラグネさんは――いや、この敵ラグネは、隙あらば、殺す。そう殺意で返したとき、彼女の身体が蜃《しん》気楼《きろう》のように歪み、少しずつ透明になっていく。背景と同化して、消えていく。

魔法の発動を感じた。

もし風を使って透明化しているのならば、風の騎士である僕なら見破れる。空気の動きで、そこにいると分かる。しかし、それは無理だという確信があった。

風の魔法だけのはずがない。

四人の『理を盗むもの』の力も借りて、何か別のスキルを併用している。

ラグネは周囲と同化して、自らの魔力をゼロにして、空気の動きさえも遮らず、世界からさえも存在していることを隠し切り、本当の意味で『いないもの』となっていく。

そこまでの消失であると『悪感』で確信できたとき、ついに。とうとう面と向かい合っているのに、僕は完全にラグネを見失ってしまった。と同時に、上空で鼓膜を破るような爆発音が鳴り響く。

「――――っ！」

遠く上空にある地上から、地下にいる僕の全身を痺《しび》れさせるほどの衝撃。

おそらくは、いま追いかけて行ったファフナーさんの本気の魔法だろう。

爆発音から一拍置いて、尋常でない量の血の雨が地下空洞に降り注いだ。

一体何が起こったのか、誰とファフナーさんは戦っているのか。確認の為に、視線を上に向けたくなる――のを、なんとか僕は踏み留《とど》まった。

少しでも気を逸《そ》らせば死ぬと『悪感』が訴えていた。

一瞬の隙を見せて、僅か一つ傷を負えば、それだけで僕は死ぬ。

そう自分のスキルに強く脅され続け、たった数秒だけで全身が冷や汗で濡《ぬ》れる。

微動だにせず、警戒を続ける。

血が額を伝って流れ、両目が真っ赤に染まっても、瞼《まぶた》は閉じない。降り注いだ血が地面と壁を赤に染めて、生き物のように蠢《うごめ》き始めたとしても、前を向き続ける。たとえ、何があっても、焦ることなく冷静に。いつか奇襲してくるラグネを、逆に殺し返すことだけを考え続ける。

　この『悪感』が騒いでいる限り、近くに命を狙う敵は必ずいる。

しかも、その距離は、おそらく……。思っている以上に、近い。だから、たった一人。

僕は静かな地の底の中央にて、姿を晒《さら》したまま、立ち尽くし続ける。

迷宮の戦いでも、モンスターの狩りでも、騎士の決闘でも、大会の試合でも、路辺の喧《けん》嘩《か》でも、こんな始まりはない。しかし、この異様ともいうべき様相が、ライナー・ヘルヴィルシャインとラグネ・カイクヲラの殺し合いの始まりとなった。

◆◆◆◆◆

死んだ。

お父様が死んでしまった。全て、私のせいだ。

私が我儘《わがまま》を言ってしまったせいで、最悪の結末に陥ってしまった。

「うう、ぅうううぅ……。ぅううぁああ、ぁああぁあああっ……！」

私は嘆き、すすり泣き続ける。涙が止まらない。慟哭《どうこく》が止まらない。

それは心臓が脈を打つのと同じように、止めることのできないものだった。

泣き続けることで感情を発散し続けなければ、自分の罪に押し潰されて、死んでしまう。

だから、本能が私を生かそうと、私を泣かせ、慟哭させ続ける。

もうどれだけ泣いたか分からない。

泣いている間に何があったかも分からない。

泣きすぎて、何が何だか分からなくなってきた。

どうして自分は悲しいのかも忘れそうになるほどに、私は泣き続けている。

きっと、このまま何もかも忘れてしまえば、私は救われるだろう。

忘却は、心を保護する為の防衛本能の一種だ。

だから、私は悲しみながらも、決して忘れまいと願い続ける。私自身の悲鳴を聞いて、私のお父様の死を確認し直す。そして、その死をまた心から悲しんでは、腹から悲鳴をあげる。それを繰り返し続けて、忘却を妨げ続ける。

死は本当に悲しいことだ。しかし、その死を忘れてしまうのは、もっともっと悲しいことだ。それを私は、かつての友ティティーの姿から学び、知っていた。

彼女と同じことは繰り返すまいと、戦いが過ぎ去った四十五階の中央。

この荒れ果てた部屋の中で、私は後悔し続ける。

もうお父様はいない。殺され、連れて行かれた。

それを行ったラグネは、もうここにいない。

私になど興味はないと、上へ向かった。

残された私は泣き続け、泣き続け泣き続け泣き続け——果てに、何かが、ずれる。

「────っ!?」

私の慟哭は唐突に途切れた。

一瞬、時間が止まったかのような違和感を覚えたのだ。すぐさま、泣いている場合ではないと、伏せていた顔をあげて、後ろを勢いよく振り返った。

いま、誰かに見られ、誰かに声をかけられ、誰かに教えられた気がして、その誰かを探した──が当然、どこにも誰もいない。

自分の放った魔法によって、砕けた壁と床があるだけだった。

第三者の存在は皆無。もしいたとすれば、この私が気づかないはずがない。仮にも『光の理を盗むもの』である私が、気づけないはずがない。もし、そんな存在がいたとすれば……、それは、もう……──

「ん、ぅう……」

警戒して周囲を見回す途中、私は腕の中に抱き締めた存在の声を認識する。ずっと泣き続けていた為《ため》、いまのいままで思慮の外だった。しかし、それは絶対に放置し続けていいものではない。すぐに私は涙まみれの顔を袖で拭って、悲鳴以外の言葉を発する。

「……ラ、ラスティアフ！　あ、ぁあああ、血がっ、血が!!」

腕の中には血まみれで瀕死《ひんし》の妹がいた。ずっと、その腹部からは血が湧き水のように溢《あふ》れ出ている。咄嗟《とっさ》に回復魔法で傷を塞ごうとするが、一向に血が止まる気配はない。当然だ。これは私が作った傷なのだから、理由は分かっている。

私が『ヘルミナの心臓』で刺したから、この傷は【二度と戻らない】のだ。

「う、ぅう、で、でも……、死なせない……！　絶対に死なせない……！　ラスティアラは、わたくしが絶対に死なせない……!!」

治らない傷ならば、どうすればいい？

その答えを、既に私は持っていた。

この力の持ち主である『血の理を盗むもの』以外に、この傷をどうにかできるのは自分だけだ。この殺意に満ちた【血の理】に対抗できるのは、私の持つ【光の理】だけだという自負があった。だから、私は強く願う。

瞼を閉じて、【光の理】のままに「私が『代わり』になる」と祈った。

ラスティアラ・フーズヤーズは素直ないい子で、ノスフィー・フーズヤーズは素直ではない悪い子だった。なにしろ、この【二度と戻らない】傷を作った張本人。悪い子どころではない。私は最低最悪の罪人だ。

この罪人《わたし》は、どうなっても構わない。

だから、どうかラスティアラだけは、助けて欲しい。

もう他に何も望まない。いま腕の中にいる一人だけ、どうにか救って欲しい。

どうか、どうかどうかどうかどうか……。神様でも、世界でも、誰でもいい……。

どうか、お願いします……！　私とラスティアラを……!!

「――『いま、私は旗を捨てる』――」

祈りの言葉が、ふと口から零《こぼ》れ落ちた。

それが『詠唱』であると理解した瞬間、腹部に炎のような熱が灯《とも》る。

「痛っ――！」

目を見開き、抱き締めたラスティアラから自分の腹部に視線を移す。

そこに生まれた新たな傷を見て、私はラスティアラの腹部を慎重に触診する。

――ない。

傷が、移っている。願ったとおりに、私は『代わり』に傷を、負えたのだ。

心からの歓喜が湧き出して、すぐに打ち消される。腹部の灼熱《しやくねつ》が全身に回り、暖炉の中にいるような痛みと息苦しさに襲われていく。

「ぐっ、ぅぁっ――!!」

痛いどころではない。痛いを超えた激痛を超えた痛み。

それが脳を無遠慮に焼付け、指一本すら動かせなくなる。

こんな痛みを、私は……。大切なお父様と妹の二人に……？

後悔が膨らむ。いまとなっては、なぜ自分があんなことをしたのか信じられない。あのときの自分を消したくて堪《たま》らない。自分自身への恨みと怒りが膨らんでは、その行き所のない感情が喉から吐き出される。

「うぅぁ、ぁああ……っ！　ぁあああああっ……!!」

叫びたい。喉が千切れ、胸が張り裂け、四肢全てが崩れるほどに、叫びたい。

しかし、それは胸の中のか細い声に止められる。

「……ノ、ノスフィー？」

青い顔のラスティアラが瞼を開いて、胸元で私を見上げていた。

すぐに自分に泣き叫ぶ資格はないことを知る。いまは自分のことよりも、ラスティアラのほうが先決だ。私は彼女の容態を確認する為に、痛みを押し留めて、声をかける。

「目が……、覚めましたか？」

平静を装えたのは、腹部の傷からの出血が和らいだおかげだ。

傷口の周辺が『半死体《ハーフモンスター》』となっていくのが、自分で分かった。傷は治せなくとも、爬《は》虫類《ちゆうるい》の鱗《うろこ》に覆われて、簡易的な止血がなされたのだ。なにより、いま『未練』が増したことで、さらに『光の理を盗むもの』の力が増しているのも感じた。

父の死と自分の罪。この肥大化した『未練』を放置して、もうまともに死ぬことは不可能だろう。失血死などという穏当な死に方は、もう世界が許さない。

だからこそ、この【二度と戻らない】傷は、ラスティアラでなく自分が『代わり』に負うのが理想的で合理的な分担だと確信できる。

傷は痛んで辛いけれど、死の危険は比べ物にならないほど薄くなった。

「うん、目が覚めた。急に身体《からだ》が元気になって……。ノスフィーが回復してくれたの？」

なにより、いま腕の中で血色の良くなっていく彼女の姿こそ、私の一番の報酬だろう。

痛みが吹き飛ぶかのような安心感が、薬のように全身を巡っていく。

「はい。わたくしの回復魔法は世界一ですから。もう安心です」

自慢するように答えて、私は彼女を抱き締めたまま立ち上がる。

釣られてラスティアラも立ち上がり、そのよろける身体を自分の足で支えた。

もう完全に死の危険は乗り越えたと分かり、今度は私が彼女の胸元に飛び込む。

「ラスティアラっ……！　あぁっ、ラスティアラ、本当に良かった……！」

触れた胸の奥から、彼女の心臓の鼓動が聞こえる。

それが頬に伝わって、私の心臓まで届く。いま私は、私の家族を一人助けられた。自分の罪が少し軽くなったような気がして、嬉《うれ》しかった。

「く、くすぐったい……！　大丈夫っ、もう大丈夫だから！　それより、いまは……！」

抱きつく私をラスティアラは優しく遠ざけて、すぐさま四十五層の状況を確認していく。

見回す視線は、破壊された家具や瓦礫《がれき》を無視して、一点に集中する。

血溜《ちだ》まりに浮かぶ切断された人の手足だった。

「ラスティアラ……。お、お父様は……、もう……」

それが誰のものであるかを私は伝えようとするが、それを最後まで聞くことなくラスティアラは頷《うなず》いた。

「分かってる。意識は朦朧《もうろう》としてたけど、断片的に会話は拾えてたから」

驚くことに、あの悲惨な状態で気絶はしていなかったらしい。つまり、あのラグネの冷酷な言葉の数々を聞いていたということになる。その中には彼女の私を責める言葉も含まれている。あれだけの我が儘を言っておきながら、死にゆくお父様を守る為に動くことすらできなかった私。それを知られたことが、とても情けなくて恥ずかしくて、ラスティアラから目線を逸《そ》らしそうになる。

けれど、苛《さい》む私に投げられた言葉は、幻滅でも叱責でもなく、一つの確認だった。

「ノスフィー、聞かせて。ノスフィーにとって、カナミは『お父様』でいいんだね？」

「え？　あ、はい……。いまさらですが、そう思っています……」

「良かった。そっか、カナミは届いたんだね。命に代えてでも……、一歩だけ。ほんの一瞬だけだとしても。けれど確かに、運命と自分を変えられたんだ……」

ラスティアラは優しい目で私を見る。

自身は殺されかけて、最愛の人は殺された。なのに、それでも私を信じて、愛している。

その感情がダイレクトに伝わってきて、当然だが私は困惑する。

ラスティアラはお父様が死んだ場所に近づいて、血溜まりの中で膝を突いた。

その残った手足と血に目を向けて、とても小さな声で呟《つぶや》いた。

「だから、私が残った」

その意味が、私には分からなかった。悲しんでいるのか悼んでいるのか怒っているのか、読み取れない表情と言葉だった。

いや、悲しんでいないわけがない。死んだのだ。あのお父様が死んでしまったのだ。ラスティアラは酷《ひど》く悲しみ、絶望して、この世の不条理を恨んでいるはずだ。でなければ、おかしい。だからこそ、その俯《うつむ》いたラスティアラの瞳から、涙が零れる。

──しかし、一滴のみ。

千を超える大粒の涙を零した私と違って、余りに慎《つつ》ましいものだった。

「なら……、行こう。ノスフィー」

そして、そのたった一筋の涙すらも振り払って、ラスティアラは生気に満ちた顔をあげた。立ち上がり、その二足で力強く床を踏み、前向きに動き出す。

余りに早い切り替えに、私は彼女の言葉を確認してしまう。

「い、行くって……、どこへ？」

「ラグネちゃんを問い詰める。どうして、こんなことをしたのかを」

全身に緊張が奔《はし》り、強張《こわば》る。ラグネ・カイクヲラの名前が出ただけで、私は敵もいないのに後逸して、奥歯を震えさせた。喉の奥から、弱気な言葉が湧き出てくる。

「問い詰めて、どうするのですか？　そんなことを聞いても、お父様は帰ってきません。内容がどうあれ、意味なんてないです。あの人を追いかける意味なんて、もう……」

あのラグネとは二度と向かい合ってはいけないと、全細胞が叫んでいた。

お父様に勝ったという実績の話だけではない。あれは本当に危険だ。あんなにも貪欲に力を求めて、あんなにも勝利に徹する人間だ。戦い、殺し合うという点において、あれほど特化している存在はない。彼女との敵対は自殺行為だと、私は言いたかった。

だが、ラスティアラは静かに首を振る。

「意味がないなんてことないよ。殺された人の代わりに、残された人は理由を知る必要があるって私は思う。もし、そこに納得できる理由があれば、カナミも殺されたことに納得できるだろうしさ」

「殺されたことに納得できる理由……？　ば、馬鹿ですか!?　そんなものは誰にもどこにもない！　世界に一つだってありません！　おかしなことを言わないでください！」

質問する内容が殺した理由なのは分かる。しかし、いま私が怒ったことに、ラスティアラは驚いていた。そして、腫れ物を触るように、慎重に続きを話す。

「え、え？　そんなにおかしい……？　たぶん、カナミが生きてても、同じことを言うと思うけど……。まずは仕返しよりもお話が、カナミの癖だったし」

それを聞いて、私は返す言葉を失う。

確かに、お父様ならば言いそうだ……。

こんなにも不条理で厄介で最悪だった敵の私相手でさえも、お父様は最後まで戦おうとしなかった。命を懸けて、私に手を伸ばした。ラグネに対しても似たようなことをしないとは言い切れない。可能性として大いにある。

あるが、到底その考えは真似《まね》できない。

できるはずがない。普通、大切な人を殺されてしまえば、冷静な話なんてできない。

「わたくしには理解できません……。おかしいです。そんなのはおかしいです……」

だから、お父様に言った言葉を、ラスティアラにも繰り返した。

それを彼女は否定することなく、乾いた笑いと共に受け入れていく。

「……ごめん。やっぱり、私って色々と……、軽いんだね。あと私とカナミは今日、死ぬかもーって覚悟してきたから……、そのせいかな？」

まるで死にゆくことを厭《いと》わない受刑者のような顔つきだった。

それを覚悟させた切っ掛けが自分だと思うと、酷く悲しくて悔しくて、堪らなかった。

止めずにはいられない。

「死ぬなんて言わないでください！　そういうのは軽々しく言っては駄目です！　絶対に駄目！　駄目なのです！」

いまラスティアラが死んでしまえば、本当に私は終わってしまう。微《かす》かに残った生きる意味さえ失い、一人ぼっちとなって、二度と立ち上がれなくなる。

それは死ぬよりも恐ろしい。私は彼女の下に歩み寄って、縋《すが》るように願う。

「お願いします……。ラスティアラ、あなただけは死なないでください……」

その懇願にラスティアラは困ったような顔をみせた。そして、その末に――

「……死なないように頑張るよ」

約束はしてくれなかった。

同時に思い出すのは、先ほどのお父様の言葉の数々。

――『もしものときは』『そのときは、僕も一緒にラスティアラと死ぬ』『ラスティアラも僕も、おまえの為《ため》なら死んでもいい』――

だからラスティアラは、あの殺意そのものであるラグネの前に出ることを恐れないのかもしれない。むしろ、ラグネから納得できる理由を見つけてしまったら、そのときはお父様を追って、一緒に……。

「ノスフィー、悪いけど私は一人でもラグネちゃんを追う。それは今回の理由を聞く為だけじゃなくて……。どうして、ラグネちゃんが死体を持っていったのかも確かめたいからなんだ。たぶん、あの死体には何かあるんだと思う。で、その何か次第では、まだ希望はある気がする。逆転できる何かが、きっとまだある」

ラスティアラは涙目になっている私に向かって、その黄金に輝く双眸《そうぼう》を向ける。

言葉は希望に染まった明るいものだ。だが、その明るすぎる輝きに、目と脳が眩《くら》む。

大切なラスティアラの瞳を前に、私は恐怖を抱いていた。

黄金の色が余りに深く、見つめていると吸い込まれそうで、胸の奥がぐらぐらと揺らされる。間違いなく、普通の人間の瞳ではない。私と同じ『魔石人間《ジュエルクルス》』でありながら、私とは全く違うことを痛感する。

――それは千年前にも痛感したティアラ様と私の差でもあった。

何よりも違うのは、愛の形。

最愛の人を失っても前向き過ぎるラスティアラは、明らかに愛が深く歪《ゆが》んでいる。いまさっき彼女自身が言った「軽い」という言葉は、間違いではない。ティアラ様も軽いところが多かった。ただ、その重さを犠牲にした代わりに、とてつもなく愛は歪んでいて、広く深かった。その軽く広く深い愛のせいで、ラスティアラは「死なんてものでは、愛し合う二人を別《わか》つことは不可能」と、当然のように思っている。たとえ命で切り離されても、魂が繫《つな》がっている限り、愛は不滅。

触れ合うことではなく、理解し合うことこそが、愛の真実。

だから、こんなにも余裕なのだ。はっきり言って、異常だ。ただ、お父様の恋愛感も同じくらいに異常だったから、これで釣り合っていたのかもしれない。

分かっていたことだが、いまお父様に『一番』愛されているのはラスティアラで、『一番』近いのもラスティアラ。私ではない。その『一番』の彼女が、まだ希望はあると言っているのならば、本当に可能性はあるのかもしれない。

「希望……。それはお父様が生きているということですか？　あんな状態になって、まだ死んではいないと？」

「あり得ると思う。千年前を生きたノスフィーはどう思う？　前にも、こんなことはなかった？」

当然だが、私は返答に詰まる。私の目の前で、お父様は死んだのだ。心臓を刺されて、手足を斬られて、首の骨を断たれた。あれで、どうやって死なずにいられるのか。

ありうるのはモンスターとなっていた場合だが、お父様は最後まで『人』だった。

ラグネが油断なく監視する中、間違いなく『人』として死んだ。そう私の理性は答えを出していた。だが、引っかかったのは「千年前」という単語。その言葉と記憶の紐《ひも》で繋がっていたかのように、私は一つの過去を思い出し、口から言葉を零《こぼ》す。

「千年前の希望ならば……。わたくしの本当の『魔法』を使えば、或《ある》いは……」

とても昔、近い話を聞いたことがある。

かつて使徒シスと使徒ディプラクラは、『光の理《ことわり》を盗むもの』の力は世界を纏《まと》める為にあると言った。そして、その力で世界を救い、平和に導けと私に願った。しかし、使徒レガシィだけは、私に違う使い道を提示したことがあった。

――『不老不死』の魔法。

当時、その必要性を全く感じなかった私は聞き流していたが、まるでこのときの為にあるかのような魔法だった。

「わたくしの盗んだ世界の理を生かした魔法ならば……。一人だけ、『不老不死』を与えることができます」

「『不老不死』？　そんなすごい魔法を、ノスフィーは使えるの？」

「わたくしを作った使徒様の一人が、できると言っていました。大仰な準備も犠牲も要りません。わたくしが魔法に至れば、ただそれだけで一人、生き返ります」

もちろん、自信はない。

そんな魔法の使い方は意識したことがないのだから当然だ。

先ほどラスティアラに使った【光の理】が初めてだ。ただ、あそこから、もっともっと先の領域を目指せば……、ありえない魔法ではないと思う。

死んだ者さえも、治せるかもしれない。

そう真剣に魔法の可能性を吟味している途中で、聞かれる。

「ねえ、ノスフィー。その魔法に『代償』はない？」

その力の代わりに失われるものを聞かれてしまう。

思い当たるものが多くあった。本当にたくさんありすぎて困る。しかし、それを口にしては心配をかけてしまうだけ。その多くを隠して、最も穏当なものを答えていく。

「……ありますが、平気です。『光の理を盗むもの』の『代償』は『心が素直になること』で、比較的楽なものです。いまや、私は『代償』塗《まみ》れとなってますが、そこまで辛《つら》いものでは……、――――っ!?」

言い終わる前に、抱きつかれた。ラスティアラは私の頭部を胸に収めて、強く抱き締めることで続きを言わせなかった。すぐさま抱擁から抜け出して、疑問の声をあげる。

「……ぷはっ。ラ、ラスティアラ、何を？」

「いや、絶対辛かったと思って……。その、カナミじゃなくて、ごめん。今日まで一人でよく頑張ったね……。強制的に『心が素直になること』なんて、普通に拷問だよ。虐《いじ》めだよ。本当に凄《すご》いよ、ノスフィーは……」

私が最も穏当だと思っていたものを、ラスティアラは決して許せるものではないと言った。そして、褒めるように、私の頭を撫《な》でてくれた。

「い、いえ……、そんなこと……。そんなことは、ない、です……」

大したことではないと拒否しようとする声が、窄《すぼ》まった。

彼女の優しく温かな手の平が、私の心の殻を砕いていく。その殻の中にあった記憶が、脳裏に浮かぶ。千年前、道具として作られ、果てに心を壊し、お父様を追い求め、『詠唱《キズ》』を重ね、戦い続けた日々。その全ての傷を労《ねぎら》われ、慰められ、よく頑張ったと褒められてしまうと、どうしても……、瞳の奥が熱くなっていく。

――泣きそうだ。

だけど、泣いてはいけない。いま自分で言った通り、そんなことはないのだ。

私は辛いとか悲しいとか言っていい立場じゃない。お父様を追い詰めて苦しめた自分が、そんなことを思っていい資格なんてない。

けれど、頭を撫でられるのが心地好《よ》すぎて……、どこまでも視界は細くなっていく。

あの命を懸けて手を伸ばしてくれたラスティアラが……、あの腹を刺されても信じてくれたラスティアラが……、あの私の家族と言ってくれたラスティアラが……、私を撫でてくれているから……。

瞳の奥だけじゃなく、お腹《なか》の底も熱い。心がポカポカして温かくて、ふわふわで、心地好いもので一杯に満たされていく。それは千年前にお父様の感情を代わりに背負ったときから、たった一度もなかった感情だった。

不味《まず》い。このままだと、私は……——駄目だ!!

「と、とにかく、ラスティアラ！　その『不老不死』の魔法は試す価値があると、わたくしは思っています！　正直、自信のない魔法ですが、たとえ何を失ってでも、その魔法に至ってみせます！　だから、挑戦させてください!!」

撫でられるのを振り払って、私は叫んだ。それを見たラスティアラは唸《うな》る。

「ん——……。そこで、何を失ってでもって言われると、私とカナミが頑張った甲斐《かい》がなくなる気がするからなあ……。あれだけ格好つけて助けに来たのに、結局は逆に助けられることに……」

唇を噛《か》み、本気で悔しそうにしていた。しかも、「これでは私を助けた気がしない」という子供みたいな理由だ。

私に無茶をさせず、状況を好転させる方法を考えるラスティアラに強く主張する。

「いいえ！　わたくしはお二人に助けられました！　だから、今度はわたくしがみなさんを助ける番です！　ずっと我《わ》が儘《まま》を言ってきた分を、いまからお返しします！　返さなければならないのです！　ラグネは怖いですが……、必ずお父様の身体《からだ》に魔法を使ってみせます……！　ラグネの隙を、な、なんとか、突いて……」

強がったが、自分の吐いた言葉に怖気《おぞけ》が奔《はし》って、止まる。

あ、あのラグネの隙を突く……？

しかも、一度も試したことのない魔法を携えて、本番一発で成功させる……？

口にしながら冷や汗が溢《あふ》れ出して、せっかく温まってきた顔から熱が飛んでいく。私は必死に、妹のラスティアラを心配させまいと身体の震えを止めようとする。が、その見栄《みえ》は完成し切る前に、崩される。

「ううん、ノスフィー。ラグネちゃんはみんなでなんとかするから、安心して。だって、もうノスフィーは一人じゃない。私たちがいるんだから、もっと頼って」

私の内心にラスティアラは気づき、手を握ろうとしてくれる。

それに私は逆らわず、彼女の手の温かみを受け入れてから、首を縦に振る。

「……はい。お願いします。……たぶん、わたくしはラグネに絶対勝てません」

かつての友ティティーの教訓があった。

一人強がり続けても、最後には潰れて失敗する。

それが分かっている私は、強がり続けることはできなかった。

その『素直』な私を見て、ラスティアラは笑って頷《うなず》き返す。

「うん。それじゃあ、話も纏まったところで、そろそろ行こっか？……ラグネちゃんに会いに行くなら、急いだほうが良さそうだからね」

このやり取りを境に、私たちは動き出す。

ただ、その前にラスティアラは床に散らばったものを指差した。

「あっ。えっと、この手足は……」

「……わたくしの魔法の中に入れておきますね」

いつか必要になったときの為、私は眉を顰《ひそ》めながらも、お父様の右腕・左腕・右脚・左脚を『持ち物』に入れていった。

「おー。それ、カナミとお揃《そろ》いの便利なやつだ。ノスフィーもできるんだね」

「はい。素養があったので、練習したんです……」

生まれから考えると当然の話だが、私には呪術と次元魔法の両方に適性があった。

千年前、捨てられたお父様に追いつく為に必死に練習したことを思い出していると、ラスティアラは手足のあった場所から続く血痕を頼りに歩き出した。

その先は、四十六階に続く階段だった。

「このカナミの血、上に続いてるね」

「はい。『元老院』のところへ行くと、去り際にラグネは言っていました」

その彼女の後ろを、私は付いていく。

隣でなく後ろなのは、腹部を押さえる手を見られないようにする為だ。

一歩進むたびに、鋭く刺すような痛みに襲われる。

階段を登るとなれば、苦痛で声が漏れそうになる。それでも、私は慎重に、健常である振りをして、ラスティアラの背中を追いかけていく。血を辿《たど》り続ける。そのフーズヤーズ城上階に向かう途中の四十六階にて、続く血痕を覆いつくす血の池に遭遇した。

「……なっ！　これ！」

「ラグネの仕業ですね。この死に方、間違いありません」

池の中には事切れた死体が複数あった。

それらの表情を見れば、死に際の状況が推測できる。苦痛に歪んだ顔は少なく、驚いているものが多い。ほとんどが、自分が死んだことに気づけないまま逝ったはずだ。そして、どれも負傷している箇所は、急所に一つずつ。まだ溢れる血は生暖かく、殺されたてだ。

いま私たちが追いかけている彼女の特徴と一致している。

「急ぎましょう。長居すると、人が来るかもしれません」

立ち止まっているラスティアラに向かって、私は先へ進むことを促した。

死者を悼む時間はないと分かってくれたのか、急いで彼女は凄惨な血の池の中を通って、さらに階段を上がっていく。

道中、いくつもの死体が多様な殺され方で転がっていた。

おそらく、この階段を守っていたであろう騎士たちだ。それが皆殺しにされている。ただ、おかげで私たちは楽に最上階の『元老院』の待つ部屋まで辿りつくことができた。

当然のように、『元老院』の老人たちも死んでいた。護衛も含めて、ラグネが通ったと思われる道には一人も生存者がいない。

私たちは『元老院』の部屋でラグネが待っていると推測していたが、さらに血痕が屋上まで続いているのを見つけて、階段を登っていくことにする。

そこにも、また一つ死体があった。女性の死体――確か、以前に会ったとき、ラグネ・

カイクヲラのことを身内と言っていた『元老院』の一人だったはず。その特別な人さえも死体となって、狭い階段内を染め上げていた。

そして、その凄惨な赤い道を進み切って、とうとう私たちは登頂する。

フーズヤーズ城の頂上へ。

余りに標高が高過ぎる為《ため》、真横から雲と共に冷たい朝風が吹き付けてくる場所だった。

屋上に出てきた私は、その黄金色の朝陽《あさひ》に目が染みる。

「うわあっ。綺麗《きれい》なところ……」

ラスティアラは外に出るなり、目を見開いた。

そして、屋上の縁まで歩いていき、その黄金色の風と雲と陽を全身で浴びる。

……綺麗？

確かに、綺麗な風景だ。まるで空の中にいるようで、ちょっとした高揚感を得られる。

しかし、いまはそれどころじゃない。私は屋上の縁へ行くことなく、階段から続く血痕を一人で追いかけていく。血痕はラスティアラと同じように一度だけ、屋上の縁へ向かっていた。その後、なぜか屋上の中央にある吹き抜けまで続いている。

「ラスティアラ。血が、あそこに……」

その情報を彼女の背中に投げかけると、慌てた様子で「ご、ごめん」と謝られて、すぐに吹き抜けの近くまで駆け出してくれる。

ラスティアラは目を凝らして、吹き抜けの奥底を睨《にら》みつける。

「ラグネちゃん、下に落ちて行ったっぽいね。……いま一番魔力が濃いのは、最下層?」

流石《さすが》に視力のいい彼女でも、一番下の状況までは把握できないようだ。

しかし、魔力の波を感じ取り、フーズヤーズ城の地下で激闘が行われていると判断した。

それは私も感じられる。正直、懐かしさを覚える魔力で一杯だ。

「降りるなら……、まずは先に二十階のディアたちと合流したほうがいいかな?」

結局、屋上まで来てもラグネはいなかった。

その次の予定をラスティアラは決めて、その輝く双眸《そうぼう》を吹き抜けにではなく、屋上にいる私へ向ける。そして、その右手を差し伸べる。

聞かなくても分かる。この吹き抜けの穴の中へ、ラスティアラは飛び降りる気だ。

血の跡から考えると、きっとラグネも落ちていったのだろう。間違いなく、下にラグネがいる。そう思うと、その右手を摑《つか》む為の一歩が、中々踏み出せなかった。

正直言うと、逃げたくて仕方ない。

あのラグネが下にいるのならば、私は上へ逃げたい。

フーズヤーズ城の屋上よりも上、もっともっと上へ。空の彼方《かなた》まで――

「――大丈夫」

ラスティアラは微笑と共に、囁《ささや》いた。

途端、私の意識は頭の中にあるラグネではなく、目の前にいるラスティアラに向く。

彼女の髪が靡《なび》いていた。雲の流れに合わせて、その煌《きら》めく長髪が黄金の空に溶けるように揺らめく。

それを私は、綺麗だと思った。この風景だけでは決して抱けなかった感情を、ラスティアラと合わせることで、いま心から湧かせることができた。

久しい感覚だ。いつ以来だろう。千年前、お父様のお世話をしていたとき以来かもしれない。ずっと追い求めていたものの一端を、やっと摑んだような気がした。

あの日から私は、ずっと前へ前へ。とにかく正しい者は報われると信じて、戦い続けてきて――ついには、この千年後のフーズヤーズ城の屋上までやってきた。

そこに待っていたのは、まさかの『ラスティアラ・フーズヤーズ』。

お父様ではなく、私と同じく代用品となる為に生まれた少女。

不思議な縁がたくさんあって、決して他人とは思えない『魔石人間《ジュエルクルス》』。

その彼女の姿に見惚《みと》れて、釣られて、私は手を取る。

「――はい」

考えることなく、私の口は答えていた。

その私の身体をラスティアラは引き寄せて、後ろに倒れこむ。

こうして、私たちは穴の中へと、共に落ちていく。

体勢のせいで視界は上に向いていた。天上の丸い光が遠ざかって、徐々に小さくなっていく。そして、その光球が消えてなくなってしまう前に、私を抱えたラスティアラは落下の角度を少し変えて、吹き抜けの縁にある柵に摑まった。

地上である一階ではなく、まず中間地点である二十階に、私たちは到着する。

そこはフーズヤーズ城の中でも特別な階層で、仕切りとなる壁がなく開放的な場所となっている。普段は会合やパーティーが行われる大広間だが、用意されていた椅子や机は全て砕け散って、見る影もない光景だった。よく観察すると、上下への階段が氷付けになっており、完全に通行止めとなっている。それのおかげで警備の騎士たちは、二十階まで入って来られないようだ。

その激戦の跡、部屋の隅には見知った顔が並んでいた。

まずディアさん。そして、眠る『水の理《ことわり》を盗むもの』陽滝《ひたき》様を腕に抱えるスノウさん。どちらも以前、敵である私を相手に仲良くしてくれた優しい人だった。

さらに、その近くには私が操っていた『魔人』の騎士たちも五人全員揃っている。全員倒されたようだ。気絶した上に錠を使って束縛されて、床に並べて転がされている。

その荒れた大広間の中を、私とラスティアラは歩く。

すると、周囲を警戒していたディアさんが見つけて、最初に声をあげた。

「ラスティアラ!?　それに……『光の理を盗むもの』!!」

当然だが、私に対して警戒心が強い。いまにも魔法を放ちそうな姿勢で私は迎えられるが、その間にラスティアラが入ってくれる。

「ディア、もう大丈夫！　説得は終わったよ。説得は成功したから……」

「成功したのか？　それならいい。……それで、なんで二人だけなんだ？　カナミは？」

私たち二人の傍《そば》にお父様がいないのを確認して、ディアさんは周囲をきょろきょろと見回す。その姿を見て、ラスティアラは思案する。

「ここで鉢合わせしてないの……？　いや、そういうのラグネちゃんは得意か」

下へ降りていく途中で、ラグネが二十階の面子《メンツ》と出会っていてもおかしくはないと思ったが、そうではなかったようだ。彼女は余計な相手は避けて、真《ま》っ直《す》ぐ最下層まで落ちていった可能性が高い。

つまり、ここにいる人たちには、まだお父様の死は伝わっていない。それをラスティアラも理解したのだろう。その末に、彼女たちを慮《おもんぱか》った発言をしようとして――

「カナミは、あとで合流するよ。うん、あとで必ず合流を……――」

途中で言い淀《よど》み、最後まで綺麗に言い切れない。すぐに彼女は首を小さく振って、謝り、今回の戦いの結末を口にしていく。

「いや、ごめん。いま、嘘《うそ》言いそうになった。……カナミは死んだよ。殺された。四十五階で、私たちがノスフィーと戦い終わったあと、ラグネ・カイクヲラに後ろから刺されて……死んだ。生き残ったのは、私とノスフィーだけ」

『素直』過ぎる告白だった。お父様を慕っていたディアさんとスノウさんに伝えるのは、誰がどう考えても危険だ。ついさっきの私みたいに、冷静でなくなるのは目に見えている。

しかし、それをラスティアラは理解した上で、嘘を避けたようだ。何かの誇りにかけて、ここで真実を隠すことだけはしたくないという意志を強く感じた。

ディアさんとスノウさんは口を開けて、呆然《ぼうぜん》とする。私のときと全く同じだ。いまのラスティアラの言葉を、その全く予期していなかった現実を、理解できないのだ。

「え……？」

「カ、カナミが死んだ……？」

確認する言葉が暗く、重い。傍で聞いている私が、真っ先に膝を突きそうになる。その全てが、この状況を引き寄せた私に向けられた叱責に聞こえて……。

「カナミが、ラグネのやつに？　え、それは……？　いや、確かにラグネは、途中でここからいなくなったんだ……。ヒタキの様子が少しおかしくなって、ちょっと俺たちが慌てて、目を離した隙に……。でもあいつのことだから、またみんなの役に立つことをこっそり何かするのかと、思って……。それで、俺は……」

「嘘っ！　嘘だ！　絶対、嘘ついてる!!」

徐々に理解が深まり、二人の声が荒くなっていく。

それをラスティアラは真正面から受け止めて、言い聞かせる。

「本当のことだよ。ごめん、私がいたのに……」

そこで私は気づく。賢いラスティアラにしては、余りに下手な伝え方だ。

そのことから、二人の感情の捌《は》け口《ぐち》に自分がなろうとしていると分かった。

「え、え……？　ラスティアラ……、本当にカナミが？」

「嘘に決まってる……。だって、カナミは死なないって、前に約束してくれた。あのとき、

「私に約束してくれた……」

　二人はラスティアラを心から信頼しているのだろう。その言葉が嘘でないと分かり、暗く重かった二人の声に不吉が孕《はら》み始め、氷のような冷たさを伴っていく。

　声を耳にするだけで、背筋が凍りつきそうだ。

　その二人の身から膨らむ魔力を目にするだけで、血液も凍りそうだ。

　お父様の死。それを信じるくらいなら、世界を壊してやる。そんな恐ろしさが二人にはあった。ラスティアラにはない愛情の重さが、彼女たちの声と魔力に含まれている。

　その気持ちが、私にはよく分かる。

　ラスティアラのときと違って、これは痛いほど分かる。

　そうだ。違うのだ。本当ではない。他でもない。これは嘘に決まっている。

　必ず嘘にしなければいけない。この私が――！

「――しかしです！　ディアさん、スノウさん！　渦波《かなみ》様は帰ってきます！　信じてください！　必ず、このわたくしが生き返らせます！　わたくしは六十層の守護者《ガーディアン》であり、使徒によって作られた真の『理を盗むもの』！　伝説の『光の御旗《みはた》』であり、現代に現れた『聖女』！　全ては伝承通りに、わたくしが渦波様に『不老不死』を与える為の手順でしかありません!!」

　ラスティアラより前に出て、対峙《たいじ》する。

　ディアさんとスノウさんは強い殺気を放ちつつ、涙を目尻に浮かべて私を睨む。

ああ、その気持ちもよく分かる……。いまにも二人は、かつての私のように泣き、叫び、訳も分からずに走り出すだろう。狭くなりすぎた視野のままに、二度と届かないものを追い続ける『化け物』になるだろう。

――させない。

そんな結末、もう私は誰にも許したくない。

「渦波様は帰ってきます!! だから、どうか落ち着いてください!!」

だから、二人の傍に近寄って、両者の手を取った。

「な、何を言って――!?」

「うう、ぅううっ……!」

その困惑する二人に向かって、口にしていく。

あのとても懐かしく、ひどく継《つ》ぎ接《は》ぎだらけの『詠唱』を――

「――『朽ちる闇も朽ちる光も』『等しく不白の白になる』」

先ほどの「身体《からだ》の状態を『代わり』に負う」のと違い、こちらの「精神の状態を『代わり』に負う」のは経験があったので、成功の自信があった。なにせ、私は精神干渉の専門家だ。もちろん、全ての感情を奪うつもりはない。

単純に背負い切るのが危険というのもあるが、奪い過ぎるのは彼女たちへの攻撃だ。弄ぶのではなく、癒す為に。

自分の為でなく、誰かの為に。

『魔人』の騎士たちに光魔法をかけたように、その人の大切なものを守る為《ため》に、負う。それが『光の理を盗むもの』である私の役目であると思った。

こうして、また私は、喉が千切れ、胸が張り裂け、四肢全てが崩れるほどに叫びたい衝動に襲われる――が、二度目のおかげか、なんとか自力で抑えつけられる。慣れはしないが、事前の覚悟があった。すでに同種の感情を抱えていたからかもしれない。

とにかく、まだ平気だ……。まだまだ平気だ……。

身体の痛みも心の痛みも、千年前と比べたら温《ぬる》い。こういうのは経験者の私一人に集めたほうがいい。効率がいい。それが最善。理想的で合理的。

――そう自分に言い聞かせ続けて、耐える。

そして、ぎりぎりのところで暴走を踏み止《とど》まったディアさんとスノウさんが、手を握る私に問いかけてくる。

「い、生き返らせる？　『光の理を盗むもの』なら、そんなことができるのか……？」

「ノスフィー、本当に……？」

ほとんどの精神的外傷は私が負ったものの、未《いま》だ二人の言葉は重い。

ずしりと私に重くのしかかってくるが、笑顔で返答する。

「はい、できます。大丈夫、希望はあります。いつだって、世界に光は残っています。――だから、どうか諦めないでください。決して、生きることを諦めてはいけないのです。

『夢の闇も夢の光も』『等しく不黒の黒になる』」

その慰める言葉と共に、次の『詠唱』も口から紡がれていった。

自分でも驚くほど、自然だった。この短い時間で【光の理】を二度使ったせいか、『詠唱』の新たな使い方のコツを摑《つか》み、例の『不老不死』の魔法に少しずつ近づいている実感があった。そして、その成長の意味を、この場で一人だけ正しく理解していく。

「そ、それ……！　ノスフィー……！」

後ろで一部始終を見ていたラスティアラが、ついに『詠唱』の効果を薄《うっす》らと察したようだ。どこか文句を言いたそうな顔をしている。だが、それを口にされる前に、私はディアさんとスノウさんの手を引く。

「さあ、立ってください。どうか顔を俯《うつむ》けず、前に進んでください」

二人とも私に釣られて、よろけながらもなんとか立ち上がっていく。

精神的ショックで身体に不調を来しているようで、まだ足に力は入らず、何度も腰を落としそうになっている。その立ち上がる中、ディアさんは私を睨《にら》んだ。

「ノスフィー……。分かってる。もしカナミがいたら、おまえと同じことを言うって、分かってはいるんだ。でも、まだ俺はおまえを許せそうにない。そもそも、おまえさえいなければって、思うんだ。それは違うって分かってても、くそっ、どうしても……！」

「優しいですね、ディアさん。ありがとうございます。あなたはあの人とは本当に……」

ディアさんの顔は使徒シスとよく似ているせいか、まるで千年前のように彼女と話しているかのような錯覚があった。しかし、あの思い込みの激しかった使徒シスと違い、ディアさんはとても理性的で、大人だ。手を握ったまま、私が「使徒シスとは本当に違う子だ」と思っていると、スノウさんが大きな嗚咽《おえつ》を漏らす。

「ぁあっ、あぁぁあっ……。や、やっぱり嘘じゃないんだ……。全部、嘘じゃ……」

「嘘じゃありませんが、すぐにわたくしが嘘にします。そう簡単にわたくしを信じられないのは、よく分かります。けれど、いまだけは千年前の伝説の力を、ほんの少しだけでいいから……、信じてください。どうか、お願いします」

スノウさんはディアさんと違い、大粒の涙を零《こぼ》し続ける。

彼女の竜人《ドラゴニュート》としての特徴は、千年前の『無の理を盗むもの』セルドラを私に思い出させる。けれど、彼とは違い、まだ悲しむことを投げ出していない。

――二人とも、千年前の『理を盗むもの』たちのように悲しみの限界を超えて、急に笑ったり、楽しんだり、強くなったりする気配は全くなかった。

正常に悲しんでいるのを見て、良かったと安心する。なんとか世界に復讐《ふくしゅう》する『化け物』となるのは防げた。だが、お父様の死を嘘にするまでは、二人ともまともに動けないかもしれない。依然として、いまにも倒れそうな状態だ。

すぐに私は新たな協力者を探す。これからラスティアラがラグネと相対するのならば、もっと戦力があったほうがいい。

「それと、こちらも……。――《ライト》《キュアフール》《リムーブ》」

私は魔法を使って、寝転がっていた『魔人』の騎士たちを起こす。

操る為に浸透させた光の魔法も『魅了』も解除して、その身を癒した。まず堅物騎士の元『天上の七騎士《セレスティアル・ナイツ》』総長ペルシオナが起き上がり、その身の自由を確認していく。

「くっ、やっと解放されたみたいだな……」

続いて、私と同じ『魔石人間《ジュエルクルス》』のノワールも起き上がり、唸《うな》りだす。

「ふわっ!? あ、あれ……? もしかして、もう強化時間は終わりですか? う、うぅ、また勝てませんでした……。『聖人』なのに、これではシス様に合わせる顔が……」

最後に忠義に厚い騎士セラ・レイディアントが目を覚まし次第、私に詰め寄ってくる。

「き、貴様! よくもっ、このノスフィー・フーズヤーズ! 貴様だけは絶対に――!」

すぐに私は頭を下げようとするが、その前にラスティアラが割って入って止める。

「セラちゃん、駄目! もうノスフィーは仲間! 私のお姉ちゃんだから!」

「ぐっ、ぅうっ、ラスティアラ様……。申し訳ありません。私は、情けなくも敵方に惑わされてしまい……」

「ううん、敵じゃないよ。いままで、私のお姉ちゃんの力になってくれてありがとう」

そのラスティアラの言葉によって、セラの中にある怒りの炎は沈下していく。ここは下手に私が話すよりも、彼女に任せたほうがよさそうだ。それよりも私がすべきことは、残りの『魔人』の騎士たちを確認することだ。

元『最強』の探索者グレン・ウォーカーと四大貴族の才媛エルミラード・シッダルク。

予想していたことだが、この二人は他の三人と魔法の解除の感触が違った。

「やはり、この二人は……」

光の魔力だけではなく、血の魔力とも繋《つな》がっている。おそらく、二人は私の光ではなく、ファフナーの目指す夢に『魅了』されている。

その二人が回復魔法によって目覚めて、周囲を見ながら自分の状況を理解していく。

「……ノスフィー様？　ということは、こちら側の負けなのですね」

グレンは冷静に呟《つぶや》いたが、エルミラードのほうは非常に慌しい。

「あ、あぁっ、ぁあああっ！　ぼ、僕はっ！　僕はとんでもないことを……！　あれが僕の本心？　あれが僕の本当の……？　つまり、ずっと僕は口だけだったのか？　ならば、今日までの戦いの意味は……、どうなる!?」

操られていたときの自分の言動を思い出して、ショックを受けているのだろう。その上、お父様の死を告げたら彼は一体どうなるのか予測がつかない。

だが、いまは仲間の選《よ》り好みをしている場合ではない。冷静過ぎて怪しいグレンも取り乱すエルミラードも、お父様の友人だったのは間違いない。一時的にでも仲間になって貰《もら》おうと、魔法ではなく言葉で交渉に入っていく。

「お二人とも、どうかラスティアラに協力をお願いします……！　詳しく説明をしている時間はありませんが、いまは――」

「駄目だ。その二人は俺の同志、返してもらうぜ」

おどろおどろしい大きな声が二十階に響き、その交渉を妨害した。

同時に、大広間の床全てが赤色に染まっていく。

鼻を突く鉄の臭いに、靴を湿らす水気。部屋が血で被覆《コーティング》されていっていると理解したとき、グレンとエルミラードの足元から赤く巨大な腕が複数伸び出てきた。

それに二人は身体を覆うように掴まれて、引きずり込まれる。

悲鳴をあげる暇さえなく、先ほどまでは硬かった床の中へ。

ぽちゃんと、池に石が落ちたかのように消えてしまった。

「いまのは、ファフナーの血の腕!?　みなさん、気をつけて!!」

二人が連れ去られたのを見て、さらなる犠牲者が出ないように私は叫んだ。

それにラスティアラ、セラ、ペルシオナの三人が反応し、それぞれが近くの人間を守るように身構えた。しかし、次の腕は床から生えてこない。

その代わりに、床全体を染めていた血の被覆《コーティング》が壁まで広がる。カビが広がるように赤色が、あらゆるものを塗り替えていく。床の絨毯《じゅうたん》。壁に並んだ家財や窓枠。天井のシャンデリア。上下に伸びた階段。吹き抜けの柵。例外なく、全てが血に覆われていく。

「これは、まさか……！」

二十階全て赤一色となったとき、ドクンッと城が胎動した。

そして、空間の所々に腫瘍のような血の塊が膨らみ始めて、生きているかのように蠢《うごめ》き出す。さらには床と壁と天井に、血管のようなものが伝って伸びて、流動し始める。

構造や間取りは城のままだが、まるで人の体内にいるかのような光景だった。

この生理的嫌悪を促す地獄には見覚えがあった。

最後に見たのは千年前。ファフナーが私の騎士だったとき、とある城を落とすのにこの魔法を使ったのだ。皆殺しを行った城の中で、彼が「見たくないものを見て、我を失った」と言って一人泣いていたのは、忘れたくも忘れられない。

結局、一つの城を落とすのに、ファフナーは一つの国を駄目にした。

国民を鏖殺《おうさつ》しただけでなく、広大な国の領地を血で呪い尽くして、その浄化作業に年単位の時間を失わされた。年に一度反省するかどうか怪しいファフナーが、心から謝って、二度と使わないと誓った――あの魔法が、いま発動している。

「ラグネ……！　まさか、ファフナーを全力で使う気ですか……!?」

おそらく、私から『経典』を奪ったラグネの指示だろう。

また罪の意識が加速する。けれど、悔やむ前に、次の声が響く。

「おまえら全員、下に来いよ。早く来ねえと、チビっ子共が死んじまうぜ？」

二十階が震えることで人の喉の代わりとなり、その声は全員に届いた。

誰よりも先に反応したのは、ラスティアラだった。

悪趣味でグロテスクな大広間を駆けて、中央の吹き抜けまで移動する。そして、その生肉にも似た柵から身を乗り出して、下の様子を確認する。

「マ、マリアちゃん……!?　もうゆっくり話してる暇はないね……！　みんなっ、私は先に行くから!!」

「いいえっ、ラスティアラ!!　これは罠《わな》です!　間違いなく!!」

背中を追いかけて、制止する。しかし、それを聞き終える前に、ラスティアラは吹き抜けから飛び降りた。先ほどと同じように、また落ちていく。

すぐさま私も吹き抜けの柵まで駆け寄り、下の様子を見る。

屋上と違い、二十階まで来ると、なんとか一階の様子が確認できる。そこにはファフナーらしき男に襲われる黒髪の少女がいた。そこへラスティアラが一人で向かってしまった。もう考えている暇はない。けれど、私は悩む。正直、いまの私の状態は、過去最悪だ。いかに『未練』によって守護者《ガーディアン》の力が増すとはいえ、この肉体と心の痛みは無視できない。なにより、ファフナーと戦うということは、その主《あるじ》となったであろうラグネと戦うということでもある。身体《からだ》が震えて震えて震えて、止まらない――

「た、戦えなくても……!　それでも、わたくしは!　わたくしは――!!」

けど、たとえ棒立ちになるだけだとしても、ラスティアラを置いて行くことはできない。そう答えを出して、続くように吹き抜けの柵に手をかけて飛び降りる。

そのまま落ちていくのではなく、ときおり吹き抜けを囲う柵を足場にして蹴り、下へ向かって跳ぶ。蹴って蹴って蹴って、ラスティアラへ追いつくように、私は一階に向かって落ちていく。

そして、着地するのは、城の正門前にある大玄関。

もちろん、そこも真っ赤に染まって、魔界と化していた。おそらく、もうフーズヤーズ城全てが悪趣味な血と臓器の世界になっているのだろう。その大玄関で待っていたのはラスティアラとマリアさん、その敵として向かい合うファフナーだった。

ファフナーは血の管を蓑《みの》のように纏《まと》い、それを手足の延長のように操っていた。隣には、先ほど巨大な血の腕に攫《さら》われたグレンとエルミラードが蹲《うずくま》っている。

「――おっ。来たか、ノスフィー。しかし、もはやフーズヤーズ城は俺の腹の中。誰が来ようとも無駄だぜ」

現れた元主の私に対して、ファフナーは敵意を見せる。

相変わらずの裏切りっぷりに苛立《いらだ》ちながら、周囲を見回す。

遠巻きに城の騎士たちがいるが、この異常事態に大混乱の様子だ。城で最も危険な男としてファフナーの情報は知れ渡っている為《ため》、この大玄関に入ろうとはしていない。はっきり言って助かる。いま城の人たちに意識を割く余裕はない。

私が助けられるのは、身内だけだ。その身内のラスティアラがファフナーの前に立ち塞がって、後方のマリアさんに声をかけていく。

「マリアちゃん！　平気!?」

「ごめんっ、マリアお姉ちゃんはやられた！　いまはアタシが動かしてる！」

しかし、返ってくるのは別の声色。

どうやら、例の死神がマリアさんの身体を動かしているようだ。

「そういうことか！　ノイス、リーパー！　それで、ラグネちゃんは――」

「下でライナーお兄ちゃんが抑えてくれてる！　はっきり言って、あれが一番やばい！　とにかくなんかやばい！　あのマリア姉ちゃんが一撃でやられた！」

ああ、やっぱり……。私に勝利したマリアさんを、あのラグネは一撃で倒したのだ。

もうあれには誰も勝てない。そう確信できる材料が、また増えてしまった。

「い、一撃!?　いや、カナミに勝った以上、もうそのくらいで考えないと駄目か……」

「ああ、もう！　急いでるのに、開かない！　扉が!!」

その情報にラスティアラは驚き、リーパーは城の入り口の閉まった大扉を叩《たた》き続ける。

分かっていたことだが、この血のコーティングは結界の一種で、扉や窓を塞ぐ効果がある。この血で捕らえた獲物たちを、ゆっくりと内部で殺し、新たな血に変えていく。

これこそ、『血の理《ことわり》を盗むもの』の真骨頂。殺せば殺すほど強まる最凶の魔法。

そして、その捕まった獲物たちの中でも、最も絶望的な状況にある騎士二人、グレンとエルミラードがファフナーに話しかける。

「ファフナー様、もう終わりじゃないのですか？」

「カナミが死んだ……。世界を救ってくれるはずの……、カナミが、もう……。もう終わりだ……。全て終わりだ。あぁ……」

二人とも薄い血の幕に覆われて、膝を突き、声を搾り出している。

それに対して、ファフナーも同じような掠《かす》れた声で答えていく。

「ああ、俺たちの希望は死んでしまったな……。だが、それで終われるほど世界は甘くない。『血の理を盗むもの』の候補者たちよ、学べ。世界に希望なんてなければ、光なんてない。だが、それでも俺たち信者は願い続けないといけない。その上で『大いなる救世主《マグナ・メサイア》』を探し続けないといけない。救われない世界を救うまで、終われない」

答えながら、徐々にファフナーは涙を浮かべていく。狂気的と表現するしかない不安定な表情を見せる。そして、その表情に釣られるかのように、グレンとエルミラードも顔色を変えていく。

「こ、これは……!?――――っ!?」

「え、え……。あ、ぁあ、ぁああああっ!!」

急に二人ともが、顔を左右に動かして、何もないところに向かって目を見開いた。

「おまえら二人は、俺との『親和』の理由が『渦波《かなみ》に希望を抱いている同士だから』と思っていたようだが……、それは正確なところじゃねえ。本当の理由は殺し過ぎたからだ。何の理由もなく、何の罪もない人間を殺し過ぎた。その罪の意識の大きさや救済への欲求が、真の『親和』の理由だろう。……おまえらも死者の恨みの声が聞こえるんだろ？　時々、夜中に響いて眠れないんだろ？　もう時々なんて寂しいことは言ってやるな。これからは、ずっと聞いてやれ。……俺の中で、俺と同じようにな」

自分のことを多く語らないファフナーが、千年後の『魔人』の男性騎士二人には心を開いていた。かつて主だった私でも一度も見たことのない真剣な表情と声に、酷《ひど》く驚いた。

ただ、その私以上に驚いているのは、運悪く『血の理を盗むもの』に可能性を見込まれた騎士二人だろう。

「父さん、母さん、みんな……？　かつて殺した人々が、責めに来るのか……？」

「ぁ、あぁあ、違う……！　違う違う違う‼　僕は……、僕はっ‼」

グレンは吐き気を抑えるかのような仕草を見せたが、まだ冷静だ。しかし、エルミラードは誰もいない空間を見ては、恐怖に顔を染めて乱暴に首を振る。

「不味《まず》い……！　エル君！　それ以上、聞くな！」

エルミラードを落ち着かせようとグレンは叫んだ。しかし、その声は届くことなく、エルミラードは蹲り、全身に魔力を漲《みなぎ》らせて叫ぶ。

「ぅう、ぁああっ、あぁァアア――！　ァアァアアアアアアア――‼」

目を疑うほどの魔力が爆発する。

同時に、人型だったエルミラードの身体が獅子《しし》に近づいていく。強制的で急速な『魔人化』だった。だが、その変身は最後まで見ることはできなかった。途中で、またエルミラードは巨大な血の腕に掴《つか》まれ、ぽちゃんと血の池の中に消えてしまったのだ。

彼の血の池を揺るがす悲鳴が、剣で斬ったかのように途絶えた。

そして、次はグレンだった。エルミラードと同じく、血の池に引きずり込まれ始める。

それを止めようと、正面のラスティアラが駆け出そうとした。

「グレン！」

「ラスティアラちゃん、来るな！　こっちは自業自得……いや、個人的な乗り越えるべき

『試練』だから、気にしなくていい！　それよりも、君は君のやるべきことをやれ！　一旦逃げて、態勢を立て直、して……、もう一度――ここ、まで……――」

しかし、その助けをグレン本人が拒否して、激励の言葉を残してから血の池に消えていった。ぞっとする光景を前にラスティアラは歯噛《はが》みし、ファフナーは零《こぼ》れる涙を拭う。

「エルミラードは俺のときと同じ反応だったな。……だが、グレン。おまえは流石《さすが》だ。あの地獄から生まれて、『最強』まで昇りつめただけのことはある。……ああ、俺は二人とも信じてるぜ。こんな手始めの『試練』程度、あっさり乗り越えてくれるってな」

前向きな言葉とは裏腹に、顔色は死んでいるかのように活力がない。

いつものことだ。千年前、私は彼の身勝手で自作自演の疑似『試練』を何度も見てきた。きっと彼は死ぬまで、終わらない『試練』を他人に与え続けるだろう。そして、その『試練』で死んでしまう強者《つわもの》を見ては、勝手に心から絶望していく。その繰り返しの人生だと彼自身理解しているから、その「信じてる」という言葉の中身は空っぽ。

相変わらず、ファフナーは狂っている。狂い過ぎていて話にならない騎士だ。

すぐに私は、頭の中にあった対話という選択肢を捨てる。

「ラスティアラ！　わたくしはグレンの意見に賛成です！　ファフナーはまともに戦っていい敵ではありません！　お父様がいないときの彼は、本当に頭がおかしい!!」

その助言を聞いたラスティアラは、苦渋の表情と共に、私へ指示を出す。

「……ノスフィーはリーパーと協力して、壁に穴を空けて！　とりあえず、退路は確保しておきたい!!」

「はい!」

すぐに私は、入り口の扉を叩くリーパーの加勢へと向かう。

しかし、その背中から、ぞっとするほど冷たく短い声が響く。

「──《ブラッドアロー》」

属性からしてファフナーの攻撃魔法。それに対応するのはラスティアラの巨大氷槌《ひづち》。

「──《アイスバトリングラム》!!」

魔法衝突の爆発音が響き、後方から血と氷粒が飛び散ってくる。

振り向くと、ファフナーは片手を前に伸ばし、ラスティアラは両手を前に掲げていた。

軽い基礎魔法を放った者と全力の大魔法を放った者。

決して対等ではない二人が対話していく。

「逃がすと思うか? おまえらを呼んだのは、ここで纏めて始末する為だぜ?」

「随分怖いこと言うね。ファフナーは私たちの味方と思っていたけど……」

「……渦波がいなくなって、状況が変わったんだ」

そして、またファフナーは涙を両目から滲《にじ》ませる。

「世界を救える渦波がいなくなったのなら……、もう止《と》めるしかない。少しでも増えるのを止めるしかない。ああ、最初から分かってたことだ……。ラグネに言われなくても、ちゃんと分かってるさ。生まれるから増えるというのなら、もう生まれないように止める。

……それしかないんだ」

その会話に違和感を覚えた。いまのファフナーは、とても彼らしい。その独特な会話の具合から、ラグネは『経典』と『ヘルミナの心臓』で彼を支配し切らずに、自由にさせている可能性を感じた。

つまり、この狂気に落ちた男とラグネは意思疎通を成功させたのだろうか……？

またしても私の中でのラグネの脅威が膨らむ中で、ファフナーの独白は続く。

「ただ、勘違いするのだけは止《や》めてくれ。いまでも、俺は人間に『試練』を乗り越えて欲しいと思ってる。誰か一人でいい……。どうにかして、一人生き残ってくれたら嬉《うれ》しい。もう選《よ》り好みしていい立場じゃないからな。たとえ、それが渦波でなくラグネだとしても、もう誰でもいい。この贄《にえ》の血を糧にして、このクソ最悪な世界を、誰かが!!　誰かが止めてくれたら！　もうそれでいいっ!!」

ファフナーは思いの丈を叫んで、その血属性の魔力を大玄関全体に伝播《でんぱ》させた。

「――――っ!?――《インビラブル・フィールド》！」

それを無詠唱の攻撃魔法と判断したラスティアラは、咄嗟《とっさ》に防御の魔法を発動させる。

もちろん、それも全力の魔力をこめての魔法だ。当然、その呼吸は荒くなっていく。

「はぁっ、はぁっ、はぁっ……！」

「長話は俺の悪い癖だな……。そろそろ再開するか。気合入れろよ」

「はぁっ、は、ははは。いまのは別に、攻撃でも何でもないんだね……」

敵との魔力の差にラスティアラは苦笑いを浮かべて、冷や汗を流す。

ただ、それでも尚《なお》彼女は一歩も退《ひ》かない。

その背中を見て、私はラスティアラに酷く気遣われていることに気づく。

いま彼女は私に退路の確保を願い、自分が足止めを買って出た。けど、本当は逆だ。冷静に考えれば『理を盗むもの』の相手は同じ『理を盗むもの』である自分で、そのフォローをラスティアラがすべきだ。

四十五階での出来事を引き摺《ず》っている私に無理はさせまいと、ラスティアラは命を懸けて気を遣ってくれている。

そう……。未《いま》だに私は、命を懸けて、手を伸ばされ続けている……。

生きてと、願われ続けている。それに気づき、私は――

◆◆◆◆◆

薄暗い地下空洞に、血の雨が降り続けている。

羊皮紙に撒《ま》き散らしたワインのように、雨が僕の視界を塗り替えていく。

衣服が血を吸い、身体《からだ》が酷く重い。目鼻口といった穴に血が滴り、五感が鈍る。溜《た》まった血が池となり、膝まで水位が上がった。すぐにでも階段を上がらなければ、沈み溺れ死んでしまう。

けれど、動けない。ここにいるのは僕一人のように見えて、もう一人いるからだ。

敵であるラグネ・カイクヲラが、僕が焦り、動き出すのを待っている。

息を潜めて、真っ向からの暗殺を狙っている。

「はあ……、はあ……」

何もしていないのに、緊張だけで息が切れ始めた。マリア相手に使ったような広範囲魔法を使ってこないのは助かるが、これはこれで厄介だった。

最悪なのは、僕だけが地下に取り残されて、ラグネとファフナーさんの二人が同時に上へ出てしまうことだろう。もし、いま見失っているラグネさんが悠々と一人で階段を上がっているとすれば、すぐにでも僕は動き出さなければいけない。

だが、それはできない。

そう焦らせるのが敵の狙いだと、スキル『悪感』が訴えていた。

そして、この『悪感』が発動する間は、敵が近くにいるという証明でもあった。

僕は警戒を解くことなく、棒立ちのまま、敵の攻略法を考えていく。僕がティアラさんから教わった『悪感』は、生存の為《ため》のスキルだ。敗北を先延ばしにできても、勝利を手繰り寄せることはできない。ローウェンさんやジークの『感応』とは違う。勝利する為には自分で考えて、自分で決める必要がある。

まず第一のルールとして、敵の攻撃に触れてはいけない。

条件は分からないが、強制的に失神させる魔法をラグネは使う。

ゆえに全て、受けるのではなく避ける。

魔法から魔法を伝うようにも見えた以上、風魔法も極力使わない。《タウズシュス・ワインド》や《ゼーア・ワインド》といった強力な魔法は、先のマリアと同じ負け方を辿《たど》るだろう。だから、ここは『木の理《ことわり》を盗むもの』だったアイド先生から教わった魔力制御が最適だ。魔力を体外に広げるのではなく、体内で凝縮させて研ぎ澄ます。

まさに、あれはこの状況の為と言ってもいい先生の教えだと思った。

結局、先生とは仲直りできなかったけれど、その死に様はジークから聞いている。

きっと僕と先生は、いまも師弟のままだ。だから、いまでも思い出せることがある。アイド先生は自信喪失していた僕に、選択肢は見つけ辛《づら》いだけであって、誰にだって無限に存在すると、いつも励ましてくれた。あの懐かしい授業を思い出せ。シアやハイリさんの見守る中、ルージュやノワールと一緒に鍛錬を――

「――――っ!!」

思考よりも先に、身体が動いた。

身を前方に畳み、背中からの殺意をすれすれのところで躱《かわ》す。

「……おぉっ。避けたっすね。隙ができたと思ったんすけどね」

地下空洞にラグネの声が響く。

僕は前転するように受身を取って、その声の主の場所を探すように見回す。しかし、誰もいない。確かに、殺意に濡《ぬ》れた刃が僕を襲った。だが、血の池に波紋を生んでいるのは、僕の身体だけだった。

視界の中に血の雨を遮るものはなく、見えるのは血の流動する壁と真っ赤な世界樹《ユグドラシル》しかない。けれど、響く。その声はどこからか響き続ける。

「んー。いまのって、マグレなんすかねー。どっちなんすかねー」「もしかして、ライナー。私が見えてるっすか？」「私ってば恥ずかしくも、間抜けな姿晒《さら》してるっす？」

声の方角はバラバラ。敵は全く見えない。

それを悟られないように、目は薄く開いたまま一点だけを見ることにする。

そして、敵の言葉には付き合わずに、また敵の奇襲を待つ。懐かしく温かな時間を思い出して気を緩ませたことを反省して、もう一度集中し直す。今度こそ油断せず、反撃《カウンター》で息の根を止めてやる。

「……へえ。そっちがそう来るなら、こっちもそうするっすよ？」

その僕の待ちの姿勢を、ラグネは察したようだ。

声色を少し変えて、僕の耳を撫《な》でるように話しかけ出す。

「それじゃあ、私は相性の悪そうなスキルを持ってるライナーなんて、いまは後回しかなーっす。私、稲を刈るような戦い以外はやりたくないっすからねー。カナミのお兄さんと一緒で、臆病者の完璧主義なんっす。というわけで、先に上のみんなを殺してから、ゆっくりライナーを確実に攻略するっすねー。ははは」

その笑い声を最後に、ラグネの声は途絶えた。

地下空洞は静寂に包まれて、血が血を打つ雨音だけとなる。

パチャチャチャという耳慣れた音と、血飛沫《ちしぶき》が舞い続ける見慣れない光景。

僅かにだが、迷いが生まれる。未だ『悪感』は発動し続けて、僕の身の危険を訴え続けている。しかし、ラグネが僕のスキルを誘発させ続けながら、この場を去る方法が絶対ないとは言い切れない。

いま最悪なのは、ラグネが地上で自由に動くこと。リーパーに足止めを約束した以上、それだけは絶対に阻止しないと、上で不意討ちがされ放題だ。

僕は僅かな迷いのあと、『悪感』に逆らって数歩だけ血の池を進む。

「………」

敵の攻撃は来ない。本当に僕を置いて、この場を去ったのかもしれない。

すぐに僕は、慎重に地下空洞を上がる階段まで移動しようとして――

「――っ!!」

今度は右方向から殺意が近づいてきた。また僕は先ほどと同じように前転で躱して、地下空洞にある階段まで辿りつく。その階段の二段目に手をつき、今度こそ敵の位置を捉えてやろうと周囲を見回す。

しかし、その位置情報は、敵であるラグネ自身が明かす。

「――ははは。見えてないな？」

咄嗟に声の方角へ日を向ける。階段の上、二十段目あたりのところでラグネは姿を現して、立って、僕を見下ろしていた。

その彼女のこちらを覗《のぞ》く双眸《そうぼう》を見たとき、僕は全身が粟立《あわだ》った。

茶の瞳が濁り切って、漆黒に染まっている。そして、その焦げ茶の短髪、衣服、手に持った双剣、全てが変色していた。周囲の色に侵食されているかのように、背後の風景と混ざり合っているのだ。混ざり溶け、擬態している。そこにラグネはいるのに、『そこにいない』気がしてくる。酷《ひど》く『矛盾』しているが、こんなにも存在感があって、こんなにも存在感がない人間は初めて見た。亡霊の一種ではないかと思いたくなるほど、ラグネという存在は薄く曖昧で、ぞっとする。

「上がるどころか、むしろ降りようとしてた私を追いかけようとした……。なのに、剣は避けた。間違いなく、見えてはいない。けど、いるのは分かる？……が、正解？」

その濁り切った目で、ラグネは僕を観察する。

未知への恐怖を煽《あお》り立てるように、僕の心を揺さぶる言葉を投げてくる。

そして、ある種の確信を得たのか、にこりとラグネは笑った。その手に持っていた剣を一つ放り投げて、十段下へ。僕にとっては十段上の階段に、器用に突き立てた。

その水晶の剣は、血の雨の中でも清く輝く。

剣を使うものならば誰であっても憧れるであろう至高の宝剣だった。

「こ、この……！　クソ女が!!」

それが『アレイス家の宝剣ローウェン』と理解したとき、僕は悪態をついてしまう。

「ローウェンさんの剣っすよ。拾わないんすか？」

「こんな見え透いた罠《わな》に、誰がかかるかよ」

「……罠じゃないっす。ただ、返したいだけっすよ。本気の戦いの前に」

ラグネは微笑を保ち、神妙な表情で目を伏せて語る。

「正味な話、その剣だけはそっち側に返してもいいって思ってるんすよね……。なにせ、あのローウェンさんの戦いを私も直《じか》に見たっすからね。あれは本当に、騎士たち全員の心を奪う試合だったっす。だから、あの戦いを汚すような行為だけは、騎士の端くれとしてしたくないって本気で思ってるんすよ……。この私には相応《ふさわ》しくない代物だって、ちゃんと自覚してるっす。これはもっと心の真《ま》っ直《す》ぐな騎士の手にあるべきっす」

その語りに合わせて、僕はローウェンさんの戦いを少しだけ思い出す。

世界最高の舞台である巨大劇場船にて、亡き世界最高の剣士二人が戦っていた。目にも留まらぬ剣閃《けんせん》が幻想的な線を描き続けて、水晶と氷晶が彩り続けた。あの剣戟《けんげき》だ。

あの日、僕とラグネは同じような立ち位置にいて、同じような動きをして、この『アレイス家の宝剣ローウェン』を奪い合った。

「迷宮の守護者《ガーディアン》たちの中、ローウェンさんだけは本当に尊敬してるっす。騎士として」

彼女も同じものを思い出しているのか、かつてない真摯さで宣誓していく。

「そして、我が後輩ライナー・ヘルヴィルシャイン。同時に、あなたの騎士道も私は尊敬しています。あなたこそ、あの連合国最高の騎士と謳《うた》われたハイン・ヘルヴィルシャインの魂を受け継ぎし騎士。持ち主に相応しいとは言えずとも、この『アレイス家の宝剣ローウェン』の主《あるじ》となる人物が現れるまでの鞘《さや》となるには十分でしょう」

見え透いた世辞だと思った。油断なく敵を睨《にら》み返して、否定する。

「そんな馬鹿な話、僕が信じるとでも思ってるのか？」

「信じてくれないっすかね……。本当は私だって、こんなことは……いえ、なんでもないっす……」

ラグネは少しだけ悲しそうに、その双眸を伏せた。その口元の微笑に儚《はかな》げな何かが映り、何かしらの不本意が滲《にじ》んでいるように見えた。それはどこかジークに似てると思える表情で……。釣られて、彼女の話を詳しく聞きそうになる。

一歩階段を上がりそうになる。

けれど、僕は一切の反応をせず、殺し合いの警戒だけを保ち続けた。

睨み返すだけの数秒。その後、上から殺意の群れが降ってくる。

僕は跳ねるように動き、階段を三段ほど上がって、それを全て躱す。

今度の攻撃は視認できた。ラグネお得意の『魔力物質化』の剣が、五つ上空から落ちてきたようだ。以前、ラグネは魔力で作った剣は手元から離せないと言っていたが、それは嘘《うそ》だったことが分かる。

そして、その嘘つき女は、にっこりと笑って昔のように親しげに話しかけてくる。

「まっ、お察しの通り、罠っすけどねー！　全部嘘っす！　いやあ、やっぱ分かるんすねー！　それ、便利過ぎないっすかー？　ライナーを放って上に行けないじゃないっすかー、もー」

敵の剣の投擲《とうてき》を見届けたあと、すぐさま僕は階段の先にある『アレイス家の宝剣ローウェン』を拾いに行こうとする。が、もうそこにそれらしきものはなく、厭《いや》らしい笑みを張り付けた元同僚の手にあった。

「ははは。そもそも、ライナーって真っ直ぐな心を持った騎士じゃないっすよねー。あの高潔なハインさんとは全然っ、ちーっとも似てないっす！　なのに、ライナーって自分こそがハインさんの後継者みたいな感じ出してるっすよね。正直、ヘルヴィルシャイン家の誰もそんなことは思ってないのに」

ラグネは真剣な表情を全て捨て去って、饒舌《じょうぜつ》に語り出す。

「そもそも、ハインさんとライナーって、そこまで仲良かったたっけって話っす。ライナーにとってハインさんは唯一だったとしても、逆は違うっすよね？　ハインさんが一番可愛《かわい》がっていたのは、フランリューレのお姉さんのはずっす。いやあ、果たしてハインさんは本当に、ライナーに遺言を託したのかなー。だって、血縁者でも何でもない養子のライナーっすよ？　他の血の繋《つな》がった家族たちを差し置いて？　あの貰《もら》いっ子のライナーに託す？　いっつも一人ぼっちの出来損ないライナーに!?　あの生まれてから、ずっとずっとぼっちのライナーに!?」

その煽るような口ぶりには覚えがあった。いま話題となっているハイン兄様が、過去にヘルヴィルシャイン家であの男とよく話していたのを思い出させる。

「ははは、学院でも一人だったたっすよね！　確か、聖堂でも一人だったたっす！　そして、ヘルヴィルシャイン家でも一人だったライナー！　もちろん、騎士としても一人だったライナー！　でも、一人が嫌だからって、ハインさんが死んだら節操なくカナミのお兄さんの騎士なんて名乗っちゃうライナー！　その上、そのカナミのお兄さんまで死なせちゃったライナー！　同じ妄信で、同じ失敗を繰り返すライナー!!」

「――――っ！」

ジークの名前を出したところで、ラグネは右手に持った剣を横に振った。

すると、横の吹き抜けから螺旋《らせん》階段に向かって、弓矢のように魔力の剣が飛来してくる。

それを僕が冷静に屈《かが》んで避けると、ラグネは口を尖《とが》らせて残念がる。

「……あー。やっぱ、駄目っすか。カナミのお兄さんのときは、これで刺せたんすけどね。いやあ、意外にライナーって面倒臭いっす。煽っても駄目。脅しても駄目。降参した振りも駄目。……もう、こうなったら人質作戦しかないっすね！　前の大聖堂では、効果覿面《てきめん》だったたっすからね。ライナーみたいな騎士はこう攻略するんだなーって勉強になったっす。ありがとうフェーデルトさん！　幸い、私ってば誘拐とか得意っす！」

人の嫌なところを突《つつ》いては、自分のやったことを人に擦《なす》りつける。その飄々《ひょうひょう》と人を笑い続ける姿は、鏡に映っているかのようにパリンクロン・レガシィそっくりだった。だが、全く同じではない。鏡のように、本質的なものが左右逆のような違和感があった。

「姉様を人質にしても無駄だ。ラスティアラも同じだ。そのときは、おまえごと殺す」

「本当っすか？　本当の本当にっすか？　ずっと無口だったライナーが、そう念を押すのは、そうできないからじゃないっすか？」

　少しずつ分かってきたことがある。おそらく、ラグネは彼女が強いと思った人たちの表面を、ものは試しで真似《まね》ている。強い人がやっていたのだから強い戦法なのだろうという軽い気持ちで、再現している。ラグネの言葉を聞いて頭に血は上らないが、その節操ない『敵を楽に殺せるなら何でもいい戦い方』は見ていて、不快だった。

「ははは、そんな怖い顔しないでくださいっす！　分かったっす！　流石《さすが》に誘拐は卑怯《ひきょう》過ぎるんで、ここは止《や》めとくっす！　ただ、代わりに、その私を見てるスキル……。誰から教わったか教えてくれないっすか？　もちろん効果とかは聞かないっす。どうやって身につけたのか、それだけ教えてくれたら、誘拐は絶対しないっすよ」

　この要求の条件を安く見せるやり方も、どこかで経験がある。

　そんなものに僕が騙《だま》されると思われているのが、非常に腹立たしかった。同時に、そんなもので戦うラグネに、あのジークが殺されたかと思うと感情が抑え切れなくなる。

「さっきから、あんたは……！　嘘、嘘嘘嘘っ！　心にもないことばかり！　そういうのは分かんだよ！　僕を舐《な》めるな!!」

かつては先輩騎士であるラグネ・カイクヲラを尊敬したこともあった。だからこそ、いまの彼女は見ていられない。堰《せき》を切ったかのように、僕は叫び声を叩《たた》きつけていく。

「あんた、それでいいのか……!? 本当に、それでいいのか!? そんな生き方と戦い方であんた自身、納得いってんのか!? ラグネッ!!」

「納得、っすか……？」

ラグネは驚きの表情を見せた。

そして、言葉では決して揺るがないと思っていた彼女が、急変する。

「……いいっす。いいに決まってるっす。だって、これが戦いっす。勝つ為《ため》なら、何をやってもいい。負けたほうが悪。死んだほうが馬鹿。当たり前のことっす」

さらに饒舌になり、早口で悪態を吐《つ》き始める。

「そうっす。これが戦いっす。それなのに、あいつ……。私と戦うときさえも、正々堂々としていた。私の言葉を真剣に受け止めて、馬鹿みたいに考えて、最後まで私を信じて……。ああっ、胡散臭《うさんくさ》い!! 死ぬ寸前まで真似しやがって……。ふざけてる、ふざけてるふざけてるふざけてる! 私のママを知ってて、やってたのか……! あいつ!!」

「…………っ！」

今度は、僕が驚きの表情を見せる番だった。

散々ラグネは僕を煽ってきた。おそらく、その狙いは冷静さを欠いた僕の隙を突くことだったはずだ。その戦術を取っていたラグネ自身が、たった一度の煽りに負けて冷静さを欠いているように見える。

とはいえ、この豹変《ひょうへん》も演技かと疑って、僕は迂闊《うかつ》に反応できない。

「あいつだ!!　あいつあいつあいつっ！　これでいいかだって!?　そんなことは、あいつに言え！　私はいいに決まってる……!!」

何が原因《キーワード》だったのか分からないが、急にラグネは不安定な姿を見せた。

頭を掻《か》き毟《むし》って、ヒステリーを起こしている。

そこに先ほどまでの胡散臭さはない。稚拙な猿真似にも見えない。

ただ、僕が頭に思い描いていた『ジークを殺したラグネという人物像』とかけ離れ過ぎていた。だから、困惑しつつ、その彼女の姿から可能性を一つ推測していく。

もしかしたら、僕が思っている以上に、ジークとの戦いで彼女は身体《からだ》も心も消耗しているのかもしれない。思い返せば、マリアのやつに勝ったときも、予定外の出来事に驚き、手を止めていた。その身につけた『理《ことわり》を盗むもの』たちの魔石は、彼女に力だけでなく、何かしらのデメリットも与えている可能性が高い。それは例えば、心が『理を盗むもの』たちに近づく……？　そう思えるほど、いまここにいるラグネは、『理を盗むもの』たちの弱っている姿を、僕に想起させた。

彼女の威圧感は全て、張りぼてかもしれない。

僕は敵の罠を確認する為にも、不本意だが言葉で揺さぶることを選択する。

「ラグネ……。ジークは死ぬ寸前まで、あんたを信じてたのか？」

「そうっす。ライナーと違って、カナミのお兄さんは最初の懐柔作戦にどっぷりと引っかかっちゃってたっすよ。ははは。だから、殺すのは本当に楽だったっす」

ジークの話を出した途端、ラグネは表情を戻して、少し自慢げな口ぶりとなった。

そのころころと転がる賽《さい》のような態度に慣れてきた僕は、冷静に続きを話す。

「ああ、ジークはあんたを仲間だと心から信じていただろうな……。きっとあの反則的な《ディメンション》だって、仲間って理由だけで軽く抜けられる」

「ライナーにも見せたかったほど無様だったっすよ。なにせ、最初から――」

「だが、もっと楽な方法もあったはずだ。あの馬鹿主を騙して騙して騙し続けて、利用し続けたほうが、もっともっと楽だったはずだ。というか、あんたは最初、そうしようとしてたんじゃないのか？　あの英雄を利用して力をつけて、昇進もして、いつかは国を動かせるような偉い人間になってやろうって……、そう思ってたんじゃないのか？　なのに、どうしてだ？　ジークは仲間が苦しんでいたら、それだけで命懸けで助けたいと思うようなやつだ。こんな最悪なことをする前に、純粋に助けを求めても良かったはずだ！　あんたなら簡単にジークを騙せる！　ラグネ‼　なのに、どうしてだ⁉」

「助けを求める？　カナミのお兄さんに……？　そ、それは……」

言い淀んだ。敵の逡巡《しゆんじゆん》を感じ取り、すぐさま僕は切り札を一つ切る。

「――《ワインド》！　お願いします！」

まだ『悪感』は止まらないが、試す価値はあると判断した。

僕は自分の中にいる力へ頼んで、『風の腕』を自分の腕の後ろに一つ増やした。さらに風を足に纏《まと》って、血の滴る階段を駆け上がっていく。

途中、『悪感』が目に見えない脅威を感じ取った。ラグネのところへ辿《たど》りつくまでの道の宙に七本、刃の形をした殺意が浮かんでいた。それを全て避けて、ラグネへ肉薄し、『シルフ・ルフ・ブリンガー』を敵の首目掛けて振るう。

「――――っ!?」

当然だが、ラグネは手に持った水晶と赤の剣で、その攻撃を防ぐ。

しかし、そこへ隠し腕である『風の腕』が持つ『ヘルヴィルシャイン家の聖双剣・片翼』が、敵の無防備な首を狩り取ろうと襲いかかる。

「――ク、《クォーツ》！　と、【星の理】よ!!」

咄嗟《とっさ》にラグネは、肩口から水晶を生み出して、刃から首を守った。さらに、その水晶は蠢《うごめ》き、肥大化して、獣の顎《あぎと》のように『風の腕』に噛《か》みつく。

水晶の顎に触れられる前に、『風の腕』を消そうとしたが間に合わない。獣に食い千切られたかのように、『風の腕』は霧散してしまう。それを見た僕は、マリアと同じ失神を覚悟する。そして、その前に全ての勝負を決めようと即決し、特攻する。

「死ねぇぇええぇっ!!　ラグネェッ!!」

「――――っ!?　こ、これ、気絶させる力じゃ――!?」

ラグネは水晶の魔法で僕の『風の腕』に触れたとき、勝利を確信した笑みを浮かべていた。しかし、依然として僕が止まることなく動き、双剣を強引に押し込もうとしているのを見て、困惑の言葉を呟《つぶや》きながら攻撃を捌《さば》こうと動く。

ラグネが選択したのは、スキル『剣術』。いざという瞬間、彼女は『理を盗むもの』の魔法でなく、自分が長年かけて鍛えて手に入れたスキルを頼った。

結果、ラグネは身体を横にずらして、見事僕の双剣の力を受け流し切る。

　僕は勢いのまま、転びそうになりながらも、ラグネを越えて階段を一気に五段ほど上がる。そして、すぐに振り返り、階下のラグネを視界に収めつつ、自分の状態を確認する。手足は動く。意識が朦朧《もうろう》とすることもない。ラグネの魔法に触れたら、マリアのときのように失神してしまうかと思ったが、大丈夫だったようだ。

　ただ、変化は間違いなくある。先ほどの『風の腕』を、もう一度出そうとしても、僕の身体の中から返答はない。何らかの異常な力によって、僕の力の一つが眠りについたかのような感覚があった。

　その確認の間に、ラグネは忌々しげに自分の魔法である水晶に怒鳴りつける。

「はぁっ、はぁっ、はぁっ！　ああっ、理の力っ、使えない！　気絶させるんじゃなかったのか!?……い、いやっ、いまはそれよりも――!!」

　そして、自分の両腕を見つめながら、蒼白《そうはく》の顔で独白し続ける。

「わ、私が先に動揺した？　カナミのお兄さんを失ったばかりのライナーより先に、この私が？　今日の今日まで、ずっと我慢し続けてきた私が……!?」

舌戦。心と言葉の比べ合いならば、必勝の自信があったのだろう。だからこそ、安易にパリンクロンの真似を選択して煽《あお》ってきたのだ。しかし、実際に崩れて隙を作ったのはラグネだった。彼女は先ほどの自分の失態が信じられない様子で、マリアを倒したときと同じように戦いの最中に自問自答を始めてしまう。

「さっきから、何かがおかしい……！　逆のつもりが、逆の逆に！　これじゃあ、まるでノスフィーさんたちと同じ……！」

また隙だらけだった。いま襲えば、あっさりと殺せそうな気がしてくる。

もちろん、ラグネが狂っている振りをしている可能性もある。

ゆえに僕は後退《あとずさ》って、一段ずつ階段を上がって、彼女から遠ざかる。

先ほどの特攻で、僕は切り札を一つ失って、敵にダメージを全く与えられなかった。しかし、立ち位置のアドバンテージは得た。時間も十分に稼いでいる。このまま、階段を上がって逃げるのは選択肢として大いにありだった。

しかし、僕が慎重に逃げていく最中で、徐々にラグネの様子が変わっていく。ただでさえ膨大だった彼女の纏う『理を盗むもの』たちの魔力が、さらに膨らんでいく。

「く、暗い……？　また『詠唱』も何もしてないのに？」

透明で静かだったラグネの魔力が、マリア相手に使った魔法と同じ色に染まっていく。

それは四属性の四色が混ざり合ったことで澱《よど》んだ奇妙な黒色。

その自分の黒い魔力に包まれたことで、ラグネ自身が視界を損なっていた。

そのとき、僕の後退る足が、重くなる。

すぐに理由は分かった。ラグネの黒い魔力に、僕の身体が引き寄せられているのだ。

先ほどから壁や階段に滴る全ての血が、彼女に向かって流動している。螺旋《らせん》階段の手摺《てす》りも軋《きし》みながら曲がり、僅かだが彼女に近づいていた。

その現象に、僕は心当たりがあった。それは元仲間である『魔石人間《ジュエルクルス》』ルージュとノワールの使う星属性の魔法。あのよく分からない『引っ張る魔法』と似ている。

正確に言えば、魔力そのものが星魔法と同等の力を発揮している。

『術式』もなく、その性質だけで、魔法と呼べるだけの現象を起こしている。

それを見て、僕は正直なところ、ラグネが『理を盗むもの』たちから奪った魔力に振り回されているように感じた。呻《うめ》くラグネが、黒の魔力に包まれた状態で動こうとする。同時に、階段に配置していた魔力物質化で作った剣も操作しようとしている。しかし、カツンッと、そのほとんどの剣が壁にぶつかった。

『悪感』があるおかげで、剣群の軌跡は分かった。剣はラグネを中心に、宙を周回しようとしていた。だが、その描く円が大きすぎて、大空洞の壁に当たって落ちたのだ。

もはや完全に僕を見ていないラグネは、魔力の剣のコントロールに集中し切り、僕以外の誰かに向かって叫ぶ。

「ふ、ふざけるな!! 私は私の力で、『一番』になったんだ! 力に使われるんじゃない! 力を私が使う! 力を使って、『一番』になるんだ!!」

その何もない宙を睨《にら》む姿は、他の『理を盗むもの』たちのように狂気的だった。纏う魔力は凄《すさ》まじいが、とにかく不安定過ぎる。先ほどまでの飄々《ひょうひょう》とした態度が嘘《うそ》のように、ラグネは変わり切ってしまっていた。その彼女の不安定さが、僕に決断させる。

「――《ワインド・風疾走《スカイランナー》》！」

ラグネの危険すぎる魔力に触れようとは思わない。

下手に突《つつ》くよりも、不安定なまま放置するのが最善だ。

十分に時間は稼いだ。そして、逃げ足の速さに僕は自信がある。いま、この好機にこの立ち位置なら、理想的な形で引き離せる自信もあった。

ラグネに背を向けて、階段を駆け上がり、さらに風の補助を得て、跳躍し、地下空洞の壁を足場にして、地上の一階に向かっていく。

「ライナァアアア!?　おまえのせいだ！　逃げるなぁああァァアアア――!!」

それを呼び止める声と共に、背中を引っ張る例の力が強まった。

振り返らなくても分かる。ラグネは黒い魔力を膨らませて、さらに不安定になった姿で、逃げる僕を追い掛けて来ているのだろう。

それを無視して、僕は血に濡《ぬ》れた壁を全力で、垂直に駆け上がっていった。

◆◆◆◆◆

私はラスティアラの大きな背中から、未《いま》だに命懸けで手を伸ばされ続けているのを感じた。それに気づいた私――ノスフィー・フーズヤーズは、ラスティアラより前に出て、ファフナーの相手となった。

対峙《たいじ》する守護者《ガーディアン》二人。ほぼ同等の魔力を紡ぎ、ほぼ同等の魔法をぶつけ合っていく。

ファフナーが血の矢を用意すれば、私は光の矢で相殺する。血の雨には光の雨。血の壁には光の壁。血の剣には光の剣。千年前の経験から、『血の理を盗むもの』と戦うことに慣れている私は、彼の生み出すものに対して即座に対応していった。彼得意の『血の人形』も、一体たりとも大玄関に存在することは許さない。

「――《ライトアロー・ブリューナク》!!」

さらに、フーズヤーズ城の大玄関を満たすほどの巨大な光の槍《やり》を生成した。

「心臓のない貴方《あなた》ならば……!」

いま私は重症に重症を重ねた状態だが、相手も本調子ではないはずだ。投げつけた光の槍が、ファフナーの身体を覆う血の蓑《みの》にぶつかり、魔力の鍔迫《つばぜ》り合いが発生する。

「くぅっ! やるな、元主《あるじ》! 悪いが、手加減はできねえぜ! 新しい主に皆殺しを命じられてるもんでなあ!」

「くっ……! わたくしのときと違って、随分と素直に命令を聞きますね!」

「人聞き悪いな! 俺はいつだって素直に聞いてるぜ! 聞いてはな!!」

魔力と共に言葉をぶつけ合いつつ、私は意識を他に回す。

それは十を超えたファフナーの多様な魔法の中で、私の光でも相殺できなかったもの。一度、血の池にしっかりと浸《つ》けられて、再度出てきた二人。身も心も血塗《ちまみ》れとなったことで、ファフナーの操り人形となってしまったグレン・ウォーカーとエルミラード・シッダルクだった。いまグレンは、私がファフナーの相手をしたことで手の空いたラスティアラと戦っている。『魔人化』したグレンは真っ赤な身体《からだ》を真っ赤な池に溶け込ませて、ラスティアラの死角に移動しながら複数の紐《ひも》付きの短剣を投げつけていく。

ただ、その赤い殺意に溢《あふ》れた鋭い動きに反して、なぜか彼の表情と言葉はラスティアラの味方だった。だから、こんなに不思議な戦いが発生する。

「ラスティアラちゃん！　そっちは毒が濡られてる！」

「そっちって、どっち⁉　もっと分かりやすく‼」

「一番見にくい所から来るのが毒！　避けて‼」

戦いながらも敵に助言する様相は、少し前のファフナーとマリアさんの戦いを思い出させる。そのことから、ファフナーがグレンに自分と同じ目に遭わせようと狙っていると窺《うかが》える。その『試練』を乗り越えれば、また一つ『血の理《ことわり》を盗むもの』である自分に近づくとでも思っているのだろう。千年前からお馴染《なじ》みの一方的で最悪な嫌がらせだ。

そして、残るエルミラードは、マリアの身体を操るリーパーを相手に、剣で斬りかかっていた。見たところ、こちらはグレンと違って意識が全くなく、『魔人化』の身体能力のままに剣を振るうだけで、酷《ひど》く拙い。その剣にはリーパーに届くほどの脅威はなかったが、楽に勝てるほど温《ぬる》い敵でもなさそうだった。

はっきり言って、一階の状況は悪い。

ファフナーは私。ラスティアラはグレン。リーパーはエルミラード。

それぞれ動きを抑えられてしまい、逃げる為《ため》の出口を作る余裕がなかった。

どうにか状況を変えないといけない。そう私が決断したとき、その好機はやってくる。

「――――っ!?」

急に全身が重くなった。地面に引っ張られるかのような感覚に襲われて、血の池に手をつきそうになる。その魔法に私は心当たりがあった。

「お、重い? これはノワールの……?」

重力を操る星魔法《グラヴィティ》かと思った。

しかし、それは違うと近くのラスティアラが首を振る。

「いや、いまノワールちゃんは上にいる！ この魔法は下！ 下から来てる！」

ラスティアラも同様に、さらにファフナーたちも顔を顰《しか》めて、その重力魔法に抗《あらが》っていた。重力魔法は無差別だった。城の床や壁を這《は》う血も干渉されて、一階中央の吹き抜けへ渦のように吸い込まれていく。

そのどちらの味方もしない魔法が大玄関を襲った数秒後、その風は吹いた。

「――《タウズシュス・ワインド》ォオ!!」

筒から放たれる砲弾のように、吹き抜けからライナーが飛び出てきた。そして、すぐさま宙に複数の風の杭《くい》を生成して、ファフナーの背中に襲いかかった。

「っと、おまえか!! 俺の新主はどうした!?」

ファフナーは私の《ライトアロー・ブリューナク》に加えて、ライナーの風の杭も血の蓑で防御して、問いかけた。その質問にライナーは答えることなく、攻撃の失敗に舌打ちだけして、ファフナーを放置して城の出口まで風に乗って移動する。

そして、城の出口である正門近くにいたリーパーに叫ぶ。

「おいっ、死神！ 一旦逃げるって言っただろ!!」

「ライナーお兄ちゃん！ それが出れないの！ 閉じ込められてて！」

その言葉を聞いたライナーは、すぐに背中を向けて、血に守られた扉を腕力で押し開けようとする。そのとき、グレンの投げる短剣と叫びが彼の背中を襲う。

「ライナー君、避けろ！ 僕は背中を見せた敵を優先して狙う!!」

その煌《きら》めく白刃たちをライナーは紙一重で躱《かわ》しつつ、敵を確認していく。

「ウォーカーさん、それ……！ 面倒臭いっ、また別口で操られてるってことか！」

ライナーは悪態をつき、周囲の状況を把握する。簡単に城から逃げられないことを理解しつつ、私と目が合う。突き刺すような活力の漲《みなぎ》った両目だった。私の姿を捉えて、瞳に強い敵意が滲《にじ》んでいく。けれど、すぐに敵意は抑えられて、行き場のない怒りで満たしたあと、最終的には同情に近い瞳となった。堪《たま》らず私は、彼に応えようとする。

「ラ、ライナー……。わたくしは……」

「いまはいい！　それよりも、ここで時間をかけてると、下からあいつが来る！」

本当は一階の大玄関に辿《たど》りつくと同時に、外へ出る予定だったのかもしれない。

予定を一から立て直すのに余計な時間は使っていられないと、私の言い訳も懺悔《ざんげ》も発生する前に斬り捨てられた。そして、見るからに焦った様子で視線を私から逸《そ》らして、自分がやってきた大空洞に向ける。

この場にいる三人の血塗れの敵は、そこまで脅威ではないという反応だった。

その意味を私は知っていた。だからこそ、釣られて目が向く。その方角に吸い込まれるような感覚だった。事実、徐々に重力の方向が変わっているのだ。下から斜めへ、斜めから横へ。いま私を含む全物質が引き寄せられているのは、地下と繋《つな》がっている階段だった。

そこから現れるのは、息を切らしたラグネ・カイクヲラ。身を黒色に――いや、黒とは言い切れない奇妙な色彩の魔力を纏《まと》って、呟《つぶや》きながら一階に現れた。

「はぁっ、はぁっ、はぁっ……。く、暗い……。暗い、暗い暗い暗い……！」

私は驚きを隠せない。四十五階で別れたとき、ラグネは狡猾《こうかつ》で強い騎士というイメージだった。だが、いまは真逆と言えるほどに違った。その表情から伝わってくるのは、狡猾さよりも狂気。濃すぎる魔力は『人』としての強さではなく、『化け物』としての強さ。

到底、騎士とは呼べない。

ラグネが自らの魔力の中で、目を細めて、獲物を探すように周囲を窺っていた。

だが、彼女が誰かを見つけるよりも早く、ラスティアラが叫んで自分の存在を訴える。

「ラグネちゃん！　私だよ!!」

グレンがライナーに手を出したことで、ラスティアラには余裕が生まれていた。その時間を使って、一階に現れたラグネに近づいていく。それをライナーが後ろから止めようとしたが、当然ながら直近のグレンが襲い掛かって止められる。綺麗《きれい》に戦う相手の交代が成立して、ラスティアラはラグネと向かい合って、話を始める。

「そ、そこにいるのは……。もしかして、お嬢っすか？」

ラグネは声に反応して、細めた目を動かしてラスティアラを探す。

まさかとは思っていたが、どうやら彼女は自分の魔力で周囲が見え難《にく》くなっているらしい。その自分の力に振り回される姿は、千年前の『理を盗むもの《わたし》』たちを思い出す。

「うん、私だよ。ねえ、ラグネちゃん。まず先に聞かせて。……どうして？」

ラスティアラは事前に言っていた通り、彼女の真意を探ろうとしていた。双方に時間がないことを考慮して、とても短く、直球に、四十五階での不意討ちの動機を聞いた。

「……お嬢、どうか思い出して欲しいっす。あの綺麗な庭で、ずっと私は言ってたっすよね？　いつか『一番』になりたいって」

「うん。昔から、あの人聖堂で言ってたね。でも、それは騎士としてじゃないの？」

「いいえ、全てにおいての『一番』っす。だから、カナミのお兄さんは、どうしても邪魔だったんす。どうしても……」

「……そっか。そうだったんだね」

短いやり取りだと思ったが、付き合いの長い友人同士でしか分からない意思疎通があったようだ。ラグネは申し訳なさそうに口を結んで、ラスティアラは顔を隠すように伏せて……、涙を血の池に零《こぼ》す。

「――――っ!?　も、もしかして、泣いてるっすか……？　どうして!?　お嬢、泣かないでくださいっす……！」

「誰だ!!　誰が一体、私のお嬢を泣かせた……!!」

ラグネが階段の降り口から駆け出して、ラスティアラに近づきながら、また敵を探すように周囲を見回した。

異様な姿だった。明らかにラスティアラは、ラグネとの会話を原因として涙を流し始めた。いま会話を交わしていた当人が、気づいていないはずがない。先ほどの申し訳なさそうな顔は、罪の意識があったからだ。

――その異様さに、いま、大玄関で思考の余裕がある誰もが手を止めてしまう。

私とファフナーは口を開けて、いもしない敵を探すラグネを見守り続ける。少し遠くにいるライナーとグレンも同様の様子だった。注意はしたくとも、何が起こるか分からないから迂闊《うかつ》に口を挟めない。そんな表情をしていた。

幸い、ラグネは他人の視線に敏感だった。

すぐに周囲から向けられる視線にこめられた真実に気づき、我に返って、足を止めた。

「……あ、あぁ。ああ、私か。ぁあ、ぁああぁっ、ははっ、あああぁ、もうっ!!」

自分がラスティアラを泣かせた敵であると気づき、ラグネは自嘲し、苛立《いらだ》たしげに頭を掻き毟った。その姿を見て、彼女から感じていた懐かしさが確信に変わり、私は怯えながらも聞く。

「ラグネ……。もしかして、あなたも『理を盗むもの』の一人に……。もう使徒様もいないのに、どうやって……?」

方法は分からないが、そうなったとしか思えない。

その私の見解を聞いて、ラスティアラは顔をあげて呟いた。

「ラ、ラグネちゃんが……？　『理を盗むもの』に？」

ラグネは一人、爪に血が滲むほど乱暴に頭を搔き毟り続けている。

そして、数秒後に大きな溜《た》め息《いき》と共に、いつもの表情に戻った。

人懐っこくて飄々《ひょうひょう》とした明るい女の子に戻り、答える。

「……くっ、うう、ふう。は、ははっ、お二人ともご心配なく。もう大体理解してきたっすから。いやー、これが『理を盗むもの』になるってことなんすねー」

魔力は濃いまま、狂気が薄まった気がした。

とても冷静にラグネは自分の状況について分析して、私たちに説明をしていく。

「大切なものの為に大切なものを捨てるって、例のやつ。あー、ほんとクソなルールっす。何の説明もなく、生まれた意味を根こそぎ奪っていくルール。自然と、自分で自分のやっていることすら分からなくなる。せっかく強さを手に入れても、あとは弱くなっていく一方……。ほんと酷い話っすよ。ははは」

私やファフナーと同類になったのだと、とても軽い様子でラグネは告白した。

だが、それは千年前の戦いを経た私にとって、決して軽いことではない。怨敵であると分かっていても、その言葉は自然に口から零れていく。

「ま、まだ間に合います、ラグネ！　大切なものを失い切る前に、その全てを捨てたほうがいい！」

「嫌っす。私は失う気も、捨てる気も、負ける気もないっすよ。私は世界の理全てを盗み、『代償』に打ち克《か》ち、この力を本当の意味で自分のものにするっす。ええ、この世の全て、私のものにして……、必ず『一番』となる。『人』のまま、本物の『一番』に」

否定は早く、意志は固く、迷いはなかった。同じ『理を盗むもの』でありながらもラグネは違うのだと、理解するに十分な即答だった。

至った場所は同じでも、出来が違う。『理を盗むもの』に辿りつくまでの道程が違う。

それは私やお父様たちの「もしも」の姿だ。もし、私たちが使徒と出会わずに一人で歩き続けていたら、いまのラグネと同じようになれていたのかもしれない。

どこか鏡を見ているかのような錯覚がしたとき、ずっと見つめていたラグネが唐突に、消えた。最初からそこにいなかったのように、ラグネ・カイクヲラという存在が世界から切り取られたのだ。

それがお父様を殺したときの技であると分かり、私は警戒と共に周囲を見回す。

一番近くにいたラスティアラもラグネを見失い、驚愕《きょうがく》していた。

そして、彼女の仲間であろうファフナーも同じ顔をして、困っている。

「おいっ、ラグネ！　それは俺にも見えない！　誰を狙ってる!?」

聞いて答えが返ってくるわけではないが、聞くしかない質問だった。

ファフナーの魔法は、広範囲で無差別的なものが多い。ふとした魔法で、消えたラグネも攻撃してしまう可能性があるのだ。攻撃の手を止めて、仲間の位置を探る。それはラスティアラや私も、一階にいる誰もが同じだった――が、一人だけ。私たち『理《ことわり》を盗むもの』でもわからないラグネの位置を理解して、敵味方関係なく情報を伝えようとする人間がいた。

「ラスティアラちゃん！　彼女は君を無視して、聖女様に向かってる！」

聖女様、つまりは私。ライナーと戦っていたグレンが、確信を持った様子で叫んだ。

それをラスティアラは疑わない。ファフナーも疑わない。

二人は同時に、私へ向かって動き出す。

「ノスフィー！」

「そこかぁっ！」

ただ、当然だが、同じ場所を目指せば、道は交錯する。

二人は目が合い、咄嗟《とっさ》に魔法も交錯させる。

「そ、そっちは来ないでいい！――《ゼーア・ワインド》！」

「そっちこそ、急に来るな！　びっくりするだろ！――《ブラッドシールド》！」

ラスティアラは突風の魔法で吹き飛ばそうとしたが、ファフナーは血の膜で耐え切った。

そして、二人の戦いが再開されるのを私は、見続けることができない。

突然、視界一杯にラグネの顔が映ったからだ。

目と鼻の先に現れて、その両手を私の首にかけた。グレンの忠告で身構えていたにもかかわらず、それを私は避けることも防ぐこともできなかった。

お父様を殺した腕。トラウマそのものに掴《つか》まれて、身体《からだ》が震えて動かなくなる。

「う、ぅう……。ラグネ・カイクヲラ……！」

「さてさてっ！　そんなどうでもいい話よりも！　ノスフィーさん、ちゃんと復活したみたいっすねー！　これでようやくまともに話ができるんで、私は嬉《うれ》しいっすよ！」

ラグネは私の首を絞め上げながら、四十五階で話したときと同じ口調で語りかけてくる。

どれだけ私が目尻に涙を溜めようとも、お構いなしに冷たくて痛い言葉を紡ぐ。

「ほんと今日は色々あったっすねえ、ノスフィーさん。あの地下屋敷から抜け出して、フーズヤーズ城で準備して、カナミのお兄さんを健気《けなげ》に待って、殺し合った末にパパであることを認めて、でもあっさりパパは死んじゃって……、大泣きも大泣き。それで、そのノスフィーさんは、いまから私と戦《や》れるんすか？」

まず私の戦意を確認してきた。ただ正直、あるわけがない。

あれば、こんなにも身体が震えていない。

そう泣きたくなる中、ふと違和感を覚える。いま思えば、四十五階のときもそうだった。

時間を置いたからこそ気づけたことだが、ラグネが私を問答無用で殺さないのはおかしい話だ。不意討ちを信条としている彼女らしくない悠長さだ。

最大の強敵であるお父様を殺して、油断しているのだろうか。

それとも私を特別扱いしないといけない理由でもあるのだろうか。

その答えが出る前に、ラグネは聞き直す。

「ちゃんとノスフィーさんの『一番』は見つけられたのかって、聞いてるっす」

おそらく、ラグネとしては答えられない私の為《ため》に質問を分かりやすくしたつもりなのだろう。だが、こちらはもっと困惑するばかりだった。その質問と戦意に、何の関わりがあるのかが分からなかった。

「わ、わたくしの『一番』ですか……？」

「はい。ずっと探し続けてきた『一番』。ずっと求め続けた生きる意味。その答えを得る為に、ノスフィーさんは頑張ってきたはずっす」

大事な質問をされていると思った。これはラグネにとっても私にとっても、とても大事なこと。ただ、私にとっては明快過ぎる質問だった。

「わたくしの『一番』は……！　いつだって、お父様です!!」

「しかし、そのパパはもういないっす。死にました。パパのいない世界で、何を頼りに生きていくつもりっすか？」

その答えは駄目だと、ラグネは首を振った。もう終わった人間に縋《すが》るのは止《や》めて、次の答えを示せと言われている。ただ、それだけは受け入れられない。

「諦めていません！　わたくしはお父様を諦めていない!!」

ついさっき、私はラスティアラに誓った。ディアさんやスノウさんにも誓った。

お父様は私に任せて欲しいと、誓約した。

「死んだくらい、なんですか!?　お父様は帰ってきます！　必ず帰ってきます！　きっと、その為のわたくし！　わたくしの魔法で、お父様を救います!!」

それが自分の生まれた意味で、いま生きている理由であると、ラグネに叫んだ。

目の前で叫ばれたラグネは、酷《ひど》く驚き、すぐに顔を顰《しか》める。

私の答えが、酷く不快そうだった。

もっと違った素晴らしい答えを期待していたかのような……そんな顔。

「例の『不老不死』を、あんなやつに使う気っすか……？　それはノスフィーさんの至ったノスフィーさんの力。あなた自身に使うのが一番いいに決まってるっす」

誰から聞いたか分からないが、ラグネは私の可能性について知っていたようだ。

それどころか、私以上に詳しそうな口ぶりで、魔法の使い方を諭してくる。

「いいっすか。【死んだ人は生き返らない】っす。たった一度の人生だからこそ、人はたった一度の人生に魂を懸けられる。もし、たった一人でも生き返ってしまって、その【人の理】を崩せば、それは人の強さの根本を否定することになるっす。魔法があれば生き返れるなんて夢は、夢のままにしておかないと……。どこまでも人は弱くなる」

ラグネは人として、とてもまともで、とても正しいことを教えようとしてくれていた。

ただ、もう私はまともな人じゃないし、正しいことにはうんざりしている。

「そんな理……、私は嫌いです。大嫌いです。人は誰だって、大切な人に生きていて欲しいと願います。死んだ人が蘇《よみがえ》って、また「おはよう」と言ってくれる瞬間を夢見ます。弱くなるくらいでその夢が叶《かな》うなら、わたくしはいくらだって弱くなります」

「…………。その力さえあれば、私にだって勝てるかもしれないんっすよ？　いや、いま大事なのは、その力が唯一世界を覆せる力だってことっす。それをあんな世界の手先のようなやつに与えてしまえば、もう誰にも覆せなくなる。ここは、私かノスフィーさん、どちらか勝ったほうがみんなの力を背負って、前に進むのが正しい！　亡き大切な人たちの思いを胸にっ、生き残った強いほうが世界と戦っていく！　それが人として正しい在り方っす!!」

ラグネは強く叫んだ。その内容から、彼女の気持ちを少しだけ察する。きっと彼女は私に「一番の敵はラグネ」、もしくは「一番の敵は世界」と答えて欲しかったのだろう。

「そうかもしれません。一番の敵はラグネかもしれません……。それでも、わたくしはお父様を助けたいのです。絶対に諦めません……。だって、これは誰かと戦う為の力じゃない。大切なものを救う為の力だと、そうお父様から学びました……」

子供のように駄々を捏ね続けている自覚はある。

過ぎ去った死人のことばかり口にして、前に進もうとしない。その親離れせず、自立もしない私をラグネは叱りつける。

「そろそろ気づいてるっすよね？　いまの私とあなたの身体に垂れ下がった無数の『魔法の糸』に！　本当に恐ろしいのは、いま、姿どころか影すら見せない存在に裏から操られていること！　カナミのお兄さんに『不老不死』をやるくらいなら、私のほうが百倍マシっすよ！　世界に一泡吹かせられる!!」

『魔法の糸』。場違いにも、お父様のセンスに近い言葉選びだと思った。

ラグネの言いたいことは分かっている。その『魔法の糸』は、魔法のように私たちを操る。言い換えれば、それは運命とでも呼べるもの。その感覚は、千年前からずっとある。先ほど、四十五階で泣いていたときも、『魔法の糸』とやらのせいで、ずれたのを感じた。あの凍りつくような視線に、私たちは見張られているのだ。千年前から、ずっと。……分かってはいる。

しかし、ラグネには悪いが、私の優先順位はお父様が一番なのだ。

それだけはノスフィー・フーズヤーズとして変えることはできない。

「分かっています。ただ、たとえ、そうだとしても……。お父様なら、なんとかしてくれます……！　お父様さえいれば、きっと……！」

「このっ!!」

初めてラグネは激昂《げきこう》した。彼女の濃すぎる魔力が連動して、その性質も飛び跳ねるように強まる。大海の大渦のようにラグネの身体が、あらゆるものを吸い込もうとしていく。

――だが、すぐにその力は収まった。

ラグネの顔に灯《とも》った熱も、魔力性質による吸引も、一瞬にして静まった。先ほど彼女が言った通り、新たな力に打ち克ち、制御できるようになってきていた。

冷静になったラグネは、強い失望を反映させた無表情を見せる。

「分かったっす。ただ、ノスフィーさんに戦う気がなくて、私に『不老不死』を譲る気もないなら、パパの死体は絶対に渡さないっすよ。これから、私はアイカワ・カナミの魔石を抜いて、『親和』して、さらに強くなるつもりっす。もちろん、馬鹿みたいなルールで、心を削るつもりはないっす。ずっと『一番』として在り続けられる心の強さを持ったまま、世界から誰もいなくなるまで、私は勝ち続ける。だから――」

ラグネは自分の意志を表明して、ぎゅっと、私の首にかけた両手に、力を入れる。

「その『不老不死』は、この私が貰《もら》っておいてやるっす」

「――ガッ、ァアッ！　ラ、ラグネ……！！」

首の骨が折れそうなほど強く喉を絞められて、呼吸が止まる。

「痛いっすか!?　もっともっと痛くしてあげるっす！　ははは、もう手段を選ぶつもりはないっすからね！　そっちにその気がなくとも、どうとでもできるっすよ！　このお城、薬とか魔法道具とか拷問器具とか、たくさんあるっすからね！！」

「――《ライトアロー》！！」

喉を潰される前に、私は魔法を発動させた。

怨敵でありトラウマでもあるラグネに対して、渾身《こんしん》の攻撃魔法をゼロ距離から放つ。同時に、右足の裏を彼女の腹に当てて、強く押し飛ばす。

膂力《りょりょく》と魔力による衝撃で、ラグネは握り締めた両手を離して、大きく後退した。しかし、ダメージは全く見当たらない。光の矢も蹴りも、『地の理を盗むもの』のものと思われる水晶によって防がれていた。

大空洞の階段近くまで弾《はじ》き飛ばされたラグネに、私も自分の意志を表明していく。

「ぜ、絶対に嫌です……！　どんな目に遭っても、それだけは絶対にしません！　わたくしはあなたに勝てないでしょう！　しかし、お父様への想《おも》いだけは変えられない！　本当の『魔法』の先だけは、決して違《たが》えない!!」

不思議と声も身体も、もう震えていなかった。勝てないと認めて、怖いことも受け入れて、人としての間違いも理解して、それでも私はラグネに抗《あらが》うことを決意した。

「……やっとノスフィーさんも、『勇気』出たみたいっすね。遅過ぎっすけど」

その私に少し呆《あき》れた様子で、ラグネは答えた。

そして、その腰から『ヘルミナの心臓』を抜いて、右手に持った。左手は軽く腰の『アレイス家の宝剣ローウェン』に触れるだけで、抜かない。小手のような水晶を覆わせて、左手を腰の後ろに隠した。

名剣が二本あるからと双剣を使うのではなく、彼女は彼女本来の構えを取った。

対して、私は戦いの構えを取らない。

危険すぎる『ヘルミナの心臓』を前に、まともに戦ってはいけないという考えだけが頭の中で巡っている。その思考の最中、吹き抜けの上部から増援が落ちてくる。

「――《インパルスブレイク》ッッ!!」

一瞬、ラグネの攻撃かと思ったが、すぐに目に映る光景によって否定される。

『竜の風』に乗って高速で上から落ちてきたスノウさんが、全身全霊の飛び蹴りをラグネに放っていた。おそらく、二階か三階あたりで様子を見ていて、私がラグネから離れるタイミングを計っていたのだろう。

彼女は蒼《あお》い翼を広げて、手足を肥大化させ、肌を竜の鱗《うろこ》で覆っていた。

私が知る限り、『魔人化』の中で最上位に当たる『竜化』だ。そのふざけた力は千年前の戦いで、身を以《もっ》て知っている。さらに彼女の足裏には、無属性魔法も乗っている。

その掠《かす》るだけで粉々になる凶悪な一撃に、ラグネは反応できていた。

いま構築した左手の水晶の小手で、スノウの足裏を受け止める。

だが、続いて襲い掛かってくる『竜の風』による重圧までは防げない。

風によって膝を屈しかけるラグネに、スノウさんは殺意をこめて上乗せをしていく。

「ぁあぁあアアァッ！　ラグネェッ！　よくもぉお――!!」

スノウさんは受け止められた瞬間に、翼を羽ばたかせて下方向への勢いを足した。

当然、『竜の風』も『竜の咆哮《ほうこう》』も追加で発動している。

フーズヤーズ城一階の血が全て、波となって端に打ち寄せられていく。露出した頑丈な床に亀裂が入り、暴風が爆発するかのように敵味方なく全員を襲う。

「くっ！　これは……!!」

とうとうラグネは膝を突いて、同時に彼女の下にある床は砕けて、少し陥没する。

ただでさえ乱戦の模様だったところに、この爆発だ。スノウさんの乱入によって一階は完全に混乱に呑《の》まれた。私が自分の次の行動を決めかねていたとき、その声はかかる。

「聖女様！　お嬢様!!　こちらへ!!」

心から信頼できる女性騎士ペルシオナの声だった。

『狼化《おおかみ》』した仲間の騎士セラの背中に乗って、この暴風の中、二階から階段を駆け下ってきている。その後ろにはノワール、ディアさん、陽滝《ひたき》様も抱きついて同乗していた。

「貫け！――《フレイムアロー》!!」

ディアさんは背の上で、十分に魔力を練り終えていたようだ。光の粒子を撒《ま》き散らし、使徒特有の光の翼を背中に生やしていた。そして、この場で最も巨大な魔力を使って、攻撃魔法が放たれる。

その狙いは城の入り口。血で守られた大扉だった。

名称は《フレイムアロー》だったが、もはや火ではない。全てを呑み込む白光が、真横に落ちる滝のように打ちつけられる。一瞬にして覆っていた血は蒸発して、どろりと扉は溶けて、大きな穴が空いた。

逃げ道が確保された。それをラグネも横目で見ていたのだろう。

飾りのない口調で、切り札と思われる力を発動させる。

「――【星の理《ことわり》】よ！　その強きを、弱きに！　『反転』させろ!!」

その発言と同時に、一階を満たしていたスノウさんの《インパルス》『竜の風』『竜の咆哮』の衝撃が全て、一瞬で――消える。

徐々に打ち消されていったのではなく、刹那でゼロとなっていた。さらには、スノウさん本人にも異常が出る。竜を象徴する翼や鱗が消えて、真っ当な人間に戻っていた。その唐突な現象に、スノウさんは大玄関の空中で驚き、自分の両手を見つめる。

「こ、これは強制的な『竜化』の解除？　いや、治った!?　一瞬で全部!?」

対して、ラグネに動揺はない。すかさず身の魔力を濃くして、先ほどまでは暴走していた力を使いこなしていく。

「星の魔力よ、引き寄せろ！　いいか!?　【星の理】は、丸裸となった彼女を狙え！　次は生を死に、『反転』で裏返してみせろ!!」

暴れている獣の手綱を締めて、言い聞かせているかのような叫びだと思った。

ラグネは防御していた左手を上に伸ばして、宙にいるスノウさんの身体《からだ》を引き寄せようとする。その手は、禍々《まがまが》しい不気味な黒の魔力を纏《まと》っていた。

捕まれば死ぬ。そう予感させるほど、不吉な悪意を感じる黒だった。

「スノウさん!!」

だから、誰よりも先に助けようと叫んだのは、彼女の兄であるグレンだった。

彼は『竜の風』による暴風の発生の隙に相手のライナーから逃れて、その紐《ひも》付き短剣を投擲《とうてき》し終えていた。そして、宙にいるスノウさんに紐だけを器用に絡ませて、引き寄せることで魔の手から救う。

ラグネは切り札を使った一手から逃れられたことに歯噛《はが》みして、仲間に文句を言う。

「なんで、邪魔が……！　ファフナー!?」

「いや、なかなか凄《すご》いぜ！　グレンは！　かなり魔力を割いてんのに、さっきから何度も制御を逃れる！　魔法による支配が、安定しない!!」

ファフナーも暴風によって、少し立ち位置を変えていた。そして、自分の操っているグレンが、支配を超えてスノウさんを助けたことを誰よりも喜んでいた。

「なら、なんでまだ使ってるんすか!?　安定しないなら、全部納めろっす！」

「それはもっともだ！　おいっ、一旦血の中でゆっくりしてろ！」

主《あるじ》から指示が飛んで、ファフナーは渋々と、グレンの足元に血を集めて呑み込もうとする。そのありもしない地の底へ引きずり込まれるグレンを見て、着地したスノウさんが駆け寄ろうとする。

「グ、グレン兄さん!!」

「いや、スノウさん！　僕とエル君のことはいい！　それより、みんなと合流するんだ！」

だが、本人が断って、一階に空いた大きな出口へ視線を向けた。

そこで狼の背中に乗ったディアさんたちが待っている。さらに、その近くでは操られたエルミラードが、グレンと同じように血に呑み込まれているのが見えた。

合流したディアさんたちの援護で、ライナーとリーパーに打ち倒されて、一旦血の中に納められているようだ。

僅か数瞬で、戦況は大きく塗り変わった。その中、ディアが手招きしつつ叫ぶ。

「おい、スノウ!?　おまえが一旦態勢を立て直すって言ったんだろ!?　まずは逃げるしかない!!」

その言葉にスノウは顔を顰《しか》めて、一言だけ兄に残して走り出す。

「……兄さん、もう一度来るから!!」

それにグレンは笑って頷《うなず》いて、血溜《ちだ》まりの中に呑まれ消えていく。

そして、その成り行きを見守っていた私の手が、強く引かれる。

「ノスフィー!!」

ラスティアラが私の手を握り締めて、一緒に逃げることを促した。

それに私は転びそうになりながらも付いていく。ただ、当然だが、ファフナーが私たち二人だけは逃がすまいと、新たな魔法を発動させる。

「――《ブラッドベイン》!!」

ファフナーの纏う血の蓑《みの》が紐状となった。それは枝分かれして、モンスターの触手のように宙を泳ぎ始める。蛇のように滑らかで、鳥のように素早い動きだ。しかし、いまこの場には、この距離の魔法戦において無類の強さを発揮する少女がいる。

「――《フレイムアロー・散花《フォールフラワー》》！」

出口前で待っているディアの放った魔法の矢が、血の触手を全て射貫いて、蒸発させた。

ファフナーは舌打ちをして、仕方なく自分の足で私たちを捕らえようと動き出す。

だが、追撃しているのが自分一人と気づいたファフナーは立ち止まり、振り返った。

「――――っ!? おい、ラグネ！ おまえは、なに落ち着いてんだ!?」

酷《ひど》くゆっくりと歩くラグネがいた。

いつの間にか、先ほどまでは深淵《しんえん》そのものだった瞳が『反転』して、薄い白露のような失望の色に染まっていた。一切のやる気を失っているかのように見える。そして、必死になっているファフナーに向かって、彼女は少し申し訳なさそうに答えていく。

「いや、その……、思ってたよりも価値のない命ばかりだったんで……。いつかは全部殺す以上、いま無理に追いかけるほどじゃないっすよ……。それより、いまは拠点になる城を優先させたほうがいいっす。まだ最上階まで呑み込んでないっすよね？」

「城を!? まあ戦の基本だが！ おまえが目についた奴《やつ》全部殺せって言ったんだろ！」

私はラスティアラに引っ張られながら、後方の二人のやり取りを見続ける。

「あー、言ったような気がするっすね……。確かに言ったっす。でも、先に色々と確かめないといけないことができたんで……」

「はあ!? おまえ、あれだけのこと言っておいて――」

ファフナーは怒声を途中で止めた。私と同じく、察したのだ。先ほどの【星の理】とやらの力が襲ったのは、スノウさんだけではなかったと――

「お嬢、ノスフィーさん、ライナー、マリアさん、先輩、総長……。みんなみんな、輝いてたんすけどね……。凄く高そうな命だったんすけどね……」

ラグネは逃げていく私たちを、じっと見て独り言を続ける。

ただ、見返す私と目が合わない。暗すぎる夜道の中、虚空を見続けるかのような目だった。その彼女を見て、ファフナーは小さく「……なりたては、なりたてか」と呟《つぶや》いた。

「それに……、どうせ、また全員来るっすよ。ここにカナミのお兄さんがいる限り、大事に『不老不死』抱えて……、私たちに殺されに……」

同じ『理を盗むもの』であるからこそ、私とファフナーは、いまのラグネの現状を少しだけ理解できていた。『理を盗むもの』になった影響が少ないかのように見えた彼女だが、決してそんなことはなかった。特に、先ほどの私の問答とスノウさんへの全力攻撃を契機に、その影響が色濃く見え始めている。様々な『代償』を精神力で捻《ね》じ伏せている為《ため》、他の面々よりもマシに見えているだけで、本当のところは――

「殺されに来るっすよね？　ねえ、ノスフィーさん」

そのラグネの呼びかけを最後に、私たちはフーズヤーズ城からの脱出に成功する。

扉の大穴を抜けて、城前の橋を越えて、丘を降りていく。

その最中、ラスティアラに手を引かれ続ける私の顔は、酷く歪《ゆが》んでいた。

2. 愛よりも命よりも

「――『いま、私は旗を捨てる』――」

その『詠唱』は、今日二度目。心だけでなく身体の状態さえも『代わり』に負うことのできる私の新しい力。回復という目的において、これを上回るものはないだろう。【二度と戻らない】傷で死の間際にあったラスティアラさえも、完全に回復させたからだ。

だが、この二度目の使用時に、私にあった手応えは――空だった。

何かを回復させた気も、『代わり』に負った気もしない。

空気を摑《つか》んで口に入れたかのような達成感のなさに包まれていく。

「成功……いや、失敗ですね。やはり、病を肩代わりしても何も変わらない」

正直な感想を口にすると、隣で見守っていたディアさんが私の肩を摑む。

「し、失敗……!?　駄目だったのか!?　もう目を覚まさないのか!?」

身体を揺さぶられながら、もう一度私は患者である黒髪の少女二人に目を向ける。

――いま、私たちは大聖都の地下街にいる。

ラグネとファフナーの追撃から逃げ切ったあと、私たちは真《ま》っ直《す》ぐ地下街に向かった。

そして、ラグネの知っている拠点とは別の屋敷を見つけて潜み、態勢を整えているところだった。

屋敷に辿《たど》りつき、何よりもまず私は負傷者の治療を申し出た。この中で最も長《た》けているという自負もあったが、単純に私にしか治せないものがあると思ったからだ。

お父様に敗北したパルシオナ、ノワール、セラの三人は軽症で、あっさりと全快した。襲撃側だったラスティアラ、ディアさん、スノウさんは、ほぼ無傷。最後に残ったのは意識のないマリアさんと陽滝様の二人。

私は屋敷の中にある広めの寝室を一つ借りた。

そこで床に毛布を敷き詰めて、二人を寝かせて、最高の魔法で治療を施した。

ただ、その結果は空っぽ。『代わり』となるべき負債が、二人には一切存在しなかった。私の見ていないところでラグネの一撃を食らったマリアさんは気絶しているだけ。千年前から大病を抱えて、目が覚めることのない陽滝様も、まるで変化はない。ひやりと肌を強《こわ》張《ば》らせる冷気が、その身体に残っているだけ。

「……いえ、ディアさん。いまのわたくしの力で、治せない病はありません。これで陽滝様は全快です。元々の世界での病も、千年前の『始祖』の応急処置も、使徒から受けた魔法も、全てなくなりました。ただ、長年の眠りによる影響があるようで……、覚醒まで時間がかかるようです。早ければ、明日か明後日《あさって》くらいには目を覚ますと思います」

千年前の戦争での経験から、二人の正確な容態は分かった。それを偽りなく事実を口にしていくと、ディアさんは安堵《あんど》の溜め息と共に、私から手を離した。

「あ、明日か明後日に、目覚める……？　そ、そうか……。それなら、いいんだ。は、ははっ、これでカナミの願いが一つ叶《かな》ったな。やっとカナミの願いが……。なのに、カナミ自身が、う、うぅっ……」

次に眠る陽滝《ひたき》様の手を握って、その目に涙を溜めていった。

その彼女の姿を見守りながら、私は続きを口にしていく。

「マリアさんも回復し切っています。こちらはすぐにでも起きるでしょう。ただ、魔力の消耗が激しいので、いま無理に起こすのはお勧めしません」

「マリアは早いのか……」

ディアさんは膝を突いて、陽滝様の手を握りつつも、眠るマリアの胸元に頭部を埋《うず》めていく。涙のこぼれる顔を隠し、気絶した頼れる仲間の名前を呼び続ける。

「なあ、マリア……。早く起きてくれ。頼む。俺、どうしたらいいか、もう……」

そのまま、ディアさんは動かなくなった。身体は無傷だが、心のほうは別なのだろう。酷く疲れた様子で、いまにも一緒に眠りにつきそうだ。

その不安定な声は、私に不安を抱かせた。

ディアさんが何も力を持たない少女ならばいい。しかし、彼女は使徒や『理を盗むもの』と並ぶ魔力を秘めている。いつ彼女が心の限界を迎えて、暴走するかわからない。

その不安そうな私の表情を見て、部屋の隅で見守っていたスノウさんが動き出す。

「ディアは私が見てるよ。私もゆっくりしたいんだ……。ここで休んでる」

とても落ち着いている彼女が、腰を下ろしたディアさんの肩に優しく触れて、全員の看病を申し出る。ただ、それは言外に、私は出て行けと言われているような気がする言葉でもあった。それがスノウさんの優しさであるとは分かっている。何かの拍子で私を罵りたくないからこそ、遠ざけようとしているのだろう。その冷静な判断のできるスノウさんに私は感謝して、軽く「はい」と答えて、寝室から出て行く。

背後からスノウさんの「カナミ……」と零《こぼ》す声が届いた。すすり泣く声も一緒に届く。私は決して振り返らずに、一人で屋敷の寂れた廊下を歩いていく。

「…………っ！」

その途中、私は転びかけた。叩《たた》くように手を壁について、なんとか身体《からだ》を支える。そして、最後の患者である自分の容態を確認していく。

腹部からの出血が止まらない。一応、屋敷にあった布で応急処置はしたが、ほとんど意味はなしていない。自分が『光の理《ことわり》を盗むもの』でなければ、とうに失血死している。

だが、それはまだ温《ぬる》いほうだ。もっと重症なのは、精神。痛みや吐き気といった基本的なものは慣れているので平気だが、その他の魔法よりも魔法じみた症状が苦しい。

心を締め付ける不安。頭の中に満ちる泥のような後悔。四肢を縛る敵への恐怖。

平衡感覚や遠近感が崩れ、呼吸が浅く細くなる。

緊張が途切れてしまうと、その全てを認識してしまう。立ち止まり、横たわり、何の不安もない永遠の眠りについてしまいそうになる。

私は腹部の包帯を締め付け、身体の痛みを強めることで心を戒めた。

安全圏だからと、気を抜いては駄目だ。行動を続けろ。止まると眠ってしまう。もし次に眠りにつくとすれば、それはもう――

ふらつきながら、廊下を進んでいく。リビングルームの前まで辿りついた私は、険しい顔で話し合うフーズヤーズの騎士たちを見つける。ラスティアラ相手に、セラとペルシオナが情報を提供していた。余り縁のないノワールは、部屋の端で大人しくしているようだ。

その話している内容は、今日敵となった過去の仲間について。ラグネ・カイクヲラについて、ペルシオナが語っている。

「――あのラグネは、シドアという名の村の為に働く騎士でした。確か、あれの収入のほとんどが、その故郷へ送られる契約となっていたはずです」

リビングルーム中央のテーブルに座ったラスティアラが、その情報を吟味していく。

「辺境の生まれなんだね。んー……。その地方にいたラグネちゃんは、どういう経緯でフーズヤーズまで来たの？」

「確か、ラグネを引き抜いてきたのは、パリンクロンとハインだったはずです。あれの故郷を確認したことはありますが、特におかしな部分はなかったと思います。ラグネは周囲から愛されて、それをあれは心から感謝していました。ゆえにラグネは本気で故郷に恩返しをしたいのだと、その為に騎士として上を目指しているのだと……。そう、私は思っていましたが……」

ペルシオナは語りつつ、自分の至らなさを認めて声を小さくしていく。

それを見て、後輩のセラが話を継ぐ。

「ラグネが『天上の騎士《セレスティアル・ナイツ》』になったあとは、基本的に私の部下として動くことが多かったです。あとは年も近いという理由で、お嬢様の周辺の警護も多かったですね……」

「うん、そこらへんは分かってる。私は生まれたときから、すぐラグネちゃんに一杯遊んで貰《もら》ったから……。ただ、そのラグネちゃんの本心に、私は全く気づけなかった……」

ここにいる三人は、あのラグネと家族のような付き合いがあったと聞く。

しかし、それでも彼女は、ああなった。その現実に、三人とも顔を暗くしていく。

ただ、セラだけは悔やむばかりではいけないと、すぐに顔をあげて前を向いた。

自分の知っていることを、少しでも多くラスティアラに伝えようとする。

「……私はラグネと休日を共にすることが多かったです。なので、上司としてやつの身の上話を聞いたこともあります。そのとき、私はやつに聞きました。連合国で手に入れたものを故郷に送るだけの生活は辛《つら》くないかと。それにやつは、「もし『一番』になったら、ママが会いに来てくれるから平気――」と、笑顔で返しました。あのときは、家族との信頼が厚いのだなと、軽く聞き流した言葉ですが……。いまは重要な言葉だったような気がしています」

「またママか。セラちゃん、ラグネちゃんのお母さんが、いまどこにいるのか分かる？」

「いまですか？　確か、カイクヲラ家の夫人は――」

「いや、そっちじゃなくて。騎士でも、貴族の養子でも、扶養の侍女でもなかったときのママ。小さいラグネちゃんが、産みの親と過ごしていたときの話とか分からない？」

「それは流石《さすが》に……。ただ、育て親の手を離れて養子となったということは、そのママとやらは、もう亡くなっているのではないでしょうか？」

「……一度、そのシドア村ってところまでいかないと、詳しい話は分からないか」

未《いま》だラスティアラの方針は変わっていないようだ。

言葉の端々から、ラグネを理解しようとする努力が窺《うかが》える。それをラスティアラの元従士である二人は苦い顔で見守り、いまの話の続きをペルシオナが拾っていく。

「すみません、お嬢様。行って確認しようにも、そのシドア村……というより、その地方一帯が、一年前の『大災厄』で、もう……」

「あれ？　もしかして、『大災厄』が原因で消えちゃってるの？」

「いえ、消えてはいません。大陸の端だったので、大陸崩壊の範囲内にはありませんでした。ただ、端の小村であるからこそ、『大災厄』の影響は致命的となったようです。農作物の収穫が激減した上に、中央部との交易が完全に止まってしまい、村は放棄されたと聞きました。ただ、村人たちに餓死者は出ず、綺麗《きれい》に避難できたとも聞いています。ラグネの仕送りのおかげで、あの村には金銭的余裕がありましたので……」

「誰かが死んだわけじゃない……。それでも、それがラグネちゃんの何かの切っ掛けとなった？　彼女は放棄された故郷の復活を望んでる？　いや、例のママとの再会を望んでる？　いや、んー……。んー……」

ラスティアラはラグネの真の願いを、どうにか探ろうとしている。

先ほど城で聞いた「『一番』になりたい」という動機を、信じ切ってはいないようだ。

いや、正確には「『一番』になりたい」は手段の一つであって、彼女の真の目的は別にあると思っているのだろう。それには、私も同意だ。もし『一番』になることで彼女の全てが満たされるのならば、あそこまで『理を盗むもの』らしくなっているはずがない。

なにせ、彼女はお父様を殺し、ここにいる誰もが認める『一番』の強敵となったのだ。

ラグネは手段を成功させた。しかし、予定していた真の目的は達成できなかったから、強い『未練』を抱えている。これが、いまの彼女の状態だと推測できる。

そして、その真の目的を、私たちは絶対に知ることができないという予感があった。

きっとラグネは、死ぬまで自分の心の底を誰にも話さない。いや、もしかしたら、自分自身にさえも、死ぬまで隠し続けるかもしれない。彼女はお父様と似て、自分を騙《だま》して生きているかのような素振りがある。

もし彼女の心の底に気づけるとすれば、それは同じ存在だけだと思った。

だからこそ、ラグネはお父様を毛嫌いしていた。何よりも先に殺したがっていた。

そんな気がする。その私の印象と分析を、ラスティアラに伝えるべきかと迷う。

きっとラグネについての情報ならば、何でも彼女は歓迎するだろう。そして、それがこれからの戦いで少しでも足しになるのならば――

「止《や》めとけ。中には入るな」

しかし、それは後ろからの声に引き止められてしまった。

振り返ると、そこにはフードを深く被《かぶ》ったライナーがいた。この屋敷で全員が休息を取る間、彼は勝手に一人で斥候として動いていた。その彼が、いま帰ってきたようだ。

「ラスティアラはいい。だが、あそこにいる真面目な騎士たち二人は、まだあんたを敵として疑ってるぞ。あんたが入っても、話が拗《こじ》れるだけだ」

とても真っ当な助言を私にする。敵味方がひっくり返ったとはいえ、私がペルシオナとセラを操っていた事実は変わらない。恨まれるのには慣れているが、話を拗らせてラスティアラに迷惑をかけるのは避けたい。リビングルームに入ろうとした足を止める。

「それに、いまの話は僕たちにはどうでもいいだろ。いまさら、敵の過去を知ってどうする？　どれだけ考えても、あいつはもう無理だ。それよりも、あんたはこっちに来い」

ラグネの話には興味を示さず、ライナーは手招きして、移動を促す。その様子から、彼の揺るぎなさが伝わってくる。たとえ、ラスティアラが和解の準備をどれだけ進めても、この少年だけは『最悪』の事態を考えて、ラグネの殺害だけを考えるだろう。

確か、ライナーもお父様との付き合いが長かったはずだ。正直、心酔していたと言ってもいい。それでも、ディアさんたちと違って、一切立ち止まる気配がない。

その彼の心の強さに私は圧されつつも、それを気取られないように言い返していく。

「……はあ。ライナー、相変わらず気持ちが悪い。まるで私の心の内を見透かしているかのような口ぶりですね」

「以前のお前ならまだしも、いまのあんたは分かりやすい。もうそれも、無駄だから止めろ。そういうのは碌《ろく》なことにならない。……本当に」

しかし、あっさりと虚勢は見抜かれてしまった。かつて迷宮六十六層に閉じ込められていたとき、ライナーを苛《いじ》めに苛め抜いた私だが、もう優位に立てることはなさそうだ。

度重なる光の『代償』が、もう私の強がりを許してくれない。

無理をするだけの気力と体力が、もうない。

「……そうですね」

虚勢を張る意味はないと判断して、私は『素直』にライナーの言うことを聞く。

そして、連れて行かれるがまま、屋敷の外にある庭まで移動した。

そこでまず私は、斥候として地上の大聖都に出ていた彼の成果を確認していく。

「ライナー、大聖都はどうなっていましたか？」

「地上は混乱状態だ。城の血が街まで侵食してきて、軍が大々的に動き出していた。当然、一般人は避難を始めて、教会や政庁に逃げ込んでる。この地下街も、近いうちに避難所として使われることになるかもな。なにせ、ここをくれた『元老院』がもういない」

「城のほうも見てきたのでしょう？　ラグネはどうしてましたか？」

「いまあいつは、城の前でフーズヤーズ国の軍を相手にしてる。一人でな」

妥当なところだろう。フーズヤーズ城が血に呑《の》まれて、数時間ほど経《た》った。昔、私が戦争をしていた頃の軍隊は、豪族たちの抱えた私兵傭兵《ようへい》ばかりだったが、現代は国が直接面倒を見ている兵士が多い。それはつまり、大聖都の各所に兵士の駐留所があるということ。フーズヤーズ城にいたお偉方が死んだとはいえ、指揮系統が完全に死んだわけではない。様々な異常事態の緊急行動案《マニュアル》を決めておくだけの余裕が、この時代にはある。城の異常を察した大聖都の軍属たちが、包囲を終えるには十分過ぎる時間と条件だ。

「僕が遠目で見たとき、ラグネは複数のフーズヤーズ騎士団を……、大体騎士百人ほどを相手に大奮闘中だったな。大橋に陣取り、覚えたての派手な魔法ばかり放って、逆賊ここにありって感じだ。やろうと思えば指揮官だけを暗殺できるのに、それをしないのは……。たぶん、目的は皆殺しだけじゃないんだろう」

「ええ、世界に見せ付けているのかもしれません。彼女は自分が『一番』であることに拘《こだわ》っていましたから」

城を奪還しようと集まった人たちは、自己顕示欲を抑えなくなったラグネの犠牲となっていくことだろう。その事実に、胸の奥が痺《しび》れるように痛む。

「ファフナーのやつは城の屋上で何かしてるみたいだ。空に薄《うっす》らと魔法陣が浮かんでいるのが見えた。……正直、こっちのほうが僕は不安だな。あいつの魔法はどれも異常過ぎる。あの血濡《ぬ》れの城も、明らかに魔法の範疇《はんちゅう》を超えてる。知り合いの騎士団が裏に回って城を魔法砲撃していたが、びくともしてなかったぞ。というか、その攻撃に反応して『血の騎士』が湧いて出て、逆に殲滅《せんめつ》されていた」

「千年前のアレイスやランズでも、あの血の城には苦労しましたから……。実戦から遠ざかった現代の魔法使いたちでは、中に入ることすら難しいでしょう」

無論、実戦でなく研究の分野では現代の魔法使いのほうが上だろう。正面からぶつかるのではなく、その強みを活《い》かせば、血の城を攻略できる可能性はある。

私は自らの千年前の経験も含めて、その方法をライナーに説明しようとする。

「ライナー、あの城の攻略法は複数あります。まず基本として、自動反撃する『血の騎士』は、血の池から外に出て来られません。そして、敵意のない魔力を照射することで、その血の池の拡大は防ぐことできます」

「それには気づいてたみたいだな。いくつかの騎士団が横隊で、血を抑え込んでいた」

「それと血属性と相性のいい木属性の魔力を用意して、木を植えるように周囲を――」

「いや、ノスフィー。待て。そういう話は、いま必要ないだろ」

だが、その途中でライナーは厳しい顔になって、話が脱線していることを咎《とが》めた。

「……わたくしの情報をあなたが知り合いの騎士に伝えれば、無駄な死者を減らせます」

「悪いが、そんなことをしている暇はない。こっちには、それよりもやることがある」

「しかし、それでは余りに……」

軽く考えただけで気が遠くなるほどの死者が算出される。そこにラグネとファフナーの狂気が乗算されれば、どれだけの悲しみが国民たちを襲うかわからない。

「あんたの頭なら分かってるだろ？　僕たちはラグネとファフナーの二人を殺すことに集中するべきだ。それが結果的に国の為《ため》にもなる」

「……そうですね」

救えるはずの人間を救わない。そう決断することには、千年前で慣れている。

私は胸の痛みと一緒に、ライナーの話を受け入れる。彼の考える勝つ為に必要な情報の摺《す》り合わせを行っていく。

「いま僕が知りたいのは、ラグネや他人を救う方法じゃない。……ジークとラグネ、どちらのほうが強いかを教えて欲しい。あんたの感覚で構わない」

「それは……間違いなく、お父様です。不意討ちもなく、守るべきものがなければ、必ずお父様が勝ちます。城での敗北は、私のせいです。わたくしを庇《かば》って、お父様は一太刀目を……」

少し迷ったが、断言する。

もし、あの場に私がいなければ、お父様には余裕がもう少しあった。少なくとも、私を突き飛ばさなければ、利き腕を失っていない。腕と剣さえあれば、その後の猛攻も凌《しの》げたはずだ。そう……、私さえいなければ、絶対にお父様は負けはしない……！

「そうだよな。なら、話は単純だ。ラグネをジークに倒して貰う為にも、さっさとあんたの本当の『魔法』を完成させるぞ。その『魔法』が、例の『不老不死』で、ジークを生き返らせる為の手段なんだろ？」

私の答えにライナーも同感だったようだ。次の戦いで最も重要なのは、お父様の復活であると結論付けた。同時に、ライナーは私の嘘《うそ》を看破していた。

ずっと私は「必ずお父様を生き返らせる」とみんなに言い回っていたが、実のところは『不老不死』の魔法に至れていない。漠然と、先ほどの『詠唱』を使って、お父様の死体をなんとかするくらいのイメージしかなかった。

それでは駄目だと、ライナーは厳しく追及してくる。

「よ、よく分かりましたね……。まだ私の『魔法』が不十分であると」

「……まあな。いいから、さっさと終わらせるぞ。マリアのやつが目覚める前に……いや、その身体《からだ》の限界が来る前に、どれだけ苦しかろうが完成させて貰《もら》う。その『魔法』だけは絶対に失敗が許されない」

ライナーは私の腹部を見つめて、「身体の限界」という言葉を使った。私の嘘どころか、身体の状態も看破しているのが分かる。

確かに、いま私は『未練』はあれども、それを超える負担で消滅寸前だ。持って、数日。いや、明日の朝には、もう動けなくなる。

下手をすれば、マリアさんが起きるよりも先に消滅してしまう。

その現実を遠慮なく口にされてしまい、私は苦々しい顔で嫌味を返す。

「……ふふっ。死人に鞭《むち》を打つようなことを言いますね」

「当たり前だ。あんたは苦しむだけ苦しんで、最後はジークの為に死ね」

しかし、すぐさま気を遣われた暴言で返されてしまった。

本当に、ライナーは私のことをよく見て、よく分かっている。

いや、よく感じているのか？　とにかく、例の魔法を使えば私は消えるということを理解して、その上で止めることなく、促してくれている。

──お父様の為に死ね。

いい言葉だ。ああ、分かっている。

たとえ『魔法の糸』だと分かっていても、それだけは断ち切るつもりはない。

「死ね、ですか。ライナー、あなたは本当にわたくしのことが嫌いなのですね」

「ああ、嫌いだ。あんたは一番ムカついて、一番厭《いや》らしくて、一番嫌いな敵だからな」

「…………。あなたの一番なんて、とても気持ち悪い話です。どうか、二番目くらいにまかりませんか？　いまはラグネがいるでしょう？」

「まかるか。いいから、ちょっと僕の前で例の『魔法』を試してみろ。練習だ、練習」

思えば、この現代で一番付き合いが長くなったのは彼だ。

迷宮で出会い、ロードと決別して、地上でお父様を失って──まだ好敵手として、私の傍《そば》にいる。何度も死に掛けながらも、本当にしぶといやつだ。

そのせいだろうか。この先、不思議とライナーだけは何があっても生き残る気がした。

生まれ持ったものやスキル構成もあるが、その魂が生き残ることに特化しているように思うのだ。たとえ世界が消えても彼だけは残るような、そんな気が……。

──ライナー・ヘルヴィルシャインならば、きっと最後まで戦ってくれる。

この先の先。私がいなくなったあとも、彼だけはお父様の傍にいて守ってくれる。

信頼はしないが、信用はできた。だから、私は一切の力を隠すことなく見せていく。

「――『いま、私は旗を捨てる』――」

軽く制限しつつも、屋敷外の庭に光を灯《とも》した。

対象はライナーの手の甲にある掠《かす》り傷。それを私に移動させる。

それを見たライナーは身構え、目を見開き、身体を震わせた。私にとっては楽に発動できる魔法だが、実際に運用される魔力量は『代償』のせいで極大だ。

ライナーは生唾を飲み込み、初見の感想を口にする。

「す、凄《すさ》まじいな。だが、ローウェンさんのと比べると、ちょっと……」

「ええ、まだ足りません。魔法名も決まっていません」

未完成だ。お父様相手に使った魔法《代わり生る光《リリーライフ・ノースフィールド》》と比べても、余りに弱々しい。

「魔法名もだが、それで『詠唱』は終わりなのか？　こういうのは、もう二節くらいあるものじゃないのか？」

「『詠唱』の続きですか？　そう言われましても、これ以上は……」

喉から出てきてくれない。魔法《代わり生る光《リリーライフ・ノースフィールド》》のときは、急に三節ほど頭に浮かんだが、今回は短い一節だけで止まっている。当然、魔法名も出てこない。

唸《うな》り悩む私を見て、ライナーは助言を口にしてくれる。

「……聞いた話によると、かっこいい魔法をイメージして、かっこいい魔法名を叫ぶのがいいらしい」

「はあ？」

が、その曖昧で稚拙すぎる話に、つい腹の底からの侮蔑が漏れてしまう。

「こう、自分の人生を思い返して、それをかっこいい詩にして詠むのが一番いいんじゃないのか？」

「…………、……はあ？　いつもの何割増しかで気持ち悪いですよ、ライナー」

理解しようと努力はした。しかし、すぐにまた同じ侮蔑の聞き返しが漏れて、ついでに本音まで口にしてしまった。

「……分かってる。ただ、これが『始祖』による由緒正しい魔法運用だって、ジークが言ってたんだ」

「お父様が？……へ、へえ。そうですか。よくよく考えると、あながち的外れではないかもしれませんね」

「おまえな……。いや、おまえはもうそれでいいか」

私の手の平返しの早さにライナーは呆《あき》れたが、すぐに気を取り直して続きを話す。

「ジークは叫ぶという行為自体が『代償』になるとも言ってたな。あのときは半信半疑だったが、いまなら少し分かる気がする。『代償』というのは自由に選んでいいんだ」

そこにライナー自身の考えも、少しずつ混ぜていく。

「ここから先は僕の見解だ。それを前提に聞いてくれ」

この現代で、私たち『理《ことわり》を盗むもの』との対戦回数の最も多い人間の見解だ。

私は小さく頷《うなず》き、その考えを静かに聞く。

「行為なんて漠然としたものまで『代償』になるということは……。つまり、【例外なく世界の全ては『代償』にできる】と、僕は思ってる。だからこそ、僕はあんたに『理を盗むもの』としての人生を詠んでくれって言ったんだ。今日までの行為全て、歩んできた道全て、そして、いまここにいる『光の理を盗むもの《あんた》』そのものを『代償』にすれば、魔法は究極的なものに近づくはずだ」

「人生を……。自分そのものを、『代償』に……？」

それを聞いたとき、私はラグネの言葉を思い出す。

――ずっと探し続けてきた『一番』。ずっと求め続けた生きる意味。その答えを得る為に、ノスフィーさんは頑張ってきたはずっす――

それが私の『詠唱』に足りないものなのだろうか。

ならば、お父様への想《おも》いを胸に詠めばいい？　いや、それで完成するのならば、とっくの昔に完成している。いつだって私はお父様のことだけを考えて生きてきた。だが、それだけでは、まだ『詠唱』たり得ない。つまり、重要なのはお父様への想いではなく、もっと別のもの。――ふと私は思い返す。ライナーに言われたとおり、人生を思い返す。

いまだけでなく、過去を。お父様だけでなく、自分そのものを。

二つを結び付けなければ、生きる意味と答えとやらには辿《たど》りつけない気がした。

私の人生とは何だったのか。最初は何を求め、何を願っていたのか――

それは遠い遠い記憶。『世界奉還陣』よりも前、お父様と出会うよりも前、『光の御旗《みはた》』になったときよりも前。もっともっと前に、私は歩いていた気がする。あのフーズヤーズ城の塔を歩き出したのは、どうして……？　ずっと私は、何を探して……――

その最も遠い記憶を遡ったとき、気づく。

まだ確信はないが、それこそが自分の答えのような気がした。同時に、それがラグネの答えであるような気もした。だからこそ、ラグネは私に聞いたのだ。鏡を向かい合わせるかのように、その奥の奥にいる自分自身に向かって。

「あぁ……。そういうこと、だったのですね……」

そして、その答えに気づいた瞬間、世界が大きく揺れた。

地面の揺れと爆発音。さらには、地下街に一気に広がる高温。

屋敷の一部から黒い煙があがっている。すぐに私とライナーは原因を理解した。

「――――っ！　こ、これは……。マリアのやつが起きたみたいだな。おい、ノスフィー。一時中断だ。あいつを取り押さえに行くぞ」

「いいえ、ライナー。中断でなく終わりです。いま、完成に必要なものが分かりました」

ライナーは慌てて、屋敷内に戻ろうとする。

その無防備な背中に向かって私は冷静に呟《つぶや》いていく。

「――『いま、私は旗を捨てる』――」

ライナーを【光の理】で包み、あるものを『代わり』に負う。

それにより、私の本当の『魔法』の『詠唱』が一節増える。

「——『もう世界《あなた》の祝福は要らない』——」

これで二節。あと少しだ。残り一節のあてもある。

ただ、当然だが、屋敷内に向かおうとしていたライナーは敵意を含ませて振り返る。

「おい！　いま、僕に何を……!?」

「すみません。どうしても、これは必要なことだったのです」

私は深く深く頭を下げて、許しを乞う。ライナーは顔を歪《ゆが》ませて、両手を見る。自分の変化を確認しながら、冷静に問う。

「……ノスフィー。いまのは必要なことなんだな？」

私の内心をライナーは読み取ってくれたようだ。その強奪とも言える私の力に対して、反撃することなく神妙な顔を向けるだけで済ませてくれる。

「はい。これから、マリアさんにも同じことをするつもりです。それで、たぶん完成します。私の本当の『魔法』が」

「……なら、いい。急ぐぞ。あんたがいないと、マリアのやつの相手はきつい」

ライナーも私と同じで、信頼できずとも信用はしてくれているのだろう。

また無防備な背中を私に見せて、駆け出していく。

その後ろに私は続き、もう一度だけ『詠唱』を口ずさむ。

「——『いま、私は旗を捨てる』『もう世界《あなた》の祝福は要らない』——」

身体の状態は変わらないが、身体が軽くなったような気がする。

絶不調なのに絶好調のような感覚だった。

いま私は、何も失うことなく、私が存在することだけを『代償』にしている。

それは、もはや『代償』とは言えないものだろう。だが、これこそが千年前のお父様とティアラ様が目指した本当の『魔法』の一端だと思った。

この新しい『詠唱』を、ラグネとお父様に早く伝えたいとも思った。

やっと見つけた『光の理を盗むもの』の真価を早く見せたいとも思った。

ゆえに、焦りでなく高揚で、私の歩幅は大きくなっていく。二人のいる場所へ向かう足が、少しずつ速くなっていく。少しずつ終わりに向かって、速く。

◆◆◆◆◆

ああ、今日も曇ってるな。

雲一つない青空の下、真っ赤な浅瀬の上で、そんな日常的な感想を私は抱いた。

とうとう丘の上にあった城はファフナーによって支配され切って、血管で縛られた臓器みたいな気持ち悪い物体《オブジェ》になった。周囲に点在する塔や外壁は、もう瘡蓋《かさぶた》か腫瘍のようにしか見えない。路《みち》や庭に飾られた木々も当然赤く、人の傷口のように表面から血が溢《あふ》れ続けている。

世界で最も澄んでいると言われたフーズヤーズ城の川は、血の膜に覆われて、ぼこぼこと常に泡立っている。その川の上に架かった大橋は、城に空いた穴から血が止《と》め処《ど》なく流れるせいで水浸しだ。歩くたびに、ちゃぷちゃぷと水遊びのような音が鳴る。

確か、この大橋は歴史に残る偉人様が、平和の記念に築き上げたものだ。この大聖都は歴史ある場所なので、そういう逸話が多いのだが……。まあ、こうなってはおしまいだなと思う。大橋を水路代わりにして、無限に流れる血が私の足元を通り、大聖都の街に流れ込もうしている。ただ、それは街を守る立派な騎士たちが壁となることで、なんとか堰《せ》き止められていた。

橋の前で横並びになっている騎士たちの数は、ざっと三桁。川のほうへ侵入しようとしているのを合わせると、もっといるだろう。耳を澄ませると、城の裏側で魔法の音も聞こえる。もう四桁に届いているかもしれない。早く五桁になって欲しいが、それには数日待たないと駄目だろう。そんなことを考えながら私は、大橋の上でフーズヤーズ軍の主力と思われる騎士たちと向かい合って、血飛沫《ちしぶき》を舞い上げながら戦っていた。

城に入る他のルートには壁や柵、川や堀が無数にある。百人単位の人間が城へ向かうには、どうしても大橋が一番なのだ。それを分かっている私は、ここに陣取って、敵を迎え撃ち続けている。かれこれ、ネズミ一匹通すことなく一時間ほど経《た》った。

敵は、高価そうな武具を身につけた騎士団の精鋭たち。その装いから、生まれの良さが簡単に窺《うかが》える。たくさんのお金とたくさんの期待を一身に受けて育った貴族のお坊ちゃまが多そうだ。それら全ての命を、この手で奪えると思うと、少しだけ心が軽くなる気がする。この暗すぎる視界の中でも、敵の煌《きら》めく命が灯《あか》りになって、戦える。

私は歴史的改装を終えたフーズヤーズ城の前で、豪快に腕を振るい続ける。

手に持つのは、水晶の剣と赤い剣。その剣先を『魔力物質化』で伸ばしては、いつかの千年前の剣聖のように遠くを斬る。慣れない戦い方だが、手元の宝剣から『剣術』が少しずつ流れ込んでくるおかげで問題はなかった。際限なく得る力によって、たった一時間で私は騎士トップクラスの『剣術』使いとなっていた。

私は流れ込んでくる最適な身体《からだ》の動かし方と腕の振るい方に従って、踊るように回る。それだけで、私を取り囲んでいた騎士たち数人の首が飛んだ。今日までの私の遠回りな戦い方が馬鹿らしくなるほどのあっさりとした殺人だった。

『理を盗むもの』の力を借りると、本当に楽で仕方ない。とても簡単に人の命を奪える。ただ、余りに簡単に敵を殺しているせいか、せっかく煌めく命たちを奪ったというのに、どうも心が洗われない。価値ある命を奪っていけば、この暗すぎる視界も変わると思ったが、一向に明るくなる気配がない。

――でも、正直、この暗い状態のままでも問題はなかった。

先ほどノスフィーさんたちを見逃したときは、一切の視界を奪われたことに恐怖した。こんな状態で、この先の強敵たちと戦っていけるのかと不安で仕方なかった。

だが、時間が経つにつれて、闇に目が慣れていくように、徐々に物体の輪郭を捉えられるようになってきたのだ。真っ暗な視界の中、薄い白線が引かれている状態だが、元々私は暗所戦闘のプロだ。それだけの情報があれば、十分過ぎる。

ゆえに、敵の騎士が背後の死角から襲い掛かってきても、問題なく対応できた。

「——この化け物がぁああ!!」

ただ、彼は不意討ちに慣れていないのか、それとも私が怖くて大声をあげないと戦えないのか、おそらく両方が原因だろう。私は冷静に振り返って、叫ぶ騎士の口の中に剣先を入れた。敵の脳幹を断ち斬り、すぐに引き抜く。続いて、左右から来る騎士に向かって双剣を伸ばす。いまの騎士を囮《おとり》にした本命のようだが、そんな簡単な作戦が私に通用することは絶対にない。刃が宙で線を描き、死体が三つに増えた。

またファフナーに新たな供物が捧《ささ》げられる。確か、いまので死者数は百だ。その記念すべき騎士たちの死体が、ずるりと血の大橋の中に呑《の》みこまれていく。

「——ま、待て!」

ここで、ずっと続いていた騎士団の猛攻が一旦止まる。

主戦場となっている大橋よりも先、血の届かない街路で戦いの指揮をとっていた騎士の叫び声が届いた。私は暗い視界の中、目を凝らして叫んだ騎士の顔の輪郭を見る。

おそらくは、この騎士が隊長だ。それも複数の騎士団を纏《まと》め上げる総隊長の役割を持っている。その男が目を細める私を見て、唸《うな》る。

「くっ、これも通じないか……！　ならば……！」

「アラヌェク隊長！　魔法戦だけでなく近接戦闘もこれでは、もはや……!!」

副隊長と思われる騎士が、声を震わせながら隊長の名前を呼んで遮った。

温室育ちゆえ、私という敵を前に軽く絶望しているのだろう。なにせ、初手で百人がかりの共鳴魔法を正面から打ち破られ、一気に五十人ほどの死者を出した。続いて、四方から同時展開させた魔法戦も惨敗して、いま『剣術』に特化した騎士の精鋭たちが『剣術』で敗れた。経験の浅い者からすれば、打つ手なしと思ってしまうのも無理はない。

しかし、名を呼ばれたアラヌェク隊長は、まだ思考を止めていない。

実力差を知りつつも、死した仲間の為《ため》に活路を切り拓《ひら》こうとしている。

いま偶然知れた名前だが、流石《さすが》はアラヌェク隊長。

開拓地勤務の私でも知っている本土の有名騎士様だ。

働いていたとき、その武勇は何度も聞いたことがある。確か、ウォーカー家の分家筋の貴族様で、温室でなく戦場育ち。その家柄上、人格よりも強さを追求していて、その実力は多くの騎士から認められていたはずだ。

私の脅威の喧伝《けんでん》係には丁度いい。今日は殺さずに、見逃してやろう。

その上から目線を私は心から楽しみつつ、にやりと遠くの隊長と副隊長に笑いかけた。

それを見たであろうアラヌェク隊長の魔力が跳ね上がる。この遠くまで、英雄特有の覇気のような圧が届いた。しかし、それはすぐに水を浴びた火のように収まり、冷静な指示を出されていく。

「総員、血の中から出ろ。一時退却だ。ここは別行動中の騎士団と合流して、情報の共有を優先する」

　その冷静な判断に、副隊長を含んだ多くの者が安堵《あんど》していた。ただ、中には決して誇りを失わない者もいる。新兵と思われる血気盛んな男が、不満の声をあげていく。

「隊長……!?　た、たった一人の敵相手に退《ひ》くのですか？　この大聖都を守護する聖騎士である我々が、たった一人に……!?」

「一人だとしても、もはや一戦場だ。我々が戦えば戦うほど、『魔の血』の広がりが増していっている。敵が太古の魔法を使う以上、分析を終えるまで無駄な攻撃は避ける」

　騎士たちはファフナーの生み出す基礎魔法《ブラッド》の血を、その規格外ゆえに未知数の太古の魔法として扱い、『魔の血』と呼んでいた。

　確かに、そう呼びたくなる気持ちはわかる。なにせ、一歩踏み入れれば、その異様に高い粘度に足を取られる。魔法で対抗しようにも、血属性以外の魔法の力は減衰して、碌《ろく》に発動してくれない。敵意ある魔法の発動を感じ取れば、カウンターで『血の騎士』が生まれて襲い掛かってくる。一度そこで倒れると、まるで血吸い蛭《ひる》のモンスターに襲われたかのように身体の水分を吸い取られる。もちろん、死ねば丸ごと遺体を持っていかれる。はっきり言って、これを正面から破ろうとするのは阿呆《あほう》のやることだ。

　冷静な判断を下してくれた隊長に私は感謝しながら、とりあえずの感覚で煽《あお》っておく。

「撤退っすか……。流石は、音に聞こえた大聖都の聖騎士様っす！　ちゃんと血の仕組みに気づいてたみたいっすね！　ただ、放っておいても、これは少しずつ広がるっすよ？　ほら、そろそろ大橋を出ちゃうっす。大変大変、街まで入っちゃうっす」

街を守る役割を放棄するのかと言外に問うと、隊長は静かに周囲の騎士たちを抑える言葉を短く放つ。

「……撤退だ」

適当に煽り過ぎたか。むしろ、複数の騎士団は一致団結して、綺麗《きれい》な撤退戦の陣形を取ってしまう。その全員が私を睨《にら》み続けていた。もう少し突《つつ》けば、何人かは血の池の中まで釣れそうだが、そこまでやる必要はないだろう。ノスフィーさんと同じで、結局最後には全員殺すのだから急ぐことはない。……ないと思う。ないはずだ。

「……まっ、来ないなら、来ないでいいっすよ。追うつもりはないっす。私にも色々とやることがあるんで」

余裕と共に身を翻らせて、私は騎士団たちを見逃す意を示した。

お互いに利のある休戦だ。向こうは私の情報を持ち帰ることができ、こちらも売名の目的を果たせる。その悠々と歩き出した私の背中に、声が届く。

「調子に乗るなよ、逆賊め……！　何が真の守護者《ガーディアン》だ、何が『星の理《ことわり》を盗むもの』だ！　せいぜい、いまは調子に乗っておけ！　貴様は必ず我らが仕留め、いま散っていった勇士たちの弔いとしてやる……!!」

先ほどの誇り高そうな新兵が、私を罵った。

正直、騎士としては愚かな行為だ。隊長が撤退を指示したのに、無駄に敵を刺激するなど、阿呆の中の阿呆のやることだ。だが、人として誇り高い行為だと思った。

私は敵の魂の煌めきを喜びながら、それを狩り取る指示を懐の『経典』に祈る。

「我が騎士ファフナーに命じる。もう抑えなくていい」

瞬間、ファフナーの全力の魔法が解放されて、広げた血の領域全てに現れる。足元に広がる血の池から、無数の『何か』たちが――

その中を私は一人、大橋を引き返していく。

敵らしく余裕は崩さずに、ぺちゃりぺちゃりと水遊びをするように大橋を歩き、ディアさんの空けた城の大穴まで辿《たど》りついたところで、一度だけ振り返る。

吐き気を催す『何か』たちの群れが見えた。

百の騎士に対し、百の『何か』たちが並んでいる。その『何か』のほとんどが、脳が理解を拒む形状をしていた。一度も見たことがないどころか、一度も想像したことのない姿形をとっている。基本は赤い。全てが赤くて、どこか人型に近い。

臓物としか表現できない細長い胴体に、赤い眼球が果実のようにたくさん生っている『何か』。腸のような紐《ひも》が螺旋《らせん》状に渦巻くことで四肢を作っている『何か』。人の腕が千以上連なり、巨人のようにそびえ立つ『何か』。本当に様々だった。

それらは決してモンスターではない。モンスターたちは不可思議な姿をしていても、一定の規則性を持っていた。それは種族による統一性だったり、生存競争に勝つ為の進化の跡だったり、命が命として在る為の基本ルールがあった。

だが、こいつらは、そういったルールを全て無視している。

ここまでの過程に一切意味はなく、誕生の理由は、ただ命を冒瀆《ぼうとく》する為——いや、冒瀆された命が、未《いま》だ冒瀆されていない命へ復讐《ふくしゅう》しに来ただけ。そんな悪意だけが、『何か』からは感じられた。否応《いやおう》なく、感じさせられ続ける。

対峙《たいじ》する騎士たちは、悲鳴をあげていた。私を前にしても逃げ出さなかった勇士たちが、子供のように震えて泣いている。中には迫る血の池を前にして、無防備にも失神してしまう者もいた。一致団結なんて言葉は粉々となり、各々が逃げ出していっている。色々と大変だろうが、アラヌェク隊長さんは生き延びるだろう。……たぶん。

「じゃっ、頑張ってくださいっす」

私は大橋前の戦いを見届けることなく、城の中に戻った。

そして、誰もいない大玄関で、ほっと一息つく。

——順調だ。

そう心の中で満足しながら、城の階段に向かっていく。ノスフィーさんたちを見逃したときは、私の視界は完全に真っ暗だった。『星の理を盗むもの』の『代償』で、心の余裕を失い、異常な視界の暗さに襲われて、自分の価値観が崩されていた。

だが、その暗さは乗り越えた。

かつては一騎士でしかなかった私が、あのフーズヤーズ軍を相手に圧勝だ。

それも、わざわざ慣れない魔法戦をして、自己紹介までしてやった。いまの戦いで生き残った騎士たちは、これから私のことを世界中に喧伝してくれるだろう。

——順調も順調。

もう心の余裕は取り戻した。視界の暗さの問題も問題なし。

崩れた価値観も徐々に築き直せている。結局、私にとって『理を盗むもの』になる『代償』は温《ぬる》かったということだ。そもそも、他の『理を盗むもの』たちと違って私は、あの程度の苦しみで自分を見失うような柔な精神ではない。

むしろ、自信がついてきた。

あれが『理を盗むもの』の陥る闇の底ならば、これからも私は確実にやっていけるだろう。現代の『最強』の探索者のような形ばかりでなく、過去の『理を盗むもの』のような欠陥品でもなく、名実共に本当の『一番』の存在となれる。

この先、全ての『理を盗むもの』を手に入れても私は私だ。

このまま、ラグネ・カイクヲラとして世界全てを呑み込んでみせる。

「——ははは」

階段を上がる途中、笑みがこぼれた。

自信がつく理由はまだある。これから、さらに私は『次元』の力も手に入れられる。羨ましい魔法の数々、《ディメンション》《コネクション》《ディフォルト》。どれも私なら、もっと有効的に使える自信がある。

見切り発車で始めた「世界の『最後の一人』になること」だったが、夢ではなくなってきた。この調子でいけば、現実的に辿りつける。きっと『最深部』にだって行ける。それどころか、その先の先。どこまでも、私は行けるだろう。

きっと正真正銘の『一番』になれる。

『一番』に、『一番』に『一番』に――

そう心の中で繰り返す途中、ふと私は城の窓から外に目を向ける。

太陽が燦々《さんさん》と輝く、けれどもう輪郭だけしか分からない暗い世界を眺める。

私が一階ずつ上がるにつれて、大聖都の大地は遠ざかって、より高みから全体を見渡せるようになっていく。下のほうには、モンスターですらない血の『何か』と戦わされているフーズヤーズの軍人たちがいた。そして、まだ血の届いていない遠くでは、私のいる城を不安そうに見つめる民たちの一団が見えた。

中央の公園には、女子供が集まっている。

その彼らの表情は暗いと、輪郭だけでも分かる。

おそらく、昨日の夜にカナミのお兄さんが強引に解除した結界のせいもあるだろう。ノスフィーさんは『魔石線《ライン》』に、国の活性化の『術式』を仕込んでいた。あれが壊れた上に、不沈と思われていた城の陥落だ。その落差による民の恐怖は、想像に容易《たやす》い。

間違いなく、昨日までのような活気に満ちた顔をしている国民は、もう一人もいない。

窓の外を見ていると、私は本当のフーズヤーズの歴史を思い出す。

過去にフーズヤーズは、交易路もない山の中で、疫病と死体にまみれて滅びかけていた。奇跡的に『使徒』が降臨し、召喚した『異邦人』が異世界の技術をもたらし、『光の御旗《みはた》』という犠牲者によって発展し、『聖人』の生まれ故郷というだけで大聖都と呼ばれるまで繁栄したが……。千年後のいま、『使徒』『異邦人』『光の御旗』『聖人』たちのあらゆる加護が途絶えて、本来辿るべきだった運命が近づいている。そんな気がした。

もう間もなく、千年かけて繁栄したフーズヤーズは滅ぶ。

それを実感したとき、私は城の屋上まで辿りつく。明るいのに明るさのない世界の頂点に出て、また味気ない宝石のような空の中に帰ってきた。

そこには、従者であるファフナーが待っていた。

全身に魔力を迸《ほとばし》らせて、空に向かって血で魔法陣を描いている。近くには、彼が生んだであろう『血の人形』が十体、円陣を組んで立っている。

「来たな、ラグネ。……良かったぜ。無事、自己紹介は終わらせてきたようだな。丁度、こっちも終わる。おまえの要望通り、千年前の次元魔法使いを、十人だ。どいつも後期の『始祖』直系弟子だから、例の魔法を使える」

ファフナーは魔法陣を描き終えて、安心した様子で私を迎えた。別れ際、私の様子がおかしかったのを、仮の騎士なりに心配してくれていたようだ。

彼は私の無茶な頼みごとを果たしていた。同時に城の制圧と防衛も行っていたというのに、仕事が早い。流石、千年前の『血の理を盗むもの』だ。

私は軽く頭を下げて、すぐ次の計画に取り掛かる。

「我が騎士ファフナー、礼を言うっす。……じゃっ、始めるっすかね。カナミのお兄さんの魔石抽出儀式。次元魔法最悪の禁忌、《ディスタンスミュート》を」

「なあ、ラグネ。本当に屋外でやるのか？　あの『元老院』の部屋でもよくねえか？」

ただ、その前にファフナーが口を挟んできた。それに私は笑顔で首を振る。

「ここでやりたいっす。できれば、見せつけてやって、急《せ》かしたいっすからね」

「急かすって……。ノスフィーのやつをか？」

「それもあるっすけど……。どちらかと言えば、世界をっす」

この『頂上』ならば、きっと遠くまで届く。

例えば、先の騎士たちが空を見上げたとき、こんなにも大きな魔法陣が動いているのを見たら、さらに私の脅威度は増すに違いない。

おそらく、ライナーあたりも城の様子を定期的に見に来てくれるはずだ。そのとき、カナミの死体を魔法で弄る私《いじ》が見えたら、きっと激怒してくれることだろう。

この世界の全生物に伝えたい想《おも》いと願いが、この儀式には詰まっているのだ。

屋上でやるという以外の選択肢はない。この儀式の意味を再確認し終えた私は、ファフナーの『血の人形』たちに近づいていく。そして、十体の円陣の中央にある血の台座――その上に横たわる一つの新しい死体に触れる。

「カナミのお兄さん……」

四肢はなく、首と胴体だけとなったカナミを前に名前を呼び、生前にはできなかった最後の別れを済ませていく。強敵がいなくなり、圧倒的な力を得たいまだからこそ、やっと零《こぼ》せる愚痴があった。

「一年前、あなたが現れたせいで、私は色々なことに気づいてしまったっす……。カナミのお兄さんさえいなければ、もっと世界はゆっくり回ってたんすからね」

仮定の話は無意味だと分かっていても、思うことがある。

もしカナミが現れなければ、きっと私たちは別の道を進んでいただろう。

連合国の『天上の七騎士《セレスティアル・ナイツ》』は誰一人欠けることはなく、お嬢とパリンクロンさんは手を組んで、いつかは『元老院』を正しい手順で打ち破っていたはずだ。

恨むのは筋違いとは分かっている。

けれど、カナミは私の故郷となりえた全てを、丁寧に壊していった。カナミの姿が、声が、生き方が、余りに似過ぎていた。カナミと喋《しゃべ》る度に、私の中にいた大切な人が、彼に塗り潰されていくような気がした。だから、私はあなたが――

「大嫌い……。死ね……！」

色々あるのだけれど、結局はこれに集約される。

その別れの言葉と同時に、周囲の『血の人形』たちが動き出す。それぞれが両手を掲げて、同じ魔法を編んでいく。余りに複雑すぎる『術式』が、『血の人形』たちの身体《からだ》からはみ出て、空に巨大な魔法陣が十ほど描かれる。

いかに、いま発動させようとしている魔法が凄《すさ》まじいか、よく分かる光景だった。

そして、その一糸乱れぬ共鳴魔法の対象は、私。『血の人形』たちの両手から煙のような紫色の魔力が放たれ、私の右腕だけに纏《まと》わりついていく。次元属性の魔力によって、次第に私の右腕は実体を失う。物体以外のものに触れる為《ため》の魔法の腕に変わっていく。

「――次元魔法《ディスタンスミュート》」

私は口の利けぬ『血の人形』たちの代わりに魔法名を呟《つぶや》き、その右腕を目の前の死体の胸に突き入れた。目的は一つ。カナミの中にある『次元の理《ことわり》を盗むもの』の魔石。

これを抜けば、カナミの力を全て奪った上で、身体を完全消滅させられる。

魔石に目掛けて、私は「死ね」と願いながら手を差し伸べる。

「――――っ!!」

しかし、そう簡単に伝説の魔法である《ディスタンスミュート》は成功させられない。

喉の奥から呻《うめ》き声《ごえ》が出そうになるのを留《とど》めて、額から垂れる汗を左腕で拭う。

《ディスタンスミュート》の『術式』が余りに難しく、とにかく成功までの道のりが遠い。

魔法の大変な部分はファフナーの用意した『血の人形』が請け負ってくれている。消費している魔力は、胸にある魔石たちが捻出してくれている。私がやっているのは、カナミの魂を探し、摑《つか》み、抜くだけ。だが、それだけのことが余りに難し過ぎた。分かっていたことだが、私には才能がない。しかし、そこは私の魔力の性質さえあれば――

「カナミのお兄さんっ!!」

例の擬似的な『親和』を、カナミに対しても行う。

いま私と彼の間には繋《つな》がりがあるせいか、それはとてもスムーズに達成された。

私の鏡の魔力に、彼の次元の魔力を映して、模倣する。それはまるで、私が彼そのものになったかのような擬態。私が次元魔法使いであると、世界を騙《だま》していく。

だから、カナミに差し込んだ右腕は、さらに奥まで入っていく。

一気に魔法《ディスタンスミュート》への理解が深まったのを感じた。

――よし。これで、いける。

思っていた通り、私とカナミのお兄さんの相性はいい。あのローウェンさんたちよりも『親和』の出来がいい。元より『親和』しているのではないかと思うぐらい似ていた。

いま彼の身も心も、全ては私の手中。分からないことは何もない。私はカナミのお兄さん、カナミのお兄さんは私だ。これでカナミの魂を摑むことができる。

やっと魔石を抜くことができる。そう思ったとき、その『表示』は見えた。

書物の文字が眼球の中に入ったかのような光景が、輪郭だけの暗い世界に映ったのだ。

【スキル『???』が発動しました】

いくらかの魔力と引き換えに、対象の理想の■を■■■し■■■――

「――なっ!?」

咄嗟《とっさ》に左腕を払った。しかし、その文字は消えない。宙という紙に刻まれたかのように、そこに在り続ける。当然だが、その予想外の事態に私は動揺する。

万全に万全を期しての《ディスタンスミュート》の発動だった。城から敵を全員追い出して、魔法の対象は息の根が止まっている。これ以上なく順調に、儀式に取り掛かれた。エラーが挟まれる余地はなかった。なのに、その『表示』は消えない。

私を馬鹿にするように、スキル発動を私に伝え続ける。

そもそも……、なんだ、このスキルは……？

以前にお嬢からカナミのお兄さんのスキルを聞き出したとき、こんな名前のスキルはなかった。ずっとカナミを苦しめた固有スキル『？？？』は、もうないはず。確か、『最深部の誓約者《ディ・カヴエナンター》』という胡散臭《うさんくさ》いスキルになっていた。あと怪しいものといえば、スキル『異邦人』くらい。あとは、そこまで警戒の必要なものではなかった。なのに、なぜこんなものが……!?

頭を限界まで回転させて、原因を探っていく。

しかし、答えが出る前に、『表示』されたスキルの効果は発揮された。

――それは本当に、夜明けとしか呼べない現象だった。

あんなにも暗くて辟易《へきえき》していた世界が、また『反転』する。

一瞬も一瞬。夜から昼に。闇から光に。暗から明に、切り替わる。

あらゆるものをはっきりと、いま、認識できるようになった。

単純に、視界が開けただけではない。

当然だ。元々、あれはただ暗いだけの闇ではなかった。心を覆う闇のほうが問題だったのだ。その闇が晴れて、先ほどまで何の価値もなかったものが、途端に綺麗《きれい》に感じる。

足元の血の池も、雲の動く大空も、フーズヤーズ城の屋上そのものも、全てが綺麗。

あぁ、綺麗な『宝空』だ。綺麗、とにかく綺麗。綺麗綺麗綺麗綺麗綺麗綺麗で――！

それは自分の抱えていた『代償』が全て、気にならなくなる瞬間。

その最たるは、目の前にあるもの。いま、私が右腕を差し込んでいる死体が――

「え……、え？　マ、ママ……？」

死体でなく、幼少の頃に別れた実母《ママ》が、そこにいた。

懐かしい匂いのする黒い長髪。我が母ながら、見惚《みと》れて息を呑《の》む端整な顔立ち。

その長い睫毛《まつげ》のついた瞼《まぶた》を閉じて、すーすーと寝息をたてている。

「お、おい……。ラグネ」

後ろから誰かの声が聞こえたような気がしたが、それどころではない。

私はママの顔を穴が空くほど見つめたあと、その身体も見ていく。よく着ていた質素な麻の服が、その豊満な身体を包んでいる。ただ、その服の裾や袖から伸びているはずの艶《あで》やかな四肢がない。存在しない。まるで、剣で斬られたかのように――

「て、手が!!　足が！　誰!?　誰がママにこんなことを!?」

「ラグネ！　それは渦波《かなみ》だ！　おまえの母親じゃない！　見れば分かるだろうが!?」

これでは死んでしまう。大切なママが死んでしまう。

そう思ったとき、四肢を失ったママの瞼が開かれた。その見る者全てを惑わせる黒瑪瑙《めのう》の瞳が、露《あらわ》になる。私の茶色の瞳と目が合った。続いて、ママの口元が緩んだ。もはや霞《かす》んだ記憶の中にしかない笑顔が、いま、ここに……。あぁ……――

「ぁあ、ぁあぁぁ……。ぁあぁあぁっ……。ぁあぁ、あぁあぁあっっ……!!」

だから、歓喜の嗚咽《おえつ》が漏れた。

心の底で諦めていた奇跡が、いま起きた……。

その何もかもが報われる瞬間、世界は完全に真っ白となった。

視界の暗さとか、心の暗さとか、自分の魔力の暗さとか、そんなものは全て吹き飛ばすほどの光が迸ったのだ。目が眩《くら》み、霞み、視界は潤み、歪《ゆが》んで、真っ白に。

――『反転』に『反転』を重ねて、とうとう世界は真理に至った。

真っ黒に白線だけでなく、真っ白に黒線だけでもなく、真っ白に白線だけの世界となった。その真っ白な世界には、私とママの二人だけ。他は一面、白。白だけとなったから、耳からの余計な情報も消えていく。風の音が消えて、代わりに再会を祝す拍手の音が聞こえるような気がした。一つ二つ三つと、その拍手の音は徐々に増えていく。それらは次第に十を超え、百を超え、千を超え、万雷となった。もう鼻からも、ママの匂いだけしか伝わらない。手の平からも、ママの感触しか感じない。

ママと私だけの世界に、鳴り止《や》まない喝采。

あ、嗚呼《ああ》……。まるで、世界が祝福してくれているかのよう……。

ただ、明るすぎて、もう何も見えないような……。

喝采の音が大きすぎて、もう何も聞こえないような……。

「――ラグネッッ!! 目を覚ませ!! いや、すぐに繋がりを閉じろ! クソッ! この魔力、どこからだっ!? どこのどいつが、俺の主《あるじ》を――」

微《かす》かに声が聞こえた気がした。

耳ではなく魂を揺るがす魔法の声。けれど、その声の主の姿を、私は見つけることはできない。とある騎士が主君の為に全力を尽くす姿は、もう見てやれない。

「は、発生源は、俺の血だと……？ ありえねえ。い、いつだ？ いつ誰が、俺の血に混ざった？ いや、『血の理を盗むもの』である俺以上に、血の魔法に長《た》けたやつなんているわけねえっ！ 別のはずだ！ 一体、何が原因で――」

その騎士を見る価値も聞く価値も、もうなくなった。だって、私は手に入れた。いま目の前にあるママが人生の目的だったのだから、あとはどうでもいい。他に何も要らない。だから、とうとう……。私が自分にも隠していた本音を引き出されてしまう。

「ああっ、ママ……！ ママ、私は『一番』になれたんだね!? やっとやっと私は辿《たど》りついたんだね!? やっぱりここだ！ この『頂上』が、私の終わりだったんだ!! もう私は終わってたんだ！ あぁ、良かった……！ もう終わっていい……!!」

何の飾りもなく、誰の真似《まね》でもなく、在るがままの自分として、やっと話せた。

腕の中にある大切なものを抱き締めて、その一言を口にできた。
「大好き……。ママ……」
それを伝えて、私はママの顔を見る。
家族の優しい声を期待して、じっと返答を待ち続ける。
そう。ずっと私は、ママの声が聞きたかったのだ。
もう生きる価値なんて一つもない世界だと受け入れる為にも。
最後にもう一度だけ、あの言葉が欲しかったのだ。
それが私の探し続けてきた『一番』。
ずっと求め続けた生きる意味。
その答えを得る為に、ここまで頑張ってきたのだから――
「[redacted]……、[redacted]……！」
やった……！　いま、ママが笑顔で一言、ラグネが好きと答えてくれた……！
それを聴けた私は、ついに終われる……。
そして、ママと再会した私は、これから先……。ずっとずっとママと一緒……。
それで私の物語は終わり。一緒のまま終わって、二度と離れることはない。
ああ……、なんて綺麗な物語……。
という感想を一言思い浮かべたとき、
「痛《つ》っ！」

右手の先が燃えるような痛みに襲われた。私は目を見開き、怒りの表情で周囲を見回す。もはや、ママの他に何も映す価値のない世界だが、邪魔をする存在がいるのであれば排除しなければならない。だが、当然何もない。真っ白のみ。

その私の世界に残っているとすれば、繋がりを作っている右腕の先のみだった。

私は右腕に集中する。そこには敵意を含んだ魔力があった。「それは違う」「許さない」「やらせない」とでも怒鳴りつけるかのような激しい敵意だ。

その魔力の色は紫色。おそらく、次元属性。

魔力の質は特殊も特殊。何でもできてしまいそうな柔軟な性質をしている。それを言葉にすれば『英雄』『救世主』『主人公』。誰かの『理想』のような魔力だった。

ただ、それが擬似的なものであると、すぐ私には分かる。

同じことをしている私だけには分かる。この男の魔力の性質は、本来ならば『鏡』。『鏡』だ。本当は色なんてなく、属性もなく、他に才能のない魔力。

それを看破したことで、さらなる繋がりができて、『親和』が進む。身と心を重ねるどころか、魂を摑むどころか、もっともっと先の領域まで、進んでしまう。

敵意の含んだ彼の魔力と私の魔力は、向かい合って、合わせ鏡となった。

鏡の魔力に鏡の魔力が映る。互いが互いを映して、真似をする。つまり、鏡に映った私の鏡に映った彼。その鏡に映った私の鏡に映った彼の鏡に映った私の鏡に映った彼。その鏡に映った私の鏡に映った彼の鏡に映った私の鏡に映った彼の鏡に映った私の鏡に映った

彼の鏡に映った私の鏡に映った彼の鏡に映った私の鏡に映った彼——

どこまでも遠くへ。どこまでも奥深くまで映されて、『親和』が急加速する。

そして、世界の果てどころか、世界の向こう側どころか、もっともっと遠くにいるであろう彼の掠《かす》れた声が、聞こえ出す。『親和』のままに、私は聞いてしまう。

『——ラグ■、ふざ■る■……！　■の劇■嫌った■■えが、これ■いい■■——！』

怒声だった。だが、ここに来て、まだ私を心配しているかのような胡散臭い声でもあった。抱き締めた大好きなママを見ながら、その大嫌いな名前を口にする。

「カナミのお兄さん……？」

そのとき、世界が、ずれる。世界は真っ白なまま、腕の中にいるママが一瞬にして消え去った。ママの笑顔も、懐かしい匂いも、感触も、全てがなくなって、ぽつんと。

私は一人、何の価値もない世界に立ち尽くす。もちろん、すぐに私は消えたママを捜す。一番大切なものだけは失《な》くすまいと、白い世界を見回す。

必死に捜して、捜して捜して捜して捜して捜して、捜し続けて——

捜し続けて、見つけたのはママと——幼い私。

とある小屋が蜃気楼《しんきろう》のように見えて、その中に二人がいた。

屋根には穴が空き、壁の木板は腐り、地面に藁《わら》が敷き詰められている小屋。およそ人の住むところではない場所で、二人は向かい合って話をしていた。私は次元魔法使いでもないのに、まるで小屋の壁が透けているかのように、中を確認できている。

「ど、どうして……⁉」

ここが私の生まれた場所だと分かって、例の『過去視』の魔法にかかっているのかと疑った。しかし、身体《からだ》が感じているのは、どちらかといえば《ディフォルト》や《シフト》のような、ずれた感覚のみ。いま、私は何かを、ずらされた？　いや、たぶん、それも違う。ずれたのではなく、正された？　カナミのやつが私を落とすまいと、負けさせまいと、間違えているものを正してくれている感覚――

困惑の最中も、『親和』は加速し続けて、さらに次の領域へ。

結果、私の小屋の隣に、別の小屋が見え始めた。まるで、合わせ鏡のように。真っ白な大理石のようなもので造られた妙な小屋だ。ずらりと見たことのない調度品が並んで、神殿のように神秘的だ。こちらもまた同じように、その中にいる男性と少年の顔がよく見える。見覚えはないが、なんとなく誰なのかはわかった。

こっちは幼いカナミ……？　それとカナミの父親？

夢か現実かもわからない白い世界に、対の小屋が建って、二組の親子が揃《そろ》う。

汚い小屋のほうでは、幼少の頃の私が母と向かい合っていた――

――そして、母は作り笑顔のまま、私に『一番』であることを願う。

白い小屋のほうでは、幼少の頃の彼が父と向かい合っていた――

――そして、父は険しい顔のまま、彼に『一番』であることを願う。

同じ言葉をかけられて、背中合わせだった私と彼が、対の小屋から飛び出して、この白い平原を歩き出していくしかなくなる。その対照的な光景は、この先に続く二人の物語と運命も、合わせ鏡であると予感させるに十分だった。

「――『僕は幻を追いかける幻』――」

歩いている少年が、そう呟《つぶや》いた。続いて、逆を歩く少女も呟く。

「――『私は幻を追いかける幻』――」

それが人生を詠む一文であり、例の本当の『魔法』を発動する為《ため》の『詠唱』であると、『星の理《ことわり》を盗むもの』を名乗る私は、すぐ分かった。そして、佇《たたず》む対の小屋の意味も完全に理解する。

間違いなく、これはアイカワ・カナミの仕業だ。死してもカナミは、あえて自分の魂の記憶を曝《さら》け出すことで、私の古い記憶を呼び起こそうとしているのだ。

少年《カナミ》が自分の『詠唱《じんせい》』を例にして、少女《おまえ》の『詠唱《じんせい》』も綺麗な物語で終わることはないぞと叱咤《しった》している。おまえは自分《ぼく》を殺したのだから、こんな形でリタイアするのは絶対に許さないとも激励している。

その怒り方が、また苛立《いらだ》つことに、私にママを思い出させる。

それが本当に腹立たしくて、悔しくて――でも、嬉《うれ》しくて、涙が出そうで――私は仕方なく、その少年少女の歩く姿を、後ろから追いかけることにした。

絶対に『頂上《ゴール》』に辿りつくことはないと、最初から分かっていた道を、もう一度だけ。

私は辿っていく。

3．どの日から間違えたんだろう

まずは、『私』。物心ついたとき、あの小屋の隅で私は手を動かしていた。

身に染み付いた動きのままに農具を弄《いじ》る。爪付きの棒で干草を寄せ集めて、川から桶《おけ》で汲《く》んだ水を地面に流す。大体、十往復ほど川と小屋を行き来したあとは、家畜たちの世話だ。餌をやって、身体を硬い刷毛《はけ》で擦《こす》って、一匹ずつ異常がないかを確認していく。

毎日ずっと、その繰り返し。

朝陽《あさひ》が出る前の動物たちの声で目を覚まして、仕事が終わり次第泥のように眠る。

場所は大陸の端の端にあるシドアという名の農村。

その位置のせいか、主教であるレヴァン教は浸透しておらず、土着の神様や精霊を崇《あが》めている村だ。その村には、この地方一帯を治める領主の屋敷があった。そこの下働きとして幼い私は働き、飢えをしのいでいた。

正直、屋敷で働く正式な侍従たちと比べると、過酷な環境だ。

使い捨ての道具として働かされているのは明白だったが、乞食《こじき》となった末に凍えていった子供の死体を見たことのある私は、この生活が幸運であると分かっていた。

嘘《うそ》偽りのない感想だ。私は幸運も幸運。なにせ、私には私を愛してくれる家族がいた。

それだけで、この世の半数の人間よりも上だと思っていた。

ただ、この頃のママは、私とは別の場所で下働きをしていた。この汚い小屋とは別の場所に住んでいて、家族だけれど滅多に会うことはできなかった。

けれど、ママは月の満ち欠けが一周するごとに会いに来てくれた。

娘の私を心配して、一度も欠かすことなく来てくれたのだ。

会う前の水浴びとか前準備は大変だったけれど……。

それでも、ママと会える日は、いつだって人生最高の日だった……！

ママの笑顔を見て、その声を聞くだけで、あらゆる苦労が報われていくのだ。

「ああ、私の一番大切なラグネ。今日も頑張ってるのね。偉いわ……」

「ママ……」

小屋まで会いに来てくれたママに、私は抱き締められる。

その間、私が口にするのは二文字だけだった。小さく呟きながら、頭を撫《な》でて貰《もら》い続ける。もし、ここで口答えを一つでも言おうものならば、私の優しいママでなくなってしまうと学んでいたからだ。幼いながらも癇癪《かんしゃく》という言葉の意味を知っていた私は、ママの前で決して余計なことは言わない。

罵倒を繰り返され、娘であることすら否定され、ただでさえ『いない』扱いされている私が、本当の意味で『いないもの』になってしまう。

それだけは避けたくて、いつも私の返答は同じだった。

「ラグネ、あなたはパパによく似てるわ。その髪と声、それと瞳……。ふふっ、その賢くて働き者なところは、私似かしら？」

ママと違い、私の髪は茶だ。その意味を子供の私は理解していなかったが、その色の違いがママにとっては誇りだったらしい。よく二色の髪を見比べて、優しい言葉をかけてくれる。だから私も、この髪が誇りだった。

この話をして、この言葉をかけるときのママは本当に優しい。沼の中で暮らしているかのような鈍く暗い世界が、とても明るく鮮やかになる。

くっきりとママの顔が見えて、撫でてくれる手の平は温かく、年初めの太陽の下で眠っているように全身が心地よくて……、本当に最高だ。

「もう少しだけ我慢してね、ラグネ。決して、諦めちゃ駄目よ。辛《つら》いだろうけど、絶対に生き続けて……」

ママは世界で唯一、私に「生きて」と願ってくれる人だった。

何の理由もなく味方でいてくれる。だから、私はママが大好きだった。

「あと少しで、私たちに相応《ふさわ》しい暮らしが返ってくるわ。このまま私たちは終わらないわ。絶対に終わらない……」

相応しい暮らし。この話も、よくママはする。曰《いわ》く、本来自分は、こんなところで侍女をするような身分ではなく、もっと大きな屋敷の夫人が相応しいらしい。

子供の私には理解し切れないが、本当は高貴な生まれとのことだ。意地の悪い人たちの謀略とやらで家を追われてしまったという話を、私と二人きりのときだけ口にする。

「ラグネ、ここからよ。すぐに、あなたの出番はやってくるからね……」

そう言って、ママは私を強く抱き締めて、口角を吊《つ》り上げる。

その言葉と笑みの理由を、すぐに私は知ることになる。

――この日を境に、この領主の屋敷で働く侍従たちが徐々に減っていく。

それは不慮の事故だったり、原因不明の病死だったり、人間関係のこじれによる解雇だったり、様々だった。その多様で無駄のない手管を見て、私は心の底からママを尊敬した。どれもが長い時間をかけた証拠の残らない方法だった。娘である私にしか見破れない完璧な計画だった。その立派な母親の背中を見て、私は「ああ、こうやるのか」と学んでは、少しずつ成長していく。そして、半年経《た》つ頃には、屋敷は深刻な人手不足に陥り、自然な形で私とママは正式な屋敷の侍従として迎え入れられることになった。

私は言われるがままに身を綺麗《きれい》にして、屋敷の中へ連れて行かれ、侍女用の服を纏《まと》った。服を手渡してくれた侍従長によると、それは前任者のお下がりらしい。前任者は私と背丈が同じくらいで、数日前に不慮の事故で死んだという話も聞いた。その娘と一緒に働いていた母も一緒に死んだという話も……。

どうやら、その母娘《おやこ》の代わりに、私とママは補充されるようだ。その話を聞いた私は、本格的な仕事が始まる前に、急いで屋敷の外周にある墓地へと向かった。

必死に前任者の母娘の名前を探した。しかし、見つけることはできなかった。

墓標に名前を彫られるほどの身分ではなかったのだろうか。

仕方なく、私は適当なところで手を合わせる。

引継ぎの挨拶のようなつもりで、土葬されているであろう母娘に祈り、

「――無意味なことはやめなさい、ラグネ。そこには誰もいないわ」

咎《とが》められてしまう。いつの間にか、ママが私の後ろに立っていた。私と同じく新しい侍従服を身に纏い、毅然《きぜん》とした表情で墓地を睨《にら》んでいる。

「無意味……？　ここには、誰もいないの？」

「ええ、いないわ。死んでしまったら終わりなの。魂も何もなく、ただ終わりよ。だから、ここで祈っても意味はないわ」

死ねば終わりと、ママは冷たく言い切った。

しかし、いまの私はママほど冷たく割り切れない。

この侍女服を纏ったときから、ずっと胸の内で複雑な感情が渦巻いているのだ。ここで眠る母娘たちは、間違いなく私とママの犠牲になった。遠回しだろうが、殺された。

私はママを止めようと思えば止められた。けれど、止めなかった。

胸の内で、澱《よど》みが渦巻き続ける。その私の内心をママは見抜き、さらに言葉を続ける。

「ラグネ、これがこの世界を生きる上での理なの……。だから、そこに罪悪感を覚えては駄目」

「世界を生きる上での、ことわり？」

女たちより、私たちのほうが優秀だったから。だから、彼女たちが死んだ理由は一つ。彼
「賢いラグネなら分かるわよね？　優秀な私たちは、人が死ぬのは仕方がないってこと……？」

だか

ら、こうして綺麗な服を着られてる。むしろ、ここで彼女たちに祈るほうが侮辱だわ」

ママの言いたいことは分かる。この世界は奪い奪われるように、元々できている。それは思い知っている。だから、せめて奪った側は、奪われた側の分まで毅然と生きろってことだろう。殺しておいて「いや、別に殺さなくても良かったかも」なんて思うのは、死した母娘の命の価値を貶《おと》める行為だ。

少し厳しめだが、現実的な考え方だ。それが人として強くなるということだと、直感的に理解もできた。だから、私は胸の内に渦巻く全てを捨てて、頷《うなず》いた。

「……うん、分かった。ママ」

「いい子……。流石《さすが》、私の娘ね」

また一つ成長した私の頭をママは撫で、抱き締めた。こうして、十分に母娘の絆《きずな》を確かめたあと、二人で手を繋《つな》ぎ、晴れやかな顔で墓地を去っていく。

――私たち母娘の屋敷暮らしが始まった。

正直、底の底からスタートしたおかげか、新しい侍女の仕事は辛くなかった。

掃除の勝手は違っても、先輩たちが懇切丁寧に教えてくれるおかげで苦労はない。寝ずに反復練習すれば、次の日には身に染み付いている。重労働と言われるものも、以前の仕事と比べたら温《ぬる》い。余った時間を使って、仕事仲間を手伝う余裕すらあった。

概《おおむ》ね順調だったと思う。見本となってくれる人がいれば、それを真似《まね》るだけなのだから非常に簡単だ。新しい言葉遣いも礼儀作法にも躓《つまず》くことはなかった。私の他にも新入りの侍従はいたけれど、その誰と比べても私は優秀だったと思う。私みたいに、一度見ただけで完璧に真似のできる人は一人もいなかった。

ママの娘として、立派に勤められている。きっと今度会ったとき、また頭を撫でて貰えるはずだ。その未来を思い浮かべるだけで、自然と口元が綻んだ——が、現実は違った。

屋敷暮らしを始めてから月が一周し、恒例の二人きりの時間がやってきた。

そこで私は第一声で叱られてしまう。

「ラグネ、何をやってるの？」

「え……？」

「私の賢いラグネなら分かるわよね？　前までと同じように働いていればいいわけじゃないのよ？　ここからが出番だって、前に言ったでしょう？」

「で、でもっ、ママ！　私が一番働いてるよ？　みんなも私に感謝してくれて——」

「それが何？　それで現状が変わる？　私たちの価値は変わる？　私の娘は、そんなことも分からないの？」

「————っ！」

撫でられるどころか、ここしばらくは鳴りを潜めていた癇癪の気配を感じ取った。

すぐさま私は思考を高速回転させて、ママの言いたいことを読み取る。その表情——眉間と目元の動きに、頰の色の変化に、唇の乾き具合——何に怒り、何を求めているのかを解き明かして、私は返答する。

「分かってる、ママ。感謝されるだけってことは、利用されてるだけってことだよね」

これもまた、少し厳しめだが間違ってはいない教えだろう。利用されているだけでは、私たちの得にはならない。何も得られなければ、積み重なるものはない。一生かかっても、上には行けない。また例の世界の理《ことわり》とやらを一つ学び、私は頭の中の価値観を作り直す。

ママについていく為《ため》、一緒の優先順位を構築していく。

「……そうよ、ラグネ。利用される側でなく、利用する側に回るの。そして、ここの『一番』まで登りつめましょう。きっと、それがあなたの幸福に繋がるわ」

『一番』まで登りつめれば、私は幸福になれる……。

一番の働き者という意味ではないだろう。

一番価値のある侍女になれと、ママは言っている。

価値という言葉は漠然としているが、私たち母娘の間では通じ合えるものがあった。

それは、もっといい服を着て、もっといい仕事を得て、もっといい家に住めるようになれるかどうかの基準。お金だけでなく、人脈や権力と言った不定形のものも含めた総合的なもの。――謂《い》わば、その人の命の価値。それが一番大事と、私は教えられた。

私は眉間に皺《しわ》を寄せて、そのママの教えを咀嚼《そしゃく》し、どうすれば『一番』になれるかを必死に考えていく。

「大丈夫よ……。私の娘だもの、きっとできるわ」

また一つ大人になった私を見て、ママは頭を撫でてくれた。

その手の平は温かく、私は生きている実感を得られる。

その幸福の価値が、ママの期待に応えてみせるという決意を私に生む。

――そして、その次の日から、私はママの働く姿を探して、遠目で追うようになった。

同僚でなくママを真似ることが、一番の近道であると判断したからだ。

まず仕事をしているときのママは、私と話すときとは別人だった。まるで仮面を被《かぶ》っているかのように、少し抜けたところもありながら愛嬌《あいきょう》のある女性を演じている。

仕事の合間に見ただけでも、ママが要領のいい人であるとわかる。

ママは侍女の仕事に真面目に取り組んでいなかった。仕事は遅く、とても杜撰《ずさん》だ。けれど、演じている人柄のおかげで、仕事が早く上手《うま》い人たちからママは愛されていた。

何か困ったことがあれば、必ず誰かに手伝って貰っていた。

それにママは感謝を返して、手伝ってくれた人は満足する。

間違いなく、時間的な効率がいい。その証拠として、ママは自分の仕事の手を抜いている分、他のことに時間を当てることができていた。

そこでママは何をやっているかというと、この屋敷の権力者たちに愛嬌を振りまいていた。極自然に屋敷の旦那様やご子息たちと接触して、顔を覚えて貰い、しっかりと好感を残していく。もちろん、ママと同じように、家主たちに取り入ろうとする人たちは他にもいた。だが、はっきり言って生まれ持ったものが――スキルが、違い過ぎた。

ママには人を陥れる才能だけでなく、女性としての魅力も豊富にあった。さらには他の侍女たちと違い、私の分の給金もある。装飾や美容に気を遣える余裕がある為、他の追随を許さない美貌を獲得していた。

その美貌を最大限に活用して、これこそが本来の私であるとでも言うかのように活《い》き活《い》きと異性を――特に年の近い旦那様と嫡男の長男の二人を惑わしていっていた。

確かに、これが一番の近道だろう。女性としての値打ちを高めるという意味でも、とても効率的だ。ママは私にも同じことをして欲しいのだろうか。確か、この屋敷の所有者であるカイクヲラ子爵には、六人の息子と四人の娘がいる。将来、その六人兄弟のうちの誰か一人の愛人に私がなれば、ママの生活は安泰になる。

お金の融通だって、いまの何倍も利くようになるはずだ。私にはお金の使い道がない為、その取り分の全てがママに回るだろう。絶対にママは喜ぶ。きっと私を褒めてくれる。つまり、いま私がやるべきは――

「――ラグネ？」

屋敷の庭で剣の鍛錬をしていた少年が、こちらを向いた。

おそらく、いま私がやるべきは、この私と同じ茶の髪と瞳を持った柔和な少年カイクヲラ家の五男様と仲良くなることだろう。背丈の近さを見る限り、彼が最も私と年が近い。名前はリエル・カイクヲラ。聡明《そうめい》で快活、兄弟の中でも将来有望と噂《うわさ》されている。

私は汗にまみれた彼に近づき、用意してきたものを手渡す。

「えっと……、お水と替えのお召し物です」

「え？　あ、ありがとう。そろそろ終わろうと思ってたんだ。ラグネ、よく分かったね」

リエルは剣を近くの木に立てかけ、私の持ってきた衣服に着替えて、水差しに口をつけた。そして、一息ついたあと、彼は甲斐甲斐《かいがい》しく世話をする私に話しかけてくれる。

「それにしても、いつもラグネは急に近くにいるよね。これでも、隠れて特訓してるつもりなんだけど……。どうして、俺の場所が分かるの？」

「それは、その……。リエル様のことを、よく見て、よく考えて……。それだけです」

ママを真似て、その人の望む『理想』を仮面にして被る。

努力家だけど少し気弱で自信のない少女となる。

すると、リエルは顔を赤らめた。しかし、すぐに貴族の男性としての体面を取り繕って、赤い顔のまま格好をつけた台詞《せりふ》を返してくれる。

「……よく見てよく考えて、か。ラグネ、それは中々できることじゃないよ。もっと誇りを持っていい。自慢だってしていい」

「いえ。私なんて、全然――」

「自分を卑下しちゃ駄目だ。君は間違いなく、素晴らしい女性だよ。侍女の中でも一番優秀だって、俺は思ってる」

正直、こうやって褒められるのは、とても気持ちがいい。

ママが活き活きとし始めた気持ちがよくわかる。

ただ、少し心配なのが、彼の目の節穴具合だ。もう少し年を取ってくれたら、貴族らしい用心深さを手に入れてくれるとは思うが、いまの年齢だと余りに張り合いがない。

いや、彼のほうが年相応なのかもしれないが、これでは私以外の誰かに騙《だま》されそうだ。上手く知恵を付けて貰《もら》いながら、私を信じ込むように誘導する必要があるだろう。

「ほらっ。とにかく、ラグネは胸を張って！」

リエルから強い好意を感じる。

それに私は柔らかく微笑《ほほえ》み返し、彼に好かれそうな言葉を紡いでいく。

「はい、ありがとうございます……。お優しいリエル様」

「……あ、ああっ！」

手応えがある。リエルの妻になることは難しいだろうが、彼が大人になったとき、お気に入りの愛人になるくらいはいけそうだ。いまの内に色々と積み重ね、取り返しのつかないところまで騙してやれば、この男は利用できる。

そんな未来を、私は頭に思い浮かべた。

この少年の隣に付き添い、カイクヲラ家の屋敷で残りの人生を過ごす光景だ。もう決して食べ物に困ることはなく、身体《からだ》を限界まで酷使して働くこともなく、お金に不自由することもない。それでいて、私は周囲にちやほやされつつ、同時に周囲を優しく利用していく。そんな裕福な暮らし。

その生活ならば、ずっとママは笑ってくれるはずだ。月に一度じゃなくて毎日一緒にいてくれて、私の頭を毎晩撫《な》でてくれる。二度と「産むんじゃなかった」なんて言葉は口にしないでくれる。二人きり以外のときでも、娘のように扱ってくれる。きっと……。

そんなことを考えながら、私はリエルに媚《こ》びを売り続ける毎日を過ごした。

ママに倣い、侍女としての仕事よりも、彼との関係の発展に尽力した。

そして、月に一度のママと二人きりの時間で、そのことを報告すると、

「――ふふふっ。悪くないわっ。流石は、私の娘ね。偉いわ、ラグネ」

五男に取り入ったことを褒めて貰った。こんなにも直球で褒めて貰えたのは初めてかもしれない。自分の進む道が間違いではなかったと分かり、一安心する。

私の頭を撫でるママも安心した様子で、ぼそりと呟《つぶや》く。

「それにしても、カイクヲラ家……。案外、拍子抜けだったわね。やっぱり、政争と縁のない辺境だからかしら……」

その口ぶりから、ママにも十分な手応えがあったと窺《うかが》える。

旦那様か嫡男様かは分からないが、どちらかの寵愛《ちょうあい》を得られれば、もし私が失敗したとしてもママの生活は安泰だ。私は目を細め、心の底から歓喜する。これでママが望んだものは手に入るだろう。あの小屋での生活に戻ることもない。

私は抱き締められながら、これで『頂上《ゴール》』だと思った。

こうしてラグネは笑顔のママを取り戻し、死ぬまで一緒に仲良く暮らしましたとさ……なんて、ちょっと胡散臭《うさんくさ》い一文が、頭の中に浮かぶほどの達成感があった。

これで『願い』は果たされる。

当然、『未練』はない。

もう終わりでいい。

これ以上先はなくていい。

ここで終われたら、ママは永遠に優しいママでいてくれる。心の底から、そう思う。

――けれど、終われない。終われはしない。

ママから言わせれば、これも世界の理。物語に出てくる登場人物たちと違って、『人』は死ぬまで終わることはできない。私が「もういい」と何度言っても、否応《いやおう》なく――

その続きを、はっきりと感じたのは二年後。

私もリエルも体つきが大人に近づいてきたときのことだった。

そのとき、屋敷内の人間関係は進みに進み、いまやママが侍従長となっていた。そこに至るまでに、残念ながら死人がちょっと出たけれど、こんな世の中ではよくあることだ。

とにかく、私とママは侍女の中でも『一番』と言えるところまで上がってきていた。

その日、屋敷の庭で立派な騎士を目指すリエルは、カイクヲラ家の用意した剣術指南役の退役騎士に指導されていた。そのすぐ傍《そば》で、健気《けなげ》に見守る私。当然だが、一番の狙い目である五男リエルへの媚び売りは、一日たりとも欠かしてはいない。

そして、偶然にも、その日は侍従長である私のママも、庭で仕事をしていたのだ。

奥様に頼まれてのお茶会の準備だ。

遥《はる》か南方からやってきた指南役は老齢ながらも貫禄《かんろく》のある人で、その指導は厳しく激しいものだった。リエルは才能に溢《あふ》れていた為、指南役の熱はかなり入っていた。なにより、私の前ということで、リエルはやる気に満ち満ちていた。

訓練内容が『剣術』から『魔法』に移った際に、その事件は起こる。

想像以上の魔力を所持していたリエルの魔法が暴発したのだ。火の魔弾《フレイムアロー》がリエルの右腕の皮膚を弾《はじ》けさせて、庭の中を飛来する。

その軌道を私は見る。先にいるママの姿を確認する。瞬間、私の身体は動いていた。

「――――っ!!」

全てが本能だった。この数ヶ月見てきた退役騎士の指南。その記憶のままに、私は駆け出して、身の魔力を操った。幼少の頃から無意識に磨き上げ続けた湖面のように輝く魔力を、左手に集める。ママの危機を前に、私の集中力は限界まで引き絞られていた。

流れる雲のように、世界の何もかも遅く感じる。

線を描くように、魔弾の軌道が完全に把握できる。

その軌道を塞ぐのに最適な体の動かし方が分かる。

私は左手を伸ばし、火の魔弾を――払った。

短い破裂音と共に、魔弾は軌道を反らされて、天高くに飛び上がって消える。

それを見届けたあと、すぐさま私はママを見る。

突然のことに尻餅をつきながらも傷一つないママを見て、私は安堵《あんど》する。

「はぁっ、はぁっ、はぁっ……。よ、良かった……」

当然だが、すぐに魔弾を放ったリエルが叫びながら私に駆け寄ってくる。

「ラ、ラグネッ!!」

青褪《あおざ》めた顔で私の無事を確認する。

続いて、それ以上に青褪めた顔の指南役が近づいてきて、私の両肩を摑《つか》んだ。

「娘……。い、いま……」

「……え?」

指南役は怪我《けが》を心配するわけでなく、私の左手を見ていた。

傷一つない手を見て、目を見開き呟いていく。

「先ほどの動きに、この魔力の揺らぎ……」

その尋常でない様子の指南役に、リエルは侍女の心配でなく質問を余儀なくされる。

「もしや、ラグネも魔力持ちなのですか?」

その単語を聞き、胸の内で感情が渦巻く。

魔力持ちという言葉は、田舎の侍女であろうとも知っている。明らかな『素質』の証明であり、それだけで魔力を持っていない人間よりも価値が高くなる。

道徳ゆえに誰も口にはしないが、明らかに命の値打ちが変わってくる。

指南役は大きく深呼吸したあとに、一息で説明していく。

「リエル様、魔力持ちはそう珍しくありません。いま重要なのは、先ほどの対応です。あ
あも流麗に魔力を手に集めるのは、私でも難しいでしょう。正直なところ、すぐにでも私

は、この娘を神官様のところまで連れて行きたいと思っています。下手をすれば、リエル様と同じく、大聖都の騎士になれるほどの『素質』があるやもしれません」

「ラ、ラグネが？」

リエルは興奮した様子で私を見た。

お気に入りだった侍女の隠れた才能に驚き、純粋に祝福している表情だ。

当然だが、魔力持ちとなると職業・生き方の選択肢は格段に増える。

ずっとリエルは、いつか本土中央にある大聖都へ行くとき、私と離れるのが辛《つら》いと言っていた。けれど、私が魔力持ちとなると、これからの時間の使い方次第では護衛になれるかもしれない。少なくとも、貴族の身の回りの世話をする側近になれる可能性は跳ね上がる。いまにも私の両手を取って飛び上がりそうな顔をリエルはしていたが、正直私はそれどころではなかった。私にとって大切なのは、リエルでなく――

「ラグネが……、大聖都の騎士に？」

ママが私の後ろで、リエル以上に興奮した顔を見せていた。

驚き、祝福し、いまにも歌って踊りだしそうな顔だった。

娘であるからこそ、分かる。これはママの欲望が溢れてきているときの表情だ。この長年の侍女生活で枯渇していたと思われていた野心が、いま再燃しようとしている。

ぞわりと、背筋が震えた。

ママの価値観と優先順位の激変を、すぐ傍で感じたからだ。同時に、終わったはずの

『一番』になるという挑戦が再開されるのも、とても強く感じた……。

◆◆◆◆◆

その私と同じ運命を『彼』も、歩む。

私にとって『異世界』は、その名の通りに異質で異様で異常な世界だった。

空は変わらず青く、雲は白く、太陽は明るい。しかし、その下に広がる光景は全くの別物だ。灰色の石で造られた塔が連なり、その合間の地面は同じく灰色の石で塗り固められている。石の国とでも呼びたくなる奇妙な渓谷だ。

おそらく、固められているのは整地された交易路。一切の土色を塗り潰した石の上を、先ほどから馬車のような車輪付きの輝く箱が行き来している。

歩く人々の装いは奇妙で、その数は多く、忙《せわ》しなく、けたたましい。

そんな『異世界』の街の中を歩いていた。私と同じく、親と二人きりで。

その親子の触れ合いを、私は背の低い少年の視点で追いかける。

間違いなく、これはアイカワ・カナミの幼少の思い出だろう。

それを証明する一言が、父親と思われる黒髪の男の口から、いま紡がれる。

「――渦波《かなみ》は世界で『一番』の男になるに決まっている。なにせ、この俺の息子だ」

道行く中、そんな言葉が隣から聞こえた。

それに私は——いや、幼少のカナミは頷《うなず》き返して、父親の期待に応えることを心から誓っていく。どこかの少女と同じく、その意味を理解していながらも、嫌われたくない一心で笑顔を作っているのだろう。

正直、この先の話は見なくても、分かっている。彼は私と同じなのだ。だから、ここから先は展開もほとんど同じ。けれど、その会話は叩《たた》きつけるように、私の中に入ってくる。強引にも、どこかの合わせ鏡の少年は、私に観劇を強制する。

「聞いたぞ、渦波。オーディションに受かったんだってな。……ははっ、その調子だ。勝て。勝ち続けろ。俺の息子らしくな」

歩きながら、親子の会話が繰り広げられていく。時々、理解できない単語が含まれるが、いまはカナミと繋《つな》がりがあるおかげか、意味を薄《うす》らとだが理解できる。

私はママの顔を思い出しながら、カナミとして男の話を聞き続けていく。

「いいか？　一度の勝利で、気は緩めるな。何をしてでも、どんなときでも、勝ち続けることが重要だ。たった一度でも負けてしまえば、おまえは『一番』でなくなる。……『一番』でなければ、何の価値もない」

男にとって、それは善意なのかもしれない。親としての愛情のつもりなのかもしれない。だが、年端も行かない子供相手に聞かせる教えではないと私は思った。呪いのように言い聞かせる姿が、不快で仕方ない。

「おまえの父親も勝ち続けることで、ここまで昇りつめたんだ……。何もないところから、ここまでな。俺と違って、おまえはスタートがいい。おまえなら、もっと上にだって行けるぞ。もっともっと上、この世界の『頂上』まで、きっとな」

男はカナミを見て話しているようで、どこか遠くを見ていた。

正直、その姿は自らの燃え滾《たぎ》る野心のままに、子供を利用しているようにしか見えない。

対して、それを聞かされているカナミは顔を顰《しか》める。そして、明らかに共感はしていない様子で頷き返し、言葉を選びながら慎重に返答をしていく。

「うん、頑張るよ……。でも、父さん。今日、泣いてる子がいたんだ。僕が選ばれたせいで、泣いている子が……」

どうやら、今日そのオーディションとやらで胸を痛める事件があったらしい。正直、大体は予測がつく。おそらく、いま隣で調子に乗っている男が、裏でライバルを消しでもしたのだろう。

「渦波。それは可哀想《かわいそう》なことだが、仕方のないことだ。優秀な人間が残って、実力のない奴《やつ》らは取り除かれる。これだけはどうしようもない……謂《い》わば、世界のルールだ」

胡散臭い。何が世界のルールだ。上手《うま》い言葉が思いつかなかったから、大仰で曖昧な言葉を選んで誤魔化しているだけだろうに……。

まだ短い会話だが、もう私はカナミの父親のことが心底嫌いになっていた。

ただ、その適当な言葉をカナミは幼いながらも一生懸命に嚙《か》み砕き、咀嚼《そしゃく》し、自分の価値観に加えていこうと頑張っている。

もちろん、成長途中の子供であるカナミには、そのルールは用意に呑《の》みこめるものではない。その胸に渦巻く感情の澱《よど》みのせいで、なかなか頷き返すことができない。

それを見た男は、言葉を足していく。

「賢いおまえなら分かるだろ？　その感情を誇りに換えろ。顔は俯《うつむ》けず、毅然《きぜん》と前を向け。決して立ち止まるな。敗者の分、強くなることが……謂わば、勝者の礼儀だ」

「みんなの分まで、僕が強く？　それが、せめて僕にできること……？」

そのふざけた甘言に釣られて、カナミは価値観を呑みこみ始めた。

また一つ大人になった息子を見て、男は満足げに口の端を吊《つ》り上げる。

そして、カナミの手を、ぎゅっと握って前に進んでいくのだ。

「ああ。だから、行くぞ、渦波。俺たちで世界を見返すんだ」

カナミは目を見開いて、その握られた手を見つめる。

「……うんっ！」

私のときと同じで、彼も満面の笑みでの返答だった。

父親に遅れまいとカナミは大股で歩いて、健気についていく。

――こうして、カナミも私と同じ道を進み始めた。

毎日休むことなく、『一番』という目標に向かってカナミは努力し続ける。そして、当然のように、その隣に両親はいない。カナミは一人、石の国の色んな塔に連れられて、見たことのない鍛錬を繰り返していた。

まず見たのは舞踊のような何か。厳粛で恐ろしい大人たちに囲まれ、カナミは指導されるがままに手足を必死に動かしていた。

次は祈禱《きとう》……だと思う。たぶんだが。教えられた詩を何度も何度も、繰り返し詠まされていた。酸欠で倒れそうになっても、胃液が漏れそうになっても、決して休めない。

続いては歌。これは流石《さすが》に私でも分かる。

演奏の中、様々な歌の練習をしていた。それと同じ場所では、楽器の扱いも教わっていた。その種類は両の手の指の数を軽く超えていた。さらに、身体《からだ》を動かす剣術や体術の訓練もされ、当然のように座学も時間の許される限り行われる。

倒れるまで続ける特訓は見慣れていたが、ここまで多岐に渡るものは初めて見る。

この石の国はフーズヤーズの神殿に似たところが多いので、最初カナミは神官として育てられているのかと思ったが、どうやら違うようだ。あの腹の立つ男がカナミに何をさせたいのかが分かるのは、空の月の満ち欠けが一周したころだった。

そう。この親子《おやこ》も私たち母娘と同じで、月に一度だけしか会うことはなかった。

その日も、カナミは塔の中で鍛錬をさせられていた。そこに男の怒号が鳴り響く。

「――渦波!! どうして、このくらいのことができない!? 俺の息子であるおまえが、どうして!?」

「――――っ!!」

手渡された紙に書かれた言葉の暗唱に、カナミは手間取っていた。

ただ、書かれている言葉は千を超える。それを男は数分程度の時間で、完璧に覚えることをカナミに強要していた。せっかくの親子の時間だったが、そこに温かな言葉のやり取りはなかった。それどころか、カナミは青褪め切っている。

「おまえは俺だけでなく、あの女の血も引いてるんだぞ!? 俺に続く――いや、俺さえも超える最高の役者になれるはずなんだ！ 絶対に!!」

役者。どうやら、男は演劇を生業にしている人のようだ。つまり、カナミは演者として育てられているということらしい。

ようやく特訓の行き着く先がわかった私は、最高の演者が作られる過程を見守る。

はっきり言ってカナミは筋がいい。私と同じくらいか、それ以上の演者の才能があると思う。しかし、男の求めるレベルが余りに高過ぎる。

教え始めて、一時間でマスターできなければ、癇癪《かんしゃく》を起こす。おそらく、筋のいいカナミ以上に、男は才能に溢《あふ》れているのだろう。だから、どうしても比較してしまうのだ。かつての自分と、かつての伴侶と。何より、いま傍《そば》にいる――

「くっ、こんな簡単なことで……！ もう妹の陽滝《ひたき》はできているぞ！ 兄のおまえよりも早く!! 見てみろ!!」

特訓は途中で、私も教えて貰《もら》ったことのある「涙を自由に出す特訓」に移っていた。

そして、男が指差す先には、幼い渦波よりも更に一回り幼い少女がいた。『水の理《ことわり》を盗むもの』の面影があったので、すぐにアイカワ・ヒタキであると分かった。その少女が母親らしき女性に、同じような特訓を受けている。

ヒタキは涙を流していた。

一時間どころか僅か数分程度で、涙を出すのと止めるのを両方ともマスターしていた。

その少女を例にして、男の指導の熱は一段と増していく。

「いいか、渦波！　演技の始まりは、感情を作ることだ！　この一歩目で躓《つまず》いていては、いつまで経《た》っても――」

「……ご、ごめんなさい。……ごめんなさいごめんなさいごめんなさい」

しかし、それにカナミは付いていけなかった。

一月ぶりの親子の触れ合いを心待ちにしていたところから、この悲惨な状況だ。

すっかりと心が折れてしまい、止まらない涙を零《こぼ》し始めた。

「――――っ！」

それは演技でなく本物であると、すぐに男は理解して、言葉を失った。

その間も、カナミは涙を流し続ける。息子としての不甲斐《ふがい》なさを噛み締め、これ以上嫌われたくない一心で「ごめんなさい」と繰り返す。その気持ちが私にはよく分かる。

とにかく、大好きな親には怒られたくないのだろう。ずっと笑顔でいて欲しいのだ。どうにか、頭を撫《な》でてもらいたいのだ。優しく褒めてほしいのだ。

けれど、もうその方法が分からないから、ただ謝り続けるしかなくなっている。そのカナミを前に、男は困った様子で名前を呼び、その震える肩に手を伸ばそうとする。

「か、渦波……」

「ひっ！」

カナミは呼ばれ、顔をあげた。しかし、そこにあった険しく歪《ゆが》んだ父親の顔を前に怯《おび》え、短い悲鳴を漏らした。父親に嫌われ、怒られ、叩かれると思ったようだ。

その様子を見て、男は距離を取る。

「……もういい。おまえは端で休んでろ」

「は、はい……。ごめんなさい……」

ふらつきながら、カナミは逃げだす。それを見送る男の顔は、ずっと険しく、いまにも唇を噛み切りそうだった。その二人の姿を見て、私は「いいな」と羨んだ。

同時に、もう終わった出来事と分かっていても、カナミに口を出したくなる。

よく見ろ、カナミ。すぐに振り返って、よく父親の顔を見ろ。

それは怒っている顔じゃない。失望しているわけでもない。ただ、困っているだけだ。

いや、それも正確じゃない。これはお前と一緒で、息子に嫌われたんじゃないかと不安になっている顔なんだ。

そもそも、このくらいのことで根をあげるな。

いまの特訓に成功しなかったからって、別に死ぬわけじゃない。ここに命を脅かす外敵は存在しない。食うものにも寝る場所にも困らなければ、やり直す時間だってある。まだ「役に立たないクズが」と罵倒されたわけじゃない。「産むんじゃなかった」と捨てられたわけじゃない。「知り合いの子供」と存在を否定されたわけじゃない。

そうカナミの中で叫ぶも、声は届くことはない。

幼い彼は部屋の隅に座り込み、動かなくなる。そして、ぼやける目を凝らして、遠くで両親から教わる妹を眺める。自分と違って、両親の期待に全て、あっさりと応えていく存在を羨み続ける。

——こうして、月に一度の親子の触れ合いは終わった。

カナミは家に帰っていく。当然のように、そこに両親はいない。侍従と思われる人はいたが、最低限の世話をしたあとはすぐに出て行った。

カナミは最初に見た例の白い部屋に一人となり、呟《つぶや》く。

「父さんは僕を嫌いかもしれない……。けど、それでも、僕は……」

カナミは寝ずに、今日一日の特訓を思い出して、復習を始める。

「『一番』に……。誰よりも立派な『一番』の役者にならないと……」

お腹《なか》から声を出す練習に、自然な笑顔を作る練習。

長文を暗唱する練習に、涙を自由に流す練習。

確か、私も夜中に似たような練習をしたことがある。

もちろん、内容は違う。私とカナミは『親和』できるだけの類似性はあれど、別々の人間だ。全く同じということは流石にありえない。

まず生まれた世界が違う。環境が違う。目指す場所が違う。

本当に多くのことが違うが……まあ、本質は同じなのだろう。

「父さんの望む『一番』にならないと……、僕はこの家に……、いない」

それをカナミが口ずさんだとき、薄《うっす》らと身体が発光し始めた。

こちらの世界では慣れ親しんだもの。『魔力』を、彼から見る。

私は少し困惑する。ここは『異世界』で、魔力のない世界だったはずだ。それも時代は千年以上前で、私の世界でも魔法なんてない時期だ。

もしかして、私の『異世界』の認識に間違いがあったのだろうか。ここは魔法という技術が発達していないだけで、魔力は存在していたのかもしれない。

私は知識に修正を加えながら、その彼を見守る。毎日欠かすことなく、たった一度も休むことなく、夜中に繰り返すカナミ。涙を流す練習だけでなく、ただ涙を流すだけの時間も含めて、私は見守り続けた。そして、また一月経ったとき――

「あっ、父さん……。母さん……」

その白い部屋に、また家族が集まった。

当然、今度こそ褒めて貰おうとカナミは近づこうとする。

が、その隣を男は通り過ぎていく。そして、カナミの後ろにいた少女の名前を呼ぶ。

「陽滝！」

分かっていたことだが、もう両親はカナミを見ていなかった。

どちらも優しい声で褒めながら、ヒタキだけに期待の声を浴びせていく。

「今日はおまえの為《ため》に、前以上の講師を呼んだぞ……！　きっとおまえも名前を聞いたことのある方だ。俺たちの娘と聞いて、向こうも興味を持ってくれたようだ」

「ふふっ、陽滝……。私たちの娘が凄《すご》いってところを見せてあげて」

カナミの伸ばした手が、何もない宙を彷徨《さまよ》う。そして、陽滝が「俺たちの娘」と呼ばれるたびに、どんどん彼の顔は青くなっていく。自分の居場所がなくなってしまうと思ったのだろう。すぐに彼は少ない勇気を振り絞って、三人の間に入ろうとする。

「と、父さん……！」

声をかけられ、男は振り返った。しかし、そこに妹へ向けていた笑顔はない。カナミが入った瞬間、三人の間にあった朗らかな空気は途絶えた。

その意味を賢いカナミは理解できてしまい、続けようとしていた言葉を失う。

また男は以前と同じ険しい顔をして、カナミに聞き返す。

「……なんだ？」

「その……、えっと……」

意を決したはずのカナミが言い淀《よど》む。その気持ちも分かる。

それは、たった一言の確認。だが、余りに恐ろし過ぎて口にできない。それを聞いて、もし期待していた言葉と正反対のものが返ってきたら、もう終わりだ。誇張なく、この世の終わりだ。世界から私たちは、いない、いなくなる。

「いや……、なんでもないよ……」

だから、カナミは笑顔を作って首を振るしかなかった。

さらに距離まで取ってしまう。それを男は険しい顔のまま見送り、背中を向ける。

「……そうか」

その短い返答を聞き、カナミは顔を俯《うつむ》ける。そして、三人から遠ざかり、部屋を出ていく。とうとうカナミは諦めてしまった。確認することさえもできなかった。

当然、これを最後に、カナミは家族との接点を失う。

これがカナミの幼少時代の始まり。

――ここだ。

特に、いまの「なんでもない」という一言が大きい。これのせいで、ラグネ・カイクヲラとアイカワ・カナミは『親和』してしまっている。

描かれる物語は鏡のように左右対称だとしても、人生の核となる部分が綺麗《きれい》に重なっている。その中心点は、人真似《ひとまね》の上手《うま》さや辿《たど》りつく諦観などでなく、『家族の愛情に飢えている』ということ。

他の『理を盗むもの』たちと同じく、それは本当に些細《ささい》な望みだろう。誰もが持つ悩みの一つで、そこまで珍しいものでもない。ただ、私とカナミは、その深みに少し陥ってしまった。人より特殊な生い立ちの癖に、人より盛大に転んでしまった。

結果、少し頑張り過ぎてしまって、私たちは『史上最低の大量殺人鬼』と『誰もが理想とする大英雄』にまで辿りついてしまうわけで……。

「――ははは。これが『幻を追いかける幻』っすか」

自分の原点を見直して、私は自分の『詠唱』を繰り返した。

いまとなっては、負け犬の最期を表す一文としか読めず、自嘲してしまう。

しかし、まだ顔は俯けない。『次元の理を盗むもの』の魔石の――カナミの意図は分かっている。私にも、本当の、『魔法』に至らせようとしているのだ。ならば、まだ終わりではないだろう。まだ続きがある。

ここから先、『詠唱』の二節三節に当たる人生も、きっと私に見せてくるはずだ。

そして、それをカナミは絶対に、私に誤魔化させないつもりだ。

私にも「なんでもない」と一言を零してしまう瞬間が、人生であった。

そのときの本心から目を逸《そ》らさせない為に、あえてカナミは自分の人生を曝《さら》している。

同じものを先に見せて、私の素直な感想を引き出そうとしている。

「ああ、もう……。やっぱり、私はカナミのお兄さんのそういうところが大嫌いっす……。本当に大嫌いっす……」

その言葉を機に、目に映る光景が『異世界』から『元の世界』へと戻っていく。

そこには騎士の卵として見出《みいだ》された私が、カイクヲラ家五男のリエルと一緒に庭で鍛錬している光景が広がっていた。

ママに褒められたい一心で、立派な騎士を目指す私がいた。

◆◆◆◆◆

シドア村にある領主の屋敷。その庭で、夜中。

私もカナミと同じように、寝ずに特訓していた。ただ、彼と違って、それは多岐に渡らない。もう侍女としての責務はなくなったし、女性としての魅力も重要ではない。

騎士として『一番』になることを望まれた以上、磨くのは騎士としての力のみだ。

騎士の教養を学びつつ、一心不乱に魔力と身体《からだ》を磨き続ける。

そして、口にするのは同じ言葉。

「『一番』に……。誰よりも立派な『一番』にならないと……」

目指す役は違えど、その頭の中に潜む強迫観念は全く同じだった。

誰よりも優秀な騎士となる為に、私は一切の甘えを捨てて剣を振り続ける。眩暈《めまい》が起きるまで魔力を練り続ける。どんな苦痛があれども、決して手を緩めはしない。

私は自分の持つ『剣術』と『魔力操作』という才能の二つを徹底的に鍛えていった。

レヴァン教徒の騎士として『神聖魔法』にも少し手は出したものの、この分野で他の騎士を圧倒できる気がしなかったので、すぐに手を引いた。

勝ち続ける為に、私は唯一無二の力だけを目指した。夜中から朝陽《あさひ》が昇るまでの間、狂気染みた特訓を続けた。そして、日中はカイクヲラ家の用意した指南役の下で学ぶ。

その隣には五男のリエルもいた。結局、カイクヲラ家の子供の中で騎士を目指したのは彼だけだった。他の子供たちに才能がなかったというわけではない。初期はリエル以外にも、指南役から学ぼうとした生徒はいた。

その中には魔力も『素質』も高い逸材がいた。だが、共に学ぶリエルと私の騎士としての才能が飛び抜けていたせいで、鍛錬を続けるモチベーションを保てなかったのだ。

戦火から遠い地方という理由もあって、嫡男を含めた他の兄弟たちは武官以外の道を選んだ。その裏で母の影が見えたような気がしたけれど、私は私の役目に集中し続けた。

目標はシドア村で最強でなく、この国で最強の騎士。

余計なことを考える暇なんて、一瞬たりともない。

その過酷な道を進む私を見て、リエルも触発されたのか、彼も貴族の子息では考えられないほどの過度な鍛錬を積んでいく。どんな日だろうと、病で倒れそうでも、絶対に休みはしない。当然、そのリエルに負けまいと、私も必死になる。

私たちは感化し合い、田舎生まれの騎士候補とは思えないほどの急成長を遂げていく。

運がいいことに、その急成長に対して、指南役も手を抜くことはない。ときにはシドア村を出て、国の首都で最新の魔法を学ぶこともあった。その勉強の中には、リエルや私のお披露目やお遊びの決闘もあった。

貴族の屋敷や国の学院などで、他国の騎士候補たちと実戦を重ねた。私は立場上、全勝することはできなかったが、思い通りにならない試合は一度もなかった。

――私は強かった。

なにせ、勝つことだけに特化していた。貴族としての使命や誇りを胸にする貴族たちと違って、朝から晩まで勝つことしか考えていない。騙《だま》し討ちを恥とは思わないし、どんなときだって謀略を忘れない。その上、このときにはもう『魔力物質化』という国でも数人しか会得できていない技術《スキル》を会得していた。まだ正式な騎士になってはいないが、老練の騎士にだって勝てる領域に達している。

――こうして、私たち二人は順調に、数年ほどかけて、国でも噂《うわさ》される有望な騎士候補となった。

勝敗を調整している私の噂は僅かだが、リエルは『ヴァルト国史上最高の逸材』という言葉が、貴族間で飛び交うほど有名になった。

本当に順調だった。屋敷での生活は過去最高に充実していた。

私の話を聞くママはずっと笑顔だし、どこに行っても私は優秀さゆえにちやほやされる。時々少しは嫌なことはあるけれど、思い通りに改善できないことは一度もなかった。

何もかもが順調で、このままずっと変わらず、この『一番』を目指すだけの時間が続けばいい。なんて思うことがあったほどだった。

そんな気の緩みの中、その話は訪れる。

「――ねえ。ラグネは『天上の七騎士《セレスティアル・ナイツ》』って知ってる？」

またカイクヲラ家の庭で、二人だけ。けれど、かつてと比べると一回りも二回りも大きくなった騎士候補の少年少女が、肩を並べて話をする。

練習を終えたばかりで身体の冷えた私は、汗を拭きながら少しだけ考える。その質問の答えは、この数年で学んだ騎士の教養の中にあった。

「確か、レヴァン教の預言に出てくる騎士様のことですよね？　千年後に『再誕』する聖人様をお守りする七人……って」

「うん、それ。俺も初めてこれを聞いたときは、ちょっと怪しい言い伝えの一つだって思ってたけど……。どうやら、実際は違うみたいだ」

「違うというのは、どういう意味でしょう？　もしかして、本当に聖人様が『再誕』でもするというのですか？」

「するらしい。しかも、その『再誕』の日は、そう遠くないってさ」

「ほ、本当なのですか？」

私は口を開けて、驚いてみせる。

純真なラグネはリエルの言う全てを真に受ける——という演技を、癖のように行う。

神話の千年後の世界に現れる『天上の七騎士《セレスティアル・ナイツ》』。

正直、それは女子供を騙す作り話としか聞こえなかった。だが、いつまで経《た》ってもリエルの表情は変わらず、真剣そのものだった。

「本当だよ。……なんでそんなことを知っているかというと、その『天上の七騎士《セレスティアル・ナイツ》』の誘いが俺のところに来たんだ。本当に驚いたよ。なんでも、これに選ばれる基準は実績でも実力でもなく、『素質』だってさ」

長年の付き合いで分かる。リエルは嘘《うそ》を言っていない。本当にリエルは誘われているのだ。そして、その『天上の七騎士《セレスティアル・ナイツ》』の仕組みも薄《うっす》らと理解できる。言い伝え通りの本物ではないだろう。しかし、その伝承を利用して、一つ大きなことをしてやろうというレヴァン教の思惑を感じる。そこまでありえない話ではない。

レヴァン教の伝承の中にある『天上の七騎士《セレスティアル・ナイツ》』という単語を使う以上、その七人は騎士として最大級の栄誉を得るだろう。私にとって、絶対に無視できないチャンスだ。

そこまで推察したとき、複雑な感情が胸の内で渦巻く。

「ただ、ラグネ……。一度この話を受けると、もうここには戻って来られなくなるかもしれないんだ。だから……」

それは充実した時間が崩れる恐怖だったり、次を受け入れがたいと思っている自分への戸惑いだったり。ただの喜怒哀楽以上のものが私の中に生まれたとき、庭に面する渡り廊下に人影が見えた。

「あっ……」

カイクヲラ家の当主である旦那様とママの二人だった。

いまや、この二人が揃《そろ》って歩いているのを見るのは珍しいことではない。旦那様は完全に侍従長であるママを信頼し切り、常に傍《そば》に置いている。この数年で私がリエルと急接近したように、ママもママの仕事をきっちりとこなしたのだ。

旦那様と侍従長の深い仲は、カイクヲラ家の公然の秘密となっている。さらに言えば、勘のいい人ならば、嫡男である長男との関係にも気付いていることだろう。

ママは見事、カイクヲラ家の奥深くまで入り込んだ。

ただ、その分ママと私の距離は離れたように感じる。

最近は順調に事が進みすぎているせいか、月に一度の母娘《おやこ》の密会がないときがある。

「少しすみません、リエル様……！」

大事な話の途中だったが、勝手に身体が動いていた。

頭の中にある名目は『天上の七騎士《セレスティアル・ナイツ》』についての相談だったが、本当は心の奥にある寂しさに背中を押されて、渡り廊下まで走り、声をかける。

「あのっ――」

私の接近にママは誰よりも早く気づいていた。

そして、私の言葉に先んじて、笑顔で称賛の言葉を投げかけてくる。

「ふふっ、今日も鍛錬しているのね。立派よ、ラグネ。この調子でリエル様をお守りできる最高の騎士になるのよ……」

「……え。……は、はい」

立ち止まり、私は頷《うなず》き返す。それを確認したママは、すぐに視線を旦那様に戻した。

「失礼しました、旦那様。参りましょう」

「うむ」

一言の激励を残し、二人は去っていく。

その最中、ママは旦那様と楽しそうにお話をしていた。屋敷でのお仕事だけでなく、プライベートな雑談も交えて、心からの笑みを零《こぼ》していく。

私に向けていた笑顔とは、全く別物だった。

二人を邪魔してはいけないと思い、私は追い縋《すが》ることはなかった。

いまママは順調なのだ。この数年の間、本当に活《い》き活《い》きとしている姿を見てきた。旦那様とだけでなく、カイクヲラ家の嫡男とも親しくなり、この屋敷になくてはならない存在になった。もう私の小さな手助けなんていらないくらいに、価値ある存在に――

「なあ、ラグネ。もっと素直になってもいいんじゃないのか？」

去っていくママの背中を見続けていたとき、声をかけられる。

「え？　素直に……？」

驚きと共に振り返り、その言葉を投げてきたリエルを見る。

そこには自分の知らない彼の顔があった。

「侍従長さんのことが好きなんだろう？」

確信がある様子で、リエルは言葉を続けた。その真剣な眼差《まなざ》しが全てを見通しているようで、私の演技は少し震える。

「その、好きというより尊敬しているだけです。私を拾ってくれた恩人だから……」

「……そうやって、自分を誤魔化してるラグネを見るのが、俺は辛《つら》い」

リエルは一歩近づき、私の両肩を摑《つか》んできた。

「ご、誤魔化してる？　私がですか？」

表情が引き攣《つ》りそうだった。こうもリエルが私に踏み入ってくるのは初めての経験だ。

「俺にはラグネが無理をしてるように見える。いつもラグネは人を立てるし、どんなときでも褒める。騎士たちとの決闘だって、上手に負けてる……けど、それは本当のラグネじゃないだろう？　あの侍従長さんを真似《まね》して、誰からも好かれようとしてるだけだ」

「え……？」

心からの驚きが続く。ずっと手の平の上だと思っていたリエルが、私を超えていく。

「確かに、侍従長さんは本当に凄《すご》い人だよ。お父様や兄様からは好かれてる理由も、よく分かる。ただ俺は、ああいう八方美人な人は苦手だ」

いつからかは分からない。けれど、もう間違いない。リエルは私たちの演技に惑わされることなく、しっかりと本当のところを見抜けるようになっている。

「だから、ラグネ！　俺と一緒に大聖都へ行こう……！　あの侍従長さんから離れて、大聖都で新しい自分を見つけるんだ！　そのほうが絶対にいい！　八方美人なんて止《や》めて、俺はラグネにラグネらしくあって欲しい!!」

私の肩を摑むリエルの力が増す。いま彼が今日までの関係が崩れる危険を冒してまで、私の中に踏み入ってきたのは『天上の七騎士《セレスティアル・ナイツ》』の誘いが原因だろう。別れる前に彼は、私に『告白』をしてくれているのだ。今日までの全てが崩れるとしても、『勇気』を出して。

私にはない『勇気』で――

リエルの姿を見ていると、私は賢く強いつもりになっただけと痛感する。本当に賢く強いのは彼のように、私の演技に気付いていながら付き合ってくれるような人のことだ。

　私の顔の歪《ゆが》みが深まっていく。リエルは言葉を重ねていく。

「……いや、違うか。いま言ったのは、たぶん建前だ。俺はラグネと一緒にいたいだけだ。ただ、ラグネとずっと一緒にいたいから、俺は侍従長さんから君を引き離したい……！　それだけなんだ!!」

　ああ、真《ま》っ直《す》ぐだ。どうにか相手に嫌われまいと、どうにか相手に好かれようと、心にもない言葉を並べる私と違う。

　そして、分からない。いま間違いなく私は、リエルの『理想』になれていない。演技を見抜かれ、その浅ましく胡散臭《うさんくさ》い人格が露呈してしまった。その気持ち悪い私と、なぜか彼は一緒にいたいと言ってくれる。その理由に辿《たど》りつけず、私は困惑していた。

「……す、少し考えさせてください」

　時間が欲しかった。とにかく、いま私が抱えている全てをママに相談したい。

　リエルの『理想』になれていないということは、ママの『理想』からも遠ざかっているかもしれない。彼には悪いが、私にとってはそちらのほうが重大だった。

　先ほどのママの私への対応の意味を考えると、さらに私の顔は歪んでいく。

　その困った顔を見て、リエルは一歩退く。

「……分かった。ただ、あと数日で、俺を迎えに『天上の七騎士《セレスティアル・ナイツ》』の人たちが屋敷にやって来る。できれば、それまでに決めて欲しい。ラグネ自身に決めて欲しい。……急な話でごめん」

急な話だが、考える時間は数日もあるようだ。

その猶予に私は安堵《あんど》し、リエルに大きく頭を下げてから、庭から早足で出て行く。いまの自分を誰にも見られないように、急いで自室へ向かう。

何もない部屋だ。騎士候補となってから与えられた部屋だが、正直綺麗《きれい》過ぎて落ち着かない。かつての汚い小屋に帰りたくなったが、ぐっと堪《こら》えてベッドで熟考を始める。

私は順調に、騎士として育った。リエルに付いていって大聖都で鍛錬すれば、世界で『一番』と言えるだけの騎士になるのも夢ではない。ただ、それで本当にママは喜ぶのだろうか。最近のママはカイクヲラ家の男たちばかり見ていて、以前ほど私のことを気にかけてくれていない。もしかしたら、私は騎士の『一番』になれという言葉を勘違いしているのかもしれない。その不安が、私の決断を邪魔する。

その日、私は悩み続け、初めて鍛錬を怠った。

そして、熟考の末に、ついに私は自分で答えを出すことを諦めた。

『天上の七騎士《セレスティアル・ナイツ》』とやらが屋敷に来るまでの数日で、丁度月が一回りする。

ママと二人きりでお話ができる時間がやってくる。そこでママの判断を聞くことにした。

どうすればいいのかをママに聞いて、もう一度『理想《じぶん》』の価値観や優先順位を固め直そう。

じゃないと、分からないことが多すぎて、何も手につかない。何をするのが正しくて間違っているのか、自信がない。私の演技を見抜いているリエルと、どう付き合っていけばいいか分からない……。

「ママ、教えて……。私のやることを……」

それは、もう何度目になるかわからない就寝前の呟《つぶや》き。

ベッドの中、目を閉じて、ママの顔だけを思い浮かべて意識を手離していく。

――そして、その日の夜。カイクヲラ家の五男リエル・カイクヲラは死んだ。

翌朝、目覚めると屋敷内は騒然としていた。

駆け回る侍女たちに話を聞くと、昨夜近隣の村にモンスターが現れたらしい。それをリエルが処理しに行き、相討ちとなったらしい。そのあっけなさ過ぎる人生の終わりに私は、誰がやったのかを直感的に理解してしまう。時折、村に害をなすモンスターが現れるのはよくあることだ。火急の際に、騎士もしくは騎士候補たちが向かうのもおかしい話ではない。人の好《よ》いリエルが領民の為《ため》に急ぎ、単独で行動したのも理は通っている。それだけの実力と自負を、この数年で彼は得ていた。この地方に出てくるどんなモンスターだろうと、彼が後れを取ることは絶対にない。

「マ、ママ……？」

その手際は見慣れている。侍女たちの会話の端々から得られる情報が、その推測を裏打ちしていく。ママとリエルのことをよく知っている私だけしか分からない人為的な悪意の連鎖だ。あらゆるものがリエルを不利にしていた。時間帯、体調、立地、情報の伝達、敵の種類、敵との相性、人伝《ひとづて》の話だけでも多くの人為的な行き違いが読み取れる。

中でも一番の不運は、なぜかカイクヲラ家の二人目の騎士候補である私の耳に、その話が入ってこなかったこと。

「ぁあ……、ぁあああぁ……」

当然だが、事故死でなく他殺の噂《うわさ》も聞こえてくる。しかし、疑いはリエルの兄弟たちに向けられるようになっていた。動機は、騎士として大成する弟への嫉妬。

普段のリエルとの仲が知れ渡っている為、私への嫌疑は僅かしかない。

間違いなく、ママの仕業だ。何年も前から人間関係を調整し、タイミングを計り、昨夜事故を計画していたのだろう。

「これで、ラグネがヴァルト国一番の騎士ね」

その確信を持った瞬間、後ろから声が聞こえた。振り返ると、他に誰もいない回廊にママが立っていた。私は予定より早く相談をする。

「ママ……。ど、どうして……、リエル様を……？」

ただ、その相談内容は昨日考えていたものと違う。

「ラグネ、これは随分と前から決まっていたことなの。もうカイクヲラ家は、当主だけでなく嫡男も私の虜《とりこ》になったわ。だから、もう五男の一人くらいいなくなっても問題ないの。むしろ、問題だったのは、あの男がラグネに匹敵する『素質』を持っていたこと。そして、私たちに迫るほどの頭脳と目を持っていたこと」

単純な動機だった。部屋を片付けるような感覚で、このカイクヲラ家にリエルは邪魔なので消えて貰《もら》ったと答えられてしまう。さらにママは続いて、私に囁《ささや》く。

「明日、新たな『天上の七騎士《セレスティアル・ナイツ》』を迎え入れる為にフーズヤーズの騎士様がいらっしゃるわ。その意味、賢いラグネなら分かるわね？」

短いやり取りだが、ママの狙いが分かってきた。

きっとママは『天上の七騎士《セレスティアル・ナイツ》』について、随分と前から詳しく知っていたのだろう。その誘いの使者をおびき寄せる為の餌に、リエルを利用したのだ。

その真意を理解したときには、もうママは背中を見せていた。

長く話し込んで、計画に隙ができるのを嫌ったのだろう。ママは侍従長として急ぎ足で、リエル急死という事故への対応へ向かった。それを見送る私は一歩も動けない。

演技として、最愛のリエルを失った私は放心していないといけない。今日までのリエルとの深い仲があったからこそ、屋敷の誰もが私を疑うのではなく、心配してくれている。それはカイクヲラ家の兄弟たちが疑われる為の下地だ。ママの計画の為にも、この演技を崩すわけにはいかない。

私は屋敷を考えなく歩き回り、リエルのことについて聞き回っていく。

「どうして……。どうして、リエル様が……」

現実を受け入れられず、顔を青褪《あおざ》めさせて、どうすればいいのか分からない振りをして、一日の時間を潰していった。

そして、その晩。日が落ち始めた時間に、『天上の七騎士《セレスティアル・ナイツ》』の誘いの任を受けた騎士がやってきた。その騎士は正門にてカイクヲラ家の夫人に迎えられた。そして、屋敷内の暗い空気の意味を伝えられ、驚きの声をあげる。

「そ、葬儀……!? リエル・カイクヲラは亡くなったのですか!?」

「はい……」

奥様が搾り出すように返答するのを、私は後ろから見守っていた。

朝からリエルの死に混乱していた私だが、それで仕事がなくなるわけではない。

昼からは、奥様の警護と身の回りの世話を任されていた。その理由は単純。都の騎士を奥様が歓待する際に、普通の侍女が隣にいるよりも騎士の教養を学んだ私がいたほうがいいという判断らしい。……これも、計画通りなのだろうか。

私は奥様の後ろで、現れた青年を観察する。

巷《ちまた》では『騎士の中の騎士』と称される大貴族の嫡男ハイン・ヘルヴィルシャインだ。

その佇《たたず》まいと身なりは、今日まで出会ってきた誰よりも気品があり、騎士然としている。混じり気のない金の髪に、整った目鼻立ち。目も眩《くら》むような輝きが、常に身体《からだ》から放たれているような気がする。

大物だ。本来ならば、こんな田舎までやってくるような人間ではない。

ヘルヴィルシャインと言えば、確か四大貴族に数えられていたはずだ。

使者の格の高さから、いかに『天上の七騎士《セレスティアル・ナイツ》』というものが重大か分かる。同時に、それに誘われたリエルの価値の高さも分かる。

　その命の価値を無駄にしてはいけないとも、分かる……。

　奥様とハインは正門前で貴族同士の定型の挨拶を交わしたあと、すぐに屋敷の中への案内が始まる。その道すがら、ハインは礼儀正しく弔いの言葉を奥様に繰り返していたが、一度だけ誰にも聞こえないほどの小声で呟いたのを、私は耳にする。

「困りましたね。預言だと、最後の枠を埋める騎士はカイクヲラ家にいるという話……。これでは七人目が揃《そろ》いません」

　リエルの死を悼む心はあれど、騎士としての仕事を忘れることはないようだ。

　その意味でも、確かに彼は『騎士の中の騎士』のようだ。

「カイクヲラ夫人、非礼を承知の上で聞かせて頂きたい。……他のご子息たちは、騎士を目指してはいませんか？」

　その質問の意味を奥様も理解しているのだろう。来訪した騎士の仕事に協力する。

「いいえ。騎士としての鍛錬を積んでいたのはリエルだけです」

「そうですか……。申し訳ありません。とても嫌なことを聞きました」

　リエルという名前を出す度に、奥様の表情は曇る。

　すぐさまハインが深々と頭を下げると、それを奥様は首を振って止めようとする。

「いいえ、失礼なのはこちら側です。本来すべき歓待を、満足にできず……」

「そのような気遣いは必要ありません。ご夫人は私たちのことより、ご自分の心配をなさったほうがいい」

そんな二人の会話を見守りつつ、私は後ろを歩く。

そして、屋敷の庭に面する渡り廊下を歩いているとき、私はママの顔を見つける。

見知らぬ胡散臭そうな男と並び、ママは話をしていた。商人のような格好をした焦げ茶の髪の男だ。知り合いなのだろうか。ママと仲が良さそうに見えなくもない。

「パリンクロン！　この大事なときに、一体あなたはどこで何をしているのですか！」

その焦げ茶の髪の男にハインは叫ぶ。名前はパリンクロンというらしい。

その呼びかけから、彼も都から来訪した騎士であることが窺《うかが》える。

「ああ、ハインか。悪い、道に迷ったんだ」

私たち三人の接近に気付き、パリンクロンはこちらへ歩いて近づいてくる。

ママは奥様に浅く礼をして、その場を動かない。

「はあ。そういうことにしておきます。いまはそれよりも……」

「ああ、聞いたぜ。どうも困ったことになったな。ははは」

ハインは奥様に一言「失礼」と声をかけて、すぐさま庭のパリンクロンと合流して話し込み始める。

「笑い事ではありません。私たちはフェーデルト様から、今年までに『天上の七騎士《セレスティアル・ナイツ》』を揃えろと言われています。しかし、ここにリエル・カイクヲラ以外に誘えるような候補者はいないようです。このままでは、今年の連合国の『聖誕祭』に支障が出ます」

「いや、ハイン。候補者はいなくもないみたいだぜ？」

「……いなくもない？　それはどういう意味です？」

嫌な予感がする。その予感のままに、パリンクロンはハインの問いかけに答えず、こちらへ向かって歩いてきた。そして、無遠慮に私を指差した。

「奥方、そこにいるのはここの娘か？　剣を帯びているが」

私は軽量の剣を服の中に隠し持っている。

それを瞬時に見抜いた男は、その理由を奥様に問いかけた。

「……いいえ。彼女は警護の者です。元々は侍女でしたが、思いがけぬ才能があったので別の仕事をさせています」

特に珍しいことでもなければ、隠すこともないことだ。奥様は正直に答えたが、パリンクロンは底意地の悪そうな笑みを浮かべて、私に近づいてきた。

「リエルって新人には強い侍女が従ってたって聞いてるぜ。おまえがそうだな？」

私は一歩後退《あとずさ》る。目立ちに目立っていたリエルならばともかく、私について都の立派な騎士様が知っているのは、少しおかしい。

「騎士様……。仰《おっしゃ》るとおり、ラグネは常にリエルの鍛錬に付き合っていました。うちの自慢の一人です」

驚く私の前に、奥様が立った。奥様は私を少し腕が立つけれど気弱な元侍女と思い込んでいる。私が怯《おび》えたと勘違いして、心配してくれたのかもしれない。

役割的に言えば、命に代えてリエルを守る立場だった私。

けれど、リエルの命を守り切れなかった私。

その私を奥様は守ってくれている。大切な息子を失ったばかりなのに……、本当にいい人だ。ママとは似ても似つかない。

「ハイン、こいつはリエルと同じ鍛錬をしてたみたいだぜ？」

「それがどうしたというのです？」

「仕方ないから、こいつを連れて行こう。逆にお買い得な話だ」

奥様の前に立っていたパリンクロンは、唐突な提案を連れに投げかける。

「は、はあ？」

当然だが、ハインは口を大きく開いた。

「――――っ！」

私も同様の疑問の声を漏らしかける。

こうなると分かってはいても、余りに速すぎて、余りに順調すぎて、不安が顔に出そうになった。ここまで来ると、この男がママの知り合いなのは確定だろう。

「不慮の事態だ。だが、『天上の七騎士《セレスティアル・ナイツ》』に欠員を出すわけにはいかない以上、俺はこいつを推す」

「パリンクロン、馬鹿を言わないでください……！　『天上の七騎士《セレスティアル・ナイツ》』は全世界を代表する騎士なのですよ？　それをこんな……」

私という本人の手前、ハインは言葉を選ぶが、その言わんとすることは分かる。

「でもよ。今回は『素質』重視の人事だろ？　俺はいけると思うぜ？　なにより、面白そうと思わないか？」

「リエル・カイクヲラは『本土』で最も期待されていた少年と聞きます。そこの彼女には申し訳ありませんが、彼に匹敵するものがあるとは思えません。ここは大聖堂で候補者を選定し直すのが一番です」

それを聞いたパリンクロンは笑みを深めて、私の背後まで歩き、背中を強く押した。

私は庭の中まで動かされたあと、背後から応援を浴びる。

「よーしよし。だってよ？　頑張れ、チビ。選定だ。そいつは都でも一、二を争う騎士だからな。勝てば、超有名人になれるぜ？」

その発言の意味を、私もハインも理解した。

「いま、ここで選定するということですか？」

「私が、この人と……？」

ハインは軽くだが身構え、私も身体を強張《こわば》らせる。緊張が走り、私の戦闘用の思考が加速していく。ここで実力を示せば、パリンクロンという騎士が推薦してくれるらしい。そして、それだけではないことも彼は私に示唆した。ハイン・ヘルヴィルシャインは下手をすれば大陸で『一番』の騎士だ。それに勝てば、超有名人というのは間違いない。

眼前の男を見る。

とてもキラキラしている。目が潰れそうなほどの輝きだ。興味があった。間違いなく、この人の命の価値は、過去最高。この人に勝てば、どれだけの値打ちが私に付く？　どれだけのお金が手に入るようになる？　その価値があれば、ママは満足してくれるか？

どうしよう。やるなら『魔力物質化』で不意討ちするか。もしくは、ここで切り札を使おうか。いや、馬鹿正直に勝つよりも接戦を演出したほうがいいか。ここはまず話をして油断を誘おう。殺すのは楽だが、上手《うま》く勝つには少し準備が――

「――――っ!!」

ハインは目を見開いて、大きく跳躍した。庭の端まで跳び、私との距離を空けた。

その表情から私を警戒したのがわかる。表面上は気弱で困惑した少女を装っていた私を見て、化け物《モンスター》相手に命のやり取りをしているかのような顔になっていた。

「なっ。ハイン、こいつでいいだろ？　いま、おまえに勝つ気満々だったぜ？」

「勝つ気というか、いまのは……。しかし、確かにあなたの言う通り、悪くない」

ハインは臨戦態勢に入るのを止《や》めて、パリンクロンに同調し始めた。

二人とも私の考えを読んだかのような対応だ。

もしかして、完成された一流騎士の感覚は、魔力だけでなく殺意も読み取れるのだろうか。戦わずして力量を測るなんて真似《まね》、私以外にもできる人がいたのか……。

「こいつはカイクヲラ家の養子にでもして、連合国に連れて行けばいい。それなら預言からも……まあ、そう遠く離れてないだろ。俺らも怒られないで済む。万々歳だ」

「無理やりですね。そういうのは、なんというか……」

「お前好みの悪くない展開だろ？　どっかの劇場で見たことある成り上がりものだ」

「……否定はしません」

予期せぬ強敵に困惑する私を置いて、二人は興奮した様子で話し込み始める。

「この少女を推すならば、周囲の人間を説得する必要がありますね。それと色々潜《くぐ》り抜けないといけないことも多そうです」

「そこは俺たちの得意分野だろ？」

「上には私が通しますね。他の『天上の七騎士《セレスティアル・ナイツ》』の説得はあなたに任せます」

「分かった。ただ、お偉いさんは他の候補者を用意するだろうな。こいつと違って、つまらなそうなやつを、沢山な」

「これ以上、私みたいな人間は要りません。『天上の七騎士《セレスティアル・ナイツ》』の役目を考えれば、この少女は本当に悪くない」

「色んな意味で鍛え甲斐《がい》があるよな。未完成だからこそ、面白い」

その話の内容は駆け足で、聞けば聞くほど不安が胸に募った。

それは昨日、『天上の七騎士《セレスティアル・ナイツ》』の話を聞いたときから、ずっと感じていた不安だ。

「——待ってください!!」

感情に押されて、私は演技でなく心から叫んだ。話からすると、まるで別の大陸へ連れて行かれるかのような話だ。私はママの『一番』にならないといけないのだ。『天上の七騎士《セレスティアル・ナイツ》』

というのは騎士の『一番』かもしれないが、そこにママはいない。それだけは駄目だ。ママがいなければ何の意味もない。

「ん……？　おまえ、騎士になりたいんじゃあ……」

私の表情を見たパリンクロンが不思議そうな顔になり、こちらへ近づこうとする。

しかし、その前に――

「――ラグネ、良かったわね」

ママが動いた。ずっと庭の隅で静観していたはずのママが、いつの間にか隣にいた。

その理由を察し、私は続く言葉を失う。

「ぁ、ぁあ……。その……――」

「ずっとずっとラグネは騎士になりたがってたものね……。誰もが憧れる騎士に」

ママは目尻に涙を浮かべて、とても嬉《うれ》しそうに私の肩を抱いた。

私たちの顔が近づき、その心の内が見えてしまう。

「ご家族の方ですか？　見たところ、姉妹のように見えますが……」

ハインがママに問い、

「はい。私とラグネは二人だけの『家族』です」

即答される。ここに来て初めて、とうとうママは屋敷内で家族という言葉を口にした。

――嘘《うそ》ではないが、嘘だ。

そして、その嘘を通せば、私は『天上の七騎士《セレスティアル・ナイツ》』になってしまうだろう。この立派な二人の騎士に連れられて、連合国の大聖堂まで向かわされるだろう。

しかし、私はママから離れたくない。

一緒にいたい。ただ、それだけが私の望み。

それを認めたとき、昨日のリエルの言葉が頭に浮かぶ。

す、素直に……。私らしく……。私自身で決めようと……。

「わ、私は……。ここを離れたくないです……」

それを口にした。一度吐き出してしまえば、それは止まることはなかった。

「私はカイクヲラ家に恩があります！　だから、ここで恩返しをし続けなければいけないんです！　そ、そうだよね!?」

言葉の最後で私は後ろに振り返り、ママの両手を強く握った。

だって、ママは私に言ってくれた。決して諦めるなって。生き続けて、いつか見返して、いい暮らしをして、幸せになろうって。この屋敷で、いつまでも一緒に。ずっと二人でって……。ふ、二人で？　ママは二人って、言ってたっけ……？

「ラグネは、いい子ね……」

ママは手を振り解《ほど》き、私の頭を抱き締める。私を褒めて、優しく撫《な》でてくれる。

「心配しなくても、これが今生の別れというわけじゃないわ。……ラグネが頑張って、いつか『一番』になったとき、また会えるわ。必ずお祝いしに行くって約束するわ」

よくある門出の言葉。

しかし、その裏の意味を理解してしまうと、胸の内にある感情が激流する。

「でも、私はっ！　私は……!!」

まだ本当のことを一つも聞いてない。

どうして、私が物心ついたときに小屋で一人だったのか。

どうして、母娘《おやこ》なのにずっと別々に暮らしていたのか。

どうして、私はママをママと呼んではいけなかったのか。

他にも色々。この髪と瞳、パパについての思い出とか。

私が生まれた理由も！　まだ何一つ聞いていない！　まだ一つも——!!

「ラグネなら、最高の騎士に……。いえ、世界で『一番』の女の子になれるわ。だって、私の娘だもの」

二人きり以外の場所で、初めてママは私を娘と呼んだ。

それは私だけに聞こえる耳元で、二度繰り返される。

「——私の娘だものね」

背筋が凍った。久方ぶりのママの癇癪《かんしゃく》の気配を感じた。

もちろん、人の目のあるところでママは我を失いはしないだろう。しかし、次に二人きりになったとき、ママは怒る。必ず怒る。それどころか、この話でこれ以上ごねてしまえば、もしかしたらママは、私を——

私の震える身体《からだ》に、ママは理由を問う。

「ん、ラグネ？　どうかしたの……？」

私は確認がしたい。

いま、たった一言聞けば、その疑問は解消されるだろう。しかし、それは余りに恐ろし過ぎて口にできない。もし欲しい言葉と逆だったなら、誇張なく、私の世界は終わる。

「いや……。なんでもないよ……」

だから、私は笑顔を作って、首を振るしかなかった。

――どこかの誰かと同じ言葉で、諦めて、逃げ出してしまう。

距離を取って、ママの望む言葉を紡ぐ。

「行ってくるね、ママ……」

顔を俯《うつむ》けたまま、地面に叩《たた》きつけるように叫ぶ。

「私、立派な騎士になるよ……。世界で『一番』になるよ……。いつかすごいすごい有名になって、絶対にこの屋敷まで私の名前を届けるから……！　だから!!」

そして、その果てに縋《すが》るように聞く。

「む、向こうに着いたら……。手紙、書いてもいい？」

聞かなくてもいい言葉だろう。家族ならば書いていいに決まっている。

「……ええ、もちろんよ」

間を置いての返答だった。顔を上げなくても、ママが笑顔なのは分かる。

それがどういう笑顔なのかも分かる。きっと、それは数年前、とある罪のない母娘を殺したときと同じ笑顔だろう。ふいに私は屋敷の隅にある墓地を思い出して――なぜか、墓地でも一緒に眠れる母娘が、羨ましいと思った。同時に、あの母娘の価値を奪ったはずの私が、死者よりも価値のない存在になっている気がして、涙が出そうになった。

――こうして、私は感動の涙の別れを済ませ、屋敷を去ることになる。

カイクヲラ家の誰もが、私を笑顔で送り出してくれた。様々な思惑があっただろうが、満場一致だった。私は今日まで生きた世界全てに祝福され、その世界を追い出される。カイクヲラ家の代表として出て行く最後、都の騎士のパリンクロンは確認を取ってきた。

「……いいのか？」

「行きます。行かせてください。私に挑戦させてください」

それに私は即答する。

「私は……、ラグネ・カイクヲラは、騎士の『一番』になりたい」

それが私の願いであるのは間違いない。というより、これがなくなればもう私には願いがない。もう他に願うものがなくなってしまった……。

――そして、この日を最後に、私はママと一度も会っていない。

おかげで、私は連合国で幸福になれる。

確実に、言い訳のしようもなく、安らかな幸福を得てしまう。

リエルの遺言通りに新しい自分も見つけて、新しい大切な人たちも得て、徐々に自分の生まれた意味を忘れていってしまう。

騎士として成長し、誰よりもよく働き、その給金をシドア村に送り続けて、生きているだけでママの役に立っているという楽な人生を過ごしていって――

――その数年後、私はカナミと出会う。

そいつは私たち母娘によく似ていた。合理的で、計算高くて、嘘ばっかりで、逃げ出すのが癖で、八方美人が極まってて、道を間違えてばかりで、常に自分を見失っている。そんなやつだ。そのカナミとの出会いを切っ掛けに私は、新しい自分を打ち砕かれて、新しい大切な人を失い、本来の自分を思い出していく。

まるで世界が許さないとでも言うかのように、私は【本当に欲しかった愛情は、もう二度と手に入らない】ことを思い知らされる。

カナミと同じだ。だから、私たちは『親和』できる。

そして、その間、ずっと私はたくさんの手紙を書き続けていた。

その内容を一字一句間違わずに思い出せる。一通目は、騎士叙任の報告だった。

――ママへ。手紙が遅れてごめんなさい。連合国の神官たちが強引に捻《ね》じ込んできた騎士を引き摺《ず》り下ろすのに、少し時間がかかってしまいました。けれど、無事『天上の七騎士《セレスティアル・ナイツ》』に私はなれました。ハインさんとパリンクロンさんが協力してくれたおかげです――

もちろん、これは手紙の出だしの一部でしかない。

私は何十枚も紙を重ねて、分厚い封筒に入れて送った。ただ、月が一回りする頃に返ってきた手紙は、一枚だけのいつもの言葉の羅列。「いい子ね」「ラグネなら世界で『一番』

の女の子になれるわ」「私の娘だもの」と、全く目新しくはなく、とても短い手紙。

――ママへ。新しく私の保護者となってくれたレキ様は本当に凄《すご》い方です。私が世界で『一番』になりたいと言えば、『元老院』のことについて丁寧に教えてくれました。彼女の下で、私は上を目指したいと思います。どんな汚いことでも、どんな残酷なことでもやれると言ったら、仕事を一杯くれました。最短距離で、世界の『一番』高いところを目指します――

次の手紙の返答は少し遅れて来た。一月でなく二月かかり、内容も一通目から文字数が減っているような気もした。その意味が私には分かっていたけど、私は次の手紙を送る。

――ママへ。レキ様は私を本当に可愛《かわい》がってくれます。『元老院』を狙ってるくせに、本当にいい人で……。私たちとは似ても似つきません。最近、裏の仕事が増えてきたせいか、フーズヤーズの本当の歴史に触れることが多くなってきました。パリンクロンさんは伝説に出てくる『始祖』の話ばかりします。レキ様も、彼という個人だけが唯一『元老院』さえも超えるかもしれないと言っています。ただ、いもしない人のことを考えても仕方ないので、私は目に見えるものだけと戦っていこうと思います――

三通目。この時点で、もう返信はなかった。

それでも、私は連合国での生活を綴《つづ》り続けて、手紙を送った。

たくさんたくさん書いて、何度も何度も送った。

当然だけれど、一度返ってこなかった以上、以降の返信は一度もない。

——ママへ。『天上の七騎士《セレスティアル・ナイツ》』としての本格的な活動が始まりました。この一年はママから教わった教えを活《い》かして、大聖都の裏側で仕事をしていましたが、ようやく解放されそうです。次は東の開拓地に移って、ちゃんと騎士らしい護衛の仕事です。新しく私の上司となってくれる総長さんは、本当に立派な方です——

——ママへ。新しく私の主《あるじ》になってくれる方は綺麗《きれい》で優しくて、可愛らしい方です。本当は話すことも畏れ多い方なのですが、ハインさんが引き合わせてくださいました。思ったよりもハインさんはお茶目な方で、あの『現人神《あらひとがみ》』と私を友人にしようと計画していたようです。そして、『現人神』は私を建前上ではなく、本当の友達だと言ってくれました。強く強く、抱き締めてくれました——

——ママへ。今年の『聖誕祭』は、かつてない規模になりそうです。私は村に帰ることはできないので、開拓地の連合国で聖人様の誕生を祝います。最近、パリンクロンさんやハインさんは忙しくなってきたので、新しい先輩と一緒に行動することが多いです。本当に面白い人なので、いつかママにも紹介したいです——

多くの知人や友人に恵まれたと思う。中でも『現人神』は、人生で唯一の対等な本当の友達と言えた。もちろん、その手紙に対するママの返答はない。

少し休暇を貰《もら》ってママに会いに行くだけで、手紙が返ってこない理由は簡単に分かるだろう。だからこそ、絶対に会いには行けない。そんな『勇気』は、ない。

理由を聞きたくない一心で、私は遠い地で一人、演技を続けた。

逃げるように大聖堂で笑って、逃げるように『元老院』を目指して、走り続けた。逃げるように自分を納得させた。自身に残された『一番』というゴールに向かって、走り続けた。

走り続けている間は、何も変わらないと知っていたから……。心のどこかで、ずっとこのままでいいと思いながら、騎士ラグネ・カイクヲラは生きた。

しかし、その最中、制止をかけられるかのように私は出会うのだ。

鏡を合わせたかのように、彼と出会う。

その人を遠目に視《み》たとき、私は全身の血が沸騰しかけたのを覚えている。

「マ、ママ？　来て、くれ――」

見間違えた。それほどまでに彼と大好きなママは外見が似ていた。

その彼の名前は、アイカワ・カナミ。パリンクロンとレキ様さえも認めた個人として唯一『一番』と言えるかもしれない存在。千年前の『始祖』様。

その彼が、似ていたのだ。顔も声も、その仕草も、胡散臭《うさんくさ》さも全部。そっくりだった。

都合のいいだけの劇は大嫌いだったが、それでも「運命の出会い」という言葉が頭に浮かんだ。一目惚れ《ひとめぼ》よりも、より酷《ひど》いものを感じた。同時に、今日までの自分の温《ぬる》い全てが壊される予感がした。

その予感通りに彼は、もうこのままでいいと思っていた私を許しはしない。

まず、私の世界で一番大切だった本当の友達を攫《さら》っていった。

そのとき、彼の顔も相まってか、大好きなママの声が聞こえた気がした。

――本来の自分の役目を思い出せ。

――おまえがやるべきことは違う。

――おまえこそ、世界で『一番』の娘。

と怒声を叩きつけられたかのような錯覚。

「ご、ごめんなさい、ママ。さぼってたわけじゃ……。すぐにやるから、だから――」

誰も居ないところで、私は言い訳を口にした。

そして、すぐ私はアイカワ・カナミに挑戦し始めて、都合三度負ける。

一度目の迷宮戦は、小手調べでかかってからの降参。

二度目の大聖堂戦は、それなりに私も本気だったが、もはや勝負になるステータスではなかった。

彼は本当にステータスが異常だった。たった数日で、私とリエルが数年かけた道を通り越した。たった二週間でフーズヤーズという大国を相手に戦えるほどの『英雄』となっていた。世界に愛されているどころではなく、彼こそが世界そのものと言っていいほどの成長ぶりだ。ここで私は彼こそ、本物だと確信した。それは所詮夢幻だと、死ぬまで届かないものだと、心のどこかで安堵《あんど》していた『一番』が、いま目の前に現れたのだ。逃げる私を追い立てるかのように、現れてしまったのだ……。

――ママへ。ママの言っていた『一番』を見つけました。

名前はアイカワ・カナミ。あの伝説に出てくる『始祖』で、ママとてもよく似た人です。間違いなく、彼は世界で『一番』愛されています。あの人の価値を奪って、私こそが『一番』になります。きっとなります。だから、どうか怒らないでください。

私はやります。絶対にやります。ママの娘に相応《ふさわ》しいところまで行きます。

だから、どうか――

ただ結局、カナミのフーズヤーズ相手の喧嘩《けんか》は、『始祖』の信奉者であるパリンクロンの保護で終結した。そして、三度目の『舞闘大会』戦は、次の戦いの為《ため》に勝負を捨てた。勝つ気がなさすぎて少し演技を疑われてしまったが、及第点だったと思う。

まだカナミを殺すときではないと分かっていた。

彼は『始祖』だ。『英雄』や『竜殺し』なんて、本来の名誉や栄光と比べればゴミのようなものだ。もっともっと彼の命が輝くのは保証されている。

かつての『始祖』と同レベルになってから殺さなければ、本当の『一番』にはなれない。だから終始、私は前準備に力を費やした。次元魔法の攻略に必要なのは、信頼。

不自然さを隠して、カナミと貴族の舞踏会で接近した。彼にお熱のフランリューレ・ヘルヴィルシャインを使って、一緒に劇を見たりもした。カナミのやつの意味深な劇のチョイスのせいで表情を隠すのが大変だったが、それなりに交流を深められたと思う。『舞闘大会』の終わり際では、うっかりローウェン・アレイスの魔石に手を出しかけたが、ちゃんと我慢した。カナミの味方として、ちゃんと彼を最後まで立てた。そこは慣れたものだった。

――こうして、カナミは『連合国最強』『今代剣聖』『大英雄』の称号を得た。

世界は彼を『一番』と認めていく。

ただ、現代の世界でトップである『元老院』は、酷く恐怖していた。カナミこそ、あの千年前の真の勝者である『始祖』で、気分次第で『元老院』ごと大陸を滅ぼすのも可能な化け物であると認識したからだ。

どんどん彼の命が輝いていく。

あの『元老院』の輝きさえも優に超えていくのが、手に取るように分かった。

そして、ようやく殺せば『一番』になれると、確信できたとき――

「……え？　パリンクロンさんとカナミが相討ち？　『本土』で？」

その報告を受ける。

それは連合国の大聖堂で、大好きな先輩であるセラさんの口から届けられた。

パリンクロンは間違いなく、『始祖』カナミが好きだった。好意が一周して嫌がらせじみていたのは確かだが、それでも保護者だったのは間違いない。

その彼が、本気でカナミと戦った理由は何だろう？

カナミを恐れた『元老院』の暗殺指示か？

それとも、私と同じ個人的な理由があったのだろうか。

そんな推測をしている間も、セラさんの話は続く。

「ああ。あの『本土』の半分を巻き込んだ戦いを、私たちは『大災厄』と呼んでいる。それでな……、ラグネ。その際に、おまえの故郷であるシドア村が……いや、巻き込まれたわけではないのだ。ただ、少し大変なことに……」

「え……？」

私は追い立てられていく。

彼とパリンクロンの起こした『大災厄』が十万を超える死傷者を出したのはどうでもいいが、僻地《へきち》にあったシドア村まで被害が及んでいるのは予想外過ぎた。

「あ、あの……、先輩。『大災厄』で大変なのは分かってるっす。それでも、少しでいいので、シドア村まで……」

娘として、それは絶対に言わなければいけない言葉だった。

「ああ。『天上の七騎士《セレスティアル・ナイツ》』の仕事のついでとなるが、故郷へ寄れる算段をつけてやっている。様子を見て来い、ラグネ」

「先輩っ、ありがとうございます……！」

当然、人のいいセラ先輩は準備万端だ。本当は帰りたくない私の背中を押す。

――およそ五年ぶりに、私は故郷に帰る。

ただ、私の居場所と思っていた故郷で待っていたのは、

「――ラグネ!!」

大好きなママでなく、カイクヲラ家の奥様だった。

私のことを誰よりも心配して、誰よりもいい笑顔で迎えてくれた。

「奥様……。ご無事で何よりです」

私は屋敷の庭先で、騎士として礼をして、彼女の歓待に応えた。

「ああ……。本当に立派になったわね、ラグネ……。『天上の七騎士《セレスティアル・ナイツ》』になったのは聞いてるわ。我がことのように嬉《うれ》しいわ」

最後に見たときよりも少しやつれた奥様が、私を抱き締めてくれる。

その間も、私は周囲を見回す。大好きなママを探し続けるが、いない。いない、いない、いない、いない。どこにもいない。

「ラグネ、手紙の一つでも出してくれたら良かったのに……。あなたのおかげで村の避難は上手《うま》くいったのよ。『天上の七騎士《セレスティアル・ナイツ》』のラグネ・カイクヲラの故郷というだけで、通りやすい話が一杯で……。その度に私、本当に本当に、心から誇らしくて……」

「あ、ありがとうございます……。その、それで奥様……」

聞かないわけにはいかない。五年前は逃げ出したけれど、もう逃げることはできない。

理由を確認しないといけない。

「その、侍従長さんは？」

「彼女ね。ごめんなさい、ラグネ。それが……」

名前を出したとき、ずっと優しかった奥様の顔が曇った。

その意味を、私は語られる前から察した。

――簡単に纏《まと》めると、もう随分と前からママは、このシドア村にいなかった。

私と最も仲の良かった侍従として、私から届けられる給金の管理を任されていたが、突如お金と共に消えたらしい。きっと彼女は何らかの事件に巻き込まれたのだと、旦那様たちは庇《かば》うけれど、奥様は逆だと思っているようだ。少し怒気のこもった声で、ママが消えた経緯を話していく。けど、そのママの手際の良さは重要ではない。

今回重要なのは、ママは私に会いに来るどころか、私を待ってすらいなかったこと。

それに私は、安堵しかける。

「——ち、違う！　まだ大丈夫。『一番』になれば、きっと会える……」

その日の夜、カイクヲラ家の客室のベッドで、私は首を強く振った。

「きっとママには深い考えがあるんだ。ママは私でも到底届かないほど狡賢《ずるがしこ》いんだから」

私はママが大好きだ。そう自分に言い聞かせる。

いま私がやることは、ママの望んだ世界で『一番』になることだろう。

はっきり言ってしまえば、まだ私にはママが会うだけの価値がなかったのだ。

だから、もっと強く強く強くなって、誰も文句の言えない獲物を狩って、世界で『一番』輝かしい場所に辿《たど》りつくしかない。だから、まだ終わりじゃない。

初心に返れ。このシドア村にある真の故郷である小屋で誓ったはずだ。

私はカイクヲラ家の……いや、ヴァルトの『一番』になって、騎士としても『一番』になるって……！　あの『元老院』の座も奪って、誰も文句のつけようのない『一番』になって、『頂上』に辿りつけば、きっと……！　きっと……!!

急がないといけない。悠長にしているから、こうなるのだ。

横から獲物を奪われて、置いていかれて、取り残される。

そして、私の新たな戦いは始まる。

帰って来たお嬢に仕える傍ら、私は私の目標だけを見ていた。

その間も、私はママへの手紙を書いていた。

——ママへ。もう騎士の中に敵はいなくなりました。ペルシオナさんを追いやって、『天上の七騎士《セレスティアル・ナイツ》』の総長になれました。次は『元老院』を全員消したいと思います。もちろん、ライバルのレキ様も……。ありとあらゆる価値を奪って、誰よりも輝いてみせます。この世界の全て、千年前の遺産も、何もかも、私とママのものにしましょう——

この一年の間に、また私の周囲は激変していった。

例の血集めによって、一時的に顕現した聖人ティアラに出会った。

迷宮より命からがら逃げ出してきた『光の理《ことわり》を盗むもの』ノスフィーを助けた。

なにより、最初の獲物だった『始祖』カナミとの再会。

まるで、世界がお膳立てしてくれるかのように、私は最後の戦いに向かっていく。

——ママへ。『始祖』カナミが帰ってきました。

これから、彼と一緒に大聖都フーズヤーズに行きます。丁度、そこにありとあらゆる価値が集まりますので、全て終わらせたいと思います。私は世界最大のフーズヤーズの城、その『頂上』に辿りつきます。そのときは、どうか……。褒めに来てくれると嬉しいです

――


カナミに同行し、『リヴィングレジェンド号』の自室の中、そんな手紙を書いた。

手紙は届かなくても、返事は薄《うつす》らと分かってはいる。

本当はママがどう思っていたかも分かっている。

いまママが私を、どんな気持ちでどんな暮らしをしているかも分かっている。

それでも、私はママが大好きだし、手紙だって書くし、『一番』を目指す。

ママの娘として。ママの娘として。ママの娘として。だから、私は――


「――『私は幻を追いかける幻』――」

で、続く二節目は、

「――『世界《あなた》に存在さえもできない』――」


となる。その『詠唱』に届いたとき、また私は例の小屋に戻っていた。

背中合わせになっている小屋二つ。その汚いほうに座り込んでいる。

故郷には届かなかった手紙が溢《あふ》れ返っている。その手紙に埋もれた私は、いまにも崩れ落ちそうな小屋の天井を見上げながら思う。あと一節で、私は人生の答えを得る。

「ははは……」

小屋の中、自嘲して問う。

隣の小屋で同じように座っているであろう彼に問う。

「お兄さん……。その本当の『魔法』とやらで、私はママに会えるっすか……？」

背中にある彼の小屋から、答えは返ってこない。

ただ、勘のいい私は、最初から答えが薄らと分かっているので問題はない。

きっと私の魔法では、ママに会えないだろう。私は助からないし、幸せにもなれない。

カナミと一緒で、死ぬことでしか楽になることができない類だからだ。

だから、乾いた笑いさえも、保てなくなってくる。

さっきから、ちょっと辛《つら》い。私の『人』としての強さを片っ端からカナミに壊されている。ママから受け継いだ強さを、全て弱さに変えられて……。心が揺れて、ぶれて、歪《ゆが》んで……。もう目を開けているのも、嫌になって……。休みたくて仕方なくて……。

ねえ、カナミのお兄さん……。どうして、いま私たちはこんなことを……？

私にとって本当の『魔法』なんて、そこまで欲しいものではない。

カナミのお兄さんたちにとっては、敵の魔法でしかない。

習得されても、脅威にしかならないはずだ。

なのに、どうして……？　どうして、いま私たちは――？

◆◆◆◆◆

――『星の理を盗むもの』の理が『水の理を盗むもの』の理を、相殺し始める――

また石の国だ。石の家に、石の路《みち》に、石の塔。

幼少のカナミは父から逃げ出したあと、もう役者としての鍛錬をすることはなくなった。

そして、私と同じように、学院と思われる場所に通い始める。

それは私が大聖都で騎士たちに囲まれて過ごしたときと同じ光景で、彼は順調に新しい自分を見つけていく。この異世界でのルールはよくわからないが、その学院ではカナミと同じほどの子供が集まり、とても楽しそうに学んでいた。

脅されることも追い詰められることもなく、命を削っての競争なんてものもない。生温《なまぬる》いところだ。そこでカナミは役者としてではなく、普通の学院生として過ごす。

彼は今日までの経験を活《い》かして、集団に埋没する為《ため》の演技をしていた。自らの生まれが目立つと幼いながらも理解していたのもあるだろうが、そこには両親の『理想』もあった。父と母が『問題を起こさない子』を望んでいるとカナミは察していた以上、それを目指すのは彼の当然の行動だった。学院での発言は最低限で、成績も平凡を保ち、決して仲のいい友人は作らない。

余った時間は延々と娯楽に費やして、辛い現実から少しでも目を背ける。完璧だ。それは父と母の『理想』でもあるが、傷心中のカナミにとっての『理想』でもあった。

――ただ、もちろん。その『理想』の生活は続かない。

彼には転機があった。私と同じく、大切な出会いがあった。

それは茶色がかった髪を肩まで垂らした可愛《かわい》らしい少女との出会い。

場所は連なる石の塔の合間。学院生活の中で、偶然。ずっと学院では、その少女を避け続けてきたカナミだったが、とうとう邂逅《かいこう》してしまって、話してしまう。

学院の渡り廊下のようなところで、少女に呼び止められた。

「え……？　もしかして、相川《あいかわ》さんのところの……？」

その少女は私から見ても強い輝きを放っているので、当然ながら周囲の目を惹《ひ》く。

「……よく言われる。でも、苗字《みようじ》が一緒なだけで違うよ」

こうなるとカナミは分かっていたので、事前に用意していた言葉を間髪容《い》れず返した。

けれど、少女には通用しない。

「違いません！　会ったことありますわ！　小さい頃に、パーティーでご挨拶しましたわ！　年も近いから、一緒に遊んだり、トレーニングをしたりもしました！」

「……はあ。人違いじゃないの？」

すぐさまカナミは大きな溜《た》め息《いき》をつき、呆《あき》れた演技をして逃げようとした。

だが、それこそが少女にとって決め手となる。

「ほらっ、それ！　そのしゃあしゃあとした心のこもってない演技！　懐かしい！　かなちゃんのことを、私が間違えるわけありませんわ！」

「え、えぇ……」

確信した様子で、幼少の頃の愛称を呼びながら詰め寄ってくる。

これにはカナミも驚愕《きょうがく》だったのか、演技が少しだけ緩んでしまっていた。

いまの彼の内心と記憶が、『親和』のおかげでよく分かる。

彼女は財閥のお嬢様（たぶん、大貴族の娘みたいなもの）らしい。ゆえに、似た境遇のカナミとは面識があった。いや、カナミ本人は認めたくないようだが、二人は元々親しく、幼馴染《おさななじみ》と言っていい間柄だった。

その幼馴染の少女を見ていると、私は知り合いであるフランリューレ・ヘルヴィルシャインを、ふと思い出した。利発かもしれないが、とにかくやかましい。一度絡まれてしまうと、納得してもらえるまで離してくれない。とても面倒なお嬢様。

あの類……というか、かなり顔も似ている気がする。

髪の色は違うけれど、他の部分は姉妹のようだ。そして、この幼馴染の少女もフランリューレと同じく、かなりの度胸を持っていることがわかっていく。

「ねっ、かなちゃん！　あっ、そちらも私のことを■■ちゃんって呼んでいいですわよ！　昔みたいに、お揃《そろ》いで！」

「……うん。昔遊んだことがあるのは認めるけど、それは止《や》めよう。あと大声も」

「じゃあ、かなくん？　悪くありませんわね、これも！」
■■ちゃん？　途中、違和感があった。名前の部分だけが、妙に聞き辛《づら》い。
「本当に止めて。……■■さんなら、分かるよね？　いま僕が学校で、その、どういう感じか……」

「ええ、薄々と！……私も似たような立場ですから、イジメとかの対象になりやすいことはよく分かっていますわ。でも、それは理由になりません。……渦波《かなみ》君」

先ほどから、少女の名前が[redacted]となって、私まで届かない。

これは、つまりカナミが彼女の名前を思い出せないということだろうか。確かに、古い記憶なのかもしれないが、どうして名前だけ、こうも……。

念入りに塗り潰されたかのような人為的な悪意か行き違いを感じる。

「放っておいてよ……。[redacted]さんは目立ち過ぎだ」

「嫌ですわ。せっかくの理解ある友人が得られそうなチャンス。逃したくないですわ」

しかし、この女の子、さっきから凄《すご》い。

まだ私が騎士候補だったときくらいの年齢なのに、この輝き。

頭も凄く良さそうだ。なんか駄目な人なのは間違いないが、とにかく回転が速い。と、私と同じことを幼いカナミも思ったようで、もう逃げられないと観念し始める。

「……分かったよ。理解ある友人として、[redacted]さんに協力するよ。だから、そっちもできるだけ僕の理解ある友人になって欲しいな。お願いだから」

「よぉし！」

少女は男の子のようなガッツポーズをとったあと、表情を逆転させる。

そして、先ほどの興奮を全て収めて、小声でカナミだけに囁《ささや》く。

「では、ここからは静かにいきましょうか。全て勘違いだったという演技を周囲に見せて、一旦別れましょう。渦波君ならできますよね？……放課後、また会いましょう」

「……うん」

そして、幼い役者候補の二人は、そのスキルを使っていく。

先ほどのやり取りを帳消しにする為に「人違いでしたわ、相川さん！　本当に申し訳ありませんわ！」「はー、もう……。次から気をつけて……」なんて茶番が行われて、その日の夕方に再会をやり直す。

その間、ずっとカナミの口元は少し緩んでいた。

色々な演技を並行でしつつも、少し本心が漏れているのだと、私だから分かった。

同時に、これが私とリエルの出会いに相当するものであることも確信する。

出会い方も性格も違うけれど、きっとこの二人は私とリエルのような関係だ。

もしかしたら、私が気付かなかっただけでリエルも、演技の得意な子だったのかもしれない。逆に、私の『理想』をリエルは演じていたのかもしれない。

そう思うと、心が締め付けられた。その私を追撃するかのように、カナミと少女の日々は続いていく。この日を境に、友人となった二人の日常だった。

それは例えば、よくある帰り道の風景――

「――家っ、近っ!?　渦波君、奇跡ですわ！　ご近所さんだったんですね！」

「馬鹿じゃない？　そりゃ、親の収入とか立場とかが近いんだから、家が近くてもおかしくないでしょ。ちなみに、僕は結構前から知ってた」

「ええ!?　どうして、教えてくれないんですの!?……いや、それよりもいまは！　渦波君、明日からは一緒に帰ったり登校したりしましょう！　ただ、みんなに見られると恥ずかしいので、途中までですけど！」

「それだけは嫌だから、ずっと僕は黙ってたんだけど……」

「理解ある私の友人ならば、それだけはやってもらいたいですわ！」

「んー……。そういう約束だから、仕方ないか……」

イラつく。カナミ本人は演技として彼女に付き合っているだけのつもりなのだろう。自らの問題のない学院生活の為に、仕方なく彼女の友人をしてあげているつもりなのだろう。

しかし、この光景を見ている私からすると、逆だ。

少女のおかげで、カナミは本当に楽しそうだった。

かつての鍛錬漬けの日々を知っているからこそ、より強く幸福は目立つ。

ただ、それを理解したとき、それは自分にも跳ね返ると分かる。

いかに幼かった自分が自分を誤魔化していたのか、よく分かる日々が続いていく。

例えば、よくある二人きりで食事を摂《と》る風景――

「――ああ。今日は、お母さんとお父さんに怒られましたわ。役者として全然なってないって……。もっと普通にやれって」

「悪いけど、そこは僕も親御さんと同意見。[redacted]さんは感情とかキャラとか濃いから、人より抑えるべきところが多いんだよ。ちょっとでも素が出ると、いまみたいに気持ち悪いし」

「え、気持ち悪い!? 私のどこがですの!?」

「いや、いまどきお嬢様口調って……。[redacted]さん以外、漫画でしか見たことないよ。色々演技していくうちに変な言葉遣い《キャラ作り》が染みついちゃうのは知ってるけど、[redacted]さんならいつでも直せるよね？ なんでしないの？」

「確かに、変かもしれませんわ。でも、これが私だと思ったのです。はっきりと理由は口にできませんが、これこそが私らしい私です。私の言っている意味、分かりますか？」

「言われてみれば、それが[redacted]さんらしいか……。うん、分かるよ。それが大切な個性ってことだね」

「……分かってませんわね。はあ、流石《さすが》の渦波君ですわ」

「えぇええ……？」

互いを助け合っていた。カナミは経験者として、彼女に助言をしているつもりだろう。けれど、実際は逆に助言されていると、彼は気付いていない。

本当にイラつく……。

どうしようもなく、あの日々のラグネ・カイクヲラにイラつく……。

「はあ。あなたの妹さん。あの年で凄いですわね……」

「……陽滝《ひたき》のこと？」

「はい。私よりも小さいのに、私よりも凄い演技で、私よりも超有名！」

「……そうだね」

「それで渦波君は陽滝さんのこと……、えーっと……」

「……なに？」

「あ、あーっ！　今日はゲームしましょうか！　せっかくのお休み！　渦波君のお勧めのやつで構いませんわ！」

「え、ゲームするの？　[redacted]さんが？」

「遊び尽くしましょう！　今日、私は相川家に実力差を思い知らされ、傷心ですわ！　とことん癒してもらいますから!!」

「……ありがと。[redacted]さん」

　そんな日々が一年ほど続いていく。

　――ただ、当然だけれど、すぐに運命の日もやって来る。

　私と同じように、カナミも手を差し伸べられることになる。カナミが続けた『問題を起こさない子供』という『理想』。その演技の限界が来たとき、幼馴染の少女が本音で彼と向かい合った。

　夕日の差し込む学院の一室で、少女はカナミの手を握って叫んでいた。

「――な、泣かないでください！　これからは、もう一人じゃありませんわ！」

　その心からの訴えに対して、カナミは泣いていた。

ここは少し私と違うようだ。いや、そもそも私とカナミは鏡のように同じ道を進むだけで、全く同じだった部分はない。ただ、あの日の私も、涙はなくとも渦波と同じ気持ちだったと思う。先ほどから、胸の内で渦巻くものが止まらないのが証拠だ。

「うん。これからはずっと一緒に。……一緒にいて欲しい」

それをカナミが代弁する。そして、少女が、もしもの答えを私に教えてくれる。

「はい。私は渦波君の前から、いなくなったりはしませんわ……。これからは『みんな一緒』です。だから、もう泣かないでください……」

もし、あのとき私がもう少しだけ素直になっていれば、このように二人で手を繋《つな》ぐことはできただろうか。そうしていれば、その後に続く別れも味わわないですんだのだろうか。

本当の意味で、私は私らしくなれていたのだろうか。

幼い二人の進展を見届けながら、私は少し前の自分のことばかりを考える。

「またね、ですわ！」

「うん、またね……。■■ちゃん……」

「…………っ！　またねっ、かなちゃん!!」

少し素直になった二人が、一時の別れを告げて、互いの家へと帰っていく。

石の路《みち》の上、赤い夕日の下。前途有望な二人の新たな門出だ。

――しかし、その二人の背中を見て、私は嫌な予感が止まらない。

いや、予感でなく確信か。それだけは避けられない『親和』であり、謂《い》わば世界の理《ことわり》だった。だから、いま私はカナミと一緒に繋がって、再確認ができている。

その新たな道の先に、待つものは――

「し、死んだ……？　■■さんが？」

幼馴染の死の一報。カナミは学院で指南役らしき男に伝えられて、放心状態になった。

周囲は慌しい中、現実を認め切れず、流されるままに葬儀へ参加していく。

親同士の交流があったおかげか、とても棺に近い位置だ。

そこでカナミは微動だにせず、座り続けている。忙《せわ》しなく会場を歩き回る人々。聞き耳を立てると、事故死らしい。ただ、その詳細を確認するだけの気力がカナミにはない。

「■■さん……」

一日中、名前だけを呼んでは、返答を待ち続ける。

そういえば、言っていたな……。

人は誰だって、大切な人に生きていて欲しいと願う……。

死んだ人が蘇《よみがえ》って、また「おはよう」と言ってくれる瞬間を夢見る……。

しかし、それは夢。名前を呼んでも返事がない度に、カナミは現実を知っていく。【死んだ人は生き返らない】ということを学んで、『人』として強くなっていく。

「■■さん、どうして……！　どうして……!!」

私と同じように、カナミも死の意味を理解していく。

残されたものは死した人の命を背負い、前へ進んでいくしかないと知っていく。

正直、『親和』をしている時点で、この光景は最初から予期していた。

これは不幸な出来事だが、悪い出来事ではない。

悪くはないのだが……。どうしても、一つだけ気になることがあった。

「■■さん、■■さん、■■さん……」

それは、名前。過去を変えろとは言わない。

ここから少女が生き返る大逆転なんて胡散臭《うさんくさ》いもの、私は見たくはない。

けれど、名前だけは。死を悼む名前くらいは、はっきりと口にして欲しいと思った。

私が死んだときだって、『ラグネ』の三文字だけは残したい。『いないもの』になることだけを避けて生きてきた私だからこそ、そう強く思う。

せめて、名前を……。名前を、名前を、名前を……！

死の間際、大切な人から名前だけは呼ばれてやって欲しい。

この私だって、名前だけは忘れていない。リエルという三文字だけは死ぬまで失わないと決めている。だから、カナミも、彼女を『いなかったこと』にだけはするな……！

「――カナミのお兄さん!!」

長い『親和』によって疲れ切っていた私だが、その声は出せた。

自信があった。

私が。

いまの私だけが。

それをできる。

『いないもの』の『反転』。

いる。

そこに確かにいると。

その主張に関してだけは、それなりに自負があった。

「――『私は幻を追いかける幻』『世界に存在《あなた》さえもできない』――！」

『詠唱』して、力を放つ。その対象は、少女の名前。時間は、遠い過去。場所は、他人の記憶。普通に考えれば干渉はできない。だが、それを必ず届ける。

盗んだ理と『親和』が、あらゆる壁を無視すると信じて。

「――――っ！」

その『反転』に、私は確かな手応えがあった。だが、余りの重さに、驚く。

ただ、名前を聞くだけの話なのに、まるで全身の血液を失ったかのような脱力感に襲われたのだ。『いないもの』にされていたものを『反転』させて、世界に『誕生し直させる』熱量《エネルギー》は本当に凄《すさ》まじい。生半可ではなかった。だが、おかげで――

「湖凪《こなぎ》さん……」

その名前を聞ける。少女の名前はコナギ。はっきりと、いま、カナミは呟《つぶや》いた。

「う、ぅう……！　湖凪さん、湖凪さん、湖凪さん……！　どうして……!?」

千年後の異世界に、同じ性質の私。『親和』と死という多くの偶然が揃《そろ》って、ようやくカナミは幼馴染《おさななじみ》との思い出を取り戻していく。

その様子を見守っていると、すぐに葬儀は終わった。

またカナミは一人となって、例の白い部屋に帰り、蹲《うずくま》り、膝を抱き、コナギという名前を延々と繰り返す。その情けない光景を前に、私は安堵《あんど》していく。

良かった。カナミのやつはどうでもいいが、これで幼馴染の少女の名前が忘れられることはないだろう。『カナミの幼馴染だった』という事実がなくなることもない。

私は胸を撫《な》でおろし、大きく息を吐く。

そして、先ほどの妙に重い手応えについて、思い返す。幼馴染の名前を取り戻す際、『理を盗むもの』に匹敵する魔法の痕跡を感じた。重く、冷たく、理不尽な魔力が、彼女の名前に干渉していた為《ため》、咄嗟《とっさ》に全力で【星の理】を使ってしまった。

その事実に、私は新たな苛立《いらだ》ちをカナミに感じる。

今回の『親和』による追憶の目的は、いまの『反転』だったような気がしたからだ。

最初は、私が『魔法』に至る為に、その人生の見直しを手助けするつもりなのかと思っていた。だが、実際はカナミの人生の見直しを手助けさせられている。

「くそ……」

イラつく。カナミのそういうところが私は大嫌いだと、何度も言っている。

大嫌いなやつに、実はこういう過去がありました？　それも私が強く同情や共感ができてしまう過去。それで私の恨みが薄らぐと思うのか？　カナミと二人で、仲良く思い出話ができると本気で思うのか？

カナミは私の敵だ。それも大嫌いな敵だ。私からハインさんとパリンクロンさんを奪った。お嬢と先輩も攫《さら》って、その心も持っていった。その顔と声で、私に役目を思い出させた。私の逃げる先をなくして、故郷もなくして、何もかもを壊した怨敵だ。

カナミさえ現れなければ、私も連合国も、誰も彼も、平和のままだったのだ。

もう絶対にカナミの手助けはしないと心に誓っていく。

先ほどのは、リエルと似た子だったので特別だ。

たとえ、あの葬儀のあと、学院でカナミが孤立していっても。

夜に、言いようのない後悔に襲われていて、呼吸ができなくなっていても。

どんなに悲しくて、苦しくて、辛《つら》そうでも。カナミだけは、絶対に助けない。

――だって、おまえは幸福だ。

コナギの死のあと、白の国で暮らすカナミを見て、心底思う。

どう考えても、カナミは私よりも幸福だ。

私と同じだけれど、本当に重要なところは対照的だ。それは例えば、大切な人との関係。

私のママと違って、そっちの父親はカナミを見捨てていない。確かに、カナミは白い部屋に一人きりだが、ずっとではない。時折、あの男はカナミの様子を見に来ていた。

私のママと違って、悲しいときや苦しいときや辛いとき、ちゃんと見守ってくれている。

カナミは顔を伏せるだけじゃなくて、もう一度周りをよく見ろ。父も母も、決してカナミを見捨ててなんかはいない。あれは困っているだけの顔だと気付け。

すぐ近くに救いがある。きっと近いうちに、カナミは父親と和解し、幼馴染を喪《うしな》った絶望から解放される。母親とだって分かり合えるはずだ。少し兄妹《きょうだい》間で贔屓《ひいき》が出ているのは間違いないが、それは性別の差だろう。女親が息子でなく娘を可愛《かわい》がるのは、そうおかしい話ではない。間違いなく、カナミは恵まれている。

なにより、その妹ヒタキという存在に恵まれている。

ずっとカナミを見続けていたが、何度も彼女の姿を見かけて、苦しむ兄を救おうとしていた。なんとか励まそうと、決してカナミは悪くないと言ってくれていた。忙しい日々の中でも、時間を割いてカナミと交流を深めようとしていた。

どれだけカナミが邪険に扱おうとも、めげずに何度も何度も——

その姿は他人の私から見ても、非常に愛くるしい。親譲りの容姿端麗というのもあるが、その立ち振る舞いと仕草が、不自然なほど心に響く。ただ傍《そば》にいてくれるだけで、常人ならば感激で、あらゆる辛さを洗い流してくれる気がする。それほどの尊さがある。ああ、ヒタキが妹で本当に良かった。もし妹になってくれるのならば、何を支払ってもいい。そう思わせるだけの何かがあったから——

そうカナミを羨み続けていると、月日は流されて——、例の一報が届く。

——それはカナミの父が捕まったという知らせだった。

この石の国の法に反して、治安維持の組織に捕らえられたらしい。

その事実を、何気ない朝にカナミは耳にして、愕然《がくぜん》とする。

私が辿《たど》った結末と同じだ。あれだけ恵まれていた癖に、もたもしていたからカナミにも時が来たのだ。これで、もう永遠に、世界で一番大切な人とは会えなくなる。いつか聞こうと思っていた大切な質問も、二度と届けられなくなる。

面白くなってきた。ここから始まるカナミの転落と暴走を、私は嬉々《きき》として見守る。

その後、我に返ったカナミは、白い小屋の中で情報を掻《か》き集めていく。そして、その何もかも手遅れになったと証明するものを一つ見るたびに、世界の終わりかのような表情を深めていく。その果てに、カナミは駆け出した。もう両親には会えない。しかし、妹は別だという話を聞いて、追い立てられるかのように病院に向かったのだ。

そこには、病を患った陽滝《ひたき》が待っていた。

また白い部屋だった。カナミの家と同じように、白くて白くて、無駄のない部屋。

陽滝はカナミの来訪に気づいて、目を開けて、軽く身体《からだ》を起こしてから一言零《こぼ》す。

「兄さん……」

とても儚《はかな》げな声だった。兄妹は向かい合い、少しずつ近づいていく。

途中、カナミは震えながら、言葉を投げかけていく。

「ご、ごめん、陽滝……！　ずっと僕がおかしかった……。八つ当たりしてたんだ。全部僕が情けないのが悪いのに、何もかも陽滝に当たって……。お兄ちゃんなのに、おまえを無視し続けて……」

和解へと向かっていく。

「え？……カ、カ、カナミのお兄さん、？」

思わず、私も言葉を漏らした。その光景に、違和感があったからだ。

ここまでカナミは妹を避けてきた。大切なものは父と母。その次に、あの幼馴染。妹との絆《きずな》なんてなかった。むしろ、絆よりも嫉妬や恨みのほうが大きかったはずだ。ときには、優秀過ぎる妹に殺意さえ覚えていたほどに。

なのに、どうして……？　どうして、急に仲直りしている……？

それは練習不足の継《つ》ぎ接《は》ぎだらけの演劇を見ているような感覚だった。

なによりも、最大の問題点は、これだと——一人ではなく、二人になってしまう。

正直、カナミとヒタキは、決定的な仲違《なかたが》いをし続けるものと思っていた。私と『親和』しているのだから、同じく一人ぼっちのままのはず。なのに、カナミは二人？

その困惑の間も、二人の和解劇は続いていく。

「お願いします。これからは兄さんと一緒に生きたいです。例えば……、同じ学校に行きたいです。兄さんと同じ家に住んで、同じ部屋で同じものを食べて、同じところで眠りたい。もう二度と、あんな生活は送りたくない……」

「……うん」

二人は抱き合った。

あれだけ愛した父との別離の日だというのに、もうカナミは妹しか見ていなかった。

もちろん、これに相当する出来事は、カナミと『親和』する私の人生にはない。

——ゆえに、この妹ヒタキが、本来のカナミの人生に存在しない異物であると、すぐに理解できてしまう。

この黒髪の少女が、世界さえも騙《だま》しているイレギュラーだと確信できてしまう。

「大丈夫だよ、陽滝。これからは一緒だ。僕たち兄妹は、ずっと一緒だ……」

「……ふふっ。ああ、やっと私を見てくれた。……私の兄さん」

抱き締め合う力が強まる。兄は全身で妹を包み込んで、妹は兄の胸の中で吐息を漏らす。

肌と肌を触れ合わせて、心を繋《つな》げる兄妹。そして、膨れ上がる——ヒタキの魔力。

「————っ!?」

その濃く、凶悪過ぎる魔力に私は息を吞《の》んだ。

それは見ているだけで、心を犯されていくような畏怖の塊。

ヒタキの魔力の色に、見覚えがあった。

つい先ほどまで私が使っていたものと同じだった。多くの属性を混ぜて混ぜて、極限まで混ぜ合わせたことで至った奇妙な黒色。何もかも吸い寄せる『星』の色。

——しかも、その『星』の完成形。

同じ『星』を扱う者だから理解できた。『闇の理《ことわり》を盗むもの』『地の理を盗むもの』『木の理を盗むもの』『風の理を盗むもの』の魔石を持っている私以上の力を、彼女は身一つで吐き出している。その上、私以上に各属性の魔力を自由に扱ってもいる。その奇妙な黒の魔力から、器用に青く輝く魔力を抽出して、魔法を構築していく。

この魔法のないはずの世界で、彼女は魔法を使って、それを兄であるカナミにかけようとしていた。どう見ても、精神干渉するタイプの凶悪な魔法だった。だから、私は動揺で口走ってしまう。

「え、え……？　これ、神聖魔法っすか……？」

彼女の扱う魔法の名前は分からない。けれど、少しだけ見覚えがあった。属性は水をメインに光と闇だが、構築されたのは神聖魔法に近いと思った。

ただ、近いだけで、違う。より酷《ひど》い。というより、消費する魔力が濃すぎて、同じになるはずがないという状態だ。

これは『理を盗むもの』たちが使う力に近いのか？

どちらかといえば、魔法よりもスキル？　生まれ持った特性の力？

「な、なんっすか、この人……。私と同じ【星の理】を？　いや、私とは比べ物にならな過ぎて、もう別の世界の理としか……！」

そのヒタキの力は、『星の理を盗むもの』ラグネの理解を超えていた。

それほどの特殊な魔法が、いま魔力すら知らないカナミの身体に浸透していく。

結果、否応《いやおう》なく、それは口にされる。

「陽滝、絶対に僕が守るよ。陽滝が僕の一番大切なもの。――たった一人の家族だ」

渦波《かなみ》の核心である単語。『一番』。『大切なもの』。『家族』。

「――ふふっ」

その全てを得て、ヒタキは兄の胸の中で微笑を浮かべた。

私は背筋が凍りつき、砕けて、粉々になるかのような寒気に襲われた。

知っている恐怖が全身を駆け巡った。いまのは、ママが人を殺すときと同じ笑顔だ。

だから、魔法の効果は分からずとも、その狙いだけは分かった。

――この女は、カナミの大切なものを全部消して、そこに自分が成り代わる気だ。

その答えに至ったとき、かつてない怒りが私に芽生えた。

全身の寒気を覆すだけの炎が、腹の底の底に灯《とも》った。

さっきの一報、カナミの両親が捕まったとのことだったが……。捕まっただけで済むものか。それだけで済ませるほど、こいつは甘い女じゃない。そんなものは一つの計画の始まりでしかないと、私は誰よりも知っている。ああ、間違いない。この女はカナミを奪う為ならば、容赦なく自分の父親も母親も消す。あの幼馴染コナギを殺したのと同じように！　殺して殺して、最後には『なかったこと』にする気だ！　命どころか、愛も絆も奪って、その価値全てを自分のものにする為に!!

正直、カナミの心が弄《いじ》られているのは、どうでもいい。

同情する気はないし、そんな目に遭うだけの馬鹿だと知っている。いくらか頭を弄られたほうが多少マシになるのは、パリンクロンさんのときに実証済みだ。

だから、カナミを心配したわけじゃない。

決心が揺らいで、手助けするつもりではない。それでも、私は声を出す。

「――カナミのお兄さんっっ!!!」

先ほどの叫び以上に大きく、死ぬ気で叫んだ。

また場所も時間も世界も、次元さえも飛び越えて、その声を届けようとした。

「ああ、陽滝……」

しかし、カナミは魅入られたかのように、人生初めての愛と安堵《あんど》に飲み込まれたまま。

妹の名前を繰り返して、ずっと視線を胸中のヒタキに向け続ける。

私の声は、カナミまで届かなかった。

代わりに届いたのは、まさかの――

「…………。先ほどから、何度も、誰が――」

ヒタキが、私の声に反応して呟《つぶや》き、視線を動かした。カナミの腕と胸の隙間から、ヒタキの凍りつくような双眸《そうぼう》が輝き、私と目が合ったような気がした。

あ、ありえない……。

絶対にありえない……!

いま私はカナミを経由して、記憶を回想しているだけの存在だ。

カナミ本人ならばとにかく、ここにいるヒタキは情報の集合体のはずだ。

なのに、いまヒタキが、私を睨《にら》んでいるとしか思えなかった。視線から意志を感じる。濃すぎる魔力に比例する濃すぎる願いも感じる。それはまるで、『詠唱』のように――

『関係ない』。

『場所も時間も世界も、そんなことは関係ない』。

『どの人間の思い出の中でも、私の許可なく兄を見るのは許さない』。

『いまラグネ・カイクヲラは無許可の領域に入っている。絶対に許されない』。

そんな不遜すぎる言葉が頭に浮かんだ。

それは私の知っている怖い女性たちと、よく似た意志だった。

彼女たち特有の重い愛情を感じる。ただ、ヒタキには独占欲や支配欲はない。

『兄は私のもの』『それは当然』。

そんなことは前提。妹のものであるカナミは、妹の『理想』となるのは必然。

その上で、妹と『対等』になる運命を必ず辿る。半身とか一心同体とか、そういう抽象的なものでなく、完全完璧完調に完成された同じ存在となる。

『兄妹ゆえに』『永遠に二人は、一緒』。

その強固すぎる意志の一端を摑《つか》み、理解した。それだけで、

「――なっ!? なんでっす!?」

ぐずぐずと腐っていくかのように、『異世界』の石の国が全て崩れ始める。

世界が壊れていく。さらに遠ざかっていく。もう回想は終わりだと言うかのように、私

の意識が切り離されていく。咄嗟《とっさ》に私は、ヒタキを抱き締めるカナミに手を伸ばした。

どうにか、彼の記憶の続きを見て、叱咤《しった》の言葉を届けてやりたい。

だが、無理だった。追憶に必要な『親和』が、いつの間にか解け出していた。

あのヒタキとかいう存在を認識して、認識され返された瞬間。

ラグネ・カイクヲラとアイカワ・カナミの『親和』が、『私の許可なく兄を見るのは許さない』という意思で崩れてしまった。

思われ、願われただけで、次元属性の反則的な攻撃魔法に近い現象が成立していた。

「くっ!!」

まだ私は知りたいことがある。

これから、どうしてカナミが、私たちの世界に迷い込むのか。

歴史なんて言い伝えでなく、直《じか》に伝説の裏にあったものを確認したかった。

もちろん、私自身の人生についても、見直したいことが多々あった。

特に、カナミを殺した瞬間、その裏で起きていたこと。

反芻《はんすう》して、カナミと二人で、人生の『真実』まで届きたかったのに――

だが、邪魔された。邪魔をしたのは『異邦人』。カナミの妹であるアイカワ・ヒタキ。

異世界からの来訪者でありながら、千年以上前から『魔法』を使えた少女。

ずっと感じていた私たちを裏から糸で操る――いや、『魔法の糸』で弄ぶ存在。

その存在を認識して、私は戻っていく。

過去でも異世界でもなく、現実の世界へ。ラグネ・カイクヲラの戦場へ。

◆◆◆◆◆

「――起きろ！　ラグネッ!!」

身体《からだ》を揺らされて、頭部を前後に動かされている。

同時に、耳元で叫ばれる声が脳まで届き、徐々に意識が覚醒していく。

目を開くと、視界一杯を満たす白い光が襲ってきた。明る過ぎて、他の物が何も見えない。地面も空もない場所に放り出されて、漂っているような感覚だった。

どうにか私は光以外のものを見つけようとする。

「おいっ、ラグネ！　俺が見えてるか!?　ちゃんと治ってるか!?」

その声の主の姿は見えない。けれど、誰かは分かる。『血の理を盗むもの』ファフナーだ。彼が近くにいて、私の身体を揺らして、心配をしてくれている。

そのおかげか、徐々に状況が呑み込めてきた。私は冷静に、自分の右腕の先に視線を移す。台座に、世界で一番大切な人が横たわっていた。

「ママ、ママ……」

先ほど、これに私は惑わされて、我を失い、カナミの記憶の回想に連れ去られてしまった。頭では絶対にありえないと分かっていながら、この都合の良すぎるママの存在を受け入れてしまったのだ。

「ああっ……！」

悔しい。その心の弱さが、恥ずかしい。『反転』の力の仕組みを理解していながら、騙された自分が情けない。いまも、ご丁寧に、私の頭の中にはママの記憶が二種類ある。

一つは、先ほど確認したままの日々。

もう一つは、故郷でママと二人。騎士になることなく、侍女のまま幸せそうに暮らしている偽りの日々。どちらも鮮明で、本物染みていた。

さあ、間違えろと言わんばかりの捏造《ねつぞう》の数々だった。

当然だが、『真実』は一つ。私は騎士になって、ママとは再会できなかった。

「だから、これは違うっす……。ここにいるのは、ついさっき見たカナミのお兄さんっす」

口に出して否定する。それができたのは、カナミの記憶が大きい。

ヒタキがカナミから父親への愛情を奪い、自分が一番大切な人として成り代わろうとした光景は、本当に印象的だった。おかげで、カナミの死体が私のママに成り代わっていると気づける。

この台座の上にあるママが、先ほどの光景に相当するものだと、よく分かる。

もし、いまカナミの記憶を見てなかったらと思うと、寒気と吐き気がこみ上げてくる。大嫌いなカナミを大好きなママと思って、永遠に甘え続けていたかもしれない。

そこだけは感謝しないといけない。その分だけは、お礼を言わないといけないと思った。

だから、少し迷った木に、私は真っ白な光の中で、演技をする。

カナミが死の間際に言えなかったことを、カナミを殺した私が代わりに、カナミが愛した者たちの誇りの為《ため》に、叫ぶ。

彼らしく、胡散臭《うさんくさ》く、気持ち悪く。でも、とびきり格好つけて、勇ましく。

「――聞けっ!! たとえ頭を弄られ、記憶を弄られ、道を弄られたとしても！ 大切な人がいたという事実は変わらない！ その感情を曲げられ、思い出を取り替えられ、好きと嫌いを『反転』させられたとしても！ 大切な人への想《おも》いは、確かに存在していた！ それだけは変わらない！ 人生の何を見失っても、この魂に刻まれた絆《きずな》だけは、二度と見失うものかぁあああアアアア!!」

それは私の叫びでもあった。私のママへの愛情を利用して、私のママを奪うなんてことはさせない。私は確認しにきたんだ。この『一番』高いところに、『真実』を確認しに来たんだ。そこにいないなら、いないでいい。そんなこと分かり切っていたことだったし、覚悟もしている。だが、そこに偽物を置くことだけは許されない。私がママの娘であったことを、『なかったこと』にするような終わり方だけは認めない。絶対に。

「はぁっ、はぁっ、はぁっ……!!」

全力の咆哮《ほうこう》で、息が切れた。

頭がくらくらして、目がチカチカして、いまにも倒れそうだ。

けれど、光を振り払えた。もう世界は白くない。

血に塗《まみ》れた赤い地面が見える。真っ黒の夜空と多彩な星々が見える。

『星の理《ことわり》を盗むもの』の『呪い』を、いま私は乗り越えた。

ママだけでなく、他のものを認識できる。

当然、隣で私の肩を持っているファフナーの表情も。

「もう大丈夫……。ありがとう、ファフナー……」

彼を安心させる為に、優しい微笑を作った。

私の肩を掴んでいた両手に触れて、感謝と共に強く握り返す。

その声と行動に、ファフナーは安堵の溜《た》め息《いき》を吐《つ》きかけて、すぐに眉を顰《ひそ》める。

「……お、おまえ。いま、本当にラグネなのか？　さっきので入れ替わったりしてないよな？　渦波《かなみ》なら、死んだ後に誰かを乗っ取るとかできても、おかしくはない」

どうやらファフナーは、いまの私の対応がラグネ・カイクヲラらしくないと思ったようだ。無理もない。これは演技というより、本物を転写しているような状態だ。

ああ、そうだ。私に演技の才能がないことは、リエルのおかげでよく分かっている。

これは魔力の性質と『親和』による転写。謂《い》わば、鏡に映った彼が動いているようなものだから、ファフナーでも見分けるのは難しいだろう。

「ううん、僕は僕だよ。間違えないで、ファフナー」

「え、え？　まじで、渦波なのか？」

ファフナーが驚くのを十分に堪能してから、私は演技を止《や》める。

「ははは、冗談っすよ。死体に手を突っ込んだら、ちょっとカナミのお兄さんの記憶が入ってきて混乱しただけっす。ラグネは死ぬまでラグネっすよー」

「……あ、ああ。そういうことか。いや、そんな感じなのは外からでも分かってはいたんだ。だが、余りに似ててな」

状況を理解していくファフナーの隣で、他人をからかう余裕のある自分に少し驚く。

いくつかあった心の鎖が外れて、行動の自由が増した気がする。

なんとなくだが、その理由はわかっている。

自分の人生とカナミの人生を比べたからだ。

どちらも滑稽で愚かで無様だったと認めたおかげで、いまの私には、もう過度な――計算も、嘘《うそ》も、間違いも、期待も、見栄《みえ》もない。

カナミの人生は、本当に多くのものを教えてくれた。

ぐちゃぐちゃになりかけていた私の心の整理をしてくれた。

ただ、だからといって、カナミの手助けをするつもりはない。

それだけは変わらない。私は右腕の先にいるママに向かって、冷たい言葉を放つ。

「カナミのお兄さん……。そっちの人生のほうがきつかったからって、別に情けとかはかけないっすからね……。だって、教えてくれるはずだった『詠唱』……。あと一節足りないっすから」

結局、『親和』による回想は、中途半端なところで終わらされてしまった。

原因はカナミでないと分かっていながらも、私は自分本位に彼を責めた。

いまも、頭の隅にヒタキのことは残っている。

『水の理を盗むもの』ヒタキの力が唯一通用しない私は、彼女の力と悪意を認識できている。覚えていられる。敵として見なすことができる。

あれこそ、世界の頂点である『元老院』と『始祖』さえも裏で操った本当の敵。

間違いなく、あれは強いだろう。なにせ、ママと同類だった。その上、魔法もおかしかった。世界そのものと言ってもいい強大な力を感じた。いや、下手をすれば、世界一つくらいは、余裕で玩具にできるだけの力を――

「っと、来たぜ！　ノスフィーだ。ラグネ、ちょっと中断して、城の下を見てみろ」

ファフナーの発言を聞いて、私は思考を中断し、ママから手を引き抜き、遠ざかる。

《ディスタンスミュート》の成功に私は必要だが、一度離れるだけで解除されるわけではない。周囲にいる『血の人形』たちが魔法を維持してくれる。

「え……、もうっすか？　ああ、次から次へと。少しくらい、休む時間を――」

私は屋上の端へ行き、地上の様子を確認して、その異常すぎる光景に言葉を失った。

城の上は夜中だが、城の下は昼のように明るかった。

原因は、地上に広がるフーズヤーズ軍の中央にある旗。

『光の理を盗むもの』が旗を掲げて、ありとあらゆるものを照らし、全軍の戦闘を続行させていた。当初の予定では、夜に入れば騎士たちの体力は限界を迎えて、『血の理を盗むもの』の血による侵略は加速するはずだった。

しかし、現実は逆。あのおぞましき吐き気を催す『何か』たちを相手に、フーズヤーズ軍は前線を押し返していた。

一体一体が街一つを滅ぼせる化け物だ。モンスターと違って、ただ人間を殺すことだけに特化している。騎士が百人集まろうとも、一体を相手にするので手一杯のはずだ。

しかし、一人一人の騎士たちが英雄のように、あの『何か』たちを一対一で打倒していっていた。あの生理的嫌悪を爆発させる『何か』を前にすれば、恐怖で動けなくなるはず。なのに、誰一人表情に翳《かげ》りはなく、徐々に力は増していくばかり。

おそらく、ノスフィーが『光の理を盗むもの』の力で、フーズヤーズの騎士たちを強化している。それは分かる。しかし、それだけでは説明し切れないのだ。

もし説明できるとすれば、それは例の『代わり』に負う『魔法』で——

ノスフィー・フーズヤーズが一人で、全軍の恐怖を全て負っている。

ノスフィー・フーズヤーズが一人で、全軍の体力を全て負っている。

ノスフィー・フーズヤーズが一人で、全軍の魔力を全て負っている。

ノスフィー・フーズヤーズが一人で、全軍の負傷を全て負っている。

ノスフィー・フーズヤーズが一人で、全軍の『代償』を全て負っている。

——正気ではない。

昼と違って、いまや軍人たちは万に届きかけている。

その全ての負債を『代わり』に？　万の多様な死ぬほどのダメージを、何度も何度も身に受ける？　発狂するだけの心の外傷も同時に？

「な、なんで……？」

普通に考えたら死ぬ。死ぬというか、一瞬で砕け散る。魂が消滅する。

――しかし、死なない。

それどころか、ノスフィーは全恐怖、全負傷、全消耗を背負って、全く顔が歪《ゆが》んでいなかった。笑顔だった。

これだけの距離がありながら、その彼女の明るい感情を私は読み取れる。

全く死ぬ気がない。いま私がいる『頂上』に辿《たど》りつくまで、決して諦める気がない。

何をしてでも、絶対に生きて、お父様に会うと信じている。

大切な人ともう会わなくていいと分かったとき、心のどこかで安堵《あんど》していた自分たちとは違う。その綺麗《きれい》で真《ま》っ直《す》ぐな決意が、彼女を延命し続けているのかもしれない。

「これが『不老不死』……？」

私の発破によって、彼女は至ったのだろうか。私たちよりも先に、人生の本当の『詠唱』を三節揃えたのだろうか。こちらは二人がかりで届かなかった場所へと、たった一人で辿りついたのだろうか。――辿りついたとしか思えない。

それだけの下地が、ノスフィーにはあった。

彼女も、私やカナミと同じく『家族の愛に飢えている』。ほぼ同じ『未練』を持っていた。けれど、私たちとは逆の人生を進んできた。

私とカナミは、家族を疑って、諦めて、愛することを止めた。

しかし、ノスフィーは一度だって疑ってない。諦めてない。親が自分を捨てたと知っても、信じ続けた。ずっと目指し続けた。

最期まで、愛を失うことは絶対にないと、城下の眩《まばゆ》い光を見ていると確信できる。

「ノ、ノスフィーさん……。ぁあ、あああ……」

戦ってもいないのに、気圧《けお》された。嫉妬が嗚咽《おえつ》になって喉から漏れながら、私は地上を睨《にら》む。ノスフィーを羨み、睨む。

その彼女の顔が、上を向く。城の屋上にいる私を、いま見たような気がした。

やって来る気だ。それを認めたとき、すぐに私は動き出す。

「ファフナー、いますぐ迎撃っす……」

「いや、ラグネ。逃げて、別の場所で再開って手もあるぜ？」

強気に戦おうとする私に、ファフナーは撤退を提案した。

私は首を振る。それだけはありえない。なぜなら、未《いま》だ私の『夢』は変わっていない。

――誰も彼も皆殺しにして、私は『一番』になる。

自分を見直したことで、いま、はっきりと分かった。

私は『一番』になるのが『未練』ではない。ただ、子供の頃からの『夢』だったのだ。

『未練』という「死んでも諦め切れないもの」でなく、『夢』という「心のどこかで届かないと諦めているもの」だった。だから、絶対に私は――――！

「私は『次元の理を盗むもの』の力を得て、『不老不死』も得て、『理を盗むもの』を超えるっす。必ず『未練』を果たして、その先にある『夢』を叶《かな》えるっす。いつか『一番』になるって、確かに私は約束したから……！　何があっても、目指し続ける！」

この『一番』だけが、私に残された最後のママとの繋《つな》がり。

その繋がりを絶って、ママの娘でなくなってしまえば、私は生まれていないも同然の『いないもの』に成り下がってしまうだろう。

それが嫌で、私は他人を殺して殺して殺して、ここまで来た。

だから、これからも殺して殺して殺して、ママの娘であり続ける。

結局、さっき叫んだことが全てだ。何を『反転』させられて、人生の何を見失っても、この魂に刻まれた絆だけは二度と見失わない。

――この「私はママが好き」って気持ちだけは、譲れない。

だから、これからノスフィーさんにだって、私は勝利する。

あの輝く命の価値を奪って、私こそが本当の『一番』であることを世界に示し直す。

そのとき、きっと私は自分の三節目の『詠唱』を知れるだろう。二節目まで辿りついた私は、それがどんな『詠唱』なのかを薄《うっす》らと分かっている。間違いなく、「私はママが好き」だけで終わるはずがない。もっともっと醜い言葉が、私には待っているだろう。人生の終わりに、特大の不幸が待っている。……分かっている。けれど、私は『夢』を見続ける。絶対に最後まで、この『夢』だけは守り抜くしかない。

「ファフナーは下で足止め、一人も通すなっす……！　ここで私は《ディスタンスミュート》に集中するっす！」

そう心に決めて、私はファフナーに命令した。

ただ、その言葉を聞いたとき、なぜか彼の目に薄らと涙が浮かんでいた。

「あ、ああ。そうだな。ラグネ、そういうことだ！　『未練』の先の……『夢』！　これは『夢』なんだ！　我が主《あるじ》ラグネ・カイクヲラ！　お前は何も間違っていない!!」

私の言葉の何が琴線に触れたのかは分からないが、大賛成していた。

「そう。かの『経典』にもある。――十四章一節『浄《きよ》い終わりなど誰にもない。しかし、不浄の終わりも誰にもない』ってな」

いま『経典』は私が持っている。なので、ファフナーは何もない宙で、頁《ページ》を捲《めく》る仕草をした。どうやら、彼は持っていなくとも、内容を丸暗記しているようだ。

唐突に名言のようなものを持ち出された私は、首を傾《かし》げながら聞く。

「え、えっと……。それ、もしかして慰めてるつもりっすか？」

「ああ、激励の言葉だ。この『経典』の言葉たちは、いかなる苦境をも切り拓《ひら》いた実績がある。受け取ってくれ」

「は、はあ。それはどうもっす……？」

「喜べ喜べ。この言葉を送ったってことは、まじでおまえを主って認めた証《あかし》だぜ？」

「……それ。カナミのお兄さん並に、私が馬鹿だってことでは？」

「ああ、その通りだぜ！　ほんとおまえらそっくりだな！」

いきなり侮辱されて、私は無言でファフナーを睨んだ。

それを楽しそうに彼は受け止めて笑い続ける。

「いやいや、賞賛だっての！　くははっ！」

「はあ、もう……。心配してくれるのは分かるっすけど、ファフナーさんって斜め上過ぎるんすよねえ」

いつの間にか、屋上から神妙な空気は消えて、笑い声が飛び交っていた。

未だ私はカナミがママに見えるし、何も解決していないし、世界は裏から操られてはいる。けれど、この屋上には自由があった。『夢』を見るだけの僅かな自由が。

「じゃっ、ちょっくら行ってくるぜ。我が主、俺がいないからって寂しがるなよ？」

「寂しいわけないっす。……時間稼ぎさえしてくれたら、別に死んでもいいっすよ？　ここから先は、私一人でもいけるっすから」

ファフナーは私の命令を聞き、屋上の中央にある吹き抜けに向かっていく。

対して、私は背中を向けて、ママを見ながら答えた。ぱちゃぱちゃと血濡《ぬ》れの地面を踏む音が聞こえる。それが吹き抜けの手前あたりで止まった。

「…………」

「…………」

フーズヤーズ城の屋上は、とても静かだ。

その静かな夜風の音を十二分に聞いたあと、一言だけ私の背中に投げかけられる。

「ラグネ・カイクヲラ。おまえは掛け値なしに、俺の『理想』の主だった。渦波《かなみ》と同じくらいにな……」

「そりゃそうでしょうっす。私たち、根っからそういう感じらしいんで」

神妙な別れの言葉だったが、私は適当に返した。それにファフナーは小さく笑って、すぐに最後の一歩を進む。風を切る音と共に、下へ落ちていく。

それを聞き届けた私は、屋上で横たわるママの身体《からだ》に、また手を入れ直していく。

もう『親和』はできない。邪魔をされている。

いまの私にできるのは、ただ魔石を抜くことだけ。

「ママ……」

《ディスタンスミュート》を再開しつつ、彼の『親和』のおかげで辿りついた答えを思い返していく。

そろそろ終わりだ……。

しかし、本当に私たち二人は、愚かな人生を歩んだものだ……。

自分の『理想』でなく、誰かの『理想』だけが全ての人生だった。あと少し『勇気』を出せば、きっと全く別の人生が待っていたはずなのに、それを逃してしまった。もう取り返しはつかない。

──ただ、最後に希望が一つだけある。

それはノスフィー・フーズヤーズ。

この暗すぎる『頂上』に向かって、いま救いの光がやって来ている。

きっと彼女が『カナミと私のもしもの姿』を見せてくれるだろう。間違いなく、ノスフィーさんの至った『詠唱』三節目は、私たちと違って綺麗だ。彼女の人生に相応《ふさわ》しい輝きに満ちている。

その『詠唱』を聞いたとき、私たちは鏡面に映った三節目を嫌でも知る。

ノスフィーさんとは正反対の三節目を手に入れて、この滑稽な人生の答えが出てしまう。

その予感のままに、私は準備をしていく。

「カナミのお兄さん……。『不老不死』、楽しみっすね……」

フーズヤーズの城の『頂上』で、ママそっくりの死体に笑いかけた。

たとえ『夢』の先で、生まれた意味がなくなったとしても、笑っていられるように。

4．本当のフーズヤーズ城攻略戦

大聖都。千年続くフーズヤーズの歴史の中、過去最大となった首都だ。

その街道を私は歩いていた。

薄暗い道だ。ずっと街を照らし続けていた『魔石線《ライン》』の光は、もう全て消えた。

同時に、大聖都の繁栄の輝きも消え失《う》せている。生活の根幹《ライフライン》となる機能が途切れた上に、あのフーズヤーズ城の陥落だ。時折、避難に遅れた国民とすれ違うが、誰もが初めての恐怖に顔を青くしていた。もう何百年も戦火から遠ざかっていたので、無理もない。北と戦争はしていても、その影響が大聖都《ここ》まで届いたことは一度もなかったのだろう。

煉瓦《れんが》作りの街並みを進んで、いくつものアーチ状の橋をくぐり、政庁や時計塔といった建物の前を横切り、目的のフーズヤーズ城に近づいていく。途中、避難を促す騎士に呼び止められたが、自分の名前を告げて通して貰《もら》った。

城前の大きな坂を上り切る。その先に待っていたのは、戦地と呼ぶしかない光景だった。

フーズヤーズ城前の家屋は例外なく、崩れ倒れていた。どこに目を向けても鮮血の跡があり、鼻が曲がるほどの血の臭いで一杯だ。

家屋が機能していない為《ため》、野営用のテントが数え切れないほど街道に張られていた。その中から負傷したであろう軍人たちの呻《うめ》き声《ごえ》が聞こえる。絶え間なく続く戦いのせいで、治療が追いついていないようだ。

そのテント群の前方では、崩れた家屋の残骸を利用して、応急の防壁が作られていた。

その下には塹壕《ざんごう》が魔法で掘られている。

もうここまで来ると、一般市民は一人もいない。緊張と殺意の混じった歴戦の顔ばかりが並ぶ。物々しい鎧《よろい》を着ているのは騎士で、比較的軽装なのはギルドを本拠とする冒険者だろう。正規の軍だけでなく、フーズヤーズが傭兵《ようへい》として雇っている人間も多い。

その戦場の中を、私は憮然《ぶぜん》と進み、最前線の戦況を遠目で確認していく。

フーズヤーズ城を囲む川・橋・街道は、全てが例の血に――『血の理《ことわり》を盗むもの』の血に呑《の》み込まれていた。さらに、いまも尚《なお》どろどろとした血液が生き物のように蠢《うごめ》き、範囲を広げようとしている。騎士たちが隊列を組んで、魔力を当てることで拡大を押し留《とど》めているのが見える。

その魔法壁といい、何重にも並ぶ防壁といい、たった一日で形成させたとは思えない見事な防衛網だ。『元老院』という頭がなくなっても、ちゃんと軍隊として動けている。改めて、今日のこのフーズヤーズ国の造りが、過去千年で最高のものであるということが分かった。ただ、残念なことに侵略中の敵も、過去千年で最高だ。

下手をすれば、たった二人でありながら『北連盟』という国の集合体を超える。

まず、とにかく単純に数が多い。血の拡大を止める作業を邪魔しようと、襲い掛かってくる『血の人形』は数え切れない。ただ、まだ『血の人形』は比較的対処がし易《やす》いほうだ。

特殊な性質を持ってはいても、大聖都の兵士たちのほうが質が高い。魔法壁の前に出ている騎士たちでも、一対一で問題なく倒せる。

問題は、例のおぞましい形状の『何か』たちだ。

もはや、形容する言葉も呼称も思いつかない化け物は、見るだけで常人を圧倒する。

これに対して、フーズヤーズ軍は遠距離戦闘を徹底し、さらに複数《パーティー》で応戦していた。

距離を取り、複数人で囲み、遠距離魔法だけで攻撃する。

その遠距離魔法を使う兵士の心を保つ為に、そのさらに後ろで仲間が精神安定の回復魔法を放ち続ける。そのさらにさらに後ろでは、決して『何か』と接近戦にならないように、指揮官《リーダー》格が位置取りを指示し続ける。

即席にしては中々いい対応だが、それでも『何か』を倒すことはできない。

削り、足止めして、そこまでだ。そして、その僅かな戦果に対しての損耗が激しい。『何か』一匹を抑えるのに十人の精鋭たちを使い、その内の数人が心か身体に致命傷を負ってしまう。

分が悪いどころではない。じり貧だ。時間と共に防衛線は後退していき、数日あれば大聖都全ては血に呑み込まれるのは明白だった。周囲の顔を見渡す限り、ほとんどの指揮官格たちが、それを覚悟していた。

そもそも、ほとんどの兵士たちが、自分たちは一体何と戦っているのかすら分かっていない。どうして戦いは始まったのか、どうすれば戦いは勝利になるのか、いつまで戦えばいいのか、何も分からない。

最も問題なのは、これが戦争かどうかも不明瞭なことだ。有名な識者によって革命《クーデター》が起きたわけでもなければ、他国の少数精鋭《ゲリラ》と戦っているわけでもない。

未知というものは、それだけで人を恐怖させ、魔力と体力よりも大切な士気を削る。

そして、可哀想《かわいそう》な話だが、この一日目はまだ温《ぬる》い段階で、本当の絶望は二日目からだ。

明日からは今日死んだ仲間たちが敵に回り、さらに戦力差は広がるだろう。そして、二日目よりも三日目、三日目よりも四日目。一度広がった差は二度と埋まらなくなる。

──そんな一縷《いちる》の望みもない戦いの中で、いま、また一人の兵士が死にかけるのを私は目にする。

応急の防壁の前にある魔法壁。その前で戦う兵士。血に染まった地面を走り、遠距離から魔法を撃ち続けていた男が、急接近してくる『何か』に捕捉されてしまった。

敵から臓物に似た触手が伸び、堪《たま》らず男は恐怖で悲鳴をあげかける。

「────っ！」

私は駆け出した。崩落した街とテントの群れの合間を抜けて、塹壕と瓦礫《がれき》の壁を飛び越えて、最前線に身を投じ、空中で魔法名を叫ぶ。

「──《ライトロッド》!!」

自分の最も得意とする武器を形成した。最前線で戦う全員に見えるように、光り輝く杖《つえ》を高く掲げて、血の池に着地すると同時に勢いよく振り下ろす。

対象は、いま一人の兵士を殺さんとしていた『何か』。

「――《ライトアロー》!!」

そのおぞましき肉を叩《たた》き潰した瞬間、杖の先から魔法を放つ。『何か』は気泡が破裂するかのように爆発四散し、血の池に還《かえ》っていく。いかに凶悪な『血の理を盗むもの』の眷《けん》属《ぞく》とはいえ、『光の理を盗むもの』の全力の一撃には耐えられなかったようだ。

『理を盗むもの』としての面目を保ったところで、いま死にかけた男に声をかける。

「もう……、大丈夫ですよ」

「せ、聖女様？」

男は私の登場に身体を震えさせていた。死を免れた安堵《あんど》か、私の光に目が眩《くら》んだか、どちらか判断はつかないが、いまにも倒れそうなほどに身震いしている。

そして、私の登場によって、最前線で戦っていた兵士たちの顔色が変わっていく。

「聖女様……？　聖女様だ。あの聖女様が、帰ってきた……」

「どうして、ここへ？」

「なっ……？　確か、何者かに攫《さら》われていたのでは……？」

乱戦だった戦場が、僅かな時間だけれど静止する。

私の《ライトアロー》の魔力の奔流を感知し、『血の人形』たちは身構えた。『何か』たちも、目前の敵でなく私に注目した。もちろん、フーズヤーズの兵士たちも全員、この夜戦の中、唐突に降り注いだ光の粒子に目を奪われた。

予定通り、私は慣れた手順で、周囲を鼓舞していく。

「光を届けに来ました。ここからは、わたくしがみなさんを導きます」

まずはゆっくりと、落ち着かせるように、声を通す。

この一言目は、聞ける人が聞ければいい。

「聖女様、助かります！　どうか、また皆の治癒を！　負傷者が！　後方に大量にいるのです……!!」

「い、いや！　まず街の『魔石線《ライン》』の復旧を先に！」

「ああっ、我々を救ってください！　この気持ちの悪い化け物共を、どうか!!」

近くの兵士たちが私に助けを乞い始める。

その声が、さらに遠くにいる兵士たちへと届き、希望は伝播《でんぱ》していく。

戦場全体が、いま私が煌《きら》めかせた光の正体を勝手に推測していくことだろう。

休みなく戦い続けて、限界を迎えかけていた兵士たちの心は、大して明るくもない私の光を『聖なる光』の如《ごと》く崇《あが》める。私の狙い通りだった。

「聖女様！　お待ちしていました！　あなたの光を、もっと!!」

「ノスフィー様の光ならば！　きっと、この穢《けが》れた血をなんとかしてくれる!!」

「ノスフィー様だ！　ノスフィー様が来てくれたぞ!!」

中には私の名前を叫び続け、祈り始める兵士もいた。

お父様を迎え撃つ為の一つの手札として始めた聖女だが、ここに来て最大の力を発揮している。短い期間だったが、大聖都で不治の病を治して回ったのは大きかったらしい。そういえば、『魔石線《ライン》』を使って国全体の『魅了』も行った。

自分でやったことながら、眉間に皺《しわ》が寄る。かつて、友ティティーが嫌いながらも拒みきれなかった期待というものが、重く、全身に圧《の》し掛かってくる。

「みなさん、落ち着いてください……。ええ、もう大丈夫です」

だが、その重圧を私は笑って、受け入れる。ティティーと違って、私は大人だ。もういい子でいるのは止《や》めている。いくらでも悪いことができる。この期待に馬鹿正直に応えて、潰れる気はない。大人らしく、利用してやると決めている。

「――《ライト》！　《ライトフィールド》！　《光の御旗《ノスフィー・フラグ》》!!」

魔力で大きな大きな光の布を構築して、それを全力で発光させた。

以前は、言われるがままに掲げた旗を、今度は自分の意志で。空に、はためかせる。

同時に、泡が膨らむように光の結界が広がって、乱戦の中にいた敵たちの動きを阻害した。私に残された魔力のほとんどを使い、少しの演説の時間を稼ぐ。

もちろん、そこには精神に干渉する《ライトマインド》や、自前の『魅了』も乗せている。私のエゴで利用する為に、味方の心も弄《いじ》りに弄り倒していく。

「ええっ、みなさん!!　このわたくしがいます！　いま、共に戦います！　だから、どうか諦めないでください！　心だけは、どうか負けないでください!!」

なによりもまず、祈り始めた兵士たちを叱咤《しった》する。

祈る暇があれば、この私の目的の為に戦えと。

「いいですか!? ただ祈るだけで救われるなんてことは、この世に有り得ません！ 祈るだけの者を救うだけの存在なんて、そんな都合のいいものはない！ 自分自身が！ あなた自身が！ その身の力で、前へ前へ！ 前へ進むことだけが！ この地獄の中にある唯一の救いなのです!!」

戦場で両手を合わせていた兵士たちは、びくりと身体《からだ》を跳ねさせた。

祈るだけでいいなんて楽な道はないという現実に戻されて、その顔を歪《ゆが》ませていく。

「この世界には逆に、その祈りを利用して、嘲り、弄び、笑う者たちがいる！ 生き残りたいのならば、決して祈ってはならない！ その手を握り込み、その足で歩き、その魂で、その運命と戦わねばならない！ 戦うことだけが唯一の生きる道なのです!!」

それは真っ当で、月並み過ぎる激励だと思う。当然、その私の普通の叱咤を聞いて、奇跡を期待していた兵たちの間に、落胆の色が見え始める。しかし、私は続ける。

「そう。一人一人の力こそが運命を切り拓《ひら》く……。ゆえに、わたくしにできるのは、手助けをすることだけ。わたくしに手を伸ばすあなたたちに、光を照らすことだけ。この暗すぎる夜の道に、微《かす》かな明かりを……!!」

この激励は百人に作用すれば、いいほうだろう。言葉なんて、戦場では何の意味も持たないことのほうが多い。それは分かっている。しかし、『代わり』に。

私の光は全員に――万人に、届く。

私の声や姿は届かずとも、この光だけは戦場全体に届き、奇跡を起こす。

『奇跡の光』だ。それが聖女として成立する為《ため》の一歩目であり、瓦解寸前の軍隊の主導権を奪う裏技であると、誰よりも私は知っていた。

私は全力で魔法《ライト》に魔力をこめる。自分の使える全ての強化魔法を光に乗せて、最前線にいる全兵士の身体を侵食していく。

肉だけでなく血の中に入り込み、そこに刻まれた『術式』を叩き起こして、稼動に必要な魔力を潤滑油のように注ぎこむ。もちろん、そこには回復の神聖魔法も乗っている。世界最高の《キュアフール》や《リムーブ》。『光の理を盗むもの』による『代わり』の力。なによりも、精神干渉と『魅了』による虚構の希望が、戦場に染まった落胆の色を一瞬で塗り変えていく。

「こ、これは……!?」

「全員の傷が癒えていく……！　こんなことが、本当に……!?」

「ああ、やはり……！　やはりやはりやはりっ！　聖女様は聖女様だった!!」

これだけ祈るなと言っても、まだ手を合わせているやつもいる。

まあ、いつものことだ。そのちょっとした懐かしさの中、私は千年前とそっくりそのままの言葉を繰り返していく。

「もう闇を恐れることはありません！　光ならば、わたくしが照らします！　いまっ、我らの心には、フーズヤーズの焔《ほのお》が灯《とも》りました！　その全ての灯《ともしび》は絡み合い、聖なる太陽となって、あの穢れた血を燃やし尽くすことでしょう！　フーズヤーズの雄志の魂が、化け物たちに負けることなど、決してありません!!」

私はありもしない力を喧伝《けんでん》して、詐欺を働き、扇動を加速させる。

戦場では些細《ささい》な勘違いが死を招くと知っていながら、その思い込みを膨らませていく。

「あ、ああっ！　聖女様の言う通りだ！　フーズヤーズの誇りにかけて、恐怖で退《ひ》くことだけはするものか!!」

「前へ前へ、進むぞ！　あの穢れた血共は、この俺が残さず消し尽くしてくれる!!」

「ノスフィー様!!　どうか、我らの戦いを見ていてください!!」

私の檄《げき》を受けて、全兵士が動き出した。剣を握り直し、魔法を編み直し、本来ならば戦えない敵たちに向かって雄たけびをあげて向かっていく。

ああ、本当に……。誰も彼も、みんな馬鹿だ。大馬鹿だ……。

かつてフーズヤーズを捨てた私を聖女と呼び、この穢れに穢れた光を見て、目を細め、馬鹿みたいに信じる。

いつの世も、群集というものは脆《もろ》く愚かで救い難い。だが、いまはそれでいい。その馬鹿な群集を、私は利用させて貰《もら》う。お父様へ続く道を作る為に、犠牲にしてやる。

だから、もし倒れそうになった兵士がいても、私は絶対にリタイアは許さない。

「ええっ、前に進みましょう!!　このわたくしの旗が、その道を照らします!!」

私も先導しようと動き出す――前に一人、私の詐欺にかかった血気盛んな若者が戦列を大きく飛び出した。私の精神干渉を受け過ぎて、戦意が暴走したのだろう。考えなしに敵軍の前で、その全ての魔力を解き放った。

当然、若者は気力体力魔力の全てを空っぽにして、満足そうに気絶しかける。本当に馬鹿なことに、国の為に尽くせたことを誇りにして、その人生を終わろうとしていた。

――そんなこと、させない。

すぐさま私は旗の光を経由して、その若者に魔力を流し込む。

さらに体内の血を乗っ取り、彼自身の神聖魔法で自己治癒をさせる。

足りない気力と体力は、私が『代わり』に支払い、負う。

背中を潰されるかのような疲労感に襲われながら、私は叫ぶ。

「まだですよ!!　まだまだ諦めてはいけません！　最後の一瞬まで戦いましょう！　その背中には、あなたたちの家族や大切な人たちがいるのでしょう!?　それを忘れてはいけません!!　だから、決して倒れてはいけません!!」

若者は限界を迎えた身体に活力が満ちていくのを感じて、体勢を持ち直した。

そして、後ろを振り返り、私を見て、薄《うっす》らと涙を浮かべつつ、頷《うなず》いた。

「は、はいっ!!」

『光の理《ことわり》を盗むもの』の加護を得た若者は、戦闘を再開させた。その一部始終を見ていた周囲の兵士たちは、また「奇跡だ……」と呟《つぶや》いて、その士気を高めていく。

そして、その高まる士気に呼応するかのように、兵士たちの魔法が全て、何倍にも強化されていく。

「ま、魔法が！　魔法の調子がいい……!?　こんなに凄《すご》い魔法、初めて使った……！」

一人の兵士が自らの過去最高の魔法を手の平から放ち、感動で震えた。

「力が湧く……！　体が軽い……！」

一人の兵士が自らの過去最高の動きに笑みを深めて、感動で震えた。

当然だろう。いま私は全兵士の『代わり』となっている。

つまり、その魔力と体力は無限。さらに今朝、お父様と戦う為に集めた『経験値』も、きっちりとレベルに変換して分け与えている。

「行ける！　行けるぞ！　このまま一気に城まで――、くっ!!」

ただ、中には自らの力を測り間違えて、致命傷を負う者もいる。先ほどの若者と似て、また血気盛んそうな男だ。男は『何か』の触手に腹を貫かれて重傷を負った。

彼の死は目前。その前に、私が『代わり』に重傷を負い、後方から声をかける。

「――くっ！　馬鹿ですか、あなたは！　勇敢と蛮勇を勘違いしてはいけないと習いませんでしたか!?　あなたはあなたのできることをやりなさい！　死ぬことなく、あなたの最大を果たしなさい！　それがひいては、みんなの為になります!!」

「……はいっ！」

すぐに若者は後方に下がり、自らの本来の役目に戻っていく。その最中、自らの腹に手を当てて「いま、傷が……」と呟いていた。

私は頭がどうにかなりそうな痛みを振り払うように、また叫ぶ。

「いま、フーズヤーズには！　この光り輝く旗が立っています！　掲げられ、皆を見守っています！　傷は全て！　魔力も全て！　恐怖も全て！　この旗が払ってくれることでしょう!!」

戦いが一秒進むごとに、負傷者は増えていく。その全員を、一人も余すことなく、私は助けていく。全てを『代わり』に、私が支払う。

その仕組みに兵士たちは少しずつ気付き始める。傷を負っても一瞬で回復し、常に身体は強化され、ＭＰは切れず、心は激励され続けるのだ。

当然、その奇跡のように都合のいい現象は、全軍を勢いづかせる。

言葉にならない歓喜の咆哮《ほうこう》が、

「「「――――――――――――――――――――ッッッ!!!!!!!!!!!!」」」

フーズヤーズ城の前で爆発した。

そして、後退するだけだった防衛線が、いま前に進み始める。

「さあ、反撃です！　道はわたくしたちが切り拓きます！　続いてください!!」

その好機に合わせて、私は叫ぶ。ここまで来ると、もう叫ぶのが仕事だ。それと、大きく旗を振るのが仕事。そして、いま兵士たちの心が一つになったのを確信した。

お膳立ては終わりだ。私は満を持して、仲間たちの名前を呼ぶ。

「シス!!　ラスティアラ・フーズヤーズ!!　スノウ・ウォーカー!!」

するとと私の後ろを静かに追従していた三人が、横に並んでくれる。

ただ、その中でディアさんだけは不満そうに口を尖《とが》らせていた。

「ノスフィー、その名で俺を呼ぶな……！」

もうシスという名前は使いたくないみたいだが、そこはネームバリュー的に我慢して欲しい。その旨を、隣のラスティアラが私の代わりに説得してくれる。

「ディア、士気を少しでも上げる為だから」

「う、うぅ。でも、もう俺は……！」

そこに逆隣のスノウさんが近づき、手と手を触れ合わせた。

「ディア、大丈夫だよ。……怖かったら、私が手を握ってあげるから」

最も怖がりであろうスノウさんから激励を受けて、ディアさんは不満を呑《の》み込む。

「……スノウ、ありがとうな。分かってる。こんなところで、俺たちは立ち止まってられない。もう俺たちは一人じゃない。心が孤独じゃない……！」

「うんっ！……えへへ」

いまさら名前一つに負けるものかと、ディアさんは意志を固め直して、手を強く握り返した。それをラスティアラは嬉《うれ》しそうに見守り、さらにその三人を周囲にいる兵士たちが見る。兵士たちの中で隊長格と思われる一人の騎士が、スノウさんの顔を見て心底驚き、声を漏らす。

「そ、総司令代理殿!? 前線を退いたと聞いてはいましたが……。どうして、いま大聖都へ？　ま、まさか、これを予期して……」

予期などできるはずがない。しかし、スノウさんは肯定するかのように、前に立った。

「うん、来たよ。だから、もう心配しないでいい。私たちが来た以上は安心。この背中を見ててくれるだけでいい。続いてくれるだけでいい」

そして、背中から竜の青い翼を広げて、雄々しく『竜の風』と『竜の咆哮』を放つ。

「この私、スノウ・ウォーカーが!!　敵を全て、打ち倒す!!」

雄々しい風が吹いた。スノウさんは頼りたい人の心理をよく知っている。総司令代理だった頃のように、決して揺らがない巨木のような安心感を周囲に見せつけた。そのスノウさんの勇姿に騎士は身体を震わせて、隣で手を繋《つな》いでいるディアさんにも聞く。

「使徒様も……、我らの総司令代理殿と共に戦ってくれるのですか？」

「……あ、ああっ！　俺はノスフィーに……いや、私は聖女様に導かれてやってきた。伝説の使徒は、いつだってフーズヤーズの味方だからな」

そして、大きな深呼吸のあと、スノウさんに負けないように声を張り上げていく。

「この使徒シス！　我が故郷の一大事と聞き、馳《は》せ参じた!!　今宵《こよい》、貴殿らはレヴァン教の奇跡を目にすることだろう！　我こそは千年の伝説、英雄たちの道標！　この使徒の燐《りん》光《こう》を浴びて、その雄々しき姿を世界に見せるといい!!」

明らかに演劇から引用した台詞《せりふ》をディアさんは叫んで、同時に背中から光り輝く翼を広げて、失った手足から光の粒子を迸《ほとばし》らせる。戦闘態勢に入っただけで、夜空を彼女の神々しさが覆い尽くした。

いい登場だ。明らかに戦場の注目が集まった。乗じて、私は台詞を足す。

「ウォーカー総司令！　使徒シス！　二人で兵士たちを先導して、右方に回ってください！　『元老院』たちがいないいま、あなたたちより上の者はいません！　しっかりとお願いします!!」

全てを統べる『光の御旗《みはた》』として、二人に指示を出す。

「ええ、かしこまりました。我らが聖女よ」

「ノスフィー、貸しだからな。あとで返せよ。あとで、ちゃんと……」

それにスノウさんは恭しく、ディアさんは正直に、別れの言葉を残して、戦場を歩き出した。注目した兵士たちの前へと、英雄のように躍り出ていく。

その背中に向かって、私は答える。

「ええ、あとで。必ず返します」

そのとき、もう私はいないだろう。だが、必ず貸しは返すと誓った。

そして、すぐに私は残った三人目にも指示を出す。

「ラスティアラは左方をお願いします。ちゃんと『現人神《あらひとがみ》』っぽく、お願いしますね」

「ノスフィー……。いまの……」

ラスティアラは顔を俯《うつむ》け、私の名前を呼んだ。どうやら、いまのディアさんとのやりとりで、元々薄らと予期していたことを確信してしまったようだ。

「ラスティアラ。わたくしは千年前の伝説の『光の御旗』。このとき、こういう状況でこそ、私は誰よりも輝けます。だから、どうか今日はお姉ちゃんに任せてくれませんか？」

対して、私は大人らしく、彼女の姉らしく、あやす。

「……うん、任せる。お姉ちゃんはお姉ちゃんのやることを、私は私のやることをやる」

問答の時間はないと分かっているラスティアラは、『素直』に頷いてくれた。

いや、頷くしかなかった。

こうして、しっかりとお互いの役目を確認したところで、さらに私は仲間を呼ぶ。

「セラ・レイディアント！　ペルシオナ・クエイガー！　『現人神』を守護する真の騎士たちよ！　わたくしの妹を頼みます!!」

後方から『魔人化』した二人が現れ、騎士の礼を取った後にラスティアラの横につく。

「ああ、言われずとも」

「ノスフィー様。必ず、ご期待にお応えします」

その二人の騎士を連れて、ラスティアラは歩き出す。腰の剣を抜き、「予定通り、また中で」と一言だけ私に残して、左方の敵の群れの中に突っ込んでいく。

当然、その最中、彼女も劇のように謳《うた》う。

「私が！　私こそが、レヴァン教の『現人神』ラスティアラ・フーズヤーズ!!　ティアラ・フーズヤーズの意志を受け継ぎし、今代の『聖人』!!　このフーズヤーズの名に懸けて、我が城を愚弄する輩《やから》を排除する！　騎士たちよ、私に続け！　これより、左翼の指揮は私が執る!!」

その唐突な上官の登場に、兵士の中の騎士職は動揺しつつも、顔を明るくしていく。

「連合国の『現人神』に、『天上の七騎士《セレスティアル・ナイツ》』……!?」

指揮官級の――貴族生まれの騎士ほど、その実力をよく知っているのだろう。

自分たちの代表となる騎士の登場に、流れの変わる瞬間を感じたようだ。

打ち止めかのように見えた士気が、限界を超えて上昇していく。

それを確認したあと、まだまだ私は仲間を呼ぶ。

『炎の魔女』!　それに付き従う『死神』よ!!」

そこまで名前は有名でないので、大聖都での通名を叫ぶ。

そして、私は地面に手をつき、自分の陰に隠れていた二人を引きずり出す。

黒衣を――リーパーさんを魔法で纏《まと》った臨戦態勢のマリアさんだった。

二人は周囲に気を使い、確認を取るように聞いてくる。

「……本当に、私も姿を見せてもいいのですか？」

「余りいいイメージないからねー。アタシたち」

数日前まで、彼女は私を誘拐した下手人として扱われていた。

多くの騎士や兵士たちにとっては敵扱いだろう。

「そうですね。しかし、こういうものは宣伝の仕方次第です。あなたたちは私の説得で改心したという体《てい》でいきます。……その為《ため》にも、僅かですが私の魔法を、その身体《からだ》に許して貰《もら》えますか？」

　マリアさんを演出する為の下地はできている。

　あとは少し光を足せば、フーズヤーズ軍の一員であることは証明できるだろう。

「……いまさら、確認は要りませんよ。自らの想《おも》いを『代わり』にあなたに預けたということは、全幅の信頼を置いたということです」

「信頼してるよ、ノスフィーお姉ちゃん！　アタシの想いも、ちゃんと届けてね！」

　それは些《さ》細《さい》な和解と協力だったが、身体の芯まで歓喜が染みていく。

　いくらか痛みが和らぐのを感じながら、私は信頼に応える。

「ふふっ。では、遠慮なく。輝け、私の光を背に、誰よりも前へ。――《ライト》」

　口にしたのは《ライト》一つだが、その中には多種多様な強化の魔法も含んでいる。

　黒い太陽のようだったマリアの周りに、太陽の暈《かさ》が――光の輪がかかる。

「あなたたち二人は予定通り、単独で城の後方に回り、別の入り口を空けてください。そのまま、ファフナーの背後をお願いします」

「ええ、聖女様。あなたの仰せのままに」

「がんばるよー!!」

　別れを済ませたと同時に、マリアさんは駆け出した。

　すぐさま私は、彼女の背中にある光の暈を強調する。

「みなさん！　いまから私の友マリアが、フーズヤーズの川を消します!!　我が光を乗せた浄化の炎が、あの忌々しい堀を無力化します!!」

マリアは騎士たちを先導することもないので、すぐ城を囲む川まで辿《たど》りつく。

そこにはおぞましい『何か』たちが待ち構えていたが、私の精神干渉を受けている彼女は何の動揺もなく、魔法を放つ。

「――共鳴魔法《フレイムライト》!!」

それは味気ない命名だったが、効果は絶大だった。

火と光。それぞれの『理《ことわり》を盗むもの』の本領を、見事共鳴させた魔法が奔《はし》る。

『火の理を盗むもの』特有の白い炎が、私の魔力でさらに白く染まっていた。

それは炎の形をした光か、光の形をした炎か。境界は存在しないとしか思えないほど混ぜ合わさった『光の炎』が、血の川を這《は》って広がる。さながら油に灯《とも》った炎のように、それは一瞬でフーズヤーズの外周全ての川を覆っていった。

川の水気が全て蒸発していき、干上がる。もちろん、その上にいた『血の人形』たちは一瞬にして消失した。おぞましい『何か』たちも苦しみ始めている。

「なんて炎……! いや、光……!!」

「この光は……!? き、奇跡だ」

「この暖かい光に、あの化け物共が怯《ひる》んでいる!?」

そして、その凄《すさ》まじい力を近くで見る騎士たちは、口々に「奇跡」を呟《つぶや》いた。

なにせ、これだけの豪炎を前にして、誰もが熱さを感じていないのだ。『何か』たちは

『光の炎』に襲われ苦しんでいるというのに、逆にこちらは『光の炎』に触れると活力が漲《みなぎ》ってくる。

「あれは、地下の『死神付きの魔女』……!? 味方なのか!?」

「ああっ、間違いない！　ノスフィー様の光が、彼女をも味方にしてくれたのだ！」

まさしく、邪悪を排し、人々を救う為の聖なる魔法。

その『光の炎』の主《あるじ》であるマリアを、敵とみなす者はいなかった。先のノスフィーの友人発言を聞かずとも、魔法を見ただけで味方であると兵士たちは認識していく。

演出は上手《うま》くいったようだ。それをマリアも感じたのか、もう後ろを振り返ることなく、干上がった川をリーパーと共に駆け抜けていく。

その背中を見送ったとき、私の前に一体の『血の人形』が迫ってくる。どうやら、指示を出している間も前へ進み続けていた為、最前線の中の最前線まで辿りついたようだ。

眼前で『血の人形』が手を振り上げて、血の剣を私に振るってくる。

しかし、私は歩みを一切止めず、防御も取らない。

「――《ゼーアワインド》!!」

私が手を下すことなく、膨大な風が横から叩《たた》きつけられて、『血の人形』は吹き飛ばされた。それを当然とでも言うように、私は仲間の最後の一人の名を呼ぶ。

「では、騎士ライナー・ヘルヴィルシャイン。あなたはわたくしに付き従いなさい。『血の理を盗むもの』を仕留めるのは、あなたの役目ですよ？」

指示を出すと同時に、演出待ちをしていたライナーが兵士たちの中から姿を現す。

「ああ、了解だ。かの大英雄の騎士として、ここに誓おう。我が主の愛した聖女様の望みを、必ず叶《かな》えてみせる。血の誇りに懸けて」

その会話の間も、私は無防備に歩いていく。

そして、防衛線の先頭に立った。当然、私を襲う敵は増えていく。

だが、その全てをライナーが横から、巨大な風の杭《くい》の魔法で打ち払っていく。

「──《タウズシュス・ワインド》!!」

戦いの些事《さじ》は全て、彼に任せられそうだ。私は先頭を歩きながら、『光の御旗』であることに集中できる。旗を掲げて、戦場全体の声を拾える。

「こ、これが連合国で噂《うわさ》されるヘルヴィルシャインの騎士の力……!? なんて、風の魔法だ……!!」

「聖女様が連れて来てくださったのだ。ウォーカー司令も『天上の七騎士《セレスティアル・ナイツ》』も、使徒様も『現人神』様も、このフーズヤーズまで聖女様が……!」

「ああ、レヴァン教の伝承通りだ……。世界《フーズヤーズ》の危機に使徒様と聖人様が揃《そろ》い、それを『天上の七騎士《セレスティアル・ナイツ》』たちが守護する……! 我々には天が味方してくれている!!」

信仰が広がっていく。

最前線だけでなく、陣の後方や側面にも『光の御旗』の存在は知られていく。

私の光の範囲は、国一つを呑《の》み込む。つまり、テントで治療中だった者も、避難していた市民たちも、例外なく全員だ。全員が私という『光の御旗』を、自らの総大将と認めてくれたのが分かる。

ただ、その国の『頂上』に立った『代償』は大きい。

戦場のありとあらゆるものを『代わり』に受け、全身が軋《きし》み、痛む。

まず軽く、千の剣が私の肉という肉を刻む感覚があった。サッと皮膚が裂けては、ぶつりと筋が断たれ、ぱっくりと肉が開き、どろりと赤黒い血が流れて、ぎりっと痛みが奔る。というのが、千箇所ほど。全身を隈《くま》なく、絶え間なく、容赦なく責めたててくる。

さらには、塩を塗った鋸《のこぎり》を引き、焼けた釘《くぎ》を打ち、返しのついた茨に啄《つい》ばまれたような痛みも、次々と追加で襲ってきては、延々と脳内を駆け巡る。

「はぁっ、はぁっ……！」

現実として、先ほどから出血箇所が一秒毎《ごと》に十箇所ほど発生していた。

即座に魔法で回復してはいるが、追いつくはずもない。骨折や内出血は後回しにして、とにかく表面だけは全快であるように見せることに努めるので精一杯だった。

はっきり言って、もう私の臓器の半分は動いていないだろう。それでも動けるのは『半死体《ハーフモンスター》』であるおかげだ。壊れて腐った肺や心臓の代わりに、モンスターの臓器が動いている。人ならざる生命力で、なんとか血を全身に巡らせている。

もちろん、それだけで私が生きている理由は説明し切れない。

――いま、私が動ける理由の答えは、本当に単純。

それは私の心に、いま、歴代の『理を盗むもの』の中で最高最大の『未練』があるからだ。だから、私は死なない。

この戦いの前に私は、ラスティアラ、ディアさん、スノウさん、マリアさん、ライナーの全員から「お父様を助けたい」という『未練』を、『代わり』に貰った。『未練』の大きさが強さに関わる『理を盗むもの』にとって、これ以上の強化魔法はないだろう。そして、いまの私こそ《これ》が『光の理を盗むもの』の真骨頂であり完成形だと確信している。

いま私は痛みだけでなく、万を超える人々の恐怖も一身に背負っている。

だが、決して私は私を見失わない。

たとえ生物としての本能的恐怖が頭の中を埋め尽くしても。

頭が狂いに狂って、思考一つ許されなくなっても。

私という魂が崩れて、壊れたとしても。

この「お父様を助けたい」という『未練』がある限り、『光の理を盗むもの』は必ず動く。『未練』一つだけの為に、身体が死んでも、心が死んでも、尚《なお》動く。それが『理を盗むもの』というものだったと、やっと分かったから――!

「はぁっ、はぁっ、はぁっ……!」

私は私の力の源を再確認しつつ、ゆっくりと歩く。

背後の信者たちから近過ぎず、離れ過ぎずの距離でなくてはならない。

出血箇所が増えすぎて、そろそろ表面すらも保てなくなってきたのだ。服の下から滲《にじ》む血が身体を伝っていき、地面の赤に混ざっていく。

戦場が血塗《ちまみ》れのおかげで、もう少しだけ誤魔化せそうだが、急がなければならない。

そして、私は必死に耐えて耐えて、なんとか大橋の前まで辿りつく。

城まで、あと少し。ただ、当たり前だが、ここには敵の主力が待ち構えている。

この大橋だけは通すまいと、おぞましい『何か』たちが、ずらりと並んでいた。

私は笑みを保ったまま、光の魔法を強めていく。

「光れ。光れ、光れ、光れ光れ光れ光れ光れ光れ光れ光れ――」

私は最後の演出を行う。

この最も敵の密集した難関こそ、この『光の理を盗むもの』の見せ場だ。

鼓舞するだけの存在でなく、全幅の信頼を寄せるに値する存在だと認めさせる好機だ。

『元老院』や王族を失ったいま、このフーズヤーズ南連盟の総大将は――いや、『頂上』は私であると知らしめる。その為だけに！　いま、全てを！　解放しろ――!!

「――光れ光れ光れ光れ光れ光れ光れ光れ光れ」！　『光り、輝け』ぇええええええええええ!!――魔法《ライトアロー・ブリューナク》ッッ!!!」

意識せずとも、途中から『詠唱』となっていた。

私の心は『代償』という槌《つち》に叩かれて、どこまでも真《ま》っ直《す》ぐに伸びていき――お父様、お父様お父様お父様、お父様お父様お父様お父様お父様――と『素直』に、唯々《ただただ》強く強く強く、私は願う。結果、放つ光の矢は過去最大のものとなる。

「この城を、国を、世界を！　貫き、照らせ！　お父様まで、続く道をっ!!」

私の心を表すかのように、空を覆うほど巨大な魔法の槍《やり》が構築された。

橋全てを食らいつくすほど膨れ上がった光の矢を、私は血を吐きながら叫び、全力で右腕を横に振り抜き、放つ。もはや矢でなく、特大の破城槌だった。

流星が地表を奔ったかのような光景のあとに、約一秒ほど閃光《せんこう》が世界を満たす。

人ほどの大きさしかない敵たちなど《ライトアロー・ブリューナク》の眼中になく、軽く全て飲み込んで、背後に聳《そび》え立つフーズヤーズの城の門まで届く。

「みなさん！　このわたくしの光の矢に！　この旗に！　続けぇっ――!!!」

《ライトアロー・ブリューナク》は大橋に並んでいた全てを掻《か》き消した。

さらにフーズヤーズの門も消失した。

その強大で極光の魔法を前に、後方で戦闘中の兵士たちは歓喜の声をあげていく。

「道だ！　道が拓《ひら》けたぞ!!　皆、あそこから敵を切り崩すぞ――!!」

「押し返せえ！　あの『光の御旗《みはた》』に続け――!!」

「いけるっ、いけるぞ！　聖女様さえいれば、いける――!!」

懐かしい声たちだ。私の鼓舞と同じく、千年前と同じ声が聞こえた気がした。

そういえば、あの最期の日も、こうやって私は人々を死地に導いた。ただ、お父様のところへ行く為《ため》だけに、多くの希望を利用しては殺した。途中で私は無責任にも旗を捨てて、この身をモンスターに変えながらも、お父様に向かった。たった一人で――

走馬灯がよぎり、意識が遠のく。

いかに『光の理を盗むもの』といえど、いまの無茶な魔法は不味《まず》かったらしい。

心と身体《からだ》だけでなく、魂までも崩れそうなほどの、消失感が――

「ノスフィー！　おいっ！　だから、言ったんだ！　おまえはジークのところまで何もするなって!!」

「――――っ！」

消失感があるけれど、すぐに私は持ち直す。

まだ私は消えてはいけない。

私を信じてくれた人たちの想《おも》いを、その『未練』を預かっているのだ。

それを果たすまで、絶対に消えられない。『光の理を盗むもの』は死んではいけない。

いや、死ねない。

「ふ、ふふふっ……。はあ、まったく。ライナーは心配し過ぎです。この程度、平気ですよ、平気。本当にあなたは口煩《くちうるさ》くて、気持ちが悪いのですから……」

私は飛びかけた意識を引き寄せ、倒れかけた身体を持ち直し、顔をあげて笑った。

「……口が利けるならいい！　城へは僕が先陣を切る！　おまえは大将のように、悠々と来い！　いいな!?」

「いいえ、それは駄目です。わたくしはいつだって先頭を行きます。そうやって、わたくしは生きてきました……。ずっと真っ直ぐな心で、誰よりも前へ前へ前へ……」

いい子は報われる。そんな馬鹿な『夢』を信じて、私はここまで来たのだ。

いまさら、その歩みを止める気はないと彼に伝える。

「…………っ!! なら、歩け！ どんなに苦しくても辛《つら》くても！ もう止まるな!!」

「……ええ、言われずとも！ わたくしは行きます!!」

ライナーは私の前に出ず、後ろから叱咤《しった》してくれた。おかげで、私は『光の御旗』らしく軍の先頭を歩き、悠々と大橋の上を渡り、とうとう城の門まで辿《たど》りつく。

私の《ライトアロー・ブリューナク》によって穿《うが》たれた正門からは、血の腸詰に穴が空いたかのように、ドロドロと血の川が流れ出している。その水流が、私の足を搦《から》め捕り、後ろへ押し流そうとする。

血の水流に逆らって進みつつ、軽く城を見上げた。変わり果てた姿だが、名残はある。

その縁深い場所は、かつての自分を私に思い出させる。本当に苦しくて、辛くて、暗くて、怖かった過去。何にも届かずに死んだ千年前。正直、また同じことを、いまの私は繰り返しているのかもしれない。

けれど、私の足は決して緩まない。

それどころか、いまの私は前と違うという気持ちが、私の足を速めた。

私の人生の答えである本当の『魔法』は、間違いなく変わった。長い旅路の末、色んな人たちと出会い、心を繋《つな》ぐ仲間を得て、昇華した。

だから、もう――

苦しいけれど、苦しくない。

痛いけれど、痛くない。

辛いけれど、辛くない。

暗いけれど、暗くない。

怖いけれど、怖くない。

これから私は死ぬけれど、私は死なない。

――そう信じている。


入城する。

城の大玄関には、朝に去ったときと変わらない光景があった。

違いがあるとすれば、それは血の量と水位だろうか。中央の吹き抜けから見える上階、その柵の合間から細い血の滝が何筋も落ちている。地下に続く空洞は血に浸《つ》かり切ってしまっている。もし、この正門に穴が空いていなければ、とうに城というコップは血で一杯になっていたと確信させる光景だ。

その地獄の中、大玄関に最も近い螺《ら》旋《せん》階段に彼はいた。ラグネとお父様のいる『頂上』へ進ませまいと、その階段の一つに腰を下ろして、私たちを待ち構えていた。

「……よう。また来たんだな、ノスフィー」

いつも通りの軽い挨拶を投げる血塗れの男。

「……ええ。また来ました、ファフナー」

千年前は、『風の理《ことわり》を盗むもの』ティティーに立ち塞がれたお父様へ続く道。

その道に今日は、『血の理を盗むもの』ファフナーが立ち塞がっている。

『光の理を盗むもの』である私は、物語の結末を変えるべく、微笑と共に返答する。

千年前、私は対話を持ちかけるティティー相手に問答無用で襲い掛かったが、今回は私が『話し合い』を持ちかける番だった。

「ファフナー、私の力でお父様を生き返らせます。だから、そこをどいてください」

ファフナーが『経典』と『心臓』を奪われ、ラグネに操られているのは分かっている。

しかし、この話をするとしないでは、ファフナーの抵抗力に差は出るはずだ。お父様が生き返ると知れば、その信奉者である彼は全力で負けようとしてくれるだろう。なにより、後ろの兵士たちが城へ入る前に、ファフナーの暴挙を止めたい。

「もう、やめてくれ」

しかし、その期待は、僅か一問答で裏切られてしまう。

ファフナーは立ち上がると共に、足元の血を魔法で操った。瞬時に、以前に見た血の触手が二十ほど生成されて、網を投げるかのような形で私に襲い掛かってくる。

「――《ゼーアワインド》！」

咄嗟《とっさ》に後方のライナーが全力の風を放ち、血の網を押し返した。

私は防御を彼に任せて、話に集中する。

「なぜです？　お父様が……、あの渦波《かなみ》様が生き返るのですよ？　それを他でもないあなたが拒否するのですか？　渦波様を最も好いていた騎士のあなたが」

「ああ、他でもない俺が拒否するぜ。すまねえな。ラグネのやつの騎士をやっている内に分かったんだ……。そういう希望の光が、俺たちをより不幸にしてるってな」

昨日までと、明らかに様子が違う。私に操られていたときはポジティブだったファフナーが、異様なまでにネガティブになっている。

いまの主《あるじ》であるラグネの影響《ひ》だろうか。例の『反転』する力とやらで、心理状態を弄《いじ》られたのかもしれない。私は退くことなく、説得を続けていく。

「ファフナー、あなたはお父様に世界を救って欲しいのでしょう？　千年前から、そう言っていたじゃないですか……。お父様には、いつかは世界を救うだけの力があります。必ず、あります。ならば、いま味方すべきはラグネでなく、お父様を生き返らせようとしているわたくしたちのはず。かつてない抵抗を、いま見せて欲しいのですが……」

この数日、ファフナーは操られていると言いながらも、自由な行動が目立った。もし『経典』の所持者に逆らえないというのが嘘《うそ》ならば、いまこそラグネの予定を狂わせて欲しい。だが、その願いとは裏腹に、ファフナーは首を振る。

さらに、戦意の証明である血の触手の数を、倍に増やしていく。

「ああ、俺は渦波に世界を救って欲しい。いま生き返れば、きっと世界を救うだけの存在にもなるのも疑っちゃあいない。ただ、その『世界を救う』ってのが、俺にとってそこまで大切なことじゃなかった……ってだけだ」

ファフナーは一階から血を汲《く》み上げて、一振りの剣を生成する。

それを片手に血の海の中を歩きつつ、その持論を話す。

私の持つ旗の光に当てられているせいか、とても『素直』に吐き続ける。

「結局、俺の『世界を救う』ってのは、ラグネの『一番』ってやつと一緒だったんだろうな……。それは『夢』であって、『未練』じゃない。だから、たとえ叶《かな》っても、できるのは確認作業だけ。「ああ。いま世界は救われても、俺の救ってほしかった千年前は、どうあっても救われないんだなあ」って分かって、それだけだ。意味なんてない」

不穏な魔力と殺意が、大玄関に満ちていく。慌てて、私はファフナーの気を沈める為に反論をしていく。それは千年前、彼の主をやっていたからこそ出せる言葉となる。

「ファフナー、あなたは聡《さと》い騎士です。それは千年前の最初から、すでに分かっていたことでしょう？　分かった上で、あなたは世界を救おうとしていた。少しでも、この世界で苦しむ人を減らそうと努力していた。その耳に聞こえる死者の声を少しでも減らそうと、あなたは必死になって、ずっと――」

「なあ、もう全員殺しちまおうぜ？　死者の声は止められなくても、それで死者の声が増えるのは止められる」

その私の諭す言葉を、ファフナーは物騒すぎる言葉を吐いて止めた。

ファフナーの顔は苦痛に歪《ゆが》んでいたが、どこか清々《すがすが》しそうだった。

随分と前から思い付いていて、抑え込んでいたのかもしれない。お父様の死が切っ掛けとなって、ついに本音が漏れたように聞こえた。

「ファフナー……、どうして……」

いまの彼は、千年前の私と同じなのかもしれない。もう対話は不可能と確信できるだけの狂気を浴びてしまい、彼の名前を呼ぶことしかできなかった。

「くはは っ。そもそも、こんな不完全で襤褸《ぼろ》い世界、生きているだけで不幸すぎると思わねえか？　なら、もう全員死んだほうがマシだろ？　もう誰も生まれないように全員ぶっ殺したほうが……、絶対いいだろうが！　なあっ、元主!!」

「ファフナー、待ってください！　まだ話は――」

その言葉を最後に、ファフナーは駆け出した。同時に魔法《ブラッド》も使っているのだろう。膝まである血の瀬だというのに、平野を走っているかのようだった。

「話なら終わりだ！　俺の新たな願いは、渦波よりラグネのやつのほうが向いてる！　だから、俺はラグネの味方をする！　俺は俺の意志で、ラグネを選んで守る!!」

一瞬にして、私たちの間の距離は埋まった。

ファフナーの振り上げた血の剣が叩《たた》きつけられ、

「くぅっ――!!」

私は手に持った光の旗で防いだ。彼は一流の『剣術』を使うが、こちらも一流の『棒術』を使える。その交錯は対等だった。

だが、ファフナーの攻撃は剣だけではない。同時に、百に届きかけるほど増えた血の触手たちがうねり、私を目掛けて飛びこんでくる。

なんとか血の剣は防いだ私だが、血の触手たちの防御は間に合わない。

当然ながら、最初から戦闘を頭に置いていた者と、最後まで対話を望んだ者では初手に差が出る。その不甲斐《ふがい》ない私の服の襟を、ライナーが後ろから引っ張る。

「――《タウズシュス・ワインド》！」

百の血の触手を、百の風の杭《くい》が貫いて相殺する。いまの会話の最中、ずっとライナーは準備をしていたのだろう。そして、私の危機に合わせて、強引に立ち位置を交代させた。

ライナーの剣がファフナーの血の剣と交差する。二人のヘルヴィルシャインが顔と顔を向き合わせて、火花を散らす。

「ラグネは殺《や》らせねえ……！　一時的だが、主は主！　今度こそ、俺は守り抜く！」

「こっちの台詞《せりふ》だ……！　一時的だが、ノスフィーは主！　絶対にやらせるかよ！」

その殺意のぶつかり合いを見て、いま対話が終わり、敵対が確定したのを感じる。

正直、まだ私は『話し合い』を続けたかった。私の憧れの人たちと同じように、このファフナーを相手に、延々と無防備に言葉を投げかけたかった。

私の至った新たな本当の『魔法』は、それに特化している自信があった。

しかし、それはできないと理性が忠告する。一度きりの本当の『魔法』を使う相手は、フーズヤーズ城の『頂上』にいる。少なくとも、この一階で発動させていい代物ではない。

なにより、背後に控えている万を超える命が、それを許してはくれない。

私がファフナーと話している間に、後続の兵士たちは追いつき、いま城の中に入ろうとしていた。それを見た私は止める為《ため》に、後方に向かって叫ぶ。

「みなさん、止まってください！　もはや、城内は敵の『血の理を盗むもの』と一体化しています！　修復は不可能！　外側から破壊する他ありません!!」

城の入り口前にいた兵士たちは私の声を聞き、進軍を中断してくれる。

「総員、止まれ!!」

「くっ……！　薄々わかっていましたが、もう我らの城は……！」

「元々、城は民を守る為のもの！　ここで壊すのを躊躇《ちゅうちょ》してどうする!!」

「周囲の騎士団にも聖女様の声を伝えろ！　手が空いた者は城そのものへの攻撃だ！」

さらに兵士たちは、その指示を疑うことなく実行もしてくれる。事前に十分に奇跡を見せていたおかげだ。数秒も待たずに、外からの攻撃によって城が揺れ始める。

「『血の理を盗むもの』本体は、わたくしたちが内部にて抑えます！　みなさんは外部から攻撃を！　このわたくしの旗の光を目掛けて！　遠慮なくお願いします!!」

そう私が叫んだところで、ライナーと正面で斬り結んでいたファフナーが大きく後ろに跳んだ。

「ちっ！　ノスフィーめ、面倒なことを！」

舌打ちと共に地面へ手を付き、城内の血を操っていく。

血の海の水位が下がると共に、壁の流動する血液が濃くなっていくのを感じた。

壁の厚さを増やして、城の防御を固めたのだ。

その様子を見て、この城の壁の弱点は千年前から変わっていないことを確信する。

誰もが最初は、その血の壁の堅牢《けんろう》さに騙《だま》されるが、これはローウェン・アレイスの水晶のように【絶対に壊れない】という代物ではない。朝にディアが打ち破ったように、単純な火力で押せば、それで壊せるのだ。

もちろん、騎士百人程度の魔法では、びくともしない。

しかし、千人、万人と。大量の騎士たちが継続的に城を攻撃し続ければ、その物量によって、いつかは血の壁にも限界が来る。

私はファフナーの纏《まと》う魔力が薄くなったのを指差し、降伏を促していく。

「ファフナー、諦めてください。わたくしが外の兵士たちを強化・洗脳し続けている限り、あなたは『頂上』にいる主の足場を守る為だけに、その血と魔力のほとんどを外に向けなければなりません。もはや、完全な包囲殲滅《せんめつ》戦です。この形になった以上、あなたに勝ち目はありません」

「ハッ、ざけんなよ。だから、なんだ？」

が、ファフナーは取り合わない。一人で一国の軍を相手取り、同じ『理を盗むもの』である私を前にして、そのくらいは劣勢でないと笑い飛ばす。

「なあ、ノスフィー。そもそもだ。体調とか魔力量とか、そういうのが結末を左右したことあったか？」

「……ないですね」

そのファフナーの自信を裏打ちする理由には、思わず頷《うなず》いてしまう説得力があった。

そんな『素直』な私の反応に、ファフナーは笑い声を強めていく。

「くはは っ！　そうだろう!?　つまり、俺たち『理を盗むもの』同士は、戦いが終わるまで常に互角！　勝敗を決めるのは『未練』の差のみ！　ああ、いつものこと！　どれもこれも、いつものことだ!!」

ゆえに負けるまで降伏はしないということだろう。

城の強化を終えたファフナーは、すぐさま戦闘を再開させるべく駆け出す。

「それによぉっ、おまえは俺の弱点を知り尽くしているつもりだろうが！　俺だっておまえの弱点は知ってるんだぜ!?　死者嫌いのおまえは、切り捨てるべき駒を切り捨てられねえ!!」

そして、ファフナーが狙ったのは後衛で補助する私でなく、正面のライナーだった。

足元から生えた触手たち全てを置き去りにして、ファフナーは単身でライナーに肉薄する。この足場では考えられない速さだ。ライナーは身構えていながらも、その血の剣による一閃《いっせん》をかわし切れない。

「――くっ！」

ライナーが右の脇腹を斬られ、呻《うめ》く。

が、すぐさま、その負傷は私の右の脇腹に移される。

しかし、その回復をファフナーは予測していた。油断なく、敵に致命傷を与えた刃を返して、敵の首を切断しにかかる。

ライナーは一太刀目には不覚を取ったものの、その次は冷静に双剣で防いでみせた。だが、息をつく間もなく、ファフナーの左の拳が襲いかかってくる。

それをライナーは身体《からだ》を捻《ひね》って、肩で受け止める。

ファフナーの膂力《りょりょく》は死者の力をこめることで、常人の何千倍にも跳ね上がっている。拳の衝撃が骨の髄まで響き、痛みが全身を奔《はし》る。骨が粉々に砕けないのは、ライナー自身の頑丈さと私の魔法の強化ゆえだ。

そして、そのダメージも痛みも、また『代わり』に私へ移される。ライナーは無傷のまま。当然、その回復も予測していたファフナーは攻撃の手を止めない。

連撃だ。控えていた血の触手たちが鞭《むち》のようにしなり、ライナーを四方から叩く。それと共に、ファフナー自身も剣と拳の追撃をかけ続ける。どれだけ回復されようとも、何度も何度も、繰り返し繰り返し、攻撃を重ねていく。

死者から譲り受けた『剣術』『体術』『魔法戦闘』といったスキルを総動員させた上、『理《ことわり》を盗むもの』の体力を最大限に活《い》かした無呼吸連打だ。対して、ライナーは一度も反撃できないまま、何度も致命傷を負っていき、歯噛《はが》みしながら悪態をつく。

「くそっ！　強化があっても、これか！　自力の差が、まだ！」

「うぅ……！」

「まだまだあるに決まってんだろ！　いくら『光の理を盗むもの』が強くても、前面に立てる騎士がこいつじゃあなあ！　俺の相手なら、ティーダかアレイスを持って来い！」

たった数秒の戦いで、致命傷の数は二桁を超えた。

だが、依然としてライナーは無傷のまま。本来ならば、ここで私の魔法の正体を知らない者は様子見に移るだろう。しかし、全てを『代わり』に背負っているだけと知っているファフナーは、決して手を緩めない。ライナーを通じて、私に攻撃をし続ける。

そして、ついに『血の理を盗むもの』による致命傷が三桁を超えてしまい、死に迫る痛みを三桁詰め込まれてしまった私は、堪《たま》らずに膝を突く。

「…………っ!!」

それを見たファフナーは、ライナーと戦いながら笑みを浮かべた。自らの戦法が有効だと確信したのだろう。対して、戦うライナーは苦々しい横顔を見せて、私に叫ぶ。

「ノスフィー！　もういい！　僕の『代わり』は切れ!!」

「…………っ！　い、いま補助魔法を解けば、あなたなんて一瞬で細切れですよ!?」

百回は殺されたであろうライナーが、私の助力を拒否してきたので、私は飛びかけた意識を戻して叫び返した。

「絶対に殺されない状況だと、こっちの調子が出ないんだよ！　僕のスキルは生存に特化してる！　いいから、おまえは早く上に走れ！　ここまではおまえの我《わ》が儘《まま》に付き合ったんだ！　あとは当初の計画通りに行くぞ!!」

そして、私は階段に向かえと言う。

言葉は少ないが、ライナーの言いたいことは伝わる。

「……分かりました、ライナー！　私が向かう間、死んでもファフナーをそこで抑えていなさい!!」

絶対に私はライナーを助け続けると、ファフナーは思っていたのだろう。私が本当にライナーの補助を打ち切り、一人で城の階段へ向かおうとした瞬間、動揺する。

「なっ!?　おい！　マジで上に行く気か!?」

その動揺は当初の計画を開始するのに理想的な隙だった。

タイミングを示し合わせたかのように、ここまでの全員が一斉に動き出す。

「いまです！　ディア！　マリア！」

「ああ、ミスんなよ！」

大玄関の奥から、別ルートで城に侵入してきた二人の少女が姿を現す。

同時にライナーは、ファフナーから大きく距離を取る。

「――――っ！　やっぱり来たか！　だが、その程度の不意討ち!!」

私がライナーを見捨てたのには動揺しても、新手の登場にファフナーは心を揺るがさない。千年前の戦いで百戦錬磨に近い彼は、このタイミングでの魔法を読み切っていた。

「――共鳴魔法《フレイムアロー・守護炎《イージス》》!!」

「――共鳴魔法《フレイムアロー・守護炎《イージス》》!!」

『理を盗むもの』に匹敵する魔法が放たれる。一瞬にして、炎の鏡のようなものが無数に生成されて、ファフナーの周囲を取り囲むように浮かんだ。

真っ赤な大玄関に浮かぶ赤い星々。それを見て、彼は動きを止めてしまう。

「こ、これは共鳴魔法……？　それも、シスとアルティの……!?」

顔に浮かぶのは「ありえない」という表情。

ファフナーは死者のスキルを利用できるという能力上、ほぼ全種類の魔法を把握している。その全種類の対抗策も所持している。だからこそ、彼は誰よりも《フレイムアロー・守護炎《イージス》》の異常性を理解してしまい、その条理にない魔法に心底驚いていた。

気持ちは分かる。この《フレイムアロー・守護炎《イージス》》は、あの最悪の仲だったシスとアルティの共鳴魔法のようなものだ。千年前を知る者なら、誰でも最初は硬直してしまう。

「ディア、逃げ道は全て塞ぎました!!」

「ああ！――《フレイムアロー》!!」

そして、ディアさんの手の平から炎の矢《フレイムアロー》とは名ばかりの凶悪過ぎる白光が放たれる。

その熱光線をファフナーは、横に跳ねて避けた。

だが、その背中で白光は炎の鏡に反射する。

「――――っ！　やっぱ、そうなんのか!!」

ファフナーは咄嗟《とっさ》に、束ねた血の触手を盾にして、二段構えの熱光線を防いだ。

しかし、防げたのは一発目のみ。

「撃って、撃って、撃ちまくる!!」

ディアさんは《フレイムアロー》と思われる熱光線を絶え間なく、それも狙いをつけずに全力で放ち続ける。

そして、百の熱光線が炎の鏡に乱反射する。反射して、反射して、反射して、その速度は目に留まらず、白い線が百以上引かれて、白い繭となってファフナーを閉じ込める。

「――ノスフィー!!」

そして、そこで大玄関の奥から、美しい毛並みの大きな狼《おおかみ》が姿を現した。その巨体は血の足場を物ともせずに駆け抜けて、私に近づいてくる。

その狼の上にはラスティアラが乗っている。彼女が私に向かって、限界一杯まで手を伸ばして叫んでいた。私は彼女の手を握り、答える。

「はい!!」

身体を引き寄せられ、狼の上に乗る。瞬間、完全に閉ざされていたはずの白い繭の中から、声と魔法が放たれる。

「行かせるか……!――鮮血魔法《新暦二年西聖戦初期《フーズヤーズウェストワン》・八千八共鳴の矢《クアドラエイトカノン》》!!」

『血の理を盗むもの』特有の奇妙な魔法名と共に、先ほどのディアさんにも負けない魔法の矢が――別種の赤い熱光線が、白い繭を突き破った。

あのディアさんとマリアさんの共鳴魔法を身に食らいながら、ファフナーは捨て身で私を狙ってきた。だが、その程度の執念は想定内だ。

「――《ドラグーン・アーダー》!!」

別ルートから城に侵入してきた最後の一人、『竜化』したスノウさんが翼を広げて、間に入った。ファフナーの熱光線に対抗するのは『竜の風』を押し固めた風弾。

すぐさま、その風弾を私は手助けする。スノウさんから借りた想《おも》いを胸に、彼女の血に染み込んだ私の光の魔力に働きかけて、その身に眠る才能全てを引き出していく。

結果、鼓膜を破るかのような音と共に《ドラグーン・アーダー》は弾《はじ》けた。

その爆発によってファフナーの熱光線は狙いが逸《そ》れて、城の壁に直撃する。城の揺れが大地震のように強まったのを見て、スノウさんは声を漏らす。

「……な、なんとかなった！　この剣と強化魔法！　それと、この安全な『竜化』があれば、私でも真っ向から戦える！　たとえ、相手が守護者《ガーディアン》でも!!」

スノウさんは引き出された力に驚いていた。

だが、いまは感動している場合ではないと、ラスティアラから指示が飛ぶ。

「スノウ！　今日は守護者《ガーディアン》戦じゃなくて、私たちの援護!!」

「うん！　私は空から、階段の雑魚たちを片付ける！」

ラスティアラと私の乗る狼は階段まで辿《たど》りつき、勢いのままに駆け上がっていく。

その移動に合わせて、スノウさんも中央の吹き抜けを使って、共に上へ向かう。

狼と竜。その『魔人返り』を最大限に活かした速度で動く私たちを、凶悪な魔法に包まれたファフナーは追撃できない。まさしく、当初の計画通り。私たちはファフナーを置き去りにして、上階まで一気に進む。二階、三階、四階、五階と——その途中、階段には『血の人形』や例の『何か』が立ち塞がることもあった。だが、それはセラの進む高度に合わせて飛ぶスノウさんが、横から吹き飛ばしていく。

「——《ドラグーン・アーダー》!!」

その風弾によって、階段に綺麗《きれい》な道が空いて、そこを狼の脚が駆け抜ける。

時折、スノウさんの魔法を免れた敵が襲い掛かってくるときもあったが、それはラスティアラの剣と魔法で処理をする。私たちの疾走は、もう誰にも止められない。五階から十階へ。さらに十一階、十二階、十三階と進んでいく。

その予想以上の順調ぶりを、私は口にする。

「ラスティアラ、セラ。上手《うま》くいきましたね……」

ライナーを囮《おとり》にしてファフナーのやつに、彼の最も嫌う火力の高い魔法を、初見で、持続的に、封じ込める形で、叩《たた》きつけてやることができた。さらに偶々だが、綺麗に二手に分かれることもできた。ファフナーを抑えるマリア・ディア・ライナーの三人。ラグネからお父様の死体を奪うラスティアラ・セラ・スノウ・私の四人。ペルシオナがいないことは、外の兵士たちは彼女が上手く指揮しているということだろう。

「だねっ、お姉ちゃん！　スノウもいい！　いい感じだよ!!」

「えへへ……！　今日は全力を出せるからね！　怖い敵ばかりだけど、恐怖はないよ！」

ラスティアラに褒められて、スノウさんは俄然《がぜん》と飛行と魔法の勢いを増していく。

だが、その調子づく私たちを咎《とが》めるように、その声は響く。

私たちが走る城の中の血が形を変えて、口と喉になり、音を発する。

『――まさかな』

それは階下で戦っているはずのファフナーの声だった。

『ここまで考えなしとは、逆に裏を突かれたぜ……。だが、ノスフィー。おまえは俺から逃げられると、本気で思ってるか？　いや、いま逃げられていると思ってるのか？　この城に逃げ場なんてないぜ。全てが、俺の腹の中だ』

分かっていたことだが、遠く離れた場所でも彼の声と魔法は届く。

『ノスフィー、千年前の渦波《かなみ》が言っていたことを覚えてるか？　この俺、『血の理を盗むもの』の力の真価は、『死者の操作』じゃあねえ……！　最も厄介な力は『イデンシの操作』。そして、それに伴う『迷宮構築』にあるってことをなァ！』

どれだけ叫ぼうと、『血の理を盗むもの』ファフナーには、瞬間的に遠距離を移動する手段はない。

だが、代わりに厄介な力が一つ。それは別の場所で、別の誰かを『召喚』する力。

『くははっ！　おまえらが城の外じゃなく、城の中を飛ぶのを選ぶとは思わなかったが。こっちも、ちゃんと用意してあるぜ。とびきりのやつを一人なァ……！』

その声に合わせて、血の雨が降る。

私たちが走る城の階段ではなく、中央の吹き抜けに。

「────ッ、────────────ッッ!!」

それは肌を刃物で切り撫《な》でるような金切り声だった。

人のものではなくモンスターのもの。その中でも特徴的な虫の声。

血の雨と共に上階から、一匹の昆虫型モンスターが飛来してくる。

形状は蜂に近く、虫特有の複眼と硬そうな関節が目立つ。鎌のような前足が六つに、薄い羽が四枚。足と足の間に、大きな針が二つ。大きさは目下のスノウさんの三倍ほどで、色は黄土色。刺々《とげとげ》しく、禍々《まがまが》しく、不気味なモンスターだった。

「──ド、《ドラグーン・アーダー》!」

スノウは急襲してきた上空のモンスターに対して、魔法を放った。

しかし、それをモンスターは宙で直角に動いて、あっさりと避けた。さらにモンスターは止まることなく、もう一度直角に動き、下にいるスノウへ向かって襲いかかる。その鎌のような前足が振るわれて、スノウの持つ大剣とぶつかり、金属が打ち鳴らされる。

落下の勢いのまま、モンスターはスノウの横を通り過ぎて、またもや下方で方向転換する。宙だというのに、異常な俊敏さだ。その動きに対して、スノウさんは空中で制止し、一言呟《つぶや》く。

「え、え……？　もしかして、兄さん……？」

モンスターに向かって、兄と聞いた。それに血が答えていく。

『ああ。これがグレン・ウォーカーの本来の姿、自らの一族を殺し尽くした伝説の怪奇の正体だ。いわば、擬似的な『半死体《ハーフモンスター》』。まさに俺と同じ道を進む同胞となっているところだろうぜ……！』

どこか嬉《うれ》しそうな声で、グレンの生い立ちを話した。スノウさんとグレンは兄妹《きょうだい》だが、どちらも大貴族ウォーカー家の養子で血の繋《つな》がりはない。ゆえにスノウさんにとって、その姿は初見だったようで酷《ひど》く困惑しているのが見て取れた。

そして、その動揺が戦闘に大きく影響している。

本来、スノウさんの独壇場である空中戦で防戦一辺倒だった。縦横無尽に翔《か》け回る大型モンスターに目は追いついていても、身体《からだ》が攻撃に移れていない。

「これは……！　ラスティアラ、すぐにスノウさんを助けましょう……!!」

ここまで順調だった私たちだが、ここに来てファフナーの一手が大きく刺さってしまったのを感じる。二人の相性の悪さを前に、私はラスティアラに救助を持ちかけた。

だが私たちが動き出す前に、それを当の本人であるスノウさんが拒否する。

「ノスフィー！　いい！　このままで！」

スノウさんが防戦していたのは僅か数秒ほどだった。すぐさま『竜の風』を宙で放って、攻勢に転じていく。さらに表情を元の楽観的なものに戻して、グレンが相手でも余裕であることを主張する。

「大丈夫！　セラさん、先に行ってください！　これも、当初の計画通り！　私たちの想いを全部集めたノスフィーを、私たちみんなが全力で助けて、カナミのところまで連れて行く！　それだけを、ノスフィーは考えて!!」

その上で、私たちの当初の計画の全てを口にした。つまり、私たちの計画とは『フーズヤーズ軍を利用して四方から城に入って、とりあえず全員でファフナーを襲って、どうにかノスフィー・フーズヤーズを屋上まで連れていく』という単純なもの。

一度目のフーズヤーズ城襲撃と違って、今回の襲撃作戦は僅か数分程度で決まった。なにせ、私たちには『未来視』なんて便利なものはない。絶対勝利なんて約束はされない。だからこそ、これが適切で最善だと私たちは判断したのだ。

そして、いまスノウさんは、その場で一人一人が考えて動くという当初の計画通りに、ちゃんと動いている。自分一人で十分だと叫んでいる。その主張を聞いた狼状態のセラが、頭を垂らして了承した。続いて、上に乗ったラスティアラも頷《うなず》き、叫び返す。

「分かった、スノウ！　その変なグレンに勝って！」

「はい、ラスティアラ様！　兄さんを懲らしめて！　すぐにそっちに追いつきます!!」

戦いの勢いに任せて、スノウさんは部下のように返答して、その身の魔力を解放していく。ずっと彼女が忌避してきた『竜化』中の全力だった。それが、いま『光の理《ことわり》を盗むもの』の補助があって、何の『代償』もなく発揮されていく。

いま彼女が竜となっているのは、翼のみ。

四肢は人のままだ。されど、魔力は竜そのものとなっていく。人でもモンスターでもなく、『理を盗むもの』のように強大だけれども、全く別種の魔力が生成される。かつて、全大陸を問答無用で『最強』と認めさせた暴力の権化が、いまここに生まれる。

「ァアあああっ、ぁあああああああああああああアアアアア――――!!!!」

スノウさんは『竜の風』と『竜の咆哮《ほうこう》』を纏《まと》い、宙を翔け回るグレン以上の速度に達して、自爆じみた体当たりを行った。耐久力に自信のある彼女に向いた戦法だ。ただ、勇気の乏しいはずの彼女らしくない戦法でもある。

相対するグレンも同じ考えだったのかもしれない。虚を突かれた様子で、その体当たりを受けた。兄妹は重なり合いながら、上空に――でなく真横に飛び、吹き抜けの柵とぶつかって破壊した。それでも、勢いは止まらない。スノウさんはグレンの硬い関節を強く握り締めて、そのまま真横へ飛翔《ひしょう》し続ける。

柵と同じように、城の血の壁を破壊する。それでも、まだ勢いは止まらない。壁の奥にある部屋の壁も壊して、ありとあらゆるものを砕き砕き、さらに奥へ奥へ。

二人の姿が見えなくなる前に、私たちの足となっているセラは既に走り出していた。

――二十階を超えて、さらに上へ。

狼となったセラの一歩ごとに、階段に溜《た》まった血液は四方に飛び散っていく。

その四脚の歩幅は人間のそれを遥《はる》かに超えていて、階段を五つ飛ばしで駆け上がっている。もはや走っているのではなく、跳ねては飛ぶを繰り返している状態だった。

私たちはスノウさんという吹き抜けからの援護を失った。ゆえに、立ち塞がる『血の人形』や『血の何か』たちを倒すのに手間取るようになったが、階段を上がる速度は少しも緩んでいない。

狼《おおかみ》の『獣人』であるセラ・レイディアントの速度は、大陸随一だ。『速さ』に特化したお父様やライナーと競争して、勝利したとも聞く。その時代最速と呼ぶに相応《ふさわ》しい彼女に追いつけるものはいなかった。

厄介な『血の人形』や『血の何か』たちを、次々と置き去りにしていく。

まともに敵とは付き合わず、その脇をすり抜けていき——私たちは城を二十五階、二十六階、二十七階——と進んでいった。

もちろん、その間も、ファフナーの妨害は全くないわけではない。時折、階段の血溜まりが泡立ち、血で構築された木の幹のような腕が伸びて、セラの巨体を摑《つか》もうとする。

「——セラちゃん！　少し左に逸れて!!」

しかし、届かない。セラの動きと比べて腕が遅いというのもあるが、それ以上に操り手であるラスティアラの技量が高かった。ファフナーが罠《わな》をしかけているであろうタイミングや場所を予測して、そこを上手く回避していく。

その主《あるじ》の未来予知じみた指示を、セラは一切の疑いなく信じて、動く。二人の主従としての信頼関係の力が、ファフナーの階下からの遠隔攻撃を全て無効化していた。

『くそっ。——魔法《ブラッドペイン》!!』

「セラちゃん、真《ま》っ直《す》ぐ！　危ないのは、私が斬り払う!!」

ときには魔法で、血の触手や血の矢が襲い掛かってくるときもあったが、それも二人は捌《さば》き切る。決して、ファフナーの鮮血魔法の威力や速度に問題があるわけではないだろう。単純に術者との距離がありすぎるせいで、鮮血魔法の発動速度《レスポンス》がとにかく遅いのだ。そして、その遅さでは、ヤラの速度とラスティアラの柔軟な対応力を相手に、有効打を与えることは全くできず――さらに三十階を越えて、三十一階、三十二階、三十三階――と進んでいく。そこで痺《しび》れを切らしたファフナーが、とうとう一際大きく叫ぶ。

『出番だ！　エルミラードッ!!』

名前が呼ばれた瞬間、視界一杯に色彩豊かな多数の魔法が発生した。

またファフナーの魔法かと思ったが、明らかに属性が違った。

赤、青、緑。炎、水、風の魔法の矢が、三つずつ。計九つ。

駆け上がる階段の先から、落ちるように飛来してくる魔法の矢。

それに対応するのはラスティアラ。

「――《フレイムアロー》！　《ウォーターアロー》！　《ワインドアロー》!!」

全く同じ魔法をラスティアラは構築して、相殺の為《ため》に放った。

構築時間は僅か数秒ほどしかなかったが、見事ラスティアラは同じ威力のものを同数用意してみせた。だが、その九つと九つがぶつかり合い、轟音《ごうおん》と衝撃を階段に満たした瞬間、宙に舞う魔力の粒子の中から、彼は襲い掛かってくる。

その彼の大きさは、人より二回りほど大きかった。

形状はセラの狼と似て、四足歩行の獣。しかし、種類が大きく異なる。一目見て頭に浮かんだのはモンスターでなく、『魔の毒』に冒されていない普通の動物の獅子《しし》。特徴である鬣《たてがみ》は黄金色で、その艶やかな毛並みも同様に輝いていた。

黄金の獅子が飛びかかり、階段を駆けるセラの前脚の一つに食らいついた。

傷は私が『代わり』に負うが、彼女の動きが一時的に止まってしまう。

「セラちゃん!!」

ラスティアラは声をあげながら、セラの背の上から剣を払った。

それを黄金の獅子は軽やかに跳ね避ける。そして、上方の階段で黄金の獅子は低く唸《うな》り、理性の灯《とも》った双眸《そうぼう》を階下の私たちに向ける。

「し、獅子……? ってことは、エルミラード・シッダルク! 面倒臭そう!」

「気をつけてください、ラスティアラ。おそらく、先ほどのグレンと同じです!」

私とラスティアラは、上階で待ち構えるエルミラードの脅威を確認し合う。

いましがたの襲撃、セラとラスティアラは警戒に警戒を重ねていた。

三属性の魔法の矢の次に、本命の攻撃があると予測して、備えていた。しかし、それでもセラはエルミラードの攻撃を受けてしまった。おそらく、『血の理を盗むもの』の補助によってエルミラードは『魔人返り』さえも超えた領域に至らされて、その速さはセラとラスティアラを超えている。

『頼むぜ。フーズヤーズで最も高貴な血統、エルミラード・シッダルク。正直、そっち以上に、下がやばい。もうおまえが、俺の……——最後、の——』

新たな脅威の登場に歯噛《はが》みする私たちだったが、それ以上に困ったようなファフナーの声が届いて、途中で途絶えた。

同時に、視界が大きく揺れる。まるで城そのものが跳ねたような揺れのあと、階段の隣にある吹き抜けから魔力の粒子が奔流となって吹き上がってくる。

「――――っ!?」

「この魔力の感じは……！」

下で大型の魔法が複数弾《はじ》けたのがわかる。

属性は火と神聖、それと異常な規模の無属性。血の魔力は混じっていない。

威力からしてマリアさん、ディアさん。あと、おそらく……スノウさんであると予測する。下でファフナーは追い詰められて、こちらに気を回す余裕がなくなっていることが窺《うかが》える。いや、もしかしたら、いまファフナーは敗北の寸前。そう思わせるだけの魔力の奔流だった。城内の状況が大きく好転しているのを感じる。

もしかしたら、このエルミラードがファフナーの最後の手札の可能性は高い。

そう推測した瞬間、私の身体は動き出していた。

「セラ！　ラスティアラ！　二人でエルミラードをお願いします！　いまが好機です！　私は上へ向かいます!!」

「えっ!?　いや、ちょっと待って！　そこの物陰に隠れてくれたら、すぐ私たちが倒すから――!!」

ラスティアラは止めたが、私はセラの背中から降りる。

その瞬間、エルミラードも動き出して、獣の咆哮をあげた。

「――――――――ッッ!!」

階段一杯に火、水、風だけでなく、神聖や土の魔法をも無数に浮かべていく。

その形状は矢だけでなく剣や槌《つち》、縄や網と多様だった。

対して、ラスティアラも負けじと同じ魔法を放つ。

「まだ喋《しゃべ》ってるのに！――《アイスバトリングラム》《ウォーターワイヤー》《フレイムフランベルジュ》《レイス・ワインド》《ディヴァインアロー》《アースクエイク》!!」

ほぼ同じ魔法を同じほどの威力でぶつけ合わせ、全てを相殺する。しかし、それでラスティアラは限界だった。続くエルミラードの突進に対応する余力はない。

ただ、その獅子の巨体を活《い》かした追撃は、同等の速さのセラが間に入って牽制《けんせい》することで防いだ。二匹の獣が睨《にら》み合い、戦場が膠着《こうちゃく》する。

――やはり、こうなった。

エルミラードが現れた瞬間に予測していたことだが、戦闘のスタイルが似過ぎているのだ。ラスティアラとエルミラード、どちらも万能な騎士で長所と短所も同じ。両者とも何でもできる代わりに、決め手に欠けている。

その二人が足を止めての魔法戦となれば、相殺合戦は必定。

そして、エルミラードの持つ獅子の利点は、従者であるセラが潰す。

　このままではエルミラードに負けはせずとも、かなりの時間を稼がれてしまう。

　それを嫌った私は叫びつつ、動き出す。

「下のみなさんの作ってくれた好機は、一秒も無駄にできません！　こちらは、わたくしが最上階に辿《たど》りつけば、それだけで勝ち！　先に行かせて貰《もら》います!!」

　お父様の魔石を抜かれる前に、私は城の『頂上』へ辿りつく必要がある。

　私は急ぎ、単独で上へ向かおうとする。

「で、でもっ、ノスフィー!!」

「『星の理を盗むもの』と『光の理を盗むもの』の魔法の相性上、ラグネは絶対にわたくしを止められません！　間違いないです！　逆に、このエルミラードは、お二人にしか抑えられません!!」

　説得する。この一口で、ラグネは殺すことに特化して、私は死なないことに特化した。暗殺者と不死者。易々《やすやす》と決着はつかないだろう。だが極論、私はラグネを無視して歩いて、お父様に触れるだけでも目的は達成される。抜群の相性の良さなのだ。

　もちろん、今回の強襲での理想的な結末は「複数人でラグネを囲んで倒す」だろう。複数人で『頂上』に辿りつき、誰か一人が数十秒ほどラグネを抑えている間に、私が本当の『魔法』でお父様を蘇生《そせい》。その後、ゆっくりとラグネを倒せたらいい。だが、理想は理想。計画は計画。現実は理想通りにいかないと、誰もがよく知っている。

　ラスティアラは逡巡《しゅんじゅん》する。その果て、私の表情から固い意志を読み取ってくれたのか、時間を惜しんだのか、どちらかは分からないが承諾してくれる。

「分かった！　でも、無理しないで！　すぐ追いつくから！　私もスノウも！　マリアちゃんもディアも！　みんなっ、必ずノスフィーに追いつくから!!」

良かった。事前にラグネとは私が戦うと念を押していたのもあって、ラスティアラは納得してくれたようだ。これで私は、私の理想であるラグネと一対一ができる。

「はいっ！　あとで『みんな一緒』に、必ず合流しましょう！」

みんなを騙《だま》す形になって申し訳ないとは思う。

けど、代わりに今日は、必ず死人を一人も出さないとラスティアラに約束する。

私を含めて、誰も死なない。いつかは『みんな一緒』に会えると、私は誓う。

「…………っ！　うん、あとで『みんな一緒』にだよ！　約束だからね！……セラちゃん、二人でエルミラードを抑えるよ！　というか、速攻で倒す!!」

ラスティアラは素早く思考を切り替えて、エルミラードに反撃を仕掛けに行く。

その動きに合わせて、私も駆け出す。

――さよなら、ラスティアラ。

言葉には出さず、胸中で別れの言葉を告げた。

「――――――――ッッ!!」

当然だが、エルミラードは吼《ほ》えて、階段を上がろうとする私を止めようとする。瞬時に突風の魔法を生み出して、その風に隠れて突進してくる。

「──《ゼーアワインド》!!」

その突風の魔法をラスティアラが相殺して、セラがエルミラードの身体《からだ》に体当たりする。スノウさんと同じ方法でエルミラードは抑えつけられて、私が駆け上がれるだけの道が開けた。私は力を振り絞って、階段を駆け抜ける。

背中で戦いの音が鳴り響いた。けれど、決して振り返らずに、三十五階へ向かう。もう振り返る力すらも無駄にできない。一人になってしまった私は、ここから先の全てを、自分の力だけで切り拓《ひら》かないといけない。

「……いま、間違いなくファフナーの影響力が弱まっています。たとえ一人でも、あと残り十五階程度──！」

その自分への叱咤《しった》を言い終わる前に、階段に立ち塞がる『血の人形』が現れた。

しかし、数は少ない。

「──《ライトロッド》！」

抱えていた旗に魔力をこめ直して、迫り来る『血の人形』たちに私は振るう。正直、もう身体に力が入らない。けれど、対する『血の人形』たちも同等に弱々しかった。たった数合で、私は全ての『血の人形』を本来のあるべき血液《すがた》に戻すことに成功する。

私は油断なく、次なる敵を待ち構える。だが、続く敵は現れなかった。

足下の水位を確認する。明らかに血の量が減っていた。外部でのフーズヤーズ軍の城への総攻撃だけでは説明できない減り方だ。ファフナー本体が危機に遭い、城から血を集めているからだろう。下の仲間たちのおかげで、立ち塞がる『血の人形』は弱く、血に足を取られることもない。もはや、妨害らしい妨害はないと言っていい。

「はぁっ、はぁっ……！　よし……！」

ただ、その何もない階段を上るのが、いまの私には大仕事だった。

ラスティアラとの別れ際では走れた両足が、次第に動かなくなっていく。

足が鉛のように重い状態から悪化して、感覚がなくなり始める。

徐々に走る速度が緩んでいく。息切れが止まらない。吐く息が血生臭いを超えて、吐血を含み始めた。しかし、それでも確かに。考えられる限りの最速で、私は三十六階、三十七階、三十八階――と城の階段を上がっていく。

「はぁっ、はぁっ、はぁっ……！　はぁっ、はぁっ……！」

間違いなく、いまの私の不調の原因は『代わり』になっていることだろう。

その中でも、多くを占めているのがマリアさんとディアさんの魔力の代替だ。この二人が持っている魔力と体力だけで、フーズヤーズ全軍一万人の消費量を超えている。

しかし、絶対に二人への魔力供給だけは切れない。

いま二人はファフナーと激戦を繰り広げているところのはずだ。『光の理《ことわり》を盗むもの』である私の補助で、千年前の戦いでも上位の戦闘能力を持っていた『血の理を盗むもの』を、上階に意識を避けないほど追い詰めてくれている。

階下でみんながどんな風に戦っているのかを想像するだけで、この『代わり』は絶対に打ち切れない。なにより、長年の戦闘経験が、私が歩いている道の安全の為《ため》にも駄目だと主張していた。……頭では、よく分かっている。だが、それでも心は弱ってくる。たった数秒でもいいから『代わり』を切って一休みしたくなる。

「はぁっ、はぁっ、はぁっ、はぁっ、はぁっ……!!」

息切れに合わせて、視界が点滅し、思考がちらつく。

時々、なぜ自分が歩いているのかさえ分からなくなる。

こんなに頑張って、痛みに耐えている理由が飛びかける。

そして、その理由と入れ替わりに頭を埋め尽くそうとするのは、痛み。

私の身体が私を心配して、危険信号である痛みが頭を一杯にしようとしてくるのだ。

味方が減り、敵も減り、思考に余裕が生まれ、逆に痛みが際立つ。

ここまで考えないようにしてきたけれど……、正直、とても痛い。

ぶすりぶすりと、何度も身体に穴が空いては塞がっているのだ。凄《すご》く痛い。

ずっと身体が痛い。痛くて痛くて堪《たま》らない。時間が経《た》てば経つほど、歩けば歩くほど、その痛みは増していく。

痛くて痛くて痛くて、涙と汗が私の意志と関係なく垂れ始める。

痛くて痛くて痛くて、それだけで頭が真っ白になる。

お腹《なか》が痛い。頭が痛い。腕が痛い。足が痛い。もう頭の中には、痛いしかない。痛くて痛くて痛くて、痛い理由さえも分からなくなって、痛いって言葉の意味が分からなくなって。最初に飛びかけた痛みを耐える理由が、今度こそ消えかけて――

「はぁっ、はぁっ、いいえ――はぁっ、はぁっ、はぁっ！　絶対に、わたくしは――!!」

いや、理由だけは見失わない。だから、私の歩みは絶対に止まらない。

どれだけ痛みで頭が真っ白になっても、その理由が消えることだけはないだろう。

なにせ、その理由とは『理を盗むもの』たちにとっては、『未練』と呼ばれる代物だ。

いま私の中には、それがたくさんある。

あの人の言葉が。あの人の顔が。あの人の声が。

あの人の全てが、いま、私の中で輝いている。

『光の理を盗むもの』である私を、助け続けてくれている。

そう。それは例えば、『魔法』でラスティアラから譲り受けて、代わりに負った想《おも》い。

――初めてラスティアラ・フーズヤーズが相川渦波《あいかわかなみ》に助けて貰ったときの思い出が、いま私の中にもある。

かつてラスティアラはフーズヤーズの儀式で、その魂を失いかけた。しかし、お父様の言葉に救われて、その姿に憧れて、その手を引かれて、やっと自分の物語を始めることができた。

――いま、自分が生きているのはカナミのおかげ。

だから、私はカナミを救ってあげたい。そう彼女は願い――

だから、私もお父様を救ってあげたい。

「ま、だ……――」

想いが交じり合って、重なる。ラスティアラの思い出に助けられて、『光の理を盗むもの』としての力が増し、俯《うつむ》きかけた顔をあげた。

道のりは、まだ長い。十階以上も残っている。

私は痛みで一杯の頭の中に「歩け」と一声だけ通して、足を進ませる。

死に体である私が動ける理由は、もう本当に単純だった。

いま、私はラスティアラの想いを『代わり』に背負っている。

お父様を助けたいという願いを預かっている。

だから、死ねないし、立ち止まれない。

私はラスティアラの想いから、また一つお父様の格好いいところを知って、笑みを浮かべた。笑って、血濡《ぬ》れの階段を上がっていく。三十八階から三十九階、四十階へ――

「――――っ！」

途中、私の意志に関係なく、身体が倒れかけた。

私は『光の旗』で身体を支えようとして、もう《ライトロッド》さえ維持できていないことに気付く。咄嗟《とっさ》に私は、階段の横にある手摺《てす》りを掴《つか》み、もたれかかった。

手摺りを掴む私の手の甲を見ると、もう皮膚が残っていなかった。

ずっと戦場の斬り傷を『代わり』に負っては回復しての繰り返し。

肉が離れる度に、肉をくっつけた。肉が崩れる度に、肉を整えた。その無茶な行為の結果、もう皮膚が修復されなくなったようだ。

変色した赤黒い肉が露出している。当然、その皮膚のない手にも生傷はあって、血が流れ続けている。視線を手の甲から足元に移す。周囲の状況のせいで気付くのが遅れたが、尋常でない量の血液が全身から流れ出ていた。

どうやら、血を失い過ぎたせいで私は倒れかけたようだ。

それを確認すると同時に、点滅していた視界が灰色になる。

さらに色さえも失って、真っ黒に。急に眠たくなる。意識を失いかける。

その感覚を知っていた。

ただ、私は知らない。私は知らないけど、『私』がよく知っていた。

それは『魔法』でディアさんという『私』から、譲り受けた想い。

――初めてディアブロ・シスが相川渦波に助けて貰ったときの思い出が、いま私の中にもある。

かつてディアさんは故郷から逃げた際に、その人生を諦めかけた。しかし、お父様に迷宮へ誘われて、新たな『俺』を認めて貰えて、やっと自分の物語を始めることができた。

――いま俺が俺を失わずに生きているのは、カナミのおかげだ。

だから、『私』はカナミに恩を返したい。そう彼女は願い――

だから、私もお父様に恩を返したい。

そのディアさんから預かった想いのおかげで、私は飛びかけた意識を引き戻す。

暗転しかけた視界を取り戻す。そして、もう一度手の甲を見る。もうそこに赤黒い肉はなかった。光のように真っ白な色で染まっていた。

ただ、それはもう人のものではない。取り返した視界で確認する限り、モンスターの肌だ。蛇の白い鱗《うろこ》が手を覆っていた。

固い鱗が止血をしてくれて、私を延命させている。

その白い右手で手摺りを伝い、私は階段を上がる。

途中、身体から零《こぼ》れる血を少しでも減らそうと、最も痛む腹部に左手を当てた。

ぱっくりと開いた傷口から、いまにも腸がずり落ちる瞬間だった。慌てて、私は腸を体内に戻して、他の臓器が落ちないように足だけでなく手にも力を入れる。

もう私は『半死体《ハーフモンスター》』を拒否することはなかった。

醜いモンスターの姿になってでも、果たすべき願いが私にはある。

腹部の傷を、人間の赤い肉ではなく、モンスターの変色した肉が塞いでいく。

しかし、またすぐに戦場の『代わり』に負う傷が、そのモンスターの肉をも裂いていく。『半死体《ハーフモンスター》』になっても、また斬り刻まれては回復するの繰り返しが始まるだけだった。死を免れる限り、逆に痛みは蓄積されていく。

正直、もう痛みが痛みを超えている。

身体はバラバラにならずとも、心がバラバラになりそうだ。

頭の中は真っ白でも真っ黒でもなく、人ならざる悲鳴だけで一杯になっている。もうまともな言語を思考するのも難しい。視界の情報を認識するのも難しい。

いま目に映るもの。それは階段と血。

血、血血血。血が一杯で、頭がおかしくなりそうだ。

血まみれの体が血まみれの階段に溶けそうな幻覚に襲われる。

こんなにも血ばかりだからいけないのだと、血を啜《すす》って減らそうなんて名案が浮かぶ。

ただ、すぐに血迷っている自分に気付き、血の中をまた進む。上も下も、右も左も、どこも血だらけ。血、血血血、血血血血血血血血血、血血血血血血血血血血──

真っ赤な血の狂気が、心を覆い尽くしかける。

しかし、なんとかなる。だって、私には私たちの想いがある。

それは『魔法』でマリアさんから譲り受けた真っ赤な想い。

──初めてマリアさんが相川渦波に助けて貰《もら》ったときの思い出が、いま私の中にもある。

かつてマリアさんが奴隷となったときに、その手が掬《すく》い上げてくれた。そして、嘘《うそ》だらけの煉獄《れんごく》に呑《の》まれても、お父様に本当の名前を伝えられて、やっと自分の物語を始めることができた。

──いま私が家族を好きと想い続けられるのは、カナミさんのおかげです。

だから、私はカナミさんの力になりたい。そう彼女は願い──

だから、私もお父様の力になりたい。

もしも、お父様が苦しんでいるのならば、その苦しみを取り除いてあげたい。

狂気に飲まれかけているのならば、それを優しく受け止めてあげたい。

お父様の何もかもを、私が『代わり』に負ってあげたい。

マリアさんの想いのおかげで、少しだけ余裕ができた。

また口元を緩ませている内に、私は四十三階まで登っていた。

もちろん、気が紛れたのは一瞬だけだった。

すぐに心身の痛みと狂気は襲ってくる。

私という自我を消滅させようと、その心を折りにくる。

また気の狂いそうな痛みが繰り返されて、私は痛む部分を捨てたくなる。

いますぐ、この腹を千切って捨てたくて堪らない。この手も足も、腕も頭も捨ててしまいたい。あらゆるものをないものにして、この苦しみから逃れたい。

そして、それをやれるだけの膂力《りょりょく》が私にはある。首を捥《も》いで、もうこれ以上頭が身体《からだ》の痛みを感じないようにできる。けれど、その寸前で私は、また譲り受けた想いに頼る。

それは『魔法』でスノウさんから、譲り受けた想い。

――初めてスノウ・ウォーカーが相川渦波に助けて貰ったときの思い出が、いま私の中にもある。

かつてスノウさんが繰り返す失敗に心が折れていたとき、その支えになってくれた。これから先、何度失敗しても助けるから諦めることはないと約束されて、やっと自分の物語を始めることができた。

――いま私が私らしく挑戦し続けられているのは、カナミのおかげだよ。

だから、私はカナミを支えてあげたいんだ。そう彼女は願い――

だから、私もお父様を支えてあげたい。

ありがとうと、私は心の中でスノウさんにお礼を言う。

自らの首をへし折る寸前、また私は笑みを浮かべて、四十四階に続く階段を上がっていく。ただ、未《いま》だに痛む部分を捨てたいという自殺願望は止まらない。

痛みが止まらない限り、死は甘美であり続ける。

ふと視線が、遠くにある城の窓に向いてしまった。

ファフナーの血の壁に塞がれて、外の空は見えない。なので、私は階段近くにある吹き抜けに目を向けて、その底のない闇を見つめた。

飛び降りたい衝動に襲われる。ここから落ちてしまえば、何もかもが終わりだろう。この尋常じゃない痛みからも解放される。その誘惑の中で、とても古い感情を私は一つ思い出す。

――それは私の中に最初からある思い出。

それは『魔の毒』の研究所の中、死体の山に囲まれて、初めて目を覚ました日のこと。

私を造った三人の使徒に自分が『魔石人間《ジュエルクルス》』だと教えられて、自分の使命を伝えられたときも、私は飛び降りたい衝動に襲われていた。

あのときの私は、感情が未発達で困惑するばかりだったけれど、いまの成長した私ならば分かる。あの日、私は死にたがっていたのだ。いや、正確には、生まれてすらいない自分が生きているのは何かの間違いだと思っていたのか。なにせ、初めて目を覚ませども、周囲に親はいない。

祝福の一声もなければ、誰も私の名前を呼ぶこともない。「生きて」と願われるどころか、見ず知らずの人間の『代わり』にする為《ため》の道具だと言われた。どこにも愛情というものは一切なかった。

そんなものを私は、断じて誕生とは認めない。

だから、あのときの私は空虚だった。空虚過ぎて悲しくて、無意味過ぎて笑えてきて、無性に消えたくなって、城の窓から飛び降りたかったんだ。

きっと、苦しかったんだと思う。

心が痛かったんだと思う。

日々が辛《つら》かったんだと思う。

世界が暗かったんだと思う。

自分が怖かったんだと思う。

だって、生きているのに生きていなかったから――

「…………っ!!」

階段を歩く足が止まりかける。あのときの感覚を思い出してしまい、私の中にある自殺願望が急膨張する。いまにも手摺りを乗り越えて、吹き抜けへ飛び降りたくなった。

しかし、その前に私は両手を胸に当て、しっかりと思い出す。

もう空虚ではない。だって、いま私の中には、みんなの想《おも》いがある。

もちろん、それだけじゃない。

——初めてノスフィー・フーズヤーズがお父様に助けて貰ったときの思い出が、いま私の中にある。

昨日、私が悪い子になって、お父様に殺されようとしていたとき、その手を伸ばしてくれた。悪い子でいいよと許してくれて、命懸けで私を止めてくれたから、やっと自分の物語を始めることができた。

——だから、今度は私の番。

私は私の想いに助けられて、全ての誘惑を払い除《の》けた。

手摺りを伝って、四十五階まで上がり切り、ちらりと目を横に向ける。

お父様と戦った大部屋だ。この部屋は千年前の部屋と全く同じ高さに、全く同じ造りで再現されている。そのせいか、今朝のお父様との戦いだけでなく、千年前のお父様と過ごした日々も脳裏に浮かんだ。

かつて使徒シスとの戦いに惨敗したお父様は、一度夢遊病のような状態となった。そのお父様と一緒に私は食事をしたり、一緒に城の庭を散歩したり、一緒の部屋で就寝したり、色々とお世話をさせて頂いた。その果てに、やっと私は名前を貰えた。

『——ノスフィーなんてどうかな？　これはちゃんと人の名前っぽいと思うんだ。君によく似合う』

ノースフィールドという役割でなく、ちゃんとした人の名前だ。期待していた人から期待していた言葉を貰って、私は涙を浮かべるほど喜んだのを覚えている。嬉《うれ》しい嬉しいと、何度も繰り返したのを鮮明に思い出せる。

本当に嬉しかった。その瞬間からもう、私に空虚なんて言葉は消えた。

私の名前はノスフィー。ノスフィーとして、ちゃんと世界に存在する。この名前がある限り、私は生きていてもいい。『いないもの』じゃないと分かった。

思えば、私は千年前にも救われていたのだと思う。

他のみんなと違って、ノスフィー・フーズヤーズはお父様に二度救われている。

──だから、私はお父様にも生きて欲しいと、強く強く願う。

その想いが、まるで『魔法』のように背中を押してくれて、私は部屋を後にする。

いま自分は過去最悪の状態でありながら、過去最高の状態に近づいているのを感じた。

未だ私の身体の状態は変わらないどころか、一秒毎《ごと》に悪化している。けれど、全身に力が漲《みなぎ》り始めて、歩く速度が上がっていた。

ああ、やっと……。やっと『光の理《ことわり》を盗むもの』として私は、ヴィアイシアで見た友ティティーと同じ領域に至りかけている……。それが自分でよく分かる。

その新たな力に任せて、私は想い出の四十五階を通り過ぎ──四十六階、四十七階、四十八階と進み──とうとう五十階まで辿《たど》りつく。

ようやくフーズヤーズ城の最上階だ。

あと少し……。あと少しで、私の最後の役目が果たせると喜びつつ、最後の回廊を壁伝いに歩き、『元老院』の部屋の扉を開いた。

そこは、ここまでのどの場所よりも赤く、濃く、鮮やかな血で溢《あふ》れていた。扉を開けた瞬間、部屋に溜《た》まっていた血が回廊に流れ出して、危うく私は転びかけてしまう。

「――――っ！」

そして、その隙を突かれる。

部屋の中で待ち構えていた醜悪な化け物が動く。それを認識した瞬間にはもう、『元老院』の部屋にいた例の『何か』が、私に向かって触手を一つ振るっていた。

消耗に消耗を重ねていた私は、それを防御できない。予測していなかったわけではない。ただ、予測していた以上の速さとおぞましさだったのだ。

待ち構えていた『何か』は、通常の何倍もの大きさを誇り、その形状も一際異常だった。ここに来て過去最高の生理的嫌悪が全身を走り、私の身体は硬直してしまった。その隙を、触手の先にある刃は突く。手に持った旗での防御は間に合わなかった。

「ぐっ――、ぁあアァッ――！」

胴体を斬られて、あっさりと上半身と下半身に分かれてしまう。

私は入室と同時に浮遊感に襲われて、そのまま床に倒れ落ちた。

顔面が血の浅瀬に埋もれる。ただ、ここまで来ると、もう身体の痛みは変わらない。私は冷静に自分の状況を整理して、次にすべきことを考えることができた。

なんとか私は両手を動かして、上半身だけでも動こうとする。

しかし、顔をあげた先には、私を攻撃した『何か』が目前に迫っていて、もう一度血の触手を振るおうとしていた。ここは旗で迎撃——いや、この状態で接近戦は無理だ。

違う魔法を発動させるしかない。暴発でもいい。

どうにか魔法で相手を遠ざけて、それから——

その思考の最中。ぺちゃりと、背後から音がした。

その音を聞き、私は首だけを動かして、後方を確認する。そこにはさらなる敵がいた。『血の人形』が一体立って、その手に持った血の剣を上段に構えていた。

挟み撃ちだ。これでは、どちらかを魔法の暴発で吹き飛ばしても無駄だ。

——不味《まず》い。

不味い不味い不味い。このままだと、四肢がバラバラにされてしまう。死にはせずとも、行動不能になってしまう。痛いのは、構わない。下半身だって、もう正直要らない。

けれど、最低でも屋上へ向かう為に腕一本は要る。

一本だけは残して、血の池を這《は》ってでも向かわないと——

「————っ!?」

いかにして腕一つ残して、この挟撃を捌《さば》こうかと私が考えていたとき、その心配が全て吹き飛んだ。後方の『血の人形』が疾走して、私の上を飛び越えて、『何か』の触手を血さらには『何か』相手に一歩も引くことなく、その剣で逆に両断しにかかる。

狭い『元老院』の部屋の中で、血と血の剣戟《けんげき》が始まった。

「え……？　い、いや、いまは……」

驚くよりも先に、私は床を這って自分の下半身まで辿りつき、回復魔法を使って応急ながらも接合を始める。ただ、いかに私といえども、完璧に元通りとはいかない。身体の特性を使って、今日一日は動くように魔力を込めていくので精一杯だ。

「はぁっ、はぁっ、はぁっ……！」

縫合が終わると同時に、『血の人形』と『何か』の戦いは終わっていた。

『血の人形』が『何か』を討ち果たし、ただの血に還《かえ》していた。

異常だ。明らかに部屋で待ち構えていた『何か』は特製だった。

ファフナーがラグネを守る為に用意した最後の砦《とりで》だったと思う。

それを打ち倒したこの『血の人形』は『理を盗むもの』ほどではないが、階下にいる『天上の七騎士《セレスティアル・ナイツ》』たちに匹敵する強さはある。

戦いを終えた『血の人形』は、こちらを向いた。そして、微動だにしない。

まるで誰かに仕える騎士のように、とても静かで紳士的だった。

私が動き出すのを待っているようにも見える。

この『血の人形』は何者だろうか。おそらく、ファフナーは魔法で、過去に死んだ騎士の剣で斬り払ったのだ。

たちを無差別に呼んでいる。ならば、こいつは千年前に私に仕えた騎士の誰かか？　私に恩がある誰かが、ファフナーの命令を無視している？　いや、無視なんてできるはずがない。それで無視できてしまうのならば、多くの『血の人形』が反逆している。

この騎士は命令を守った上で、私を手助けしてくれているはずだ。

ならば、与えられた命令は何だろう。『敵を殺せ』か、『屋上へ通すな』？　あと他にあるとすれば、『ラグネ・カイクヲラを守れ』くらいで――

ぺちゃりと、また血の弾《はじ》ける音が聞こえた。

『血の人形』は一歩も動いていないが、顔を動かしていた。

私でなく、屋上へ続く階段を見ている。

表情は血塗《ちまみ》れで全く窺《うかが》えないが、何かを心配しているような感情を彼から感じた。しかし、名前も知らなければ、顔も見えない相手の真意は測れない。

「いえ……、構いません。先へ急ぎましょう……」

その感情の行き先を理解しきれない私は、彼の正体を看破するのを諦めた。

それよりも、私は自分の役割を果たすのを優先すべきだった。

接合したばかりの身体《からだ》を動かして、『血の人形』に一礼する。

まだ歩くのは難しいが、部屋の壁に手を置くことで、なんとか最上階から屋上へと続く階段まで辿りつくことに成功する。

身体を確認しなくも分かるが、もう私は人間ではないのだろう。

先ほどのダメージを境に、私は『半死体《ハーフモンスター》』になり切ったのだ。

「はぁっ、はぁっ、はぁっ、はあっ……」

ずるりずるりと蛇種特有の下半身を動かして、石造りの狭い階段を上がっていく。

壁に手をつき、血の息を吐き、傷口から血を失って、命を削り続け、血の中を少しずつ少しずつ、一段一段登っていく。

その果てに、私は辿りつく。『元老院』の部屋の上へ。

フーズヤーズ城の屋上。この世界の『頂上』まで。

階段から出て辿りついた瞬間、真横から風が吹き抜けた。

それは雲も混ざった天空の風。全身を凍らせる夜風が前髪を攫《さら》い、同時に全身の熱を奪っていった。夜と高所が合わさり、その冷たさは肌を痺《しび》れさせる。

ここまで長かった。階段の話ではなく、ここまでの道のり全てが、本当に長かった。

しかし、やっと私は人生の『頂上』に辿りついた。

ここから先は、もうない。ここで私は終わり。

私の終わりの場所は、とても暗かった。

大聖都が光を失ったいま、屋上は本当に暗い。

泥のような闇が空に渦巻き、焼け切った黒炭のような雲が流れて、漆黒の宝石の中のように視界全体が澱《よど》んでいる。その暗闇に響く風切り音は、この血塗れの足元と合わせて、まるで冥府からの呼び声のようだ。

心の弱い者ならば、ここに立っているだけで死を連想してしまうかもしれない。

もちろん、私は平気だ。確かに、いつかは暗闇が恐ろしくて堪《たま》らなかったこともある。ベッドの中、いくら《ライト》で照らしても、魂が怯《おび》え続けたこともある。生きている意味が分からずに大泣きしたことだってある。

けれど、もう平気だ。ここまでの道中で、色んな想いをたくさん確認できた。

《ライト》はなくとも、世界に光を感じられる。

「――魔法《光の御旗《ノスフィー・フラク》》」

だから、私は光の旗を構築する。それを松明《たいまつ》のように扱って、屋上を歩く。目指す先は、最終目標となるお父様――ではなく、その死体の傍《そば》にいるラグネ。

ラグネも、こちらを見ていた。私が屋上に現れたのを感じ取り、何らかの魔法を中断して、お父様の身体に差し込んだ腕を抜いた。

そして、こちらに向かって、歩き始める。その顔は今朝と違うように見えた。

ラグネのスタンス上、無駄な問答は一切なく、殺し合いだけをもって、私の全てを奪うのだと思っていた。

しかし、いまの彼女の顔に殺意はなく、それどころか対話の意志さえ感じられた。

徐々に私とラグネは近づいていく。そろそろ挨拶でも交わそうかという距離に入ったとき、彼女は口を呆然《ぼうぜん》と開けてしまう。

「――え？」

足を止めて、その目を見開いて、私――でなく、私の後ろを見た。

ラグネは立ち止まり、前方に手を伸ばした。

すぐに私は振り返り、彼女の目線の先にあるものを確認する。そこには先ほど助けてくれた『血の人形』が、私の背中を守るように立っていた。

その『血の人形』に、ラグネは目を奪われている。身体を震わせ、瞳を揺らし、縋《すが》るように小さな声を一言「――リエル様？」と名前らしき単語を発した。そして、ラグネが『血の人形』に近づこうと一歩、前に踏み出したとき、

「あ――」

『血の人形』は首を振り、形を崩した。ただの大量の血液となって、屋上の床にある血の浅瀬に混ざって消えていく。その光景を見たラグネは呆《ほう》ける。

はっきり言って、無防備だ。だが、私は彼女に襲いかかることはなく、声をかける。

「……いまの方は、ラグネの知り合いなのですか？」

ラグネはハッと我に返り、その口を閉じて、真剣な眼差《まなざ》しを私に向ける。

「ノスフィーさん……。もしかして、いまの騎士が、ノスフィーさんをここまで連れて来たっすか？」

ラグネは私の質問には答えず、逆に聞き返した。彼女との『話し合い』を目的としている私は、特に気にすることなく正直に答えていく。

「はい、そうです。危ないところを助けて頂きました」

「そうっすか。彼が、ノスフィーさんを助けたっすか……」

ラグネは僅かに眉を顰《ひそ》めて、微笑した。その神妙な声から、彼女にとって先ほどの『血の人形』は核心に触れるもので、同時に予定外なものであったと分かる。

ラグネは出端《でばな》をくじかれたのか、それとも別の理由があるのか。らしくもなく、私の望む『話し合い』を続けてくれる。

「それで、ノスフィーさんのその姿……。えっと、モンスターのスネイク系っすかね？　久しぶりに見たっす。迷宮の低階層に出てくるやつっすよね？」

とても場にそぐわない話題を投げかけられてしまった。

私に聞きたいことはあるのだろう。しかし、その本題が上手《うま》く切り出せない。

その様子は、お父様の姿を少し思い出してしまう。聞けば、大事な何かを崩してしまう気がして、どうしても遠回りな話をしてしまう。勘違いでなければ、いまのラグネも、そんな風に見えた。

「ええ、これがわたくしの本来の姿です。千年前だと蛇人《ラミア》という種類にあたる『魔人』になりますね」

私は自分の姿を恥じることなく認めた。この身体のおかげで、ここまで来れたのは間違いない。感謝することはあっても、否定することはない。

「……なんか、随分と変わったっすね。今朝とは別人みたいな表情っす。もしかして、私の言ったこと、分かってくれたっすか？　その『不老不死』は、私かノスフィーさん、より強いほうが、有効活用すべきだって」

「すみません、ラグネ。今朝から、わたくしの答えは変わりません。わたくしは――いや、わたくしたちは『相川渦波《あいかわかなみ》を助けたい』。『光の理《ことわり》を盗むもの』の本当の『魔法』は、わたくしでもラグネでもなく、お父様に使います。必ず」

今朝と比べて別人みたいなのは当然だ。いまの私は、仲間たち全員の『代わり』に、ここに立っている。いわば、魂がノスフィー一人で構成されていない状態だ。

「必ずっすか。正直、ずっと半信半疑だったっすけど、その『魔法』とやらで本当に生き返るんすか？」

ラグネの返答は私の予想していたものと違った。今朝以上の激昂《げきこう》が返ってくると覚悟していたが、とても冷静だった。自信をもって断言し続ける私に、前提を一つ確認してくる。

今朝と別人なのは、むしろ私よりもラグネのような気がしてくる静かさだ。

「絶対に生き返ります。わたくしの盗んだ理の力は最初から、それが全てだったのです」

その蘇生《そせい》の『術式』は一工程で、さほど魔力も使わない。そう時間もかからないだろう。いつも通りに『詠唱』して、『代わり』になって、それだけで生き返る。

その魔法の単純さを、ラグネは読み取ったのだろう。乾いた笑いを零《こぼ》していく。

「へー。ははは、本当に『人』って生き返るんすねー……。それも、結構あっさりと……。は、ははは。ははは。ははははは」

ラグネからすれば、ほぼ全てを懸けて殺した怨敵の復活となる。

その皮肉めいた現実に、ショックを受けているようだ。

そして、さらに目を虚《うつ》ろにして、彷徨《さまよ》わせる。自分の後方にいるお父様の死体と私の後方で消えた『血の人形』の跡。なぜか、この二つを見比べている。

「ははは。それで、この期に及んで、まだ私を惑わせるつもりっすか？　私かノスフィーさんじゃなくて、リエル様も？　さっきのママといい、『親和』の邪魔といい、ほんとにもう、さあっ……!!」

……！　ほんとにもう、さあっ……!!」

苛立《いらだ》たしげにラグネは頭を掻《か》き毟《むし》った。その様子から、いま彼女は心の底からの言葉を吐いている。私の魔法が良くも悪くも効いている。そう私は思った。

私は手に持った光の旗を強く握って、さらに効果を強める。

この魔法《光の御旗《ノスフィー・フラグ》》の効果の中には、光属性の真骨頂ともいえる力がある。それは光の魔法の基礎であり、私が陥っている『代償』でもある。

――光の魔力は、人を『素直』にする。

自分自身も敵も『素直』にして、戦いではなく『話し合い』での解決を誘発する。

まさに世界平和の為《ため》だけの属性。それが光。

その光の専門家である私が、命を犠牲にして過去最高の光を大聖都全体に撒《ま》き散らしているのだ。いま大聖都は、歴史上で過去最高に優しい空間となっているだろう。

兵士たちも仲間たちも、ファフナーも私も。もちろん、ラグネも例外ではない。

全てが、私の光の対象だ。

ゆえに、いましかないと私は思っている。誰よりも『素直』でないであろうラグネを相手にできるのは、この『光の理を盗むもの』の最後の輝きの瞬間しかない。

私は十分な勝算を確認したあと、先ほどラグネが口にした二つの名前を繰り返す。

「ラグネ。そのママとリエル、この二人があなたにとっての大切な人なのですか？」

全く聞いたことのない名前リエルに、私たちの誰も会ったことのないラグネのママ。この二人がラグネ・カイクヲラの芯となっていると予測し、問いかけた。

「……………」

口の達者なラグネが黙りこむ。

私は自分の予測が外れてはないと確信して、さらに深く聞いていく。

「いま、この大聖都にいない二人……。この二人とラグネは再会したいのですか？　再会して、一緒に故郷に帰って、三人で暮らしたいと……もし、そう思っているのならば、あなたが進むべき道は間違っています。その願いは『風の理を盗むもの』であるロード・ティティーとよく似ています。その心の閉塞感を晴らすには、こんな『頂上』でなく、一度故郷へ戻って――」

「違うっす、ノスフィーさん。私は故郷なんて、どうでもいいっす。大事なのは『一番』になることだけ。そこに大切な人が待っているかどうか、確認すること。そう、確認するだけで、私はいいっす。それが私の子供の頃からの『夢』っすから」

ラグネと付き合いの長かったラスティアラたちは、ラグネの真の目的は『故郷の復活』

か『実母との再会』ではないかと言っていた。だが、それは間髪容《い》れずに否定されてしまった。仕方なく、私は違う切り口を探していく。

「しかし、もうあなたは十分に『一番』でしょう。ここは『頂上』で、あなたは誰よりも上に立っている……。単純な強さで言っても、『一番』です。いまやあなたは、この城にいる誰よりも強い」

「まあ、そうっすね。正直、ここが普通は『頂上』っすよねえ。ははは」

いまラグネは腰に『アレイス家の宝剣』と『ヘルミナの心臓』を佩《は》き、さらに闇と木と風の『理を盗むもの』の魔石も所持し、その全てから力を引き出している。

私はラグネこそが現在の世界最強であると本気で思っているし、彼女も自負していた。

しかし、ラグネは『最強』で『頂上』で『一番』でありながら、足りないと首を振る。

「けど、絶対に違うっす。だって、まだ私の世界は暗いっす。……暗いんすよ。ここにママはいなかったし、私の人生は終わらなかった。この『頂上』には、何もなかったっす。いや、あったかもしれないけど、何の価値もなかった。値打ちがなかった。だから、ここは『一番』じゃない。そんなわけがない。――絶対に違う」

独特な理論で、さらに強い否定が返ってくる。感情的な上、言葉が抽象的過ぎる。およそ、他人に伝わりようのない話だ。だが、その荒々しい気持ちが、私には薄《うす》らと分かった。

明るい光を前にして暗く感じてしまうのは、私にも経験がある。頑張っても頑張っても世界は暗くて、生きているという実感が全くしない日々。

色々あって、そこから私は抜け出せた。けど、まだラグネは一度も明るいところへ出たことがないのだろうか。そうでなければ、ああも見事に『理を盗むもの』たち全員と『親和』できるはずがない。いや、それどころか、この少女は下手をすれば、他の『理を盗むもの』たちの全てを――

「大丈夫っすよ、ノスフィーさん。それでも、なんとか私はやれてるし、ゴールだってすぐそこっす。『一番』まで、ほんとにあとちょっとなんっすよ」

その私の心配する目を見て、その必要はないと、すぐにラグネは強がった。

やはり、彼女は違う。常に誰かに助けを求めている『理を盗むもの』との違いを、はっきりさせないといけない。

「……そのラグネのゴールとは、一体何なのですか？」

「今朝も言ったっすよね。殺し続けて、世界に誰もいなくなって、独りになれば『一番』だって。いまの私がファフナーさんと協力すれば、そう難しくないことっす」

殺せば『一番』になれると、軽くラグネは言う。お父様と『元老院』、さらにフーズヤーズという国を殺して、それでも駄目なら全てを殺すらしい。

『話し合い』をすると強く覚悟してきた私だが、一瞬返す言葉を失ってしまう。

以前から分かっていたことだが、ラグネは人を殺すことでしか物事を考えられない節がある。人を殺して、その人の価値を奪って、人として成長することが、人の生き方であると信じ切っている。だからこそ、そのスキルと力が、それに特化している。

その魂に染み付いた価値観を、私は正せるだろうか。

いや、そもそも、それは本当に間違っているのだろうか。

他人が気軽に否定していい価値観かさえも、まだ私には決められない。そして、私が言葉を失う間も、彼女は身の全てを吐き出すように『夢』を語っていく。

「世界のありとあらゆるものを殺し尽くして……。この世界の裏で糸を引くやつも引きずり出して殺して……。殺して殺して殺して！　私は『最後の一人』になるっす！　そうすれば、もう誰も文句のつけようのない『一番』っすからね!!」

私の光のおかげか、彼女の言葉は軽くなかった。『素直』で、ちゃんと中身がある。

だから、分かる。いまラグネに罪悪感は全くない。

過程で死んでいく人々の気持ちを、彼女は考えることができない。いや、死んでいく人々を惜しむことは、むしろ侮辱だと思っているのかもしれない。

――彼女は、そうできている。

お父様と同じだ。この歪《いびつ》に強固過ぎる作りを、自分では疑えなくもされている。

でないと説明がつかない『矛盾』が多い。

「その為にも、『不老不死』は大切だって言ってるっす！　この私が！　使徒でも『理を盗むもの』でもなく、『異邦人』でもない！　この世界に生まれた、この世界の代表の私が！　この世界の何もかも壊して！　世界の仕組みも全て否定して！　裏で糸引いていたやつらを全員殺す！　もちろん、そのときにはノスフィーさんの人生のことも謝らせてやるっすよ！　だから――!!」

そして、その『矛盾』をラグネは全て理解した上で、生きているようにも見える。

自分は道を間違えていて、果てに破滅が待っていて、全て何の意味もない戦いだと分かっていて、それでも『一番』を目指すように――

「だから、手伝ってくださいっす！　ノスフィーさん!!　カナミじゃなくて、このラグネに！　このラグネの力になってくださいっす!!」

ラグネは全てを吐き出して、最後に協力を求めた。

心からの要請だ。ここまでの言葉全てに、偽りは全く感じなかった。

お父様のときと同じくらいの『話し合い』だった。

ただ、心と心をぶつけ合った末にわかったのは、ラグネ・カイクヲラとノスフィー・フーズヤーズの生き方と信念が、鏡を前にしたかのように真逆であることだけだった。

「ラグネの言いたいことは分かります。もしかしたら、あなたの言い分が一番正しいのかもしれません。いまのあなたからは、わたくしたち『理を盗むもの』のような弱さと間違いだけではなく、『人』としての強さと正しさも感じます。……ただ、わたくしにはできません。できないのです」

私はラグネの後方にある台座で横たわるお父様に、視線を向けた。

釣られて彼女も見て、私と似た温かな表情を見せる。

「分かっていて。それでも、あれを……。カナミのお兄さんを、生き返らせるんすね」

「わたくしはお父様と家族です。やっと、わたくしはわたくしの家族を得ました。その家族を見捨てることだけはできません」

　はっきりと断言する。それをラグネは微笑で受け止めた。

　先ほどの『血の人形』を見たときの表情に似ている。まるで、そうなることは分かっていたかのような穏やかな微笑で、彼女は忌々しく悪態をつく。

「……家族。ああ、家族っすか。誰も彼もみんな、家族家族……。家族、家族家族家族。ああ、ほんとくだらないっすね。そんなこと、言われなくても分かってるっすよ」

　ただ、否定はし切らない。そこに希望を感じて、私は言葉を続ける。

「ラグネ……！　きっと家族だけが、あなたの感じる暗さを払ってくれます！　わたくしも、同じ『理を盗むもの』のティティーもアイドも、誰もが！　ラグネと同じ暗い世界を歩いていました！　けれど、家族が救ってくれたのです!!」

「家族。救ってくれる家族っすか……」

「ラグネ、あなたのママについて話を聞かせてください。何かわたくしにできることがあるかもしれません。納得がいくまで『話し合い』をしましょう。『未練』がなくなるまで相談しましょう。全員が救われる解決策を探しましょう。だって、ここに敵なんていませんん。わたくしはあなたの敵ではありません。むしろ、逆です。私はあなたを助けに来た……!!」

　その言葉を証明する為に、私は武器である旗を近くの地面に突き立て、血塗《ちまみ》れの手を前に伸ばした。それは私にできる最大の好意の表現だったが、ラグネにとっては逆だったようだ。侮辱されたかのような表情を見せて、笑う。

「ははは。ノスフィーさんまで、あのクズたちと同じことを言うっすか？　そういうのが胡散臭《うさんくさ》いんすよ。さっきから、本当に胡散臭い。胡散臭い胡散臭い胡散臭い――」

「確かに、そう言いたくなるのも分かります。それでも、信じてください。お願いします。どうか、わたくしのことを信じてください」

甘言を弄することはできる。私は洗脳や扇動の専門家と言ってもいい。しかし、決してその類の技術《スキル》を使わず、飾りのない言葉だけをかけ続ける。

ラグネを救うのに――いや、『理《ことわり》を盗むもの』を救うのに必要なものを、私は一番近くで見せてもらった。それに倣い、私は無防備に、一切の魔力もなく、彼女に近づいていく。

ただ、手だけを彼女に伸ばす。

「ははは。……それでも、信じる？」

ラグネは私の全てを曝《さら》け出した言葉を聞き、口に出して反芻《はんすう》していた。

聞く耳を持ってくれている。できる限り私の『話し合い』に付き合おうとする意志がある。だからこそ、ラグネは顔を顰《しか》めて、唇を一度だけ強く噛《か》む。

そして、視線を彷徨わせる。空と地面、自分の足元と私の足元――どうにか、自分の納得できそうな心の着地点を探しているような――そんな目の動きだった。

「――家族を、信じる――」

そして、最後に顔を僅かに逸《そ》らし、背後のお父様を見て、小さく呟《つぶや》いた。

瞬間、ラグネの魔力が膨らみ、私の前髪が前に揺れた。

ずっと静かだった彼女の魔力が地鳴りのような音を出し、その色を変える。

今朝と同じ黒に染まり、強い引力を伴っていく。

もう一つ屋上に穴が空いたかのように、床に広がる血液を全て吸い込み始める。

その黒い魔力の中で、彼女の双眸《そうぼう》が光り、細い声が響く。

「それでも、信じるなんて、そんな……。信じられたら、私とお兄さんは……こんなことになってない。……信じたくても、その材料がなかった。むしろ、真実は逆ばかり。何もかも望んだ逆ばかりで……。だから、信じ続ける振りをするしか、もう……――」

いまも尚《なお》、私の後方で『光の御旗《みはた》』は輝いている。

夜の闇を払い、屋上全体を昼に変えるほどの明るさだ。

しかし、その光を全て、ラグネの黒い魔力が弾《はじ》いていく。暗いと嘆く彼女自身が、照らす光を拒否して、その身体《からだ》を覆い隠していく。――隠れた。当然だが、彼女の表情が一切読み取れなくなる。もう無駄だと言わんばかりに、『話し合い』に必要なものが消えていく。そして、ラグネの口から、とうとう冷たい言葉が漏れてしまう。

「――ノスフィーさん、大嫌いっす」

陛下のファフナーと同じく、どこか狂気の混じった声だった。

対面する者に終わりを悟らせる拒絶が、濃く含まれている。

ファフナーと違って、なまじ直前までラグネが歩み寄る努力をしていたからこそ、決裂の溝は深かった。間違いなく、ラグネは頑張っていた。あの『血の人形』が間に入ってくれたおかげで、とても冷静に『話し合い』は始まって、『素直』に心をぶつけ合えて、和解の道を両者が歩んだ。しかし、それでも無理だった。

それを証明するラグネの攻撃が刺さる。

いつの間にか、私の胴体の鳩尾《みぞおち》から刃の先が生え出てきた。

「――っ!!」

私は呻《うめ》き声《ごえ》と共に、それを視認する。血に塗《まみ》れたことで視認できる透明の刃を見て、ライナーから聞いていたラグネの能力を思い出す。どんな魔法だろうとも、その透明な剣を認識する手段はないと、ライナーが断言していた代物だ。

「――私の名は『星の理を盗むもの』ラグネ・カイクヲラ。『光の理を盗むもの』ノスフィー・フーズヤーズの光を奪い、永遠に輝き続け、この世界に挑戦し続ける」

よろける私に向かって、ラグネは事務的に名乗りを上げて、敵対の宣言をしていく。

そこに感情は一つも乗っていない。演技者が『星の理を盗むもの』という役をこなしているかのように無機質で、低い声だった。

「結局、『話し合い』など無意味。勝ち残れるのは一人だけ。殺し合い、比べ合い、その命の重さで天秤《てんびん》を揺らし、どちらか一方を決めるだけ。世界はそうできている。片方は全てを失い、片方が全てを背負うだけ。背負ったものは、次へと進むだけ。どこまでも、次へ次へ次へ進む。それが『人』というものだった――」

声色から、ラグネが私への協力要請を断念して、殺害による魔石の入手に切り替えたと分かる。懐柔なんて生温《なまぬる》い手段は終わりだと、目前の闇の球体から伝わってくる。

「それで……、あなたはいいのですか？　あなた自身、良くないと思っているのではないのですか……？」

「ラグネ・カイクヲラは『一番』になると決めた。幼い頃に、あの日、あの場所で、ママと約束をした。私はママが好きで、ママも私が好き。だから、その約束は破れない。そう、私はママが好きで好きで好きで、ここまでやって来たんだ。『一番』になればママに会えるという理由だけで、色んな人を殺して来た。善いとか悪いとか、正しいとか間違っているとか、もはや関係ない。その意味や理由の有無も。その価値さえも、いまや関係なくなった。たとえ、私に生まれた意味がなくて、生きている理由がなくて、死んでいく価値がなくても、『一番』になるという――『夢』が、私そのものだ」

あからさまに私と会話をする気がない。まともな論理を保つ気すらない。

私はラグネ・カイクヲラ。だから、『一番』を目指す。

それだけ。たったそれだけが、彼女の理由として成立してしまっていた。

「ラグネ……！」

「だから、私という『夢』の為《ため》に、死ね。『光の理を盗むもの』」

ラグネという『夢』。『話し合い』は終わってしまったが、やっと『星の理を盗むもの』ラグネ・カイクヲラの本質が見えてきた。

しかし、その本質が魔法となって、私に牙を剝《む》く。

ラグネの黒い魔力が城の屋上に広がっていき、私が立てた《光の御旗《ノスフィー・フラグ》》を入念に包み込み、屋上にある最後の光源を消失させた。さらには空さえも覆い尽くして、流れる雲の形さえも捉えられなくしていく。

ラグネは明かりを拒絶する暗闇を作り出して、そこに彼女の最大の武器である魔力の刃を浮かばせた。数は十ほど。何も見えないはずの世界に、くっきりと刃の輪郭だけは浮かんでいた。間もなく、それらは回り始める。

ラグネという引力の塊を中心にして、刃が闇の海を遊泳していた。

今朝、ラグネがお父様を殺したときに見たものと同じだ。つまり、私をお父様と同じほどの怨敵と認定して、切り札を発動させたということ。

「くっ――!」

なんとか正面にいるラグネの表情を確認しようとすると、その隙を突いて真横から刃が迫り来る。身体が反射的に攻撃を避けようと動く。見え難《にく》い刃だが、私の動体視力があれば避けきれないものではない。首を反らし、皮一枚斬られながらも避け切る。

「――っ!」

けれど、それを避けたと同時に、視界が揺れる。

横腹に強い衝撃が奔《はし》り、私の身体が大きく傾いていた。続く痛みと熱を認識して、私は刃を避け切れなかったことを理解する。血塗られた刃が、私の腹部を横に突き抜けているのを視認する。私が避けたと思ったものは囮《おとり》で、こちらが本命だったようだ。おそらく、いま屋上には、私が感知できている以上の刃が周回しているのだろう。

それら全てを避けきるのは、体調が万全でも至難の業だ。

いまの私には到底不可能。そう判断した私は、回避も防御も取らずに前進を選ぶ。

「ラグネ、どうか……――」

名前を呼び、ただ前に進んでいく。

当然だが、その無防備すぎる私の前進は、大きな犠牲を伴う。まず蛇と化している下半身に、感知できている刃とできていない刃が二つ、両方とも刺さった。

「くぅっ――！」

痛みに呻きながら、私は前に進む。

すると次は、腹部に追加の剣が刺さった。その数は十以上。

「――――ッ!!」

もう声は漏らさない。それでも、私は止まらない。

首にある脊髄が断たれても、体勢の維持だけに集中する。

手は防御でなく、刺さった刃を抜くことだけに使う。

魔力は攻撃でなく、自身の回復だけに使う。

決して戦うことなく、前進だけしていく。

ただ、真《ま》っ直《す》ぐ。前へ前へ。いつか辿《たど》りつけると、信じて――

その様を見て、ラグネは攻撃の手を止めて、私の無抵抗を問い質《ただ》す。

「死なない……!? いや、どうして、私と戦わない……!? おまえは父《あれ》を取り返しに来たんだろう!?」

私は『話し合い』のチャンスだけは逃すまいと、急いで返答しようとする。

「そ、それは……、――っ、ごほっ!!」

だが、口から血が零《こぼ》れて、上手《うま》く言葉が出ない。仕方なく私は立ち止まり、肺と喉の修復を優先させて、治ったばかりの声帯を震わせる。

「……だって、ラグネと戦う意味がありません。戦う前より、わたくしは負けを認めています。お父様に勝ったあなたに、わたくしは勝てる気が全くしません。『光の理を盗むもの』が認めましょう。間違いなく、『星の理を盗むもの』は誰よりも強い。あなたは世界で、『一番』です」

敗北を認め、敵を讃《たた》えて、私はラグネの『夢』を――彼女そのものを祝福した。

「私の勝利……? 違う。まだ私はあなたを殺してすらいない。何の価値も奪えていない……!!」

……！　このくらいでは、まだ終わっていない……!!」

しかし、ラグネは拒否した。

もう視界は機能していないが、遠くで首を強く振っているのが分かった。

どれだけ祝福されようとも、まだラグネの世界は暗く、『一番』に相応《ふさわ》しい明るさなんて、どこにもないのだろう。だから、まだ違うと主張している。

その頑《かたく》なな思い込みを前に、私は心を決める。

「いいえ。先程から、ラグネは何度もわたくしを殺しています。この穴だらけのわたくしをよく見てください」

「そんな詭弁《きべん》！　まだ私は殺せていない！　『光の理を盗むもの』は死んでいない！　だから、まだ！　その価値を奪えていない!!」

「ラグネ、詭弁はあなたのほうです。「まだだ、まだだ」と言って、自分が『一番』だと認めないのは、なぜですか？　あんなにも『一番』になりたいと言っておきながら、それを遠ざけているのは他ならぬあなたの心です」

ずっと思っていたことだが、ラグネの口にする『一番』というものには中身がない。

『一番』なんて抽象的な言葉を使うならば、まず何の『一番』かを決めなければいけない。

もしラグネが「騎士の『一番』」や「フーズヤーズの『一番』」と決めていたら、とっくの昔に戦いは終わっているだろう。たとえ、目標を「世界の『一番』」と決めていたとしても、それにすら、いま彼女は到達してしまっている。

――だから、この戦いは本当に意味がない。

ラグネは基準を一つ決めるだけで、いつでも全てを終わらせられるのだ。ラグネが目指した『一番』は、特に明るくない場所だったと認めれば、たったそれだけで――

「いま、あなたは自分を『夢』そのものと称しました。ならば、その夢を叶《かな》えたとき、あなたは――」

「――――っ!! 死ねっ!! 死ね、死ね死ね死ね、死ねぇえええええ!! 【星の理《ことわり》】ぃいいいい!!」

私が『矛盾』を指摘しようとしたとき、彼女は叫びと魔力を膨らませて拒絶した。何も見えない闇の中ですら視認できるほどの魔力の毒が、周回する刃に塗布されていく。

世界の歪《ゆが》みを強く感じた。その禁忌の波動から、例の『星の理を盗むもの』の力を使っていると確信する。

その例の力を受けた仲間たちから、事前に効果は聞いている。

マリアさんは『魔力を掻《か》き消され』『意識を飛ばされた』と言っていた。

スノウさんは『魔力を掻き消され』『竜化を治療された』と言っていた。

だから、ラグネと長時間戦ったライナーは、『物事の性質を裏返す力』ではないかと言っていた。

そして、いま使ったタイミング。同じ『理を盗むもの』だからこそ分かる。

おそらく、ラグネの【星の理】は、彼女の認めたくないものを『反転《さかさま》』にする力だ。

私が『代わり』になりたいと心の底から願ったとき、私の【光の理】は完全に開花した。

それと同じように、彼女も心の底から逆さまにしたいと願った瞬間があったはずだ。

私は【星の理】の仕組みを理解し切った。だから、ラグネを守る為に、周回する刃を全て避けようとする。

しかし、避けきれない。【星の理】の塗布された刃を身に受けてしまう。

結果、私の中のあらゆるものが『反転』されて、

「――ぅ、うぐぅぁっ！　ぐぇえっ、ぁあアアァッ!!」

遠くでラグネの呻き声が響いた。

続いて、水の跳ねる音。ラグネが嘔吐《おうと》したであろう音も聞こえた。

私は足を止めたまま、その意味を理解する。

悲しくも、いま、とうとう私はラグネに攻撃をしてしまったようだ。

ラグネは『反転』で、私の『不老不死』を解除したかったのだろう。しかし、『反転』されたのは、私の『代わり』になる力。結果、いま私が背負っている様々な負債《もの》を、ラグネが逆に背負ってしまったのだ。反射的に彼女は『反転』を中断したが、それでも心と身体《からだ》に大きな傷を負った。

そして、ラグネは私の状態を身をもって知ったことで、その声を震えさせる。

「ど、どうして……。ノスフィーさん……。どうして、こんな状態で……。私まで……」

ラグネは戸惑っていた。

私が本気で助けようと、『代わり』の光の対象を彼女にも向けていたことが理解できない様子だった。暗い闇をよく見回すと、屋上を周回していた刃が全て、血の地面に落ちて

いた。私は攻撃が止まった隙に、『話し合い』を再開させようと試みる。

「……わたくしはあなたと戦いたくありません。ラグネ、二度とわたくしへの『反転』を行ってはいけません。これ以上何をしても、どう足掻《あが》いても、何も結果は変わりません。もうあなたの勝利は決まっています。いまはただ、敗者のわたくしの言葉を、どうか聞いてください」

少し楽になった身体で、前進を再開させる。

対して、ラグネは先程とは別種の呻《うめ》き声《ごえ》を返していく。

「く、うぅ、ううぅっ――!!」

その呻き声の意味は、身をもって私も知っている。

怖いのだろう。血塗《ちまみ》れになっても、一切の防御もなく、ただ前に出て、『話し合い』を持ちかけてくるだけの相手なんて、向かい合う側からすると恐ろしくて堪《たま》らない。どれだけ自分が優位に立っていようとも、冷静さを失ってしまう。

「ノスフィーさん、こんなのを負って……。こんなになって、どうして、まだ……。まだ頑張れるんすか……?」

揺れ続ける心のまま、ラグネは私に聞いた。低い声から元の声に戻っているのを感じて、私は歩みを一時止めてでも、その質問に答えていく。

「頑張れます。フーズヤーズのみんなの想《おも》いがある限り、私は頑張り続けます」

それを聞いたラグネは、いまどんな表情をしているのだろうか。

暗い魔力のせいで確認はできないが、彼女の質問は続いていく。

「これだけ世界に弄ばれても、まだ諦めないんすか……？」

「諦めません。この生まれにも役目にも、わたくしは納得しています」

私の即答を聞くたびに、ラグネの声は細く弱くなっていく。

「あれだけ酷《ひど》い目に遭わされて、まだ好きだって言えるんすか……？」

「大好きです。お父様が世界で一番、大好きです」

ラグネの姿は見えずとも、問いの一つ一つの意味が薄《うつす》らと分かる。

その性質上、彼女は同じ問いを自分にもしている。そう思った。

「……まだカナミのお兄さんを信じてるっすか？」

「信じています。お父様を疑ったことなど、一度もありません」

「カナミのお兄さんは死んで、これからノスフィーさんも死んで、それでも――」

「それでもです。お父様はわたくしを愛してくれた。わたくしもお父様を愛しています。たとえ、わたくしが死んで、お父様が死んで、もし世界が終わっても、この想いだけは変わりません。そう、私は信じています」

「…………っ！」

ラグネは言葉を失った。

ただ、いまの言葉の重みは、私一人だけのものではない。ラスティアラ、ディアさん、マリアさん、スノウさんの想いも乗っているから、いま彼女は圧され、動揺している。

「ま、負けない……！　私も……、私のママへの想いだって……。一度も揺るいでなんかない……！　ないんだからっ……！」

声が上ずっていた。その叫びと共に、血の跳ねる音も聞こえた。

ラグネは駆け出した。言葉でも刃でも【星の理】でも、いまの私を止めることはできないと判断したのだろう。自らの持つ他の手札を全て切って、私と戦おうとしている。

そのラグネの疾走を私は視認できない。しかし、構わない。

元々、ラグネの姿を捉えることは諦めている。彼女はお父様の不意を突けるほどの騎士だ。私は何の対応策もなく、ただ前に前に進む。

「――――っ！」

突然の旋風が、私の身体に直撃する。

当然だが、ラグネが放ったであろう風の魔法を私は避けられなかった。弱った身体に突風が絡みつき、体勢を崩しかける。さらに旋風が身体の支えとなっている蛇の下半身を切り刻んだ。

私の前進が止まってしまう。それに合わせて、前方から強い衝撃が私の胴体に襲い掛かった。堪らずに私は後方に倒れて、地面に突こうとした手が動かないことに気付く。

人の体温が手首から伝わる。木属性の魔力による強化を感じる手の平が、力強く私を摑《つか》んでいる。ラグネが自らの身体をぶつけて、この無防備な前進を止めに来たのだ。

私はラグネに押し倒されて、背中から地面に倒れこむ。

すぐさま彼女を振り解《ほど》こうと身体に力を入れるが、すぐさま押さえつけられた両の手首に痛みと熱が灯《とも》る。例の『魔力物質化』の刃ではない。凄《すさ》まじい魔力の波動が傷口から広がってくることから、右手首に『アレイス家の宝剣』を、左手首に『ヘルミナの心臓』を突き立てられたと分かる。

私の両腕は動かせず、ラグネは両腕が自由となった。

その差を利用して、彼女は私の胸に両手をのせて、全身全霊の魔法を放つ。

「――《ダーク・リレイ》！《ダーク・ダウン》!!」

木と風の次は、闇。ラグネは零距離からの闇の魔法で、私の身体ではなく心を冒しにきた。それだけが『光の理を盗むもの』を倒す方法であると、聡《さと》い彼女は気付き、その胸に下げたペンダントから闇の魔力を増産していく。

私の胸中から、どす黒い感情が膨らんでいく。

その速度は、かつての『闇の理を盗むもの』に匹敵するほど。濃度も尋常ではない。焦燥や後悔、悲哀や絶望、私の前進する心を折る為《ため》に、ありとあらゆる悪感情を注ぎ込んでくる。そして、合わせて叫ぶラグネ。

「――もう諦めろ!!　そこに辿りついても、誰もいない！　何もかも遅い！　ゆ、『勇気』を出すのが遅かったんだ……！　おまえたちは、間に合わなかった！　もう絶対に届かない！　会うことすら許されない!!」

それは私をお父様のところへ行かせまいと猛《たけ》るラグネの声、だと思った。

だが、そうでないと、すぐに分かってしまう。

距離が近過ぎた。屋上に広がる夜。その夜よりも暗いラグネの魔力。その魔力で構築した闇の魔法の中で、私はラグネの顔を窺《うかが》うことができてしまった。

対面するラグネは、私を見ていなかった。

両手を私の胸について、限界まで顔を俯《うつむ》けて、叫んでいる。

まるで、自分の胴体に話しかけているような体勢だった。

あれだけ私に戦えと言っておきながら、私と戦っている様相ではない。

だから、私の胸中の炎は、闇の魔法に負けじと再点火する。この程度の精神干渉なんて、ここまでの道のりと比べたら生温《なまぬる》い。萎《しお》れかけていた心を復活させて、私は両腕に力を込める。私の腕を縫い止めているのが、名剣で助かった。懐かしい二人の切れ味を信じて、私は腕を縦に強く動かす。

「ラグネ、すみません……。それでも、わたくしは諦めません。最後まで、お父様に生きてと願い、手を伸ばします」

よく考えれば、手を伸ばすのに手なんて要らなかった。

僅か一センチほどの繋《つな》がりだけを残して、私は自ら両の手首を切断した。

私は束縛から解放されつつ、穴の空いた腹部に力を入れて、身体を持ち上げていく。

「……なっ!?」

ラグネは驚愕《きょうがく》の吐息を漏らす。なにせ、元々致命傷だったところに、馬乗りとなって、両腕を剣で貫き、縫い、ゼロ距離から世界最高峰の精神干渉を流していたところだ。

それでも尚《なお》動く私が信じられないようだった。

「わたくしは手を伸ばし続けます。だから、どうかラグネも、ラグネの一番大切なものに手を伸ばしてあげてください」

私は千切れる寸前の両腕で優しく、ラグネを腹部の上から退《ど》かせる。

――退かせることに、成功してしまう。

ほんの少しの力で、ラグネは転ぶように横へ倒れこんだ。その彼女の身体の力のなさは、先ほど『代わり』に私のダメージの一部を背負っただけでは説明がつかない。もっと別の原因があって、彼女は弱っている。

見るだけでも痛々しい私の姿に気後れしたか。一向に翻る気配のない私の言葉に圧されたか。もしくは、ラグネ自身の心の問題。

『一番』を目指すという意志が崩れてきているか。『理を盗むもの』である為の条件が崩れてきているか。それとも、もっと前提である何かが、もう保てなくなっているか。

「な、何を！　まだ私の手はっ――!!」

すぐにラグネは立ち上がる。そして、お父様へ向かおうとする私に追い縋《すが》ろうとする。

しかし、追いつけない。身体は動いているけれど、ラグネは私に追いつけなかった。

足がもつれ、身体はふらつき、手が届かない。

「く、ぅうあ、ぁあああっ――！　行かせるか！　ほ、【星の理】いいいい！　ノスフィーさんを止めろぉおおおおぉ――!!」

追い詰められたラグネは、また頼ってしまう。駄目な『理《ことわり》を盗むもの』の典型だ。

どうしようもなくなると、世界から与えられた不相応な力を振り回してしまう。

魔法の風に乗って、【星の理】とやらが私を包んだ。

しかし、それがもたらす結果はラグネの悲鳴だった。

「――――っ!? っがぁ、ぁアアッッ!! っは、ごぉおっ、ごほっ、ごほっ――!!」

ラグネは最も大事な場面で、頼る力を間違えてしまった。

また嘔吐の音。いや、吐血の音が聞こえる。

そして、ラグネが苦しむ間に、私は辿《たど》りついてしまう。

彼女が守っていたお父様の横たわる血の台座の前まで、あっさりと。

予定よりも早過ぎる到着だった。その理由は分かっている。

簡単に言ってしまえば、私とラグネの相性が良過ぎた。

『星の理を盗むもの』は弱い者を相手にするのが苦手過ぎる。

さらに言えば、ラグネは暗殺に特化し過ぎて、防衛戦に向いていない。その暗殺術も
根っからの格上殺しで、私のような重傷者を相手に想定していない。

その相性の結果、あっさりと私は彼女を追い抜いてしまった。

私の予定では、ここに辿りつくとき、本当はラグネと一緒のはずだった。

私は苦い顔を作り、お父様でなくラグネの方に身体を向ける。

どうにか、全ての終わりの前に、彼女を助ける為の新しい切り口を探す。

「ラグネ、そのあなたの【星の理】とやらは無駄です。もし、この死に掛けの身体《からだ》を『反転』させることができたとしても、それは回復魔法にしかなりません。意味のない力です。……はっきり言って、貴女《あなた》は『星の理を盗むもの』になる必要なんて、一切なかった。その意味が、分かりますか？」

「この力に、意味がない……？　な、何を言って……」

もしラグネが『星の理を盗むもの』でなければ、『魔力物質化』を中心にして、もっと私と上手《うま》く戦えていたはずだ。

それに彼女自身も、間違いなく気付いている。なのに、どうして『星の理を盗むもの』を自称し続けているのか。その理由を確認していく。

「ラグネ……。あなたはどうしても会って、確認したいのですね？」

誰にとは言わない。ここまでの行動と言葉の端々から伝わっている。

「……う、うるさい」

「おそらく、あなたは『一番』になれば会えるという約束をしている」

「うるさい、黙れっ。その胡散臭《うさんくさ》い話を止《や》めろ……！　そのなんでも分かっているような口ぶりは止めろ……！」

「しかし、その約束をあなたが誰よりも信じていない」

「違う。私は信じている。ママの愛を誰よりも信じている……！　それだけは誰にも否定させない……！」

ラグネに首を振り続けられる。意を決して、彼女の触れられたくない部分を口にしたが、分かったのは私の『話し合い』では救えないという現実だけだった。

ラグネと私では、余りに違い過ぎる。

いや、正確には違うというより、当て付けのように逆さまなのだ。

ゆえに私の励ましも、共感も、叱咤《しった》も、追及も、全てが彼女にとって何かの攻撃にしか感じられないのかもしれない。もしラグネの心に声を届けられるとしたら、それは同じ境遇で同じ間違いを重ねている人だけ。ならば、もうやることは計画通り、唯《ただ》一つ。

「――『いま、私は旗を捨てる』――」

ラグネを置いて、急いで『詠唱』を紡ぎ始める。

この暗い『頂上』の闇に、私は光を生む。

私の魔力を変換して、魔法でも旗でもなく、自身そのものを世界を照らす光に変えていく。血と肉、その魂を光にして、背中にいる愛する人に沁《し》みこませようとする。

それの発動に大仰な『術式』も膨大魔力も要らない。

ただ一つ願うだけで、この【光の理】は成立する。

「――――っ!!　さ、させるかア!!――『私は幻を追いかける幻』!!」

しかし、それは向こうも同じ。願うだけで【星の理】は成立するだろう。

「その『不老不死』とやらを！　本当の『魔法』そのものを、私の本当の『魔法』で『反転』させてやればいいだけだ!!　絶対にカナミは生き返らせはしない!!」

私が本当の『魔法』を放とうとしているのを感じ取り、ラグネも同等のものを用意しようとした。こうなると、あとは『詠唱』の速さ勝負だ。

ラグネは私よりも先に、自らの人生を表す『詠唱』を口にしようとする。

「『世界《あなた》に、存在さえも、できない』！　わ、『私は――……!!』

しかし、ラグネは言い澱《よど》んだ。思い至った三節目《つづき》に震えて、声を途絶えさせた。

それを見て、私も『詠唱』を詰まらせる。

「『世界《あなた》の祝福は要らない』『私が――……あぁ、ラグネ」

ラグネの三節目《つづき》と心中を、察したからだ。『お父様を助けたい』という願いに、邪念が混じってしまい、私の『詠唱』は止まってしまった。

彼女の人生を表す『詠唱』は、余りに切ない詩だった。その続きをラグネは喉の奥から捻《ひね》り出そうと叫ぶ。私以上に辛《つら》そうに苦しそうな声で、詩を紡ごうとする。

「『私は……、私は！　私は、私は、私はぁあぁあああっ――!!』

しかし、ただ悲痛な叫びだけが響くだけだった。

結局、私もラグネも『詠唱』が三節目に届くことはなかった。ただ、本当の『魔法』に成れなかった互いの【二つの理】は、不完全ながらも発動する。魔法失敗の暴発だ。私たちの身体から世界の理を冒す毒が噴出して、大嵐のように吹き荒れ、この広い空に所狭しと満ちていく。

その膨大な魔力は二種類。色は真逆。明かりの白と暗がりの黒。

私とラグネを向かい合わせに、丁度半々に。世界を綺麗《きれい》に明暗で分けた。まるで、私たちの間に見えない壁があるかのように、私の側は明るく、ラグネの側は暗くなった。

フーズヤーズの城の屋上。同じ場所に二人いながら、二人は全く違う場所にいた。

私の世界の『頂上』はとても明るく、ラグネの『頂上』はとても暗い。

ラグネは暗い場所で一人、「私は」「私は」「私は」と叫び続けている。

いま芽生えた邪念が膨らむ。考えてはいけないと思いつつも、『ラグネを助けたい』と私は思ってしまう。優先順位が変わりそうになる。

――結果、二種の魔力が絡み合う。

私の明るい領域がラグネの暗い領域を侵して、混ざり合い、二種の理が重なり合う。

【光の理】と【星の理】が限定的にだが、共鳴する。

「くっ、うううううっ――!!」

はっきり言って、もう『魔法』は滅茶苦茶《めちゃくちゃ》だ。

どちらも失敗して、狙いを外し、不完全な形で、自らの持つ【理】を暴発させた。

その失敗の反動が私たちの身体を襲う。

『頂上』を覆った膨大な魔力が、チカチカと明滅する。千以上の無色の火花が空に弾《はじ》けては咲き、何度も世界を歪《ゆが》ませる。そして、二種の魔力は完全に混ざり切って、一種となった。それは黒でも白でもなく、明るくも暗くもない透明な色の魔力だった。お互いの性質が相殺し合ったかのように、何の特色もない。

夜だというのに、闇が消えた。

いつの間にか、風が止まり、雲も止まっていた。

朝でも昼でも夜でもない凪《なぎ》の空。

時間という概念が消えたかのように、しんと静まり返る『頂上』。

そこに呻《うめ》き声《ごえ》が一つだけ響く。

「あ、ぁあ……」

ラグネが『頂上』に立って、喉奥から声を漏らしていた。

彼女を覆っていた暗い魔力が透明となった。そして、いま、自らの『反転』の力だけで傷だらけとなったラグネの姿が、はっきりと見える。

ラグネは歯を食い縛り、眉を顰《ひそ》めて、何もない虚空を見上げていた。

この透き通る『頂上』で、私を見失っていた。

「あぁ、やっぱり……」

何かを悟ったラグネは一度だけ頷《うなず》き、呟《つぶや》き、涙を一筋だけ流す。

その意味が、私には分からない。ただ、いま魔法を使った張本人の感触として、私とラグネの二人で混ぜ合わせたものを負ったと分かる。

「ママは、やっぱり……。それに、私も……、ママのことが……――」

おそらく、いまラグネは――

私の『助けたい』という想《おも》いの逆を負った。さらに、不完全ながらも『生き返らせる』という魔法の逆も負った。だから、こんなにも悲しそうな顔をしている。

逆に、私は──

彼女の『止めたい』という想いの逆を負った。

さらに、不完全ながらも『殺してやる』という魔法の逆も負った。

だから、私はほとんど変わらない。みんなの大切な想いが一種増えただけ。

「は、ははは。これが私の三節目っすか……？」

ラグネは長年求めていた答えを一つ得たような表情となっていた。

同時に、完全に瞳から光を失ってしまっていた。戦意も殺意も全て霧散して、宙にも両手にも凶器の刃はない。もうラグネの顔に険はなく、微笑すら口元に浮かんでいる。

「これが三節目……。私の最期に待つ『真実』……。ぁ、ぁああ、私は……。私はやっぱり……。ああ、やっぱりだったっす……」

ラグネの涙が止まらない。一筋だけだが、ずっと光のない瞳から涙が流れ続けている。

そして、それに彼女自身が気付いている様子はない。

「ぁあ、あぁ……、あぁ……──」

とうとうラグネは言葉を保てずに、嗚咽《おえつ》を漏らして、きょろきょろと周囲を見回し始めた。先ほどの暴発で何が起こったのかは理解できずとも、彼女の心がどうなったのかは分かる気がした。

いまのラグネの姿は、かつて私がフーズヤーズ城で生を受けたときとそっくりだ。空虚過ぎて悲しくて、無意味過ぎて笑えてきて、無性に消えたくなって、ふと死に場所を探す感覚。ただ命じられるがままに動いていたはずの人形が、自分の生に疑問を抱いてしまったとき、そんな顔になる。それを私は知っていた。

「暗い……。暗い、暗い暗い暗い……。どうして、こんなに暗いんだろう……？」

ラグネは後退《あとずさ》りし続ける。何も見えないから前には進めず、後ろに逃げ続ける。

「ラグネ……」

もうラグネは戦える状態ではない。

そして、『話し合い』をできる状態でもない。

とうとう薄《うっす》らと予期していたことが現実となってしまった。ラグネも私たち『理を盗むもの』と同じく、弱者のどん底まで落ちてしまった。そこから這《は》い上がるのは並大抵のことではない。大きな力を得る『代償』というものは、どの時代でも共通だ。一人で抜け出すのは不可能で、今日一日で回復することは決してない。

「――ああっ。ははは」

いまの内にお父様の蘇生《そせい》を再開すべきだと私が判断したとき、ラグネは歓喜の声を発した。後退し続けた先に、暗い世界でも唯一視認できるものを見つけてしまったのだ。

それは中央にある吹き抜け。その穴を見て、自ら足を踏み外そうとしていた。

「ラ、ラグネッ!?」

咄嗟《とっさ》に叫んでしまう。

先にすべきことがあると分かっていても、私の身体は動いてしまっていた。

重傷の身体を突き動かして、血塗《ちまみ》れの頂上を進もうとして――

「――――っ!?」

その途中で床の血が泡立ち、『血の人形』が目の前に現れた。顔は能面だが、先ほどの『元老院』の部屋で助けてくれた『血の人形』と同種であると分かった。

「あなたは……!」

『血の人形』は私の声に応えることなく、首を振って制止を促す。そして、身を翻し、私よりも先に、ラグネに向かって駆け出した。

いまにもラグネは吹き抜けに落ちようとしている。足は地面を離れ、身体が宙に浮き、そのまま『頂上』から一階まで、真っ逆さまになる瞬間。

間に合わない。

間に合っても、これでは一緒に落ちるだけ。そう私は判断したが、『血の人形』は一切の迷いなく駆け抜けて、血の地面を蹴った。

横からラグネに抱きつき、そのまま二人は吹き抜けの中に落ちていった。

遅れて私は、息を切らしながら吹き抜けの端まで辿《たど》りつく。

「はぁっ、はぁっ、はぁっ……!」

穴を覗《のぞ》き込み、二人の姿を探す。

すると、ラグネたちは二つ下の階。四十八階の柵に、引っかかっていた。

「……良かった」

いかに『理《ことわり》を盗むもの』の力を得たといっても、先ほどの状態のラグネが五十階も落下すれば、死に至る可能性は高かった。すぐに『血の人形』はラグネを柵から回廊に移動させて、その肩を揺らして気付けを行っていく。

放心状態にあったラグネだが、少しずつ目の焦点を合わせていく。そして、目の前の存在を確認したとき、声を発した。

小さすぎて何を言ったのかは聞こえない。けれど、その声に『血の人形』は何も答えることなく形を崩し、血の地面の中に消えていった。

ラグネは消える『血の人形』に手を伸ばしていたが、届かない。先ほどと同じだ。

また数秒ほどラグネは消えた跡を見つめて、顔をあげる。

そして、屋上の吹き抜けから下を覗きこむ私を見て、その瞳に光を灯《とも》す。

頬を伝う一筋の涙を拭い、歯を食いしばり直して、歩き出す。しかし、体調は万全と言い難いようで、先ほどの私のようにふらふらと、柵を伝いながら進んでいる。

「か、階段に向かっている……？」

身体《からだ》に力はなさそうだが、ラグネの瞳に戦意が戻っていた。明らかに『頂上』から落ちたことで、生きる活力を得ている。その理由を察して、私は愕然《がくぜん》とする。

「ラグネ……。もう……、上を目指す間だけが……」

いま完全に理解してしまった。

きっとラグネは死ぬまで、『頂上』に辿りついては次の『頂上』を探し続ける。

次の『頂上』がないと分かれば、自ら飛び降りてでも『頂上』を作る。

終わりもなければ意味もないと知っている『夢』を、ずっと見続ける。

自身が言った通り、『夢』そのものがラグネ・カイクヲラとなってしまっている。

「あぁ……」

ラグネの心の底が見えたからこそ、私の声は彼女に届かないと痛感して、呻いた。

その『反転』の力が、誰かに助けられることを強く拒んでいる。どれだけ、私が『一番』や『夢』の本質を説明しようとしても、彼女は絶対に理解しようとしない。

なによりも致命的だったのは、先ほどの『詠唱』。

二節だけだが、私たちの人生の違いは、本当に明らかだった。

私たちは似た人生を歩みながらも、結果が当て付けのように逆になっていた。

その私がラグネを励ましても、諭しても、怒っても、所詮は恵まれた人の軽い言葉にしか聞こえないだろう。

「お父様……」

分かっていたことだが、ラグネに声を届けられるのは私ではない。

私は振り返り、台座に戻っていく。

いまから、私はお父様を生き返らせる。お父様の死を、『代わり』に負う。

きっとラグネは嬉々《きき》として、生き返った『一番』の敵であるお父様に、また挑戦する。どうにか生きている実感を得ようと、この暗い世界で、死ぬまで、藻掻《もが》き続ける。

「――《ライト》」

だから、できるだけたくさんの明かりを、この『頂上』に遺《のこ》そうと思った。

ラグネが去ったことで、いまや屋上は『光の理を盗むもの』の独壇場だ。光の魔法によって空が、どこまでも明るくなっていく。《ライト》を撒《ま》きながら、私は心の中で別れを告げる。

――さよなら、ラグネ。

きっと次で、ラグネの長い挑戦は終わりとなる。

『光れ』『光れ、光れ、光れ』『光り、輝け』。――魔法《ライト》
これから私も消えるけれど……。その前に、少しでもラグネが『素直』になれるようにと、限界まで光を満たしていく。眠る間際、ベッドに横たわったときに暗過ぎるのは怖いと、私もよく知っているから……。

「きっと、それがわたくしの役目……」

分かってはいた。私は『魔石人間《ジュエルクルス》』。ラスティアラと同じく、状況を作るだけの舞台装置に過ぎない。その生産目的であり、役目からは決して逃れられない。

「それでも……、お父様。わたくしは手を伸ばします」

私は十分に《ライト》を撒いて、お父様の眠る台座まで辿りついた。

その真っ赤な台座の周りには、一心不乱に次元魔法を保ち続けている『血の人形』たちが並んでいた。おそらく、ファフナーが用意し、魔法《ディスタンスミュート》を命令した千年前の騎士たちだろう。

「みなさん……。ここから先は、わたくしが継ぎます」

そう呟くと『血の人形』たちは、こちらを見た。

例外なく能面の顔で、私には彼らが何者かはわからない。

しかし、向こうは違ったようだ。私がノスフィー・フーズヤーズであると認識すると、深々と礼をした。そして、その保っていた次元魔法を、私に渡そうとしてくる。

慌てて、私は魔法を唱えていく。

「――鮮血魔法《相川渦波《あいかわかなみ》》。――次元魔法《ディスタンスミュート》」

正直、この二つの魔法は限界を超える上に、『代償』も激しい。

しかし、私は躊躇《ちゆうちよ》なく、全力で紡いでいく。

この血に刻まれた『術式』を起こして、『魔石人間《ジユエルクルス》』の本領を発揮する。もう最後だからと、命を削って魔力を捻出する。魂を燃焼させて、その全てを成功に導いていく。

そして、私の手が薄紫色に発光し始めたとき、周囲の『血の人形』は全て形を失って、地面に還《かえ》った。役目を終えたのだろう。

私も彼らに続こうと、手を伸ばす。血の台座に眠るお父様へ。まず状態を確かめる。

いま、お父様は死んでいる。黒髪の下に隠れる瞼《まぶた》は閉じられて、呼吸は止まっている。

四肢を切断され、両の肺に穴を空けられている。心臓は停止し、首は千切れる寸前。

ただ、いまの私も似たようなものである。

あらゆるものを『代わり』に負って、身体は傷と穴だらけ。両手は取れかけて、失血死を繰り返す状態。もちろん、身体だけでなく心も崩壊の最中。いまにも死ぬ寸前だ。

またお揃《そろ》い。

私は微笑を浮かべて、その薄紫色の右腕をお父様の胴体に潜りこませる。

正直、《ディスタンスミュート》の仕組みを、私は理解し切れていない。

これは次元魔法の禁忌中の禁忌。

その『術式』は複雑を超えて、神の御業《みわざ》の域に至っている。

しかし、今回は魔石を抜くわけでも、記憶を抜くわけでもない。繋《つな》がりを作ることだけに私は集中して、なんとか《ディスタンスミュート》を成立させていく。

並行して、私は《ライト》も放ち続けて、光は絶やさない。

対象の中に光を侵入させて、内部から操るのは私の得意技だ。血に光を染み込ませて、相手の『代わり』に魔法を使うなんて真似《まね》もできる。

いつも通り、血に染み込ませて――今回はさらに奥、魂まで入り込み――その場所の冷たさに、私は全身を震わせた。

死して、停止した『相川渦波』の魂は、異様に冷たくて、暗い。

肘から先が凍って砕けてしまいそうだ。いまにも、その途方もない暗闇に飲み込まれてしまいそうだ。しかし、決して腕は引かない。

差し込んだ腕を前に進ませて、私の血肉を光に換えて、ついでに魂も光に換えていく。

もう最後だからと、あらゆるものを『代償』にして、私は光に成っていく。

――私は光そのものと成って、お父様の魂を照らす。

それは勢い余って、お父様の身体の外まで漏れるほどに、光は広大だった。

そこで、ふと意識を中から外に向けた。

魔法で光化を始めている瞳を動かして、フーズヤーズの城の屋上を見渡す。

一度見たことのある光景が広がっていた。それは今朝見た黄金色の空。『頂上』が陽光に包まれていた。もちろん、夜なので太陽なんてない。光を発しているのは私。陽炎《かげろう》のように揺らぐ光《わたし》が、天上全てを照らしている。

流れる雲や風が黄金色に染まって、まるで屋上は黄金の川を泳ぐ白銀の船の上。それは現実から遠ざかった夢のような光景で、立っているだけで不思議な浮遊感に包まれる。

右を見ても左を見てもキラキラと。眩《まばゆ》い光が輝き、煌《きら》めき、閃《ひらめ》いている。

まさに、輝く宝石の中にいる感覚。

いま『頂上』は、『宝空』とでも呼べる奇跡と化した。

――が、まだだ。

この程度では、まだお父様やラグネの心を晴らすことは絶対にできない。

あの拗《こじ》れに拗れた二人の心を、白日の下に晒《さら》すには足りない。

まだ《ライト》が足りない。いまの光では、お父様が眩《まぶ》しいと思ってくれているかどうか怪しい。瞼を閉じていても届く程度の光では、駄目だ。たとえ、死して、この世にいなくなっても届くほどの光でないと、十分とは言えない。

これから『頂上』に訪れる二人が、一言でも「暗い」と零《こぼ》したら、それは『光の理を盗むもの』の名折れ。

だから、もっと。もっともっともっとだ。

もっともっともっともっともっと《ライト》を。

私の最期の場所である以上に、ここはお父様とラグネの晴れ舞台にもなるのだから。

「――『いま、私は旗を捨てる』――」

照明の強化の為《ため》だけに、私は『詠唱』を唱えて、自らの人生を『代償』とする。

途端に、魂の奥底から、人生最高の魔力が無限に湧き出してくる。

その魔力の属性は『光』。性質は『身代わり』。

それは魔法に変換される前から輝き、私の魔力なのに私の身体から勝手に丸い光の泡となって出て行く。泡の色は、光らしい白や透明だけで統一されていない。赤緑青といった千種以上の多種多様な色が浮かび、虹のような模様を描いていた。

光の泡が一つ弾《はじ》けた。

その『光の理を盗むもの』の魂の一部には、国一つを覆うほどの光が詰まっていた。

天から魔法の日差しが注ぎ、黄金色の空を塗り替えた。白い大雨のような光の群れが、血の床に打ちつけられる。さらに、その光は天に向かって反照する。

天地から、揺らめく巨大な極光《オーロラ》の天幕が降りたのだ。その裾が触れ合って、絡み合って、細長い菱形《ひしがた》を無数に象《かたど》る。生き物のように変動する光の綾《あや》模様が完成した。

続いて側面の空で、別の光の泡が一つ弾けて、千を超える日射の線が横切る。

それはまるで、鉱石の面で硝子《ガラス》を引っ掻《か》いたかのような白い傷の束、光芒《こうぼう》だった。

広がった光の綾模様に横の白線が足されて、より複雑に、より立体的に、より幻想的となっていく。だが、まだ《ライト》は緩めない。空に浮く光の泡たちが、次々と割れていく。

光に光が満ち、光が光に反射して、光と光が交差していく。

その間も、私の身体から光の泡は、無限に湧き出ている。

とうに明るさの限界は超えている。

摂理に反した光が、黄金の空も深紅の床も、全て呑《の》み込んでいっている。

全てが光。光、光、光。もう光以外、何もない。

——はずなのに、よく世界が見渡せた。

はっきり、明々と。明瞭に、明確に、明解に、明細に、明晰《めいせき》に、とにかく明るく、澄明な世界が見える。これだけの光に呑まれて尚《なお》、未《いま》だ黄金の『宝空』は認識できた。

お父様の姿も、血の台座と床も、城そのものも、全て見れる。

普通ならば明る過ぎると、ありとあらゆるものの輪郭線がぼやけるものだが、ここは逆だった。あらゆる輪郭線を、私の光が際立たせる。

空を見上げれば、『天空』どころか、その奥にある夜空の星々まで見通せた。星の一つ一つを、一切目を細める必要もなく、とても簡単に数えられる。

燐光《りんこう》の中だが、全く眩しいとは感じない。

直射の光が目が焼くどころか、逆に優しく癒してくる。長い人生で澱《よど》み切ってしまった双眸《そうぼう》を潤して、纏《まと》わり付いた全ての霞《かす》みを払ってくれる。

――いま、ここならば、ずっと見えなかったものが見える。

それは例えば、足元を流れる雲。その中にある粒子。一つ一つの結びつき。雲が雲と成っていく経緯。雲が雲たる所以《ゆえん》。雲が雲である意味。その雲たる理由の全て。目に映るもの以外の形なきものさえも、見える。明るくて見易《みやす》いからという理由だけで、形而上《けいじじょう》の情報まで、あっさりと読み解けてしまう。

視覚的に、明るくて綺麗《きれい》なだけの世界ではないのだ。

魔法的に、本当の意味での『明るい光の世界』。

ここでは人どころか、雲も空も星も石も血も、生物の括《くく》りを超えて、ありとあらゆる物が『素直』になってくれる。

――これで明るさは十分だろう。

ちょっと光を足しすぎた気もするが……。

ここならば、あのお父様とラグネでも『素直』になれるはず……。

だから、安心して私は、やれる。お父様の死を『代わり』に負って、死ねる。

けど、私は死なない。死ぬことなく、永遠にお父様の中で生き続ける。

——私は大きく息を吸いこんで、最期の『詠唱』を唱える。

これが私の人生で。

生まれた意味で。

生きてきた理由だ。

「——『いま、私は旗を捨てる』。『世界《あなた》の祝福は要らない』『私こそが生まれぬ命を祝う光となる』——」

いま『素直』に白状すると、この『詠唱』を最初から私は知っていたのだと思う。

最初の最初、千年前。レガシィに連れられて、向かった病棟。

そこには死を待つ子供がいて、その手を握る母親がいた。

そう。子供だけでなく母親もいた。あの光景を見たときから、ずっと私は——


「——魔法《代わり亡き光《ノーライフ・ノスフィー》》」

代わり生る光から、代わり亡き光へ。

『明るい光の世界』の中で、本当の『魔法』は昇華した。

だから、私は光《ノスフィー》となって輝き続ける。永遠に。

5．いま六十層が産声で満たされる。貴方《あなた》と二人、同じ日に生まれる為《ため》に

これは私の走馬灯かもしれない。

千年前のことだ。四方を山岳に囲まれて、上空を『魔の毒』に覆われ、滅ぶ間際にあったフーズヤーズ国。飢えと流行《はや》り病《やまい》で死者は膨らみ続けて、裏道を歩けば死体の山が積み重なっていた。急遽《きゅうきょ》、増設した病棟には、いつも無数の病人たちが溢《あふ》れ返っていた。立派な家屋ではない。板を立てて仕切りを造り、決して清潔とは言えない布を敷いただけの病棟だ。その病棟には『魔の毒』に冒され、医師から見捨てられ、死を待つだけの患者たちがいた。

その中の一人が、とある子供。

隣には母親がいて、苦しむ我が子の手を強く握っていた。

魂を削るように「生きて」と願って、病の子供を励ましていた。

その親子の姿を見たとき、私は羨ましかったのだろう。

私も、そうありたいと願ったのだろう。

『魔石人間《ジュエルクルス》』として生まれ、道具のような扱いを受けて、親のいなかった私にとって、その光景は憧れだった。間違いなく、私にとって親子は『夢』だった。

私も辛《つら》く苦しんでいるとき、この手を強く握って欲しかった。

ここに私がいるというだけの理由で、あなたからの無条件の愛が欲しかった。

あなたに祝福されて、あなたの子供として、世界を生きていきたかった。

でなければ、生まれた意味が分からなかった。

生まれた実感すらなく、この薄暗い世界を歩くのは余りに怖かった。

私も「生きて」と願われたくて仕方なかった。

それが『未練』となって、私は『光の理《ことわり》を盗むもの』としての力を完成させた。

そして、千年後。ついに私は『夢』を叶《かな》えた。少し前、フーズヤーズ城の四十五階で、
お父様は私に手を伸ばしてくれた。

『ノスフィーに生きて欲しい。そして、幸せになって欲しい。この、命に、代えて、でも――』

と私にお父様がくれた名前を、お父様が必死に呼んで、私だけを見て、命を懸けて「生きて」と願ってくれた。

私とお父様の姿が、あの病棟の親子の姿と重なる。愛されていると実感するに十分な行為だった。あの日、あの病棟にいた子供と同じ気持ちになれたと思う。

間違いなく、『未練』は消えた――はずだったが、私は消えなかった。

そのあと、お父様が殺されたからではない。

ラグネが現れなくても、私に消失の前兆はなかった。

もちろん、娘として愛されるのは私の『未練』と無関係ではなく、『光の理を盗むもの』として弱り始めていたのは間違いない。あの一幕こそ、長年私が求めてきた『生まれた意

味』なのも間違いない。しかし、消失はできなかった。

まだ私の『未練』は完全に晴れていなかったのだ。

——ならば、私の残る『未練』は何か。

それに私は気付いている。お父様は「生きて」という言葉の次に、私の為に「死んでもいい」という言葉を足していた。

きっと病棟の母親も同じ気持ちだったことだろう。

しかし、当たり前だが、私はお父様に死んで欲しいなんて一度も思わなかった。

もし自分が助かるとしても、一人だけ生き残りたいと思うわけがない。

あの病棟の子も私と同じ気持ちだろう。自分一人生き残りたいからではなく、母と別れたくないから「死にたくない」と呟《つぶや》いていたのだ。死んでいく以上に、一人になるのが嫌だから、あんなにも苦しんでいたのだ。

『一番』大事なのは、命を救われることではなかった。

——愛する人と共に在ること。

そう、私は答えを出した。

もちろん、千年前にお父様と婚姻関係になったときのような形では駄目だ。二人一緒でも心が通じ合っていなければ意味はない。夢遊病状態のお父様は自分を保てていなかったし、私を別人だと勘違いしていた。あれで共に在るなど、口が裂けても言えない。

——ああ、よく分かるな。ここは。

あんなにもぐちゃぐちゃで薄暗かった自分の心の内が、『明るい光の世界』のおかげでよく見える。

私が本当に羨ましかったもの。

私が本当に必要だったもの。

私の『未練』の真意。

私の『未練』は、間違いなく『生まれた理由が欲しい』だ。

だから、「生きて」と手を伸ばされることを望んだ。

ただ、この『未練』が完全に達成されるのには、少し特殊な条件があった。

それは私の贅沢《ぜいたく》過ぎる我《わ》が儘《まま》だろう。同じ『理を盗むもの』たちと比べると、ささやかとは言えない願いだ。ティティーあたりに聞かれると、好みが煩《うるさ》いと小突かれると思う。

でも、私は欲深くて悪い子だから、願ったんだ。

――どちらか一方では足りない。

――どちらも想《おも》い、双方が通じ合ってこそ家族。

あの病棟の親子のように。たとえ、死して、墓に埋められ、永遠の眠りについたとしても。二人が同じ場所に揃《そろ》い、通じ合っていることが『一番』大切なことだった。

だから、もし私一人生き残っても、何の意味もない。

たった一人、お父様と離れて生きていても、そこに価値はない。

一緒に、とても近くで、心を通じ合わせて生きる……！

それが本当の親子だから……!!

——だから、それが私の本当の『魔法』の効果となる。

その『魔法』の仕組みは、とても単純。

私がお父様の『代わり』に死に、お父様は生き返る。

はっきり言って、これからノスフィーという存在が死ぬことは避けられない。

けれど、私は命を落としても、想いだけは落とさない。私は『光の理を盗むもの』。想いがある限り、光として存在し続けることができる。お父様の中で、ずっと私は光を放ち続けるのだ。

——これから先も、ずっとずっとずっと親子で一緒。

それが《代わり亡き光《ノーライフ・ノスフィー》》。私という光が、お父様を苛《さいな》む全ての『代わり』となる魔法。

のはずなのだが、その前に。

欲深い私は目を開く。『魔法』発動の途中でありながら、最後の我儘《わがまま》を伝えに行く。

い、いや、それを聞けば終わる。

分かっていても、完全に『未練』を果たして、完全に『魔法』を成功させる為《ため》にも、いま、私は起きる。

フーズヤーズの屋上へ。

世の理も、魔法も、人の想いも、全てが鮮明となる『明るい光の世界』へ。

《代わり亡き光《ノーライフ・ノスフィー》》成功の手応えを感じて、差し込んでいた右手を抜いて、目覚める。

その抜いた右腕が揺らいでいた。波紋の広がる水面に映っているかのように、ぼやけては歪《ゆが》む。風一つ吹けば消える弱々しい光に、変わり切っている。

その弱々しい光は、もう間もなく消えるだろう。

魔法に成功した以上、それは絶対だ。

ただ、その『代わり』に、生まれるものもある。

私の右手の先。

四肢を切断されて、肺と心臓に穴を空けられ、首は千切れる寸前だったお父様。

その全てが元に戻っていた。

四十五階で失った手足が、衣服も含めて何事もなかったかのようにくっついている。ぼんやりと揺らめく光を発しつつだが、正常に肺も心臓も動いている。首の大きな傷も、頬にあった小さな擦り傷や斬り傷も、全てが治っている。

そして、いま、ゆっくりと瞼《まぶた》を開いてくれる。

瞼の奥にあった黒い瞳が揺れる。視線は僅かに彷徨《さまよ》ったが、すぐ隣に立つ私へ向けられた。お父様は私を認識して、意識を覚醒させ、唇を震わせる。

「ノ、ノスフィー……？」

なによりもまず、お父様は私の名前を呼んでくれた。

それだけのことが切実に嬉《うれ》しくて、少し泣きそうになる。

私も唇を震わせて、答えていく。

「はい、ノスフィーです……。おはようございます、お父様」

人生一番の微笑と共に、目覚めの挨拶の言葉をかける。

そして、もっとお父様に近づきたい一心で、一歩前に出ようとした。しかし、足が縺《もつ》れて、後ろへ倒れそうになる。咄嗟《とっさ》に手を地面に突こうとしたが、もう両手共に実体がなく、ぺたりと尻餅をついてしまう。

よくよく自分の身体《からだ》を確認すると、光となっているのは右腕だけではなかった。

手足全てが光り輝き、霧のようにぼやけていた。

それはお父様の四肢切断を『代わり』に背負った証明だろう。

とうとう手足を完全に失ってしまったが、心配していた痛みは一切なかった。

あれだけ私を苛み、蝕《むしば》んだ辛苦が、全て身体から消えている。

私が生物を止《や》めて、『魔法』そのものになろうとしている証明だろう。

ただ、『魔法』への変換は少し時間がかかるようで、湖に垂らしたミルクのように、ゆっくりと私は薄まっている途中だった。

「――――っ！　ノスフィー!!」

お父様は跳ね起きて、素早く台座から降りた。

状況を把握したのだろう。

その治った両手で、私の胴体を持ち上げて、強く抱き締めてくれる。

その見開いた双眸《そうぼう》で、私だけを見てくれる。

その悲願の成就が心底嬉しくて、また私は泣きそうになってしまう。

けれど、最期は笑顔で別れると決めていた私は、ぐっと眼球の奥の熱を抑えた。

目と鼻の先にいる人に向かって、微笑《ほほえ》み返す。

その意味が、お父様には分かったのだろう。ぐにゃりと眉を動かし、二つの瞳を揺らし続けて、首を左右に小さく振って、私の行為の理由を問いかけてくる。

「ノスフィー、どうして……？　もう僕を助けても、意味なんてない」

一度死んだというのに相変わらずで、私は安心する。

無駄に自虐的な口調で、とても的外れなことを口にするお父様に私は返答していく。

「お父様、助けてください。わたくしでは、もうラグネに声が届きません……」

「ラグネに……？　いや、ラグネ相手なら、ノスフィーが戦うのが一番だ！　二人の相性なら、ノスフィーが絶対に勝てる!!」

「いいえ、勝てません。だって、わたくしとラグネでは戦いになりませんから……。そう決めて、ここまでわたくしは来ましたから……。今朝のお父様も、そうだったでしょう？

あれと同じです」

「そ、それは……」

親の真似《まね》をしているだけだと言うと、お父様は返す言葉を途中で失った。

その間も、ずっと私を見つめ続けてくれている。

人どころか、生物ですらなくなっていく身体を見て、より一層と顔を歪ませては叫ぶ。

「――――っ！　ああっ、くそ！――魔法《ディメンション・千算相殺《カウンティング》》!!」

次元魔法で、私の魔法《代わり亡き光《ノーライフ・ノスフィー》》を解除しようとした。しかし、無駄だ。これをどうにかしようと思うのならば、お父様も本当の『魔法』を使うしかない。

「お父様……。それよりも、最後にお話をしませんか？　最後だからこそ、わたくしとお父様の得意な『話し合い』を……。ずっとできなかった親子の『話し合い』が、わたくしはしたいです」

　このまま放っておくと、お父様は本当の『魔法』を使う危険がある。そうさせまいと私は右手を伸ばした。ぼやけて揺れる光の手で、お父様の頬を撫《な》でて、意識を逸《そ》らす。

「さ、最後に……？　最後に、ずっとできなかった親子の『話し合い』を？　あ、ぁあぁあっ、ぁああぁあっ……！」

　私の望みを聞き、お父様は予期せず酷《ひど》く呻《うめ》いた。多くあるトラウマのどれか一つを刺激してしまったのかもしれない。私は急いで『話し合い』の話題を探す。頭の中をひっくり返して、一度してみたかった親子の話題を見つける。

「えっと……。その、お父様……。わたくしはいい子でしたか？　それとも、悪い子でしたか？」

　自分以外から見た評価を聞きたかった。

　特に、お父様からの言葉を聞きたくてしょうがない。

「わたくし、色々とやってしまいました……。お父様にこっちを見て欲しいという一心で、色んな人を騙《だま》して、利用して、犠牲にしました。いい子であろうと頑張ってきましたが、結局は悪いことをたくさんしてしまいました。……ティティーは、わたくしを許してくれるでしょうか？」

最近のことだと、『風の理《ことわり》を盗むもの』ティティーが一番の心残りだ。あれだけ友人であろうとしてくれた彼女に対して、最後まで私は『素直』になれなかった。

「ティティーは間違いなく、ノスフィーを許してる!!　それどころか、ずっとノスフィーを心配してた！　最後の最後、消える間際までノスフィーの幸せを祈ってた。おまえを自慢の友達だとも言ってた。ああ、ティティーは分かってたんだ……。ノスフィーはいい子だって、誰よりもティティーはわかってた。なのに、僕は……。僕は……」

「わたくしが、自慢の友達……？」

ここにきて、ティティーの最後の言葉を知ってしまい、また私は泣きそうになってしまう。今度は私が返す言葉を失う番だった。

「ノスフィーはいい子だ。このフーズヤーズでしてきたことを思えば、誰だってそう言う。千年前も千年後も、結局ノスフィーはフーズヤーズを利用し切れてない。犠牲にし切れてない。ノスフィーは自分が悪いって思ってるかもしれないけど……むしろ、利用されて犠牲になったのは、ノスフィーのほうだ。そして、犠牲にしたのは僕たちだ。もし僕や『使徒』たちさえいなければ、ノスフィーはもっと……。もっと幸せになれたはずなのに……」

優しいお父様は、私はいい子だと繰り返し続けてくれる。

ただ、それは逆に、自分自身は違うと言っているかのようでもあった。

「どこかの馬鹿《こども》たちと違って、ノスフィーは頑張ったんだ……！　最後まで、清く正しく、真《ま》っ直《す》ぐな心で、人を信じ続けた！　疑う材料なんて、僕やラグネのときよりも一杯あったのに……。それでも、ノスフィーは信じた！　こんなにも馬鹿な父《ぼく》を！」

「お父様……。しかし、わたくしにも悪いところは一杯あります。わたくしは敵でもいいから、お父様の心の『一番』に残ろうとしました。とても卑怯《ひきょう》な方法で、お父様の気を惹《ひ》こうとした。それを考えると――」

「それは違う!!」

どうにかお父様の自虐を止めようとすると、逆に強く遮られてしまった。

「そんなもの、当然の権利だったんだ……。子供なら誰にでも、その権利があった。ただ、その当然のことが、僕たちにはできなかった……。文句を言うどころか、たった一言の確認すら、できなかった……」

その「僕たち」が相川渦波《アイカワ・カナミ》《あいかわかなみ》とラグネ・カイクヲラの二人のことであると、光となってお父様と繋《つな》がりを得たいま、薄《うっす》らと理解できる。

私が少し城から離れている間に、二人は二人だけで確認をしてしまったのだ。

だからこうも、二人は弱ってしまっている。

あんなにも強かった二人が、かつてない弱さを見せている。

ただ、その弱さを悪いことだと私は思わない。

良くも悪くも、強くも弱くも、いま二人は道を前に進んでいると思う。

ただ、その進む道は暗過ぎる。だから、私は——

「お父様、だとしても……。決して、最後まで諦めてはいけません。前に進めば、前に前に進み続ければ、いつか必ず願いは叶《かな》います！　本当です！　ええっ、わたくしは本当でした……！　願いは必ず叶うんです！　叶ったんです！　お父様っ!!」

大丈夫だと、私が保証する。どんなに道が暗くて、怖くて、辛《つら》くても、最後に待っているのは光だと強調する。それを聞いたお父様は眩《まぶ》しそうに目を細めた。そして、一度だけ強く目を瞑《つぶ》ってから、ゆっくりと力強く答えていく。

「うん、僕も前に進むよ……。ノスフィーと同じように、前向きに進む。もう後ろ向きは止める。約束する……」

その声と表情から、私の安心は増す。

「ふふふ、良かったです……」

話せば話すほど、心残りという心残りが消えていくのを感じる。

その自分自身の感情の動きが、本当によく分かるのは、光の中に心を隠せるような障害物が一切ないおかげだ。

「ああ……。お父様、ここは本当に明るいですね……」

ここなら、言葉を飾る必要はない。

私は『素直』に、私の最後の目的を、お父様に告げる。

「だから、どうか……。この明るい場所で、一言、最後にお願いします……」

『未練』を晴らす為《ため》に私は来た。

痛くて痛くて痛くて。

辛くて辛くて辛くて。

苦しくて苦しくて苦しくて。

怖くて怖くて怖くても。

その一言の為に、私は『頂上』まで来た。

「ひ、一言……?………――っ!!」

お父様は私の望みを、すぐに理解してくれた。

だからこそ、顔を青くして、口を噤《つぐ》んでしまう。

「お願いします、お父様。それがわたくしの本当の『魔法』の仕上げなのです」

しかし、その完成を引き伸ばそうと、お父様は何度も首を振る。

「ま、まだ……！　まだノスフィーと話したいことがもっとあるんだ……！　言わないといけないことが、たくさんたくさん！　数え切れないほどある……！　だから、もう少しだけ！　もう少しだけ待って欲しい……!!」

その一言から遠ざかろうと、口早に別の話題を探そうとする。

「いい子とか悪い子とか、正しいとか正しくないとか、そういう話は結局どっちでもいいんだ……！　ノスフィーがノスフィーなら、僕はそれでいい！　血の繋がりがあるとか、『魔石人間《ジュエルクルス》』だったとか、そういうのも重大じゃない！　確かに『話し合い』も大切だけど！　僕は、ただノスフィーに傍《そば》にいて欲しい……！　ノスフィーがノスフィーだから、ノスフィーは『娘』で、本当の家族で！　それで、それでっ……──ああっ、何を言えばいいか纏《まと》まらない！　くそっ!!　ノスフィー、纏まるまで待ってくれ!!　もう少しだけっ、待ってくれ！　お願いだ!!」

「大丈夫。よく分かります、お父様。だって、それこそがわたくしの『未練』ですから」

けれど、どんな話をしても、結局は私の『未練』に返ってくる。

「『未練』……！　待ってくれ！　まだ僕は、ノスフィーに……！　まだ……!!」

「わたくしの『未練』は、一方だけでは少し足りませんでした。わたくしにとって、大切なのは──」

これを確認する為に、まだ私は残っていた。

「──【互いが互いに、生きて欲しいと手を伸ばすこと】」

どちらかではなく、双方。

二人通じ合うことが、何よりも大切で、前提。

一人だけでは生まれた意味は見出《みいだ》せないし、生きている理由だって手に入らない。

「わたくしもお父様に生きて欲しい。だから、お願いします。一言で構いません。たった一言を、わたくしにください。大丈夫です。わたくしも、これからお父様の中で生き続けますから……」

「ぁ、ぁあ……、ノスフィー……。ぁあぁぁ、ああ……――」

はっきりと私が『未練』を明確にしたことで、お父様は大口を開けたまま、次の言葉を吐き出せず、完全に止まってしまう。

お父様は私の『未練』を晴らしたいと思っている。

しかし、【互いが互いに生きて欲しいと手を伸ばすこと】を果たせば、私は消える。

お父様は、私に消えて欲しくないのだろう。

どうか、まだ消えて欲しくない。生きていて欲しい。考え直して欲しい。けれど、そう私を説得しようとすれば、【生きて欲しいと手を伸ばすこと】が成立してしまう。

――だから、何も言えない。

しかし、このまま何も言わなくても、私は消滅する。

人であり続けるには、『代わり』に負ったものが多過ぎる。

特に、お父様の死が重過ぎて、本当にギリギリなのだ。

だから、お父様は言えば消えると分かっていても、言わないわけにはいかない。

せめて、消える前に『未練』は綺麗《きれい》に消してあげたいと、最期の『魔法』は完全なものにしてあげたいと……。優しいお父様ならば、必ず選択してくれる。

「ノ、ノスフィー……」

お父様は私の名前を呼び、他に何か手はないかと目線を彷徨《さまよ》わせた。

けれど、何もない。どれだけ考えても、この私の望み以上のものは見つからない。
お父様自身、それが私の『一番』の幸せであると理解しているから。
だから、もう。
口にするしかない。

「――ノスフィー、生きてくれ……!!」

お父様は私を強く抱き締めた。
だから、お父様の胸の中で、私は人生最高の満面の笑みで応える。

「――はいっ、お父様!!」

これでノスフィー・フーズヤーズは、終わり。
消失は確定した。けれど、心は満ち満ちている。『未練』は欠片《かけら》一つない。
――お父様、本当にありがとうございます。
ずっと心に空いていたものが埋まりました。
これで私は、生まれたことに納得できます。
ずっと心の羨んでいたものを見つけました。

これで私は、あの日の病棟にいた親子と一緒です。

ずっと心が求めていたものに手が届きました。

これで私は、私には家族がいるって胸を張れます。

ずっと不安だったけれど、いまならば言えます。

この世界に私は生まれて、ちゃんと生きている。

私は生きている。生きている生きている生きているって、何度でも――

その想《おも》いを最後に謳《うた》っていく。

「――ああ……。『この血肉は命なき人の形《かた》だった』。『誕生の夢を見て死ぬこともできない』……。けれど、わたくしは生まれ変わった。『人は必ず生まれ、この不生と不死の闇を払うことができる』……。『魂に響く愛する貴方《あなた》の声』が消えぬ限り、わたくしは生きている……――」

いつかお父様が生きていることに迷ったときは、この詩を思い出して欲しいです。

この私の『詠唱』で、私を呼んで欲しい。

お父様に助けて貰《もら》ったお礼に、私が必ずお父様を助けます。

「ノスフィー!! 死ぬな! 消えないでくれ! 僕と一緒に生きてくれ!!」

私が遺言を残しているとお父様は理解し、さらに強く私を抱き締めて叫ぶ。

しかし、その一言一言が私の待望だった。命の止《とど》めにしかならない。

「はい、お父様……。これからはずっと一緒です。心が通じ合って、ずっと……」

本当に、ここまで長かった……。

千年前、誰からの祝福もなく生まれたときから……。

生きている理由を追い求めて、暗い道を歩き続けて……。

けど、最後の最後に、最高の終わりが待っていた。

「ふふふっ、嬉《うれ》しいです！　こんなにも嬉しいんですね、お父様……！　生きているって、こんなにもドキドキするんですね！　これがレガシィの言っていた家族の愛情！　やっと、この手に摑《つか》まえました！　もう離しません！」

ああ、良かった……！　いい子であろうと頑張ってきて、本当に良かった……!!

もう手はないけれど、確かに摑まえた……！

伸ばした手と手が絡み合った！　あの親子のように、しっかりと!!

「お父様、お慕いしています……！　心からお慕いしていました！　お父様に愛して欲しいと願い、ずっとここにわたくしはいました！　ちゃんと、ここに!!」

もう『そこにいない』なんてこともない！

独りに怯《おび》える夜なんて、二度とやってこない！

寝るときに襲ってくる怖いものも全部、もう終わりだ!!

「ま、まだだ、ノスフィー……！　これからも！　これからもだ……!!」

はいっ、お父様の言う通り！

これからは、お父様の中で私は『そこにいる』！

「ええ！　これからもずっと一緒です！　これからわたくしは死にますが、死にません！　お父様の胸の中で抱き締められて、生き続けます！　この愛されて生まれたノスフィー・フーズヤーズが、お父様の命の『代わり』となります！　そうっ、わたくしが生まれてきたのは、このとき！　この為！　この使命を果たす為だった!!」

「……ああ」

お父様は短く肯定して、私を抱き締める。私に残されていた生き物としての胴体が、いま光の粒子となって去っていこうとしている。その粒子を逃がさないようにと、強く強く抱き締めている。それが私は嬉しくて堪《たま》らない。

「ああ、あぁああ、良かった……。良かった、です……」

自然と口から声が漏れる。

嘘《うそ》ではないと確認するように、何度も「良かった」と繰り返して、ついに。

「あ、ぁあ、あれ？　あぁぁ……、違います。お父様、これは……」

一気に視界が滲《にじ》んだ。

それは『未練』の解消の結果。

積もりに積もった感情の発散。

ここまでの痛み苦しみ悲しみを晴らす報酬。

だから、その号泣に合わせて、私の身体《からだ》の光の粒子化は加速していく。

手足の光は形を保てなくなり、ぱらぱらと散っていく。

そして、ついに胴から喉、最後に頭部、全てが光となる。その寸前に、私は、

「これは嬉しいのです……。嬉しくて涙が……。うぅ、とっても嬉しくて、ああ、声が……。声が……——ぅうっ、ぅう、ぅああぁあっ——ああ、あぁああ——!!」

誕生の産声をあげる。

「ぅうあぁああっ、ぁあああっ! ぅぁあああああぁあぁあぁあああアア——!!」

初めてだった。ここまで大きな声で、形振《なりふ》り構わず、感情のままに叫ぶのは、本当の意味で生まれて初めての経験だった。

さらに、ここまで視界が滲むのも初めてだ。

視覚だけではない。合わせて、聴覚も嗅覚も味覚も触覚も、ありとあらゆる感覚が滲んでいき、人から魔法のそれに変わっていく。そして、もう自分の胴体はなくなったのか、とうとうお父様の抱き締める力が分からなくなってしまう。

「ノスフィー、ずっと一緒だ。ノスフィーが望む限り、ずっと……」

けれど、まだ声は聞こえる。

まだ私には頭部があるだろうか。

瞳は世界を映しているだろうか。

——分からない。

いまや全感覚が『魔法』の光となってしまった。

けれど、一つだけはっきりと分かることがある。

──お父様の胸の中は明るい。

光が満ちている。それが、最期。

「あぁ、やっと見つけ、た……──、わた、くしの──生きる、ば、しょ……──」

私は、消える。

屋上から一つの命が消失して、生きているのはお父様一人だけとなってしまう。

お父様の両腕の中から、ノスフィー・フーズヤーズという存在は、いま完全に消えた。

だが、厳密に言えば、私は消えたけれど消えていない。

光そのものとなって、私はお父様の中に入っただけ。

ずっとそこで、お父様の『代わり』となり続けている。

「ああ、そこにずっといてくれ……。一緒にいこう、ノスフィー……」

一緒だと言ってくれた。

その言葉が契機となり、私はお父様と『親和』する。全ての源である魂が、お父様の魂と重なった。つまり、お父様が私で、私がお父様。『光の理《ことわり》を盗むもの』はお父様として存在して、生き続けている──いや、いま、ここに生まれ直したのだ。

ゆえにフーズヤーズ城屋上の発光は止まらない。

未《いま》だに夜空の中でありながら闇一つなく、真っ白な光の中でありながら満天の星々を数えられる。その輝く『頂上』にて、お父様は立ち上がった。

私の遺言通りに、次へ。前に進もうと、顔をあげてくれた。

視線の先は、屋上と『元老院』を繋《つな》ぐ階段。

その階段から、一人の少女が姿を現す。

ぴったりだ。

ラグネ・カイクヲラが『一番』を目指して、また『頂上』まで戻ってきた。

屋上に出た彼女は、自らの暗い魔力をも払う光に目を眩《くら》ませる。

「こ、この光……！　この明るさ……！　ノスフィーさん……！　ノスフィーさんノスフィーさんノスフィーさん……！　ノスフィーさん……!?」

そして、状況を把握しようと、つい直前まで戦っていた私の名前を呼びつつ、『光の理を盗むもの』の姿を探した。

「ラグネ……」

しかし、その呼びかけに答えられるのは、もうお父様だけだった。

ラグネは自分の名前を呼んだ声に向かって、跳ねるように顔を向ける。

ただ、そこにはお父様が一人立っているだけ。私はいない。その上、明らかに光の魔力を得ているお父様を見て、ラグネは全てを理解してしまう。

「――ぁあ、あぁっ、ああ!!」

お父様以上に顔を歪《ゆが》ませて、吐くかのように肯定の声を三度漏らした。

「よ、よくも……！　おまえはよくも!!」

そして、そのまま胃の中身をぶちまけてしまわないかと不安になるほど、叫んでいく。

「ノスフィーさんを殺したなァ!?　いつもそうだ！　おまえはいつもいつも！　私の大好きな人ばかり！　大切なものばかり奪う!!　ずっとだ!!　あの屋敷の頃から！　いや、あの小屋にいたときから、ずっと!!　自分の子供から取り上げて！　その良心は痛まないのか!?　生きていて恥ずかしいと思わないのか!?　おまえはァアアアアァアア――!!!」

もう私が死んで、ここにいないと思っているのだろう。

そのおかげで思いがけず、ラグネが私を好きだったと分かってしまう。

とても嬉しい話だが、少し口ぶりが妙だ。

その原因を、お父様は明確に理解しているようだった。

それを言う資格がラグネにあると頷《うなず》き、冷静に受け止め続ける。

「ノスフィーさんこそ！　『一番』だった！　間違いなく、私たち三人の中で――いや、世界で『一番』値打ちのある命だった！　誰が見ても、ノスフィーさんが生き残るべきだった！　そのノスフィーさんの命を、よくも！　よくも奪ったァ!!」

「ああ、そうだ……。そうだな、ラグネ。おまえの言う通りだ。おまえは正しいやつだ。ずっと正しいことしか言ってない」

向き合う二人は、どちらも泣きそうな顔をしていた。

「――ラグネ、再戦だ」

お父様は熟考の末、ラグネと戦うことを選んだ。

私の選択とは真逆だった。それを聞き、ラグネの表情は変わる。

泣きそうで苦しそうなままだけれど、同時に嬉しそうな顔。

「おまえもノスフィーが欲しいのなら戦え。僕と戦って、僕から奪え」

お父様は屋上を、二振りの剣が刺さっている場所まで歩いた。

そこには私の両腕を貫いた『アレイス家の宝剣ローウェン』と『ヘルミナの心臓』が、まだ刺さったままだった。その内の片方、『アレイス家の宝剣ローウェン』だけを抜いて、お父様は数歩だけ引き下がる。

「どちらが本当の『一番』か……。いまから、ここで決めよう。だが、やり直しはなしだ。これまで僕たちは何度も戦ってきたけど、これが最後。もう次はないと、ノスフィーの魂に誓え」

あえてラグネの為《ため》に、剣を一振り残した。

それはまさしく、騎士の決闘の要求だった。

「我が名は相川渦波《あいかわかなみ》。騎士ラグネ・カイクヲラにノスフィーを懸けての決闘を申し込む。おまえの大好きな命の奪い合いだ。――いざ、尋常に勝負しろ」

お父様はラグネに『ヘルミナの心臓』を抜くように、剣先で促した。

安過ぎる挑発だ。ただ、その要求と挑発を前に、ラグネは酷《ひど》く懐かしそうな顔になっていた。過去を思い返しては歯を食いしばり、彼女も十分に熟考した末に歩み出す。

十分な戦意と共に、『ヘルミナの心臓』に向かって、地響きを鳴らすように。

「ノスフィーさんは私のものだ！　『殺し合い』で私に勝てると思うな！　ノスフィーさ

んの『不老不死』は、おまえのようなクズにだけは渡さない……!!　ノスフィーさんの光だけが、もう私の光なんだ……!!」

その決闘前の光景を見て、嫉妬するくらいに仲のいい二人だなと私は思った。

ただ、近し過ぎて、まだ『素直』になれていないようにも見える。

だから、『魔法』となって見守る私は、もっと光を足していく。

二人の間に隠し事がなくなればいいと願って、その舞台の照明を最終調整していく。

ただでさえ明るい屋上が、また一段と輝いた。

その強い光に反応して、ラグネはあたりを見回す。

もう私には顔も目もないが、ラグネと目が合ったような気がした。

ラグネは『ヘルミナの心臓』を引き抜き、お父様でなく私に向かって宣誓する。

「誓う!!　これで終わりでいい!!　ここが、ここここそが、この戦いこそが、私の『一番』だ!!　いまから私の『夢』は、叶《かな》う!!」

私との別れ際では言えなかったことが、いまラグネの口から放たれた。

彼女は自分の『夢』の中身、何の『一番』を目指すのかを、はっきりと決めたようだ。

それを聞き、私の戦いが無駄でなかったと分かる。

終わりの間際の間際、ついにラグネは『勇気』を出した。

嬉しいと思うと同時に、とうとう限界がやってくる。

意識が遠ざかる。

人としての意識が終わって、完全に『魔法』そのものとなる時間が近い。

「ああ。よく来た、挑戦者ラグネ。……代役で悪いが、『試練』を始めさせて貰《もら》う」

もう見守ることはできないけれど、ここに遺《のこ》せる光は限界まで遺せた。

ここから先は、遺した光がみんなを守る。

ゆえに、ここがノスフィー・フーズヤーズの――

「――ここ、が、この、世界、の、『頂上』、こそが六十、層。『光の理を盗むもの』ノスフィーの階層だ。急造でなく、確かにここが世界で『一番』高くて明るい場所。ラグネ、この白光の下で確かめるぞ。おまえの何もかも全てを晒《さら》せ……！　それが彼女の遺した『第六十の試練』だ……!!」

私の階層。課される『試練』は、『光の理を盗むもの』の《ライト》。

どうか『素直』な心で二人共、心中を暴き合ってください。

当然、ここでは演技なんて一切許しません。その鏡が映せるのは、お互いのみ。

そこに誰かの『理想』なんてものはなく、ただ『真実』だけが映し出されます。

自らの中身を、よく確かめ合ってください。

きっと『矛盾』するものが一杯積み重なって、大きな壁となっていることでしょう。

後戻りする為の道が、破綻した『夢』の残骸で塞がれていることでしょう。

そこは盤面でいうと、詰みとしか表せない袋小路かもしれません。
でも、まだです。
まだ二人は決して終わってなんかいません……。
二人で力を合わせて、この世界を生き抜いてください……。
そう、二人で……――、もう誰も、死ぬことも、悲しむことも、なく……――
生きて、ください……――
お父様――、ラグネ……――
どうか……――
二人の世界に、明るい光《わたし》の祝福を――

6.『■の理《ことわり》を盗むもの』ラグネ・カイクヲラ

【光の理】と【星の理】のぶつかり合いは対照的で、綺麗《きれい》な明暗に分かれた。

『代わり』と『反転』。

ノスフィー・フーズヤーズとラグネ・カイクヲラ。

向こうが明かりならば、こちらは暗がり。

二つの理は交差して、共鳴して、私を包んでいった。

それは光だけど光ではなくて、闇だけど闇ではなくて、ただ暗いだけの霧。

その中で、とうとう私は、ラグネ・カイクヲラの三節目に至った。

三節目の答えは、その暗い世界の中でも尚《なお》暗く、際立った。

私の眼前に突きつけられる『真実』。

「ママは、やっぱり……。それに、私もママのことが……――」

――大嫌い。

私の予定通り、『光の理を盗むもの』ノスフィーは私に答えを教えてくれた。

ラグネ・カイクヲラとは全く逆の道を進み、私には絶対に届かない結末が約束されたノスフィー・フーズヤーズ。彼女の眩《まぶ》しすぎる光に照らされて、私という影はくっきり見えた。ただ、予定通りとはいえ……、払った犠牲は余りに大きかった。

私は回復魔法でも『反転』の力でも、修復不可能な心の傷を負ってしまった。

いま私の心には、ぱっかりと大きな穴が空いている。

当然だ。私にとって、ママは全てだった。

そのママを大嫌いと否定してしまえば、もう私には何も残っていない。

このラグネという人間の中身が、空洞のようにしか思えなくなる。

事実、この『理想』という名の『表皮《かわ》』の下には何も入ってない。人ならばあるはずの血とか肉とか魂とかいう大切な中身が、ラグネ・カイクヲラにはない。

ただでさえ暗かった世界が、さらに暗くなって、途端に死にたくなってしまう。

空っぽの私は、自らの中身を探して彷徨《さまよ》う。周囲を見回して見回して——私に相応《ふさわ》しいものを一つ見つける。それはフーズヤーズ城の頂上中央にある吹き抜け。

飛び降り自殺に相応しい空洞だった。

「——ああっ。ははは」

理解した。私が『一番』を目指して、こんなに高い『頂上』までやってきたのは、ここからもう一度飛び降りる為だったのだ。

私は穴に吸い寄せられる。

なんの躊躇《ためら》いもなく、あっさりと。目を瞑《つぶ》って、その足を踏み外した。

がくりと身体《からだ》が崩れて、真っ逆さまになって落ちていく。

浮遊感の中で、冷静にフーズヤーズ城の階数が五十であると思い出す。

ここは世界で『一番』高いところだ。頭から落ちてやろう。そうすれば、きっと即死だ。それでラグネ・カイクヲラは死ぬ。終わり。この長いだけで中身のなかった人生は終了。もうそれでいい。いや、それがいい。

これ以上、もう私は何も考えたくない。だって――

前に進めば進むほど、辛いだけなのだから。

戦っても痛いだけで、殺しても苦しいだけなのだから。

『一番』に近づけば近づくほど、世界は暗くなっていくばかり。

生きている理由がない。いや、もう単純に私は生きているのが怖い。

生が怖い。生きているだけで辛《つら》くて痛くて苦しくて暗い。こんな毎日がこれからずっと続くのかと思うと、怖くて怖くて怖くて堪《たま》らない。

死が優しい。この辛くて痛くて苦しくて暗いだけの毎日を終わらせてくれる存在は、唯一の希望。私は死にたい。ああ、ずっと私は死にたくて堪らなかった。

――やっと死ねる。

私に死ぬなと言ったママが消えてくれたから、やっとだ……。

やっと、やっとやっとやっと、私は死ねる……。

「あ、あれ……？」

しかし、いつまで経《た》っても死ねることはなかった。

ずっと続く意識を不思議に思い、私は目を見開く。

天井が見えた。フーズヤーズ城の回廊の天井であると理解して、自分の世界から暗さが少し薄らいでいると分かる。どうやら、『魔力が掻《か》き消された』ようだ。同時に、折れたはずの心も元に戻っていた。

「え……？　どうして……、私は自殺なんて……」

ありえない。先ほどまでの死のうとしていた自分が自分で信じられなかった。

我が身に何が起きたのかを解明する為に、直前に起きたことを必死に思い返す。

私はノスフィーさんと戦っていた。

予想通り、ノスフィーさんが私に『不老不死』を渡さないと言ったから、力ずくでも奪おうと戦いをしかけた。それが私が強くなる為であり、本当の『魔法』に至る為の最善の方法だと、直感していたからだ。

ただ、私はノスフィーさんに言葉だけで、心を折られかけた。

それを黙らせる為に、私は【星の理《ことわり》】を使った。

間違いない。原因はこれだ。そこで私はノスフィーさんの『代わり』を、『反転』させてしまったのだろう。そこから何もかもが滅《め》茶《ちゃ》苦《く》茶《ちゃ》になって、私の心が光の精神干渉に襲われて、自分で自分が分からなくなって、その果てに大嫌いって……。

「――ち、違うっ!!」

私はママが好きだ。

いまのは、ノスフィーさんの盗んだ理が作用して、私の盗んだ理が私に作用しただけ！

好きを嫌いに『反転』されただけ！　いまのは私の答えじゃない！　絶対に違う！

私は想《おも》いを間違えない!!　この愛だけは間違えない!!　これだけは、絶対に絶対に絶対に間違えて——

その否定の最中。ぺちゃりと、傍らで音が鳴った。

「…………っ!?」

驚き、私は上半身を起こす。

幸い、世界は薄暗い程度だったので、すぐに音の正体はわかった。

ファフナーが召喚したであろう『血の人形』が、すぐ傍《そば》で私を守るように立っていた。

余計な音は立てず、制止し続けている。

その静か過ぎる姿を見ていると、一つの名前が喉から出そうになる。

『血の人形』の顔は赤い能面で、装いにも特徴は感じられない。他と区別できるのは魔力と仕草だけしかないが、私には分かった。子供の頃、ずっと目で追っていたからという理由だけでは説明できないほど、よく分かった。

「……リ、リエル様？」

名前を呼んだ。その声に、制止していた『血の人形』は反応して、こちらを見てくれた。

私は正体を確信したことで、動揺し、真っ白な頭を動かして言葉を紡ぐ。

言わなければいけないことがあると思った。

ずっと私には、リエル・カイクヲラに伝えたいことがあったはずだと思った。

「リエル様……。その、私……、あれから『天上の七騎士《セレスティアル・ナイツ》』になりました……。もちろん、リエル様には敵《かな》いませんが、あなたの代わりになれるよう頑張って……、カイクヲラ家を守って……。それで、その……――」

　途中から自分が何を言っているのか分からなくなる。

　勝手に『表皮《かわ》』ばかりが動いて、余りにどうでもいい話ばかりが口に出てくる。

　早く本題に入ればいいのに、一向にその言葉が頭に浮かばない。一言聞けば終わりなのに、その一言が真っ白になり過ぎた頭の中から見つけられない。

「――、――」

　それに『血の人形』は頷《うなず》いて、応えていく。

　声は出ていない。おそらく、声帯がないのだろう。ただ、能面の顔を蠢《うごめ》かせて、何かを私に伝えようとはしている。まるで口のように動かしているが、そこに声を出す空洞はない。私は何とか『血の人形』の言葉を聞き取ろうとするが、何も聞こえてこない。

　全く聞こえてくる気がしない。そもそも、リエルがどんな声だったのか……。

　昔、私はリエルに、どんな声で、どんなことを言われていた……？

　私は『血の人形』の能面の動きを追いかけながら、故郷の屋敷の庭で素振りをしていたリエルの姿を思い出す。そこで交わした会話も想起する。

　徐々に記憶のリエルと、いま目の前にいる『血の人形』が重なっていく。その魔力と仕草は同じで、口の動きも同じ。血の魔法で、過去が繰り返されている。聞こえた気がした。

懐かしい声色が、真っ白な頭の中に響く。

『……そうやって、自分を誤魔化してるラグネを見るのが、俺は辛い』

言われたことがある。

そして、いまも確実に、目の前で同じことを私は言われている。

続く言葉が、頭の中に響く。過去、別れ際に受け取った彼の遺言が、ラグネという
『表皮《かわ》』の裏側にこびりついて、取れない。

『──大聖都で新しい自分を見つけるんだ』『俺はラグネにラグネらしくあって欲しい』

『ラグネ自身に決めて欲しい──』

その言葉群に視界が揺らぐ。眩暈《めまい》と共に、私は俯《うつむ》く。

……新しい自分って何だ？　私らしく？

私の私らしさは、間違いなくママだ。私にはママしかない。ママが好きな私が、私。

それ以外に私はいない。だから、私はママとの約束を胸に、ずっと『夢』を叶《かな》えようと
している。『一番』を目指し続けている。それがラグネ・カイクヲラ。

大丈夫。はっきりしている。間違えもしない。この私が、私らしいわた──

「えっ？　リエル様……!?」

俯けた顔をあげたとき、もう傍に『血の人形』はいなかった。

誰もいない。一人ぼっちだった。

慌てて、私は立ち上がり、周囲を見回す。

ここはフーズヤーズの城、吹き抜けの側面にある回廊。

正確な階数はわからないが、屋上から少し下なのは間違いない。

この位置からでも、屋上の吹き抜けから覗《のぞ》く人影が見える。

特徴的な魔力だから、すぐにノスフィーさんだと分かった。

「ま、不味《まず》い……!!　死体を、取られる……!!」

いま屋上には、カナミとノスフィーさんの二人きりだ。

早く戻らないといけないことだけは間違いなかった。

リエルのことは後回しだ。何よりも、まず私は『一番』にならないといけない。

そうだ。落ちたことで、また私は『一番』を目指してもよくなった。

さあ、考える前に動け。それが私だと、ノスフィーさんにも言った。

ずっと私は、ラグネ・カイクヲラだ。

「…………っ!?　そういえば、道が……」

階段に向かって駆け出す前に、私は周囲の異常に気付いた。

ファフナーに支配された城は、大量の血に満たされていたはずだった。

壁や天井には得体の知れない肉が張り付き、歩けば血の浅瀬に足を取られる。移動するだけでも気力と体力を奪われる場所だったというのに、いまは違った。

血塗《ちまみ》れではある。しかし、もう脈動する肉もなければ、血も川のように流れていない。

駆け出すのに一切の障害がない。ファフナーの支配が失われている。

私と別れる前のファフナーは、消滅するまで戦い続ける覚悟を持っていた。その彼が血を薄めたと言うことは、本人の意思ではないだろう。

私がノスフィーさんと戦っている内に、階下での決着がついたのだ。

耳を澄ませば、城の外から軍の勝ち鬨《かどき》が聞こえた。開放された窓まで移動して、大聖都の様子を確認すると、地上を染め上げていた血の赤が半分以上元に戻っていた。

「ファ、ファフナーさんが負けた……？　誰に……？」

あれが負ける姿は思い描けないが、敗北以外に説明がつかない。

それは同時に、ファフナーに勝利したカナミの仲間たちが、上を目指していることでもある。対して、もう私に仲間はいない。

あのファフナーが、私の最初で最後の仲間だったのだから。

「構うか！　元々、私は一人でやるつもりだった……!!」

私は血の薄まった回廊を走り出す。

ぱちゃぱちゃと血溜《ちだま》りを足で弾《はじ》いて、『頂上』を目指す。

それだけで、胸に湧き出かけた不安が消えていくような気がした。

虚無感が消えて、生きている気がした。身体から力が湧いてくる気がした。

「すぐ戻る……！　すぐ『一番』に戻って、ノスフィーさんを……、――――っ!?」

その勢いのままに、私が階段を登っていたときだった。

見知らぬ魔力の波動が全身を打った。

誰かの攻撃かと思ったが、すぐにそうではないとわかる。

――魔力の出所は私だった。

しかも、それは真っ白に輝く魔力。ノスフィーさんの魔力だった。急に尋常でない魔力が私の身体《からだ》から湧き出て、それは「まだ終わっていない」と暴走していく。

その魔力に合わせて、私の暗い魔力も湧き出る。私の意志ではない。暴走としか呼べない現象が、唐突に私の身体で起こった。また光と星の魔力が交差し、絡み合う。

「くっ、くぁっ、ぁあ……。ま、た――？　な、なんで――」

途端に、目の前が暗くなる。いや、正確には城内の光が消えたわけではない。屋上のノスフィーさんの光が階下まで届いているおかげで、道を歩くに十分な明るさはあった。

けれど、なぜか暗い。先ほどまで見えていた階段や回廊が、夜のように何も見えなくなった気がした。そして、私は暗い世界に、この誰もいないはずのフーズヤーズ城上階へ続く道に他者の気配を感じ取った。

「――――っ!?」

ぺちゃりぺちゃりと。

人の歩く音が聞こえる。一瞬、リエルが戻ってきてくれたのかと思った。

しかし、鼓膜を汚すかのような呻《うめ》き声《ごえ》が、それを否定する。

いま歩いている階段、その下。

私の後方から、死者が生者を呪うような怨嗟《えんさ》の声が湧き上がってきた。

急に足が震え出して、階段を登る速度が落ちた。

まるで墓地にいるかのように世界は薄暗く、底冷えし、肌寒い。死者の声が私の足を、腿《もも》を、腰を、腕を、肩を、首を摑《つか》み、引き摺《ず》り下ろそうとしているかのようだった。

「えっ……？　ファ、ファフナー……!?　いや――」

その声の正体はファフナーの『血の人形』と私は推測したが、すぐに自分で否定する。

『血の人形』は喋《しゃべ》れない。しかし、いま間違いなく、私の耳に声は届いている。

ただ、『血の人形』でなくとも、ファフナーが原因なのは間違いない。

彼は墓地から死者を呼ぶことができる能力がある。そして、その能力のせいで四六時中、死者の声に苛《さいな》まれているのも知っている。

その現象が私にも起きている……？

この死者の魂の溜《た》まる城で、死者たちの声にならない声が反響している……？

「う、ぅううぅ……」

私は墓地で震えるほど柔な性格はしていない。

そのはずなのに、身体の震えが止まらなかった。暗さと相まって、階下から響く呻き声がよく聞こえてくるのだ。さらに声の意味さえも、よく分かってしまう。

この無駄のない暗いだけの世界が、くっきりと声の意味を強調する。

――これは、私のせいで死んでいった人たちの声だ。

ママと合わせれば、その数は千を超えている。今日だけで万に届く。

その殺された人たち全員が、私に向かって叫んでいる。

どうして、自分たちを殺したのだと、問い質《ただ》そうとしている。自分たちが死んだ意味と死んでいる理由を知るまで、決して私を逃がさないとも言っている。

「そ、それは……」

私が人を殺すのは、私が『一番』になる為《ため》だ。誰かを殺して、その価値を奪うのは、『人』の性質であり権利だ。それ以外に意味も理由もない。そう私は答えようとして、

「うう……」

言葉が出てこない。口にする前に、自分で分かってしまった。

そんな傲慢な答えを聞かされても、決して死者たちは納得などしない。

その『真実』が、この暗いところだからこそ、いまはっきりと分かる。

「うううぅぁああ、ぁああ……」

私は闇の中で、『頂上』を目指して、階段を登り続ける。

それが余りに辛《つら》い。いや、何かしらの苦しさを感じているわけではない。

身体が不調をきたしているわけでも、傷を負っているわけでもない。

なのに――

苦しくないけれど、苦しい。

痛くないけれど、痛い。

暗くないけれど、暗い。

怖くないけれど、怖い。
——恐怖が、私の足を竦《すく》ませる。
同時に、いままで一度も感じたことのない後悔も膨らんでいく。
なぜ、私はこんなにもたくさんの人を殺して来たのだろう？
なぜ、私は人を殺すことに何の罪悪感も覚えてこなかったのだろう？
なぜ、私はこんな暗い夜を一人で歩く羽目になっているのだろう？
分からない。
分からない。分からない。分からない。分からない。
意味も理由も価値も、何も分からない。
——分かりたくない。
「マ、ママ……」
涙が出そうになった私は、自然と名前を呼んでいた。
ママの名前を口にするだけで力が湧く——気がする。
世界が明るくなった——気がする。
まだ頑張れる——気がする。
これで大丈夫。そうだ。ついさっき、屋上で叫んだばかりだ。
何があっても、それだけは間違えないって誓った。
だから、私はママが好きだ。好きに決まっている。好きで助けてきたんだ。

負けるな。いつものことだ。底意地の悪い世界のやつが、私に「ママは嫌い」と言わせようとしているだけ。けれど、まだ私は一度も口にしたことなんてない。

ただの一度もないし、これからも決してない――！

「ママさえいれば、私は平気だよ……！」

そう思った瞬間だった。

暗い階段の先に、より暗い輪郭線が生まれた。

「――ひっ！」

私は喉が閉じるような悲鳴を漏らした。

それは『血の人形』のようだが、『血の人形』ではない。まるで亡霊のように実体のない輪郭。そして、その亡霊は一人だけではなかった。

熱湯の気泡が弾けていくかのように、次々と新たな輪郭が生まれる。

一瞬にして数え切れない亡霊が私を囲んだ。その全てが、これまで殺してきた人たちだと分かる。呻き声を聞けば、犠牲になった人たちだと分かる。

「ぅう、ぅうぅ……、ぁあああっ――!!」

私は吼《ほ》えることで恐怖を打ち払った。

震える足を動かして、逃げるように亡霊の中を駆け抜ける。

意外にも、その直進を止めるものは何もなかった。霧の中を走ったかのように、亡霊の輪郭の中は透き通り、抜けることができた。

しかし、その先に待っていたのは、亡霊以上の悪夢だった。

私は大聖都のフーズヤーズ城の階段を上がっている。

なのに、目の前には平原が広がっていた。

間違いなく、いま私は階段を足で踏んで、上へ向かって進んでいる。

なのに、暗い世界に映るのは、故郷であるシドア村。

私の意志とは関係なく、そこにあるカイクヲラの屋敷の周辺を走り、庭の端にある集合墓地まで入っていき、見覚えのある場所まで辿《たど》りついてしまう。

そこに待っているものを思い出して、私は身体が震える。

こ、ここは……。

ここは、あの侍女の母娘《おやこ》が、二人一緒に、眠って……。

「邪魔だぁああ!!」

私は全身に力を入れ直して、さらに速く駆け抜ける。

階段を上がっている感触はあるけれど、目に見えるのは墓地のみ。

私は墓を踏み荒らして、腐った死体の山を乗り越えて、前に進んでいる。

頭がおかしくなりそうだった。

「はぁっ、はぁっ、はぁっ――!」

早く終わってくれと思った。

それにしても、長い。階段が長過ぎる……!

さっき見たとき、屋上まで一階か二階かくらいだっただろう……!?

もう私は十階分は、すでに登っている！　なのに、なぜ辿りつかない!?

こんなにも全力で、こんなにも速く、こんなにも最短距離を走っているのに、なぜ『頂上』につかない!?　なぜ私はそこに辿りつけない!?

こんなに長いと、もたない……！　辿りつく前に私がもたない……!!

「だ、大丈夫だ……。私は強い、私は強い私は強い私は強い……。だってママの娘だママの娘だママの娘だ。このくらいで負けない負けない負けない、負けない、負けない……！」

自分で自分を激励する。しかし、口にすればするほど、頭の中に逆の声が反響する。

『も、もう駄目だ……。私は弱い、私は弱い私は弱い私は弱い……。だってママの娘じゃないママの娘じゃないママの娘じゃない。二度と勝てない勝てない勝てない、勝てない……！』

そう聞こえる。『星の理《ことわり》を盗むもの』となった『代償』が、私の心を弄んでは嘲笑《あざわら》う。

ママから貰《もら》った『ママの理想』という『表皮《かわ》』が、ずぶずぶと腐っては崩れて落ちていく気がした。

――ああ、暗い。暗い暗い暗い。

私の眼球が勝手に動いて、吹き抜けと窓を探し始めた。

どこか飛び降りれる場所はないかと、また本能が追い求める。

さっき飛び降りたときと同じだ。

辛すぎる。苦しすぎる。痛すぎる。暗すぎる。死にたくて堪《たま》らない。

その原因は分かっている。

身体に残ったノスフィーさんの魔力のせいで、くっきりと見える。

そのとき、またぺちゃりと。血の弾《はじ》ける音がした。

いつの間にか膝を突いていた私は、音のしたほうに顔を向ける。

「リエル……、様……？」

もう本物かどうかわからないが、傍らに『血の人形』が一体立っていた。

そして、その能面の顔を、私に向けている。

ゆっくりと私は周囲を見回して、『血の人形』以外のものにも目を向ける。

見覚えのある赤い部屋だった。中央に円卓があり、椅子の数は七。五十階にある『元老院』の部屋だ。どうやら、ここで私は腰を下ろして、ずっと止まり続けていたようだ。

その私を『血の人形』は見守っている。時折、彼は僅かに動き、屋上に続く階段に顔を向ける。私が進むのを待っている。そうとしか思えず、私は彼に答える。

「……無理、です。……もう動けません」

弱音を吐いた。演技でない言葉を口にしたのは、もう何年ぶりだろうか。

いや、生まれてから一度もなかったかもしれない。それを、いま光と星の魔力に追い立てられ、この『頂上』手前の部屋で、とうとう吐いてしまった。

だから、止まらない。もうここ以外に吐き出すところはないし、彼以外に吐き出す相手はいないと知っている。だから、ほんの少しだけ私は『素直』になってしまう。

「だって、分かるんです……。いまのこれはファフナーの力じゃなくて、私自身の問題。ここは暗くないし、明るい……。全ては、私の幻覚と幻聴……」

演技を一つ捨てて、いままで認めなかったものを認める。

ずっと私が感じていた暗さなんて、本当は存在していない。

亡霊や墓地も同じだ。もうファフナーは敗北して、誰とも戦ってなんかいない。だから、亡霊の声が聞こえるのに、彼は関係ない。

全ては単純に、ラグネ・カイクヲラという少女の精神疾患から来る――妄想。

「たぶん、まだ私の中には二つの【理】の力が残っています……。光と星、どちらも暴走して止められない。いま私がギリギリ理性を取り戻せているのは、『頂上』を目指している途中だから……」

なにせ、『一番』を目指すラグネ・カイクヲラは強い。

『ママの理想』とする最高の『人』――という『表皮《かわ》』だからだ。

その『表皮《かわ》』を纏《まと》っている間ならば、いかなる精神的干渉も受け付けないはずだった。

「でも『頂上』に行けば、『ママの理想』は終わります……。終われば、また耐えられなくなる。だって、『一番』になれば、もう私は生きている意味がなくなる。世界が暗くなって、辛くて痛くて苦しくなって……、死にたくなる……。ええ、もう私は詰んでいるんです。そして、それを打開する為の『魔法』の三節目なんて、絶対口にできない。だって、思い浮かべただけで、私は飛び降りてしまうから……！」

きっと私は『頂上』へ行くたびに、何か理由をつけては飛び降りる。

無意味とわかっていても、挑戦を繰り返す。

永遠に。何度でも。『反転』して。くるくると。壊れた人形は踊り続ける。

それが『星の理を盗むもの』。私の三節目《おわり》であると、分かってしまっている。

「あぁあ……。もう、私は……。どこにも……、行きたくない……。行きたくないんです、リエル様……」

足に力が入らないから、立ち上がれない。

立ち上がれないから、歩けない。

「ははは……。『星の理を盗むもの』になったことで、やっと認めることができました。私は弱い人間です……。いや、違いますね。人ですらありませんでした。私は鏡に映った虚像で、生きてすらない。誰かの『理想』とする幻。それがラグネ・カイクヲラ」

私は自嘲と共に受け入れる。

どうやら、これが『理を盗むもの』たちのどん底らしい。

とうとう私は、そこまで落ち切ってしまった。

あれだけ自分は大丈夫と言っていながら、結局は負けてる。本当に笑える。

――正直、他の『理を盗むもの』たちを、どこか馬鹿にしていた自分がいた。

ローウェン、ノスフィー、ティティー。

その程度の人生で心折れるなんて、心の弱い人たちだと思っていた。

どこか自信のあった自分がいた。私ならば『代償』を呑《の》みこみ、『理を盗むもの』の力を自分のものにできる。だって、私は強い。あのママの娘である私が、負けるはずがない。

私には『人』としての強さがあるから、世界にだって勝てる。そう思っていた。

だが、このザマだ。その自信は嘘《うそ》だった。いや、嘘どころの話じゃない。

ラグネ・カイクヲラは『夢』そのものなんて格好つけたところで、『真実』は一つ。

「――『私は幻を追いかける幻』――」

この『詠唱』が全て。

私は何の実体もない幻影。強いはずもない。靄《もや》だ。

靄が強い人っぽい『表皮《かわ》』を被《かぶ》って動いているだけ。強い弱い以前の問題だ。

「リエル様、あの日は申し訳ありませんでした……。こんな幻でなく、リエル様こそが生きるべきでした……」

私は懺悔《ざんげ》をしてしまう。

生涯、一度もお墓に祈ったことはない。

人は死んだら終わりだとママから聞いていたからだ。

祈りなど、何の意味もない。むしろ、謝罪は侮辱。命を背負うことこそが、強さ。

「あの日は、ごめんなさい……。助けられなくて、ごめんなさい……。その死を利用して、ごめんなさい……」

しかし、もう私は駄目だ。

「あのとき、死ぬべきだったのは私でした……」

止まらない。

「私なんて生きるべきじゃなかった……」

だって、もう止まる理由《生きる》がない。

「ずっと思ってました……。ずっとです……」

『ママの理想』も、『一番』も、『夢』も、『星の理を盗むもの』も、全て。

もう演技する意味《生きる》が、私にはないから——

「——そもそも、私は生まれるべきじゃなかった」

その言葉を口にしてしまった。とうとう。

俯《うつむ》けていた顔をあげて、天井を仰ぐ。

もう声は出ない。涙も出ない。ただただ、気持ちが悪い。

苦しくて、辛《つら》くて、痛くて、怖いだけ。

何もする気が起きない。

このまま何も食べず、餓死してしまいたい。もはや、呼吸すら面倒だ。

胸部を膨らませて、空気を吸って吐くだけのことが、気が遠くなるほど疲れる。

心臓を動かしているのも億劫《おっくう》だ。

生命活動を続行する気力が出ない。

もういい。全てがどうでもいい。何も考えたくない。だから、このまま私は――

ぺちゃりと。

また血を弾く音が聞こえた。『血の人形』だ。

そして、殺意の乗った魔力が迫ってくるのを、肌が感じる。

視界の端に真っ赤な刃が見えた。膝を突いていた無防備な私の命を狩り取ろうとする刃だ。これは、敵の不意討ち。

ただ、信頼していた相手からの奇襲――でなく、恩人の介錯。

ああ、助かる……。

リエル様、ありがとう……。

だというのに、私の呪われた『表皮《かわ》』は動く。

どこかの誰か《クズ》たちと一緒で、限界を超えていく。

長年の経験の賜物《たまもの》だった。

私は誰よりも暗殺に長《た》けていたからこそ、誰よりも暗殺に対抗する術《すべ》を知っていた。

膝を突いたくらいでは、私の磨き上げた『剣術』は阻害されない。むしろ、その体勢からの急襲・反撃こそが私の真骨頂。あえて隙を見せてから、相手の思慮外の反撃を行う。

だから、極自然だった。

一呼吸の間に全てが終わっていた。

私は死角から迫る血の刃を避けて、膝を突いたまま『魔力物質化』の剣を右手に生成していた。その切っ先が『血の人形』の心臓部を寸分の狂いもなく貫いていた。

「え……？　な、んで……？」

私が馬鹿みたいな疑問の声を漏らすと、貫かれた『血の人形』は後方によろめく。

慌てて私は『魔力物質化』を解除したが、もう遅い。

ワインの入ったグラスに穴が空いたかのように、『血の人形』は内部から血液を漏らしていく。人間と同じように血を失っていき、よろめいた果てに、部屋の壁へと背中を打ちつけた。

ずるりと、壁に血を付着させながら膝を曲げていく『血の人形』を見て、私は何が起こったのかを理解する。

わざわざ私を介錯《かいしゃく》しようとしてくれた恩人を、逆に殺してしまったのだ。

身体《からだ》が勝手に動いていた。

つまり、あいつと同じように、私は死にたいと口にしながら死ぬ気がなかったということ。いや、違う。私は私の為《ため》に死にたいと願っていた。カナミのときとは状況が違いすぎる。ならば、例の『反転』の力か？　死にたがっていたのが逆に、生きようとする力になってしまったのか？　いや、それならば、この最悪の気分がまず解消されるはずだ。それ以外の原因となると、『ママの理想』が邪魔したのか？

もう私は自分が靄であると認めたのに、どうして？

どうしてどうしてどうして？　もう何が何だか、訳が分からない。

私は一人で延々と考え続け、一人で答えを出そうとしていた。

しかし、それは違うと、また音がする。ぺちゃりと。

私の剣に貫かれ、形を失おうとしている『血の人形』が笑った気がした。

そして、顔の能面が蠢《うごめ》く。

その動きは短く、単純で、簡潔だったから、すぐに理解できた。

彼は私に言った。

『――強い』『やっぱり、ラグネの剣は凄《すご》い――』

その優しい声色が、私は頭の中に想起できた。昔、同じように褒めて貰《もら》ったことがある。

二人で大陸を旅して、騎士の修業をして回って、たまに模擬戦をして、そこで『魔力物質化』を初めて見せたときも、同じ言葉を聞いた。

「リエル様……」

こんなになっても、まだ同じことを言う彼に戦慄する。

殺されて血の化け物にされた彼が、『表皮《かわ》』と靄だけの殺人鬼だと自分で認めたラグネ・カイクヲラをまだ褒める。それは生の恐怖と同じくらいに耐えられないことだった。

「そ、そんなの……。当たり前ですよ……」

彼に強いと褒められることが、こんなにも苦しいとは思わなかった。私は私が褒められるに値しないことを伝えようとして、上手《うま》く見つからない言葉を搾り出す。

「あ、あれから、何年経《た》ったと思ってるんですか……!? 私、強くなりました！ リエル様を含めた色んな人を殺して、殺して殺して殺して！ こんなにも強くなりました！ 侍女だった頃と同じに考えないでください！ 昔のままのリエル様なんて、余裕ですよ!!」

しかし、それはラグネ・カイクヲラが強いからではなく、ただ時が過ぎたからだろう。

もしもの話だが、あれからずっとリエルも一緒に生きていれば、私と同じくらいに強くなっていたはずだ。そう言おうと思った私だったけれど、続く言葉は違った。私を見つめる『血の人形』を前に――

「ええ、私はリエル様よりも強い！ はっきり言って、世界で『一番』！ 私は強い!!」

なぜか、馬鹿みたいに自分の力を誇示していた。正気とは思えない言葉だった。

ただ、それを聞く『血の人形』は、頭部を動かして、頷《うなず》く。

強さの犠牲にしたリエルの前で、強くなったと自慢するなんて、傲慢すぎる。自己嫌悪で死にたくなる。苦しくて苦しくて堪《たま》らない。けれど、そうならなければならないと思った。体内にある光の魔力以上に、目の前のリエルの視線が私を駆り立てる。

そして、『血の人形』の能面が、また蠢く。

それを私は目で追いかけて、読み解く。

『――君は間違いなく、素晴らしい女性だよ。侍女の中でも一番優秀だって、俺は思ってる――』

過去に聞いた言葉が繰り返された。

「…………っ!!」

その瞬間、ずっと嫌いだった私の『表皮《かわ》』が、取り替えられたような気がした。

また幻覚かもしれないけれど、僅かに力が湧いた気がした。

その力を使って私は動き、立ち上がろうとする。

それを見ている『血の人形』も動き、血の刃を手離して、部屋の壁を指差す。

そこには光の粒子が舞っていた。

正確には、部屋に付着した血が光に変換されていた。

光の粒子は変換され続けて、部屋を一杯に満たしていく。ふわりふわりと動いて、屋上へ続く階段の中に吸い込まれていく。

その関連性から、ノスフィーさんの血であると私は推測する。

おそらく、屋上で何らかの大きな魔法を発動させたのだろう。それに合わせて、彼女の身体の一部である血が光になっているようだ。

「これ、全部……。ノスフィーさんの血……?」

部屋全体が光っている。その量に愕然《がくぜん》とする。

失血死を百回繰り返しても足りない血の量に、彼女の重傷具合が分かる。

どれだけの傷と苦痛を抱えて、この城を登ったのかも。はっきりと分かる。

きっと、いまの私以上に苦しかったはずだ。

身体だけでなく心も、ボロボロの限界だったはずだ。

ぺちゃりと。また血の音が弾《はじ》ける。

もはや胴体と右腕と頭部だけとなった『血の人形』が、深く頷いていた。

その意味が私には分かってしまう。

それでも、まだリエルは私を『一番』と信じている。同じ『理《ことわり》を盗むもの』であるノスフィーさんが五十階登り切ったのだから、私も登りきれるに決まっていると――殺されても、まだ信じている。

死にたいと愚図《ぐず》る私を追い立てる厳しい言葉だと私は思った。

けれど、逆だと分かっている。これは優しい言葉だ。私を助ける為の優し過ぎる言葉。

ファフナーが『血の人形』を呼び出したときの条件くらい、私でも推測できる。

いま、リエル・カイクヲラは私を助けてくれている。

死にながらも必死に、私を助けてくれている。

自分を殺した女の娘で、自分の価値と家名を奪い、その居場所に成り代わった相手であろう私を……！　彼は全力で助けようとしてくれている……！

だから、立ち上がった私は、『血の人形』に答える。

血反吐《ちへど》を飲み込みながら、演技を再開して、ずっと腹の底に抱えていたリエル・カイクヲラに伝えたいことを口にする。

「リエル様、分かりました……。私、フーズヤーズの『頂上』に行きます。たとえ、どんな最期だとしても、私は行きます。立ち止まらずに、私らしく終わります。だから、どうか見送ってください……」

あの彼が死んだ日、受け取れなかった『私らしい私』を、いま手にした。

ただ、それは本当に遅い。かつてリエルは一緒にフーズヤーズへ行こうと言ってくれたが、もう一緒には行けはしない。

リエルは、ここまでだ。

それでも、私は大聖都の『頂上』を目指すと、前向きに告げた。

ちゃんと胸も張った。

それを見た『血の人形』は、最後に大きく頷く。

納得し、満足し、安心していることが伝わってくる。そして、『未練』を失った『理を盗むもの』のように、彼は形を失う。血に還《かえ》っていく。

「さよなら、リエル様……」

最後の別れを告げた。血の跡に向かって一礼だけして、私は歩き出す。

『元老院』の部屋の奥にある扉を開き、石造りの階段を登っていく。

「はぁっ、はぁっ、はぁっ——！」

なんとか身体は動く。

その理由は分かっている。

先ほどの問答で、いまの私は『リエルの理想』となった。

新しい『表皮《かわ》』を手に入れて動いている状態だ。

いまの私は、彼の望みである『私らしい私』を叶《かな》える『夢』となった。

別れ際の台詞《せりふ》は演技。

それはリエルも分かっていたはずだ。

けれど、彼は納得し、満足し、安心して、逝った。

最後の階段を上がりながら、その意味を私は考える。

いまの私が、『私らしい私』……？

少なくとも、そうリエルは思っていた。それでは、この誰かの『表皮《かわ》』を被《かぶ》る私が、本当の私だということになる。なら、さっきまでの靄《もや》のような弱い自分は私じゃない？　いや、それはない。あれが私の本質だと、人生の『詠唱』が証明している。なら、どちらだ？　どちらかが正しくて、どちらかが間違っているはずだ。それが分からない。

——暗すぎて、何も分からない。

この真贋《しんがん》を確認するには明かりがいると思った。

暗がりに隠れた『真実』を照らす為の光が欲しい。

そう、光だ。

光さえあれば、分かる。

光。

光、光、光。光光光光光——

浮かぶのは、ノスフィーさんの優しげな顔。

もう私には『光の理を盗むもの』ノスフィーさんしかいない。

彼女ほど輝かしい命は、他に見たことがない。このクズみたいな私よりも、何倍もの値打ちのある光。リエルと同じで、私の演技を知りながらも助けようとしてくれた人。私に殺されてでも、手を伸ばしてくれた人。

いい人だ。大好きだ。会いたい。

この血塗《ちまみ》れの道を先んじた先輩の彼女に、もう一度微笑を見せて欲しい。

優しくて明るくて眩《まぶ》しくて美しくて愛《いと》しい彼女に、色んなことを教えて欲しい。

ノスフィーさん。ノスフィーさん、ノスフィーさん、ノスフィーさん。

ノスフィーさんノスフィーさんノスフィーさんノスフィーさんノスフィーさんノスフィーさんノスフィーさんノスフィーさんノスフィーさんノスフィーさん

ノスフィーさん――――！

光を見たい一心で、私は前に進んでいく。

名前を一度呼ぶごとに一段上がって、一歩一歩屋上に向かって歩く。

そして、名前を五十ほど呼んだあたりで、石造りの階段の先から強い光が差し込んできた。

夜のはずなのに、朝のように明るかった。

ノスフィーさんのおかげで、『頂上』は過去最高に輝いているのだろう。

この石のような眼球を眩《くら》ませてくれる。

「こ、この光……！　この明るさ……！　ノスフィーさん……！　ノスフィーさんノスフィーさん……！　ノスフィーさん……!?」

私は真っ白な屋上に出て、すぐに彼女の名前を呼んで、その姿を探した。

何の障害物もないところだ。

彼女のものと確信できる光で、空は満ちている。

しかし、すぐに私はノスフィーさんがいないことに気付いてしまう。

そして、その『代わり』にいたのは、光り輝く――ママ。

『頂上』には、ママが待っていた。

そのママが口を動かして、私の名前を呼ぶ。

「ラグネ……」

その姿を見ただけで身体《からだ》が震えた。

リエルのときと同じように、過去の声色が頭の中に反響する。

思い出そうともしていないのに、こびりついて離れない。

それは私を褒める声。

――『偉いわ』『よくやったわね』『流石《さすが》、私の娘ね』『ラグネはいい子ね』『一番になれるわ』『私の娘だものね』――

震えが止まらない。滝のような強迫観念に圧されて、身体が勝手に動き出す。

いますぐ『ママの理想』にならないと、ママに嫌われる。もっと演技をしないと、世界で『一番』にならないと、捨てられる。いや、『いないもの』にされる。

ママがその気になったら、いつでもラグネなんて娘は『なかったこと』にできる。

だから、私は『リエルの理想』を捨てて、『ママの理想』になろうとして――だが、それを『明るい光』が遮った。

「――ぁあ」

『明るい光』が、ずっと暗がりに隠されていた『真実』を私に教えてくれる。

いまあそこにいるママは、ママではない。

分かっていたことだ。ママは『頂上』で待ってなんかいない。

『一番』になれば会えるなんて約束は嘘《うそ》。

私が気持ちよく売られる為《ため》の言葉でしかなかった。

いま目の前にいるのは、ママじゃなくてカナミだ。

私と同じで、『表皮《かわ》』と鬣だけの最低《クソ》野郎。

他人の『理想』を再現するだけしか能のないクズ。

そいつが演技をしているだけ。私の『理想』のママとして立っているだけ。

ママの姿は嘘。優しそうに聞こえる声も嘘。

私の心が生む幻覚と幻聴だ……！

「あぁっ」

あれこそ、世界が私を殺す為に用意した駒だ。

盗んだ理を得た分の『代償』を払わせる取立人。あの『次元の理を盗むもの』の力を持った上で『不老不死』になったママを殺さないと、私は『理を盗むもの』として、またどん底に落とされ直すのだ。

ああ、分かりやすい。戦わないと、また私は逆戻り。

そして、間違いなく、目の前のママは、私の人生で『一番』の敵。

「ああ!!」

この敵は『不老不死』。つまり、もうノスフィーさんはいないと、私は認める。

ノスフィーさんは殺されて、その命の価値は奪われたのだ。

私を照らして欲しかった光は、目の前のやつが取り上げたのだ。

長く黒い艶やかな髪を靡《なび》かせ、異性ならば誰もが見惚《みと》れる顔で微笑《ほほえ》みかけ、髪の先から足の先まで輝きを放つ、悪意と魅力の塊のような人。

この人はいつも、優しい顔をして、都合のいい持論ばかり出して、胡散臭《うさんくさ》い言い回しで、私のものを盗《と》っていった。私の持つ価値のあるものは全て、自分のものにした。

それは何かおかしいと、常に私は感じていた。

そんなものが母娘《おやこ》の在り方というのは、絶対に変だった。

月に一度以外は他人の振りをするなんて、家族のやることじゃない。

ずっと、そう思っていた。それを私は、いま『勇気』を出して、やっと叫ぶ。

「ノスフィーさんを殺したなァ!?　いつもそうだ！　おまえはいつもいつも！　私の大好きな人ばかり！　大切なものばかり奪う!!　ずっとだ!!　あの屋敷の頃から！　いや、あの小屋にいたときから、ずっと!!　自分の子供から取り上げて！　その良心は痛まないのか!?　生きていて恥ずかしいと思わないのか!?　おまえはァアアアァアア――!!!」

肉が裂けるほど喉を震わせて、首筋に血管を浮かせて、胃液を出すつもりで叫ぶ。

ただ、意味はない。

この『頂上』に、それを聞くべきママはいないし、それを望んでいたノスフィーさんもいない。もう何もかもが遅い。いつもいつも私は遅い。

「ノスフィーさんこそ！　『一番』だった！　間違いなく、私たち三人の中で――いや、世界で『一番』値打ちのある命だった！　誰が見ても、ノスフィーさんが生き残るべきだった！　そのノスフィーさんの命を、よくも！　よくも奪ったァ!!」

「ああ、そうだ……。そうだな、ラグネ。おまえの言う通りだ。おまえは正しいやつだ。ずっと正しいことしか言ってない」

目の前のママ――いや、カナミは同意する。

『親和』した仲である以上に、同じく遅いもの同士。意見が一致するのは当然だった。

そして、続く言葉も、私の願いと同じ。

「――ラグネ、再戦だ」

何よりも先に、敵同士で戦うことを決めた。

互いの心の内を見通せる関係になったからこそ、とても話は早かった。

「おまえもノスフィーが欲しいのなら戦え。僕と戦って、僕から奪え」

カナミは屋上を歩き、二振りの剣が刺さっている場所まで歩いた。

そこにはノスフィーさんの両腕を貫いた『アレイス家の宝剣ローウェン』と『ヘルミナの心臓』が刺さっている。

その内の片方、ローウェンさんだけを抜いて、カナミは数歩引き下がる。

「どちらが本当の『一番』か……。いまから、ここで決めよう。だが、やり直しはなしだ。これまで僕たちは何度も戦ってきたけど、これが最後。もう次はないと、ノスフィーの魂に誓え」

あえて、私の為に一本残した。

そして、カナミは騎士のように礼を尽くして、私に剣先を向ける。

「我が名は相川《あいかわ》渦波《かなみ》。騎士ラグネ・カイクヲラにノスフィーを懸けての決闘を申し込む。おまえの大好きな命の奪い合いだ。――いざ、尋常に勝負しろ」

私が言いたかったことを先に、全て言われてしまった。

さらにカナミは、初めて出会ったときの私そっくりの台詞を吐いた。

そのせいか、いま目の前にいるのはママでもカナミでもなく、自分のような気がしてくる。かつてない戦意が溢《あふ》れ出し、『ヘルミナの心臓』に向かって歩く。

「ノスフィーさんは私のものだ！　『殺し合い』で私に勝てると思うな！　ノスフィーさ

んの『不老不死』は、おまえのようなクズにだけは渡さない……!!　ノスフィーさんの光だけが、もう私の光なんだ……!!」

　剣を抜くことで、決闘を受けたことを示した。

　そのとき、ただでさえ明るかった屋上が、さらに輝いた。

　今日一番の光が、まるで私の背中を押すように満ちた。

――光。

　光だ。明るい光。見覚えのある光。

――ノスフィーさんが私を見てる？

　私は天上の空を見上げて、彼女の姿を探した。

　もちろん、そこには誰もいない。あるのは光だけ。

　けれど、その光に向かって、私は叫ぶ。

「誓う!!　これで終わりでいい!!　ここが、こここそが、この戦いこそが、私の『一番』だ!!　いまから私の『夢』は、叶う!!」

　ノスフィーさんが聞きたかったであろう答えを、少し遅れて返答した。

　もちろん、これも意味はない。

　いまさら決意したところで、何もかも手遅れだ。

　それでも、私はいま、この光の中で決めた。

　私は、私の『一番』の敵を打ち倒したかったと決めた。

そこに理由なんてない。意味どころか、価値すらない。

だって、本当に攻め立てたい相手が、ここにはいない。

けれど、戦うと決めた。

目の前にいる『一番』の敵《クズ》を、殺したくて堪《たま》らないから、私は戦う。

そして、『夢《わたし》』を終わらせる。

この敵《クズ》はノスフィーさんを犠牲にして、その命の価値を奪った。

自分の子供を利用して、輝いて、強くなった気でいる最低野郎。

おまえだけは許せるものか……！　絶対に許せるものか!!

敵の名前はカナミ。妙齢の女性に見えるが、それはスキル『？・？・？』の効果で、私の『理想』となっているだけ。情に絆《ほだ》される卑怯《ひきょう》なスキルだが、いまノスフィーさんの光に晒《さら》されて、その真の姿が見える！

薄紫色の魔力を纏《まと》う黒髪黒目の男の『異邦人』。

あらゆる『理想』の仮面をつけて、育ちに育ち切った千年前の『始祖』。

いますぐ私は、カナミ用の戦術を組み立て直していく。

カナミ相手に手の内は使いつくしているが、ちゃんと残っているものはある。

リエルと一緒に磨いた『剣術』と『魔力物質化』が、まだ私にはある。

固めた魔力を変幻自在に変えられるのが、私の生まれもった才能だった。

魔力を剣にして、盾にして、矢にして、糸にして、真正面からおまえを斬ってやるぞ。

それが私本来の戦い方だ。

ママの教えなど、もう知ったことか。

――と思ったとき、ふわりと前髪が揺れたような気がした。

急に感覚が冴《さ》え渡って、心身が一つになるような錯覚。

周囲の光のおかげか、魔力の流れがよく見えるようになる。いや、魔力だけではない。物事の流れとでも言うようなものが、肌で感じられる。まるで、『地の理《ことわり》を盗むもの』ローウェンさんのように――

その私の変化に合わせて、前方のカナミは厳かに決闘の前口上を始める。

「ああ。よく来た、挑戦者ラグネ。……代役で悪いが、『試練』を始めさせて貰《もら》う」

違う。『試練』に挑戦するのは私だけど、私《おまえ》だ……！

私《おまえ》も本来の自分を認めるまで、この私が弾劾し続けてやる……!!

「――ここが、この世界の『頂上』こそが六十層。『光の理を盗むもの』ノスフィーの階層だ。急造でなく、確かにここが世界で『一番』高くて明るい場所。ラグネ、この白光の下で確かめるぞ。おまえの何もかも全てを晒せ……！　それが彼女の遺《のこ》した『第六十の試練』だ……!!」

そんなことは言わなくても、分かっている！

そんなことよりも、ノスフィーさん！　ノスフィーさんだ！

どうか、そこで私《カナミ》の本性を見ててください！　そして、後悔してください！

「ラグネ！　続きを始めるぞ！　僕たちの三節目を、いまここに確かめる!!」

「カナミ！　その三節目がおまえを殺す！　必ずおまえを殺してやる!!」

この戦いで私が証明します！

生き残るべきだったのはカナミでも私でもなく貴女《あなた》だったと!!

世界で『一番』だったのは、他の誰でもない貴女だったと!!

ノスフィーさん！　私はあなたが本当に好きでした!!

そう彼女に伝えたくて、私とカナミ。

二人は鏡を前にして、この『明るい光の世界』を同時に駆け出した。

◆◆◆◆◆

最後の決闘が始まった。

私とカナミ。どちらも小細工に特化した魔法使いでありながら、その手に剣を持って真正面に駆け出す。

疾走の最中、僅かに残る血の浅瀬を共に蹴り、宙に散らす。

本来ならば凄惨な光景だが、いまだけは違った。ノスフィーさんの残した光が、この戦

いから凄惨さを全て奪う。巨大なダイヤモンドの内部のような屋上で、血液は小粒のダイヤモンドのように散る。

距離は一瞬で潰れた。そして、お互いの剣先が届く瞬間、私は『ヘルミナの心臓』を振り上げて、その逆の手から『魔力物質化』で固めた刃を突き放つ。

『剣術』の突きと魔力の伸縮を合わせた神速の剣。

正道の『剣術』を殺す邪道の終着点だった。

「――魔法《ディメンション・決戦演算《グラディエイト》》!!」

だが、当たるはずもない。

カナミは魔法で剣筋を完全に見切り、頬の横で切っ先をかわす。

いま私は『星の理を盗むもの』となり、あらゆるステータスが化け物となっていて、木と神聖による魔法の身体強化も行っている。それでも、掠《かす》る気が全くしなかった。

なにせ、相手は『剣聖』フェンリル・アレイスを超える初代『剣聖』ローウェン・アレイスに勝った『剣術』使い。正道の終着点の先の先を行く男だ。かわすどころか、私の突きに合わせて、逆に必殺の横薙《よこな》ぎを放ってまでいる。

それを私は、腹部に用意していた『魔力物質化』の剣で弾《はじ》く。

曲線の刃を編むことで、魔力の鎖帷子《くさりかたびら》を私は用意できるのだ。先ほどの突きが邪道剣術の終着点ならば、こちらは魔力運用の終着点の一つ。

「この感触っ！　ラグネ、中に着込んでるのか!?」

間髪容《い》れずに、仕組みを見破られる。

敵の『次元の理を盗むもの』の特性だ。

おそらく、いまの突きと鎖帷子を二度使えば、私は負ける。

たとえ一つの技術の終着点だろうと、カナミにかかれば児戯も同然に貶《おとし》められる。

ふざけた強さだ。魔法とかスキルではなく、その特性だけで相手を圧倒する。

この上、こいつは『魔法相殺《カウンターマジック》』『空間歪曲《わいきょく》』『未来予知』を使う。

さらに言えば、いまこいつは『不老不死』まで得ている可能性がある。

強すぎる。だから、間違いなく、こいつは世界で『一番』強い敵。

この私の敵だ――!!

「はっ、はははっ！　相変わらず、胡散臭《うさんくさ》い強さっすね、お兄さぁん!!」

私は心を躍らせて、剣を振り直す。

なぜか嬉《うれ》しかった。笑いが零《こぼ》れた。口調も素だった。

いや、なぜかじゃないか……。ノスフィーさんのおかげだ。

結局、この『演技の演技』のつもりで始めた都会用の『演技《キャラ作り》』が、私の素。全ての始まりだったのだと、いまやっと気付く。

そして、私は『ヘルミナの心臓』を囮《おとり》に構えて、次は『剣術』で刃を隠すのではなく、風の魔法で刃を隠す。二重の囮を使って、カナミの隙を狙う。

ただ、当然のようにカナミは、死角から飛来させたはずの私の刃を弾いた。

『風の理を盗むもの』の風による透明化も、あっさりと見破られた。

だろうな。ならば、次だ――!

「勝つ!! 私はカナミのお兄さんに勝って、『一番』になるっす! そして、ノスフィーさんという世界最高の値打ちがついた命をお土産にっ、ママに会う! 大好きなママに会うのが、私の人生の全てなんだっ!!」

次は私の魔力の性質を使った隠匿術だ。

『ヘルミナの心臓』も『剣術』も風も囮にして、この『鏡』の性質の魔力で、私の刃を隠す。幸い、いまここは光で一杯だ。ここならば、光を反射、透過、回折させて透明化することは容易《たやす》い。

物質的にも魔力的にも『そこにいない』刃を使って、私は戦う。

前方には私の双剣が襲い掛かり、死角から二種の魔剣だ。

絶対に防御は不可能――のはずだが、これもカナミはかわしきる。

ああ、分かってた。ならば、次の次――!!

「私はおまえを殺して、ママに褒めて貰うっす! やっと着いたねって、偉いねって、言ってもらう為《ため》に! 死ねぇえ、カナミィイイ!!」

私は叫びつつ、手に持った剣を乱暴に振り下ろした。

それをカナミは真正面から受け止める。

鍔《つば》迫《ぜ》り合いとなり、私たちは目前で剣を押し合う形となる。

カナミの『剣術』と次元魔法があれば、そうそう鍔迫り合いなんて起こらない。

つまり、これはカナミの罠《わな》。

「ラグネ、本当にそう思ってるのか……？　僕に勝って、世界の『一番』になれば、その『頂上』に、おまえのママが待ってるって……。そんな『夢』みたいな話、本気で信じてるのか？」

目前で、最も聞きたくない言葉を投げられる。

カナミは私の心を折りに来た。

殺し合いにおいて重要なのは技術でなく、心。

身をもって知っているからこその選択だろう。

その私の核心を突く質問は、私の心を貫く。

正直、答えたくないし、考えたくないし、分かりたくない。

「は、ははは……。『一番』になったら、ママが『頂上』で待ってる……？」

それでも、私は前に出る。

リエルが私の背中を押してくれた。

ノスフィーさんが私を見てくれている。

だから、私は言える――！　ついに、言う――!!

「思ってる訳っ、あるかぁあああっ!!　知ってる癖に、いけしゃあしゃあとっ！　おまえのそういうところが、私は大嫌いなんすよぉ!!」

その汚い事実を自分の口からではなく、私の口から吐かせるところが最低だ。

優しそうで、実は自分本位の格好付けなところが、本当に腹が立つ。

「ああ、そうだ……！　僕と一緒に、『親和』で確かめたな。あれが僕たちの答えだ。僕たちとノスフィーは違う。僕たちはノスフィーのようにはなれない。信じもしないやつは、会えもしない……!!」

「ああ、そっすね！　言われなくても、分かってるっすよ！　死ね!!」

互いに認めた。

もう私たち二人は、とっくの昔に。

自らの人生に負けていると、受け入れる。

私の場合だと、母に捨てられて大聖都に行ったとき。

カナミの場合だと、父に捨てられて演者の道を諦めたとき。

私たちは、人生の敗北者となった。

そして、その負けの人生は終わることなく、今日このときまで続いている。

生きている限り、負けた人間の無様な姿はエピローグとして世界に晒される。

それが私たちの現状――！　だから、どうした――!!

「分かってる、けどっ！　それでも、私はママと会いたい！　大好きだから、会いたいと『夢』を見る！　それも駄目なんすか!?　『夢』を見ることさえも、否定するのか!?　私と同じおまえがっ!!」

敗北者は地を這《は》い、『夢』を見るしかなくなる。

ありもしない『夢』を見ている間だけは、負けていることに気付かないで済むからだ。

届かない目標さえあれば、なんだか生きている気がして楽なのだ。

——届く目標だと信じて、死ぬまで進み続けたノスフィーさんとは、真逆。

ノスフィーさんがいてくれたから、やっと分かった現実。

そんな現実を次から次へとカナミは、我が物のように突きつけてくる。

「その『夢』さえも、もう幻だと言っている……！　ラグネ！　そもそも、おまえは本当に母親が好きだったのか……!?」

「好き？　私はママが好き……？　は、ははは！　ははは……!!」

これも答えたくないし、考えたくないし、分かりたくない。

質問も答えも、両方暗がりに消えて欲しい。

闇の中に葬り去ってしまいたい。

でも、できない。目を背けても、目を閉じても——極論、いま自殺したとしても、ここにある『明るい光』が私を照らすだろう。ゆえに、もう『素直』になるしかない。

「そんな訳っ、あるかぁあああああっ!!　ママが好きだなんて、私が本気で言ってるとでも思ってたっすか!?　ねえっ、カナミのお兄さん！　あなたも視《み》たでしょう!?　あれを好きになれるっすか!?　あんな最低な人、おまえ以外他にいないっすよ!!」

心が照らされ、晒《さら》される。

リエルに背中を押されて、ノスフィーさんの光の照らす場所まで連れられて、目の前には鏡そのもののカナミが立っている。

カナミという鏡とラグネという鏡に挟まれて、ノスフィーさんの光が反射し合って、心の奥深くまで、『明るい光』は届いてしまう。もう何も隠せない。

「ママは最低な人だったっす！　甘い言葉で、何も知らない子供を騙《だま》して、利用して！　その子供から何もかも取り上げて！　美味《おい》しいところだけ、自分のものにして！　卑怯《ひきょう》で胡散臭くて鬼畜！　無責任なことばかり言って、期待だけさせて、人をゴミのように捨てる!!」

私はカナミに叫ぶ。

ママに聞けなかったことを、代わりに、彼に聞く。

「どうせ、全部嘘《うそ》の癖に！　最後は一人で消える癖に！　私を置いて、逃げる癖に！　どうして、私にあんなこと言ったんすか!?　カナミのお兄さんっ!!」

目の前のカナミの顔が歪《ゆが》む。

ママと顔も生き方も似ている彼には、その心当たりがあるのだろう。

そして、即答できないということは――つまり、そういうことだ。元々叶《かな》える気なんてなくて、深く考えてもいなくて、その場しのぎの適当な言葉ばかりだったのだ。

「好きになれる訳ない！　好きって信じたくても、どうしようもない！　もちろん、それを確かめることもできない！　だって、あなたが全てだから！　それを聞いたら、私の何もかもが終わる！　私は何の為に生まれて、何を理由に生きているのかわからなくなる！　だから、聞けるわけが、ないっ!!――ねえっ、カナミのお兄さん!!」

　一言聞けば終わり。その私の気持ちにも、カナミは心当たりがあるのだろう。カナミは限界まで歪ませた顔を、ゆっくりと縦に振った。分かっていたことだが、私たちは合わせ鏡。

　全ての質問と全ての答えが、二人共通。

　ここでは自虐が攻撃手段になる。私はカナミを、攻撃して攻撃して攻撃し続ける。

「私はママが好きじゃない！――でもっす！　それでも、私はママの願いを叶えるっす！　ママが望むのなら何だってするっす！　やっと『一番』になったねって、偉いねって、ママが褒めに帰ってきてくれる――訳がないって、分かってても！　それでも、私は目指し続ける！　死ぬまで!!」

「ラグネ……。どうして、好きでもない人の為に、そこまでするんだ……!?」

　搾り出すように、カナミは自分自身に聞く。

　吐き出すように、私は自分自身に答える。

「悪いっすか!?　好きでもないのに、必死になって！　好きでもないのに、人生を捧《ささ》げて！　好きでもないのに、ママに会いたがって!!　それのどこがおかしいんすか!?　その生き方のどこが悪いんすか!?　お兄さんの妹さんへの想《おも》いと一緒っすよ!?」

好きでもない人の為に頑張りたい。

『矛盾』している話だ。明らかに破綻している『夢』だ。

「ああ、一緒だな……。一緒だった！　だから、いま、ここで僕はおまえに聞いてるんだ!!」

その自己矛盾をカナミは認めた。

つまり、私も認めることになる。

ああ、おかしい。ずっと私《おまえ》はおかしかった。その何もかもがおかしかった。

「ラグネ！　おまえは僕を見て、おかしいと思わなかったか!?　胡散臭いって、気持ち悪いって、殺したいって、そう思っただろう!?」

「当たり前っす！　そう思ったから、こうなったんすよ！　一年前っ、おまえに出会って……ああ、私はおかしいんだなって気付いて！　だから、こうなった!!　全部、全部全部全部おまえのせいだァ!!」

「なんでも僕のせいにするな！　そもそも、おまえがおかしいのが悪いんだよ!!」

本当に同じだ。私とカナミ、共通しているところは一杯あり過ぎる。

そして、その中でも最たるものが一つ。

「わ、私がおかしいぃ……？　言ったな!!　ああっ、むかつく!!　やっぱり、カナミのお兄さんはむかつくっす!!」

「こっちの台詞《せりふ》だ、ラグネ！　殺した上に、さっきから言いたい放題言いやがって!!」

私《カナミ》は自分が嫌いだし、敵《ラグネ》も自分が嫌い。

鏡と鏡が向かい合い、延々と『明るい光』が反射する中で、それを私は再確認する。

「ああ、確信した！　カナミのお兄さんこそ、私の敵！　『一番』の敵っす！　おまえを殺さないと、どこにも私は辿《たど》りつけない!!」

この私《カナミ》を倒せば、それは大嫌いな自分も倒すに等しい。

ずっと誰と戦っているのか分からなかった私だけど、やっと明確な敵を見つけられたような気がして、楽しい。

「なんと言われようとも、私は『一番』を目指し続ける！　あの日交わしたママとの約束を、永遠に果たし続ける！　それが無価値だとしても！　この戦いが無意味だとしても――！」

ただ、楽しいと同時に虚《むな》しい。

色々とおかしいと分かっているし、自分が『矛盾』しているとも分かっているからだ。

それでも、私《ラグネ》は私《カナミ》と戦いたい。

「いいから、私と！　本気で戦えぇえええ!!　カナミ!!」

当然、そこに意味なんてあるはずない。

だって、それが私だから。この『矛盾している私』こそが、『私らしい私』だって、胸を張って言える唯一の私だから。

「ラグネ……!!」

その想いを一切の齟齬《そご》なくカナミは理解して、私の名前だけを口にした。

カナミは躊躇《ちゆうちよ》していた。私もだが、歪んだ顔に迷いが上乗せされ、さらに醜く情けない表情となっている。

ここまで、カナミが手加減していたのは間違いない。

膨大な魔力を生み出しても、その全てを魔法に転換しない。『アレイス家の宝剣ローウェン』を手に持てども、その能力の全てを発揮していない。

私と同じく、時折動く目線は私以外を見ていた。

ノスフィーさんの伝言が心に引っかかっているのだろう。

私を助けて欲しいと頼まれて、それを格好付けのカナミは断り切れていない。

どうにか、父親としてノスフィーさんの『話し合い』を受け継ごうとしている。

「カナミのお兄さん……！」

仕方なく、こちらも名前だけ口にして、そんなことは余計なお世話だと伝える。

『話し合い』は無意味だ。たとえ、間違っていると上から説教されても、私は分かった上でやっていると笑うだけ。

カナミが私を慰めたり励ましたりしようものなら、斬り刻んで殺し返すだけ。

カナミの格好つけに付き合う気はない。

格好いい人でありたいだけなら、私以外の女性にやれ。

もう私の人生に解決策なんてない。

カナミの人生が詰んでいるのと一緒だ。

分かっているはずだ。結局、最後に残るは一つだけ。私たち『理《ことわり》を盗むもの』の戦いは、本音でぶつかり合うしか他に終わらせる方法はない。

それをカナミは三度頷《うなず》き、認める。

「ああ、あぁっ、ああ!!　本気で殺してやる！　その代わり、おまえもだ！　ラグネ・カイクヲラも本気を出せ!!」

言葉はなかったが、私たちは理解し合った。約束も交わしていく。

今日までの戦い――『初めての迷宮二十層での決闘』『フーズヤーズ大聖堂前での追撃戦』『一ノ月連合国総合騎士団種舞踏会、北エリア第三試合』『フーズヤーズ城四十五階での暗殺』――計四戦。全て、私は本気じゃなかった。多くの縛りがあった。全身全霊とは程遠かった。

しかし、この『明るい光の世界』なら、そういう柵《しがらみ》は一切ない。

全てを決める五戦目は、何も考えずに戦っていい。

「もちろん！　こっちも本気で殺《や》るっす！　もう私は飛び降りない！　ここから絶対に動かない！　ここそが私の目指した場所！　もう次はないのだから、出し惜しみの必要もないっ!!　見せるっすよ、私の本当の『魔力物質化』の完成形をぉお!!」

私もカナミも、同時に心が楽になった。

正直、『話し合い』という手段は正しすぎて、まどろっこしい。

私たちは呼吸を合わせて、剣を弾《はじ》き合い、距離を取って大技の準備に取り掛かる。

「ああ、僕も見せてやる！　次元魔法の完成形を！――次元魔法《次元決戦演算《ディメンション・グラディエイト》『先譚《リアライズ》』》!!」

カナミは例の『未来予知』を使う気だ。

その長ったらしい大層な名前から、その魔法の本気具合がわかる。

負けるか。私の魔法だって、『未来予知』なんかに負けていない――！

「『夢の星々よ、廻《まわ》れ』！『煌《きら》めきのままに、現実を斬り刻め』！――星魔法《幻、転ずる大天体《セレスティアル・ガーデン》》!!」

私も完成形に、長い名前を付けた。

さらに、心のままの即興の詩も添えて、腹の底から叫んだ。

その甲斐《かい》あってか――いや、実際はノスフィーさんの光のおかげだろうけど――とにかく、私は過去最高の力を発揮していく。まず、あれだけ制御に苦労した星の魔力を完璧に支配し、星属性の結界を屋上に展開した。

星魔法だが、下へ引っ張る《グラビティ》系ではない。

起点となるのは私。

この屋上にある全てが、私に引き寄せられる。満ちる光、流れる血液、漂う空気、迸《ほとばし》る魔力、カナミの身体《からだ》、全てが私に向かって動き始める。

そして、それは下準備に過ぎない。この魔法の本命は『魔力物質化』の刃。

数は千、視界を埋め尽くすように浮かべる。

屋上に逃げ場所はない状態で、私は全ての刃を操る。

『ヘルミナの心臓』を指揮棒のように振って、指示する。

私を中心に廻れ。

廻れ、廻れ廻れ廻れ。

廻って廻って廻って、あの男を斬れ——!!

殺意だけの雑な指示。

しかし、それが最適解と知っている。相手はスキル『感応』と『未来予知』を使っている以上、狙いをつけたほうが逆に命中率が下がるのだ。

「この程度で!!　僕に当たると思うな!!」

カナミは叫び、前に駆け出した。

周回する千の剣群の合間を縫って、得意の接近戦に持ち込もうとしてくる。

分かっていたことだが、避けられる可能性が一%でもある限り、その未来をカナミは簡単に引き寄せる。剣が千あっても、合間が一つさえあれば、それはカナミにとって絶対回避できる簡単な攻撃に貶《おとし》められる。

だからこそ、私は合間のない攻撃を行う。

剣群の合間を縫って前進し続けていたカナミの膝が、突如切断される。

「ええっ、もちろん!　避けられるって思ってるっすよぉ!?　本命は刃と刃を繋《つな》ぐ、線!

誰が魔力を剣にしかできないって言ったっすかぁ!? ははは! 私はローウェンさんみたいな正統派じゃないっすから、糸の暗殺も訓練済みっす!!」

廻る刃たちは鋭い糸を繋ぎ、張り巡らせる為《ため》の道具に過ぎない。

これで、この刃の天体球儀《ソーン》に入ったやつは、どう足掻《あが》いても避けきれず、死ぬ。

その運命のまま、片足を失ったカナミが倒れ、斬り刻まれる——という光景はやってこなかった。

「なっ!?」

切断したはずの膝が、陽炎《かげろう》のように揺らめいていた。

倒れるはずのカナミが、何ともないように動いている。

「ああ、知ってるに決まってる。一度『親和』したんだ。言ったも同然だ」

次元魔法で糸をずらされたのかと思ったが、その膝から放つ光が否定していた。

「これは光? 魔法で透かせた? なら、換わる間もなく、認識の外から斬るっ!!」

すぐに私は自らの魔力の性質である『鏡』を利用して、刃も線も全て消す。

これで、見えないどころか、認識できない千の剣と千の糸だ。

それに囲まれたカナミは、腹部と利き腕を糸で切断される。

さらに、いくつかの刃を避けきれず、両の肺にも穴を空ける。

——しかし、カナミの前進は止まらない。

その全ての傷が光り輝き、数瞬の後には元通りとなっていた。

「くっ！　まだっす！　まだまだぁあああああ――!!」

ついに私は星魔法《幻、転ずる大天体《セレスティアル・ガーデン》》の真価を発動させる。

それは重力結界の基点の変化。

引き寄せる力の出所を、私でなく敵の身体に変更する。

その結果、周回を重ねて高速化していた刃が全て、一斉にカナミへ向かって襲い掛かる。

当然だが、避けようがない。

千の刃によってグロテスクなオブジェと化すカナミを、私は油断なく見る。

もしカナミが身体を透化させたとしたら、そのときは『反転』で元に戻してやる。完全に星の魔力を支配下に置いたいまならば、『反転』の力を最大限に発揮できる。

――理論上、これでカナミは詰み。

この魔法には、死以外に道はない。そう確信して、私はカナミが身体の透化をしていないのを入念に確認してから、『魔力物質化』の刃を解除して、元の魔力に戻していく。

そして、千の刃が消えて、その中から身体の八割ほどを光に換えて揺らめくカナミが現れる。

刃は刺さっている。間違いなく、何度も死んでいる。

だが、死にながらも、前に歩いていた。

「こ、これでも……!?　これっ、光になってるとか、次元をずらしてるとかじゃなくて、避けてないんすね！　カナミのお兄さん！」

「……もう僕は死なない。僕の死はノスフィーが『代わり』に背負っている。ノスフィー
の許可なく、僕が死ぬことは決してない」

私の声を聞き、カナミは悔しそうに答えた。

不本意な力なのだろう。しかし、望まぬ力でも、力は力。

――これで完全に、カナミから死角はなくなった。

死が『代わり』になる以上、唯一の弱点だった不意討ちの即死でも殺せない。

そして、常時発動している様子のノスフィーさんの回復魔法も厄介過ぎる。

少しずつ削ろうとしても、一瞬でダメージが元通りになっていく。

もうカナミは通常の手段では、死にようがない。

それを理解したとき、私は乾いていない笑い声が出てくる。

半信半疑だったものが目の前にある。綺麗《きれい》過ぎて、歓喜が喉から湧き出る。

「は、ははは……。ははは‼ これが『元老院』共の目指した『不老不死』っすね！ いやあ、笑えるっす！ はははは！ こんなの反則っす！ けど、丁度いい！ これなら、いつまでも私は挑戦し続けられる‼」

そう叫びつつ、心の中でノスフィーさんに「ありがとう」と感謝を叫んだ。

すぐに『魔力物質化』の刃を増やして、次の一手に取り掛かっていく。

どれだけ戦っても、カナミは死なない。何をしても、この戦いは終わらない。

それは私の待望でもあった。ただ、一つだけ難点があるとすれば、死なないという敵は

戦っても意味がないということだろうか。

しかし、意味がないなんて長い人生だとよくあること。

私の人生だと、十割方は意味がなかった。

だから、いつも通りだと私は笑って戦える。

「ははは！　ああ、もうっ！　明るい明るい明るい!!　どこもかしこも、しっろいなああああああ!!」

私は「明るい」と口にする度、「ノスフィーさん」と心の中で叫んでいる。

ああ、ノスフィーさん。

ノスフィーさん、ノスフィーさん、ノスフィーさん！

ノスフィーさんのおかげで、こんなにも世界が明るい。

だから、意味がない程度、もう怖くなんてない！

「ノスフィーさん、綺麗っす……!!」

流石《さすが》は『光の理を盗むもの』。明るさにおいて、比類するものはなしと確信させる『頂上』の明るさだった。ただでさえ、世界一の『宝空』と思っていた空が、限界を超えて光り輝いて見える。

光の魔力が詰まった泡が無数に浮かぶ。弾けた泡の中からは、太陽ほどの光源が撒《ま》き散らされる。それは血の浅瀬や流れる雲に反射して、光の綾《あや》模様を描く。どこを見ても、光の粒子がちりばめられて、ノスフィーさんの存在を傍《そば》に感じられる。

その光の『頂上』に、いま、私の魔力も足されていく。

その魔力の属性は『星』。性質は『鏡』。

ノスフィーさんの魔力と違って、形状は泡というよりも板。

平たい結晶のような魔力が、泡と一緒に舞い散っていく。

ここの光という光を受けて、色という色を反射して、彼女に染まっていく。

その星の魔力は私の指示なく、私の望む役目を果たしていく。

それは光の反射と屈折と迂回《うかい》による光の捕縛。ノスフィーさんの光が『頂上』から出て行かないように、私の魔力は面となって光の逃げ道を塞ぐ。

鏡の百面体《ボール》によるドームだった。

一瞬にして、解放感に溢《あふ》れていた『頂上』は、私のせいで密封されてしまった。

ただ、限界を超えた限界だと思われた『頂上』が、さらに光度を増す。

そこで私とカナミは戦う。

カナミは『アレイス家の宝剣ローウェン』で剣閃《けんせん》を煌めかせて、私は無数の『魔力物質化』の刃で剣閃を煌めかせる。カナミは次元と光と地の魔法を放っては散らして、私は星と木と風と闇の魔法を放っては散らす。

その魔力の粒子たちが、数え切れない多色の星々に見え始めた。

鏡の魔力が反射させては映すせいで、一つ魔法を放てば千の魔法に分裂して見える。

つまり、太陽のような光が一個発生したら、それは千個に増える。ふと地平線に目をやれば、そこには千の地平線が千の方向に伸びている。雲も同じく、東西南北どころか千の方角に流れていく。それは万華鏡の中で戦っているようで――一つ、懐かしい記憶が蘇《よみがえ》る。

それは一年前、迷宮連合国のヴァルフウラで行われた『舞闘大会』。

わくわくしながら、決勝戦を観客席で見ていたときの記憶。

あのローウェンさんの最期を思い出す。

彼も、このくらい明るくて綺麗な場所で戦っていた。

いまの私みたいな剣戟《けんげき》をしていた。

あのときの彼の顔は忘れられない。

楽しそうで嬉《うれ》しそうで満足そうで、格好良かった横顔。

間違いなく、あの人にとって『舞闘大会』決勝戦は、『頂上』だった。

そこで『一番』価値のあるものを見つけて、生まれてきた意味を知った。ローウェンさんは自分の戦う理由に辿《たど》りついたが――

私は逆だ。

私は全ての『理《ことわり》を盗むもの』たちの逆を、行く。

全く同じことをしているのに、生まれてきた意味を失っていく。

報われていたと思っていたものが、報われなくなっていく。

私もローウェンさんと同じ顔をしているのに、その胸中の感情は別もの。

虚《むな》しい。

カナミとの戦いは楽しく、ノスフィーさんの光は綺麗だけれど、とても虚しい。

世界一の激戦で、世界一の絶景なのは間違いない。だが、私にとって意味はないのだから、虚しいに決まっている。

自然と笑顔の奥底から、吐き気が込み上げてくる。

こんなにも気持ちのいい空の下、私は最悪な気分のままに胃の中身を吐く。

次第に、心と身体が死んでいく。

ただ、私は『星の理を盗むもの』として『半死体《ハーフモンスター》』となることはなかった。

当たり前だ。私には『魔人化』する為に必要な中身がない。

私は最後まで『表皮《かわ》』一つだけで、前に進む。

「ははは！　う、ぅう、ごほっごほっ、うぇえっ！　うぅ、ぅうああああ、ぁあっはははははははっ――!!」

吐きながらも、私の笑いは決して止まらない。

だって、これが私の人生の答えだから、仕方ない。もう笑うしかない。これが私の三節目であると、私はノスフィーさんに教えて貰《もら》った。ここで笑っていないと、私もノスフィーさんも、生きてきた甲斐《かい》がない！

「ええ、知ってたっす！　これが私の『頂上』！　この永遠に『一番』になれない場所が、私の『頂上』だった！　ずっと、こんな無意味で無価値な場所を目指してた！　迷って、必死になって、苦しんで……！　ははは、本当に馬鹿みたい!!」

いまならば、私の本当の『魔法』の三節目を口にできる気がした。

というか、その力以外に『不老不死』に匹敵するものがない。

ただ、カナミと一瞬を争う剣戟の中で、それを口にする隙がない。

どうにかして距離を取って、また魔法構築の準備に入らないといけない。

そう私が思った瞬間、カナミは剣戟を中断して、距離を取った。

「ラグネ!!　どうしたっ!?　僕を殺すんだろ!?　まだ僕は全然やれるぞ!!」

「は、はァア!?　おまえぇ!!　そっちはノスフィーさんの力で耐えてるだけの癖に！　この卑怯者《ひきょうもの》が!!」

私に気を遣っての言葉での挑発だとは分かっていたが、いまの私では利用するどころか受け流すことすらできなかった。

そして、それは向こうも同じで、予期せぬ形で口論となる。

「卑怯じゃない！　いまノスフィーは僕で、僕がノスフィーとなった！　僕たちは二人で一人なんだ!!」

「ああっ、その胡散臭《うさんくさ》い台詞《せりふ》！　それって結局、自分の娘を食いものにしたってだけっすよねえ!?　そういうのが恥知らずだって、私は言ってるっす!!」

「う、うるさい！　おまえだって、アイドとかティティーの魔石使ってるだろ!!」

「力を貸してくれるんだから、いいじゃないっすか！　私はみなさんに好かれてるみたいだから……、これは善意でちょっと魔力を融通して貰ってるだけっす！」

「騙《だま》してるだけだろうが！　そういうのを詐欺っていうんだよ！　この悪女が！」

それでも、十分に距離は空いた。あとは、やっと届いた『詠唱』を口にするだけ。

「私が悪女ぉ!?　カナミのお兄さんめ、自分のことは棚にあげて……！　そういうとこが大嫌いっす！」

「僕のほうが嫌いだ！　こっちはおまえに一度殺されてるんだ!!」

「殺されたくらいで、うだうだと！　男らしくない！　あれは自業自得っす！　私がやらなくても、どーせ別の誰かがやってたっす!!」

予想外にも、その挑発のし合いが自虐となって、『代償』となっていく。

これから始まる『詠唱』に、色を添えていく。

「「『その演技くさいところが嫌いだった』！　『誰からも好かれたい八方美人が嫌いだった』!!」」

新たな『詠唱』が足されていく中、互いに真《ま》っ直《す》ぐな表情だった。

これもまた『矛盾』しているが、嫌いと言いながら、そこに嫌悪感は全くない。

「「『この一歩踏み出す勇気のなさが嫌いだった』！　『自分の失敗を認めない往生際の悪さが嫌いだった』！」」

目の前にいる私《カナミ》のおかげで、それに気付けた。

だから、糾弾と嫌悪の中には、逆の感謝と好意も含まれている。

その果てに、カナミは私に促す。

「使え、ラグネ！　いまこそ、おまえの本当の『魔法』を!!」

ああ、言われずとも！　いま使う!!

「――『私は幻を追いかける幻』――」

剣を持たない空の手を胸に置いて、目を伏せて呟《つぶや》く。

それは私を表す一文。対して、カナミは――

「――『いま、私は旗を捨てる』――」

ノスフィーさんを表す一文で応えた。

ローウェンさんのときと同じだ。それがカナミの魔力の性質ならば可能であると、同じ性質の私が誰よりもよく知っている。

来る。いま、ノスフィーさんの本当の『魔法』と私の本当の『魔法』がぶつかる。

その人生の価値を比べ合う。

彼女と約束していた通り、命を天秤《てんびん》で量るときが来た。

「――『世界《あなた》に存在さえもできない』――」

「――『世界《あなた》の祝福は要らない』――」

過去最高の光を浴びて、いま私も輝く。

もう私に暗いなんて概念はなくなった。

代わりにあるのは、浮遊感。

伏せた目が捉えたのは、どこまでも続く深い湖。

足元の床が輝き過ぎて、まるで透き通っているかのようだった。

まるで澱《よど》みのない大海原に立っているような感覚。

そして、その本来ならば何も映っていないはずの湖面に、私の姿が輝いて映っていた。

まるで、ノスフィーさんの光を受けて輝く――『月』のように。

私の人生最期の輝きの為《ため》に、ノスフィーさんが手伝ってくれていると確信できる光景だった。いま彼女の光が、私の血肉に染み込み、魔力を融通し、中にある『術式』に働きかけ、魔法を手助けしてくれている。だから、続きの三節目が、こんなにも軽い！

「――『私は湖面に浮かぶ掬《すく》えぬ月』――！」

私は幻の月。

鏡面に映る夢。

「――魔法《逆さ湖月の夢呪い《インヴァーテッド・ラグネクオリア》》!!」

私は戦場全てに反射光を放つ。

その光の力は単純。

『反転』の極致。

反射光を浴びた全ての事象を、例外なく『反転』する。

ただ、いまここで狙うのは、当然一つだけ。

敵の『不老不死』。その生という概念を死に、『反転』させることだけを私は狙う。

続いて、その光に星の魔力も追従する。

それは必ず殺す即死の力を持つ。
私の人殺しばかりだった人生の答えのように、その究極の即死魔法は絶対不可避。
なぜならば、その効果範囲は私の魔力が届く限り、全てだ。
発動している鏡自身である私さえも例外ではない。
その『矛盾』した他殺と自殺の同居している心中魔法に対して、カナミは——
「ノスフィー、僕に力を貸してくれ！——『私が私の生まれを祝うと決めた』！」
娘の名前を呼んで、受け継いだ力を発揮する。
「——魔法《代わり亡き光》《ノーライフ・ノスフィー》!!」
溢れ出す光の魔力。
それは必ず生かす不死の力を持つ。
彼女の人助けばかりだった人生の答えのように、その究極の蘇生《そせい》魔法も私と同じ。
不可避の不死の光を、無差別に戦場全てに放つ。
——結果、私たち二人は《逆さ湖月の夢呪い》《インヴァーテッド・ラグネクオリア》の効果で死に続けて、《代わり亡き光》《ノーライフ・ノスフィー》の効果で生き続けることになる。
相殺ではなく、共鳴していた。
その混ざり、『矛盾』した魔法効果を受けて、カナミは剣を片手に前に進む。
私も同じだ。このままだと埒《らち》が明かない。
二つの魔法が『矛盾』する中、剣を片手に前に進む。

決着を前に、私たちは名前を呼び合う。

「カナミィ――!!」

「ラグネェ――!!」

どちらがどちらを呼んでいるのかわからない叫びの中、剣戟は始まる。

もう私に別の魔法を構築する余裕はない。

ゆえに『魔力物質化』で剣は増やせず、『ヘルミナの心臓』だけで戦うしかない。

水晶の剣と血染めの剣。『頂上』で青と赤の燐光《りんこう》が交差する。かつての決勝戦を思い出させる様相が再開されたが、この戦いも、また逆。

その剣戟はローウェンさんのときと違って、拮抗《きっこう》はしない。

『剣術』に差があって、魔力の余裕にも差がある。

なにせ、私は《逆さ湖月の夢呪い《インヴァーテッド・ラグネクオリア》》で手一杯だが、カナミは《代わり亡き光《ノーライフ・ノスフィー》》をノスフィーさんに任せきり。

当然のように、私は一つの突きを避け切れず、左の肺に穴を空けてしまう。

続いて、『ヘルミナの心臓』を持つ腕が、肩口から斬られた。

それでも負けまいと私は前に進もうとするが、今度は右の肺に穴が空く。

明らかな心臓狙いだ。おそらく、次も心臓。それを読み切って、次の突きは伸びきる前にカナミの手首を摑《つか》んで止める。

しかし、残った左手でカナミの右手首を摑めば、カナミの左手だけ自由となる。

その紫の魔力をまとった腕が伸ばされ、私の心臓を握られる。

直撃だった。

私は心臓だけでなく、魂も握られ、全身が硬直する。

掴んだ手が緩んでしまい、その隙を突いて残った左腕も切断されてしまう。

両腕を失った私は、後ろに倒れこむしかなかった。

もう魔力も体力も空っぽ。

ノスフィーさんの魔法のおかげで生きているが、もう何もかもが限界だった。

私はフーズヤーズの屋上で、その湖面のような床に寝転び、なくなった両腕の先を見つめる。ついこの間死んだカナミと似た状態だった。だから、もう――

「は、ははは……。もう流石《さすが》に、これだと……。挑戦できないっすね……」

そう口にするしかなかった。

私の転倒を追いかけて馬乗りとなった経験者も、私の心臓を握ったまま同意する。

「ああ、どうしようもない。……終わりだ、ラグネ」

「終わりかぁ……」

認める。

私は全てを認める。

ああ、本当に虚《むな》しい。結局、私は――

「ははは」

あんなに頑張ったのに……。たくさんの人を殺して集めたのに……。

その価値を私自身が否定して、無くしてしまった……。

当然、これから私が死んでいく価値は零……。

「はははは」

他の『理《ことわり》を盗むもの』たちには存在したであろう「終わりの先に待つもの」が私にはない。ただ、生まれた意味がないと確定しただけ。私は『いないもの』のまま。

――私らしい終わり方だ。

けれど、人の『表皮《かわ》』を被《かぶ》った靄《もや》なりに、やれることはやれたと思う。

私は私らしく、自分の決めた終わりに自分の意志で辿《たど》りついた。

だから、これでいい……。

これで、いいんだ……。

「ははは、はははははは――」

いいわけがない……。

いいけれど、いいわけがないんだ……。

その『矛盾』した答えだけが、私の中に残る。

それが『明るい光の世界』に照らされた私の本心。

自分で自分をくるくると『反転』させ続けた結果。

ラグネ・カイクヲラという『夢』の終わりだった。

「はははは、はははははは――」

『反転』のし過ぎで、『夢』の次は『矛盾』そのものとなった私。

意味はないけれど笑い続けるしかなかった。

◆◆◆◆◆

そのラグネの全てが、僕にも伝わった。

『矛盾』。

それが僕とラグネに中にある靄の正体。とうとう終わった。

《ディスタンスミュート》の直撃は、生死を無視して対象を消滅させられる。

これで『星の理を盗むもの』ラグネ・カイクヲラは終わりだが、僕は眼下にいる両腕を失った彼女を油断なく『注視』し続ける。

【ステ■スター】
na■nk：月■ラグーン■理を■リア
HP――/――　MP■■9/3■9　cl■前：守■人

文字化けが起きている。かつてパリンクロンにも同じ現象が起きていたけれど、あのときのように修正される気配は全くない。

『変換結果《ステータス》』表示がラグネに追いついていないのだと、僕だからこそ分かった。

それはつまり、彼女が『始祖』カナミの力を超えた存在であるということでもある。

さらに言えば、随時『表示』の修正を行う世界の認識すらも超えた存在になったということでもある。

いま、ラグネは自分を虚像だと思っているだろう。『人』として立派な『星の理を盗むもの』になろうとしたけれど、結局『人』にも『星の理に盗むもの』にもなれなかったと自虐している。

だが、それは違う。彼女は『人』でありながら、『理を盗むもの』にも自力で至った初めての存在だと僕は思う。

存在が『矛盾』しているからこそ、『表示』ができず、世界からの『代償』要求も人一倍強いだけで。

――ラグネ・カイクヲラは本物だ。

ただ、その本物は輝く湖の上で大の字になって――正確には、人の字になって寝転び、深い溜《た》め息《いき》をつく。それと小声で「ノスフィーさん、ありがとうございます……」と呟いていた。いつでも死ねる準備はできているのだろう。

魂を失っての消滅すらも受け入れている表情で、遺言を口にしていく。

「じゃあ、カナミのお兄さん……。私の分まで頑張ってくださいっすね……。私とノスフィーさんの命、両方を背負って……」

「ああ、分かってる」

勝ち残った一人が、他の二人の命を背負う義務がある。

それを否定する気はなかった。

ラグネの遺言は受け取った。あとは差し込んだ左腕を引き抜けば、それで終わり。

だが、僕は腕を動かすことを躊躇《ためら》っていた。

戦っている間、ずっと頭の中にあったのはノスフィーの伝言。

僕だけがラグネを救えるという言葉。

その僕の心の揺らぎを、対面するラグネは全て理解していた。

そして、なぜか残された時間を使って、他愛もない雑談を始める。

「……いやあ、ははは。それにしても、本当に縁があったすよね。迷宮の中での決闘に、『舞闘大会』で一緒に劇を鑑賞……。一緒の船に乗せてもらって、仲間に入れて貰《もら》って……。最後には大聖都でデートもして、殺し合って……。案外、楽しかったっすよ？」

先ほどまでの殺し合いの空気は消えて、数日前までの気楽なラグネに戻っていた。

その人懐っこさのまま、ラグネは僕に告白する。

「カナミのお兄さんのこと、大嫌いっすけど大好きっす……」

『矛盾』している言葉だ。

だが、そこに相殺し合うような齟齬《そご》は、なぜか全く感じない。

「この霧のような中身はお兄さんを嫌って、この演技の『表皮《かわ》』はお兄さんを好いた……。どちらも私で、どちらも本当っす……。ただ、それだけの話……」

僕とラグネは自分の『矛盾』を解決する気が全くなさそうだった。

ラグネの仲だから確信できるが……いま彼女は、全てを認めている。

意味のない自分も含めて、全てだ。だから、僕は本物だと感じている。

「ははは。ほんっと、私らって適当で、胡散臭《うさんくさ》いっすよねー。でも、こんな胡散臭い私を、リエル様は褒めてくれたんすよ。リエル様、分かるっすよね？　彼がそれでいいって私を見送ってくれたっす。だから、もう……」

気を遣われていると思った。

けれど、その演技は必要ないと首を振る。

「もういい、ラグネ。そんなに僕の心配はしないでいい……。こっちも、おまえのおかげで、よく分かってるから……」

「んー？　ははは。いやあ、すんごい嘘《うそ》臭いっすねー。私、あの妹さんにお兄さんが勝てる光景が全っ然想像できないっすもん」

これから先に待つ戦いの結末をラグネは予想して、口にする。

それを否定する為《ため》に、僕は自らの成長と変化を主張していく。

「それでも、大丈夫だ。おまえに殺されたおかげで、色々と気付けたし。『理を盗むもの』たちからも、必要なことは全部教わってる。特にパリンクロンのやつからは、自分は自分であることを何度も確認させられたからな。いまの僕なら、いけるさ。……約束する」

「へえー。……さっすが、パリンクロンさん。なに抜け駆けしてんだって思ってたっすけど、ちゃんとやることやってたんすねー。いい予習っすよ、それは」

渾身《こんしん》の約束をラグネはスルーして、かつての同僚の名前をあげた。

僕の信用度が窺《うかが》える反応に少し悲しくなるが、それも当然かと納得して話を続ける。

「ああ、予習か……。やっぱり、あいつのあのときの言葉は全部、予習だったんだろうな……」

「そっすね。あの人、遠い未来の布石を打つのだけは得意っすからねー」

このまま、適当な雑談で延々と話せそうだ。

だが、それはラグネが許さない。

「……早く行ったほうがいいっすよ、お兄さん。もうかなり私に足止めされたっすからね。下、明らかに普通じゃなくなってるっす……。早く、ファフナーさんを助けに行って欲しいっす……」

ラグネは目線を、自らの懐にある『経典』に向けた。

餞別《せんべつ》だから持って行けと言っているようだ。

ただ、その態度が逆に、僕の足を引き止める。先ほどからラグネは僕への助言ばかりだ。

最期の時間を全て使って、少しでも僕の助けになろうとしている。

「――だって、お兄さん、ちゃんと約束守ってくれたっすから」

その僕の気持ちをラグネは読んで、僕に聞かれるよりも先に答えた。

そして、その一言を最後に、僕から目を逸《そ》らしてしまう。

彼女の言う約束とやらを思い出すのに、僕は時間がかかった。

確か、ラグネに殺された日の前夜。ラグネを救うと、僕は約束した。

ノスフィーのついでだったが、確かに約束した。

しかし、僕は約束を果たせていない。

ラグネに光を与えたのは僕じゃないし、彼女の生まれた意味はないまま。

はっきり言って、あの前夜からラグネは何も変わっていない。

全く救われてなんかいない。

現に僕から目を逸らしたラグネは、とても悔しそうに空を見ている。

全く瞬《まばた》きをせず、涙を一筋だけ流している。

「『一番』なんてどこにもないって、ずっと分かってたっす……。けど、あるって言われたから、それを信じたかった……。ママを信じたかった……」

信じたかったけれど、信じられなかったラグネ。

結局、『一番』の敵も倒せず、何も手に入れられなかったラグネ。

咄嗟《とっさ》に僕は、ノスフィーに言えなかったものをラグネに投げてしまう。

「でも、ラグネ。僕にとって、おまえは間違いなく『一番』の敵だった。……なにせ、一度殺された。おまえは最悪の敵だ」

それはノスフィーにかけた言葉とも伸ばした手とも、完全に逆だった。

「もうおまえとは二度と戦いたくないし、二度と会いたくもない。だから、いまから止《とど》めを刺す」

それを聞き、ラグネは僕の言葉を繰り返す。

「私こそが、カナミのお兄さんの『一番』の敵。だから、殺す……っすか」

「ああ……」

「ははは」

すぐさま、ラグネは嘲笑し、首を振った。

僕は少しでもラグネの人生に意味を持たせようとしたが、笑って否定されてしまった。

そして、そんなものは私たちにないとでも言うように、ラグネは首を振り続ける。

――そう。私たち、なのだ。

いつか僕も、このラグネと同じように首を振って、全てを認めないといけないときが来る。それを覚悟しろと、彼女は忠告するように、嘲笑し続ける。そして、ラグネは首を振り終わったあと、眩《まぶ》しそうに目を細めて、何もない宙に向かって語りだす。

もう僕を視界には入れてなかった。いや、もしかしたら、失血で視界が消えているのかもしれない。死の間際、急に世界は暗くなるのは、身をもって知っている。下手をすれば耳も、もうラグネは聞こえていない。

「――……うん。……信じて、なかったよ。ママは私が嫌いだって、分かってた。私に死んで欲しかったことも、ちゃんと知ってた。だって、ママってろくでなしだからね。娘が好きだなんて言葉、本当に胡散臭かったもん。信じられるわけないよ……」

語る先は、例の母親。

そこに向かって、ラグネは一人で答えを出していく。

「でも、そんなママが私は好きだった。大嫌いだったけど、大好きだったんだ……」

この『頂上』に来るまでに、ラグネは『代償』で色々な大切なものを『反転』させてきただろう。いまも尚《なお》『反転』し続けているものもあるはずだ。先ほどの崩壊寸前の『ステータス』を見れば、一目瞭然だ。間違いなく、死よりも恐ろしい状態にラグネは陥っている。しかし、その『代償』に負けない力強い声だった。

「何も信じられなかった私だけど、その自分の気持ちだけは信じたい。これだけは演技じゃないよ。ママの娘だからママが好きなんじゃなくて、私は私だったからママが好き。

――『大嫌い《だいすき》』」

その『だいすき』の意味が、僕だから読み取れる。

ラグネは、やっと。ママを心の底から嫌いと認めた最期《いま》だからこそ、やっと。

ママが好きだと、心の底から口にできた。

いまの『だいすき』ならば、どう『反転』させられようとも、永遠に不変だ。

「私は愛も命も要らない。生きてなんて言葉も望まない。……ただ、そこにママがいて欲しかっただけ」

同時にラグネは、自分にママがいなかったことを認める。

結局、そのママとラグネ・カイクヲラの間に血の繋《つな》がりがあるかどうかを、ラグネは死ぬまで言及できなかった。

一番の原因は、その繋がりを彼女が全く信じなかったこと。

僕たちは自ら、ないも同然にしてしまったのが悪い。

それでも、ラグネは「ママが『大嫌い《だいすき》』」と。

空に向かって答えていく。

「いつも世界は眩しくて、暗くて……。どこを歩いているのかも分からなかったけど……。ママの言葉のおかげで、真《ま》っ直《す》ぐ歩けた気がするから……。そんな気は、するから……――」

それでいいはずはないけれど、それでいいと言って、ラグネは瞼《まぶた》を閉じていく。

「ああ……、私は『一番』に、なれなかっ――、けど……、ここは世界で『一番』、たか――て……、明るい――とこ――……」

それを最後に、ラグネは失血死した。

《ディスタンスミュート》の繋がりから絶命を確認した僕は、別れの言葉を告げず、その魔石を抜き取る。かつての『理《ことわり》を盗むもの』たちと同じように、その身体《からだ》は魔力の粒子となって消えていく。

跡に残ったのは彼女の衣服と『ヘルミナの心臓』。

そして、『経典』と『理を盗むもの』たちのペンダント。

僕はラグネの魔石と『経典』を『持ち物』に入れたあと、魔石のペンダントを首にかけて、ラグネの作った即席のベルトを使って、『アレイス家の宝剣』と『ヘルミナの心臓』を佩《は》く。彼女の全てを奪って、立ち上がる。

「ノスフィー……。ラグネ……」

家族を二人、失ったことを噛《か》み締める。

それと同時に、『頂上』が終わりを迎えていく。

まずラグネの遺《のこ》した鏡の魔力が、全て砕けて散った。

これで光を閉じ込める壁はなくなった。続いて一際輝く光が炸裂《さくれつ》して、屋上の全魔力が外の世界に逃げ出していく。鏡の『魔力の雪《ティアーレイ》』が降り注ぐ中で、屋上はライトのスイッチを切ったように暗く――はならなかった。

丁度、丸みを帯びた地平線から、橙黄色《とうこうしょく》の日が昇ろうとしていた。

朝陽《あさひ》だ。鏡の『魔力の雪《ティアーレイ》』に朝陽が反射して、音を奏でるような多様な煌《きら》めきが視界一杯に広がっていく。

長い戦いの末、いま大聖都は夜を越えて、二度目の朝を迎えようとしていた。

――その意味を僕は、予《あらかじ》め『未来視』で知っている。

鏡の『魔力の雪《ティアーレイ》』のおかげで、より一層と輝かしい朝となった中、僕は油断なく、臨戦態勢に入っていく。

いつでも剣を抜けるのは当然のこと。『次元魔法』の発動準備も怠らない。『理を盗むもの』との戦いは終わっていないという前提で、思考を全速で奔《はし》らせていく。

その途中、鏡の『魔力の雪《ティアーレイ》』は全て床に落ち切った。

そして、次に別の雪が屋上に降り始める。

それは白くて冷たくて、触れれば溶ける雪。

魔力ではなく物質的な自然現象。

大気中の水が冷気で結晶化した雪が、ぱらぱらと落ちる。

「本物の雪……？　こっちだと、初めてだ。あっち以来かな……」

魔法以外だと、『異世界』では初めて見る。

その雪の一粒を手の平で拾って、体温で溶けていく様を眺めた。

懐かしい記憶が呼び起こされる。それは『元の世界』での生活。

両親を失った僕たち兄妹《きょうだい》は、あの父と母の高級マンションから引っ越しをした。

あの白い部屋から抜け出した先は、雪の降る町だった。

ずっと暮らしていた温暖な都心と違って、年中寒かったのをよく覚えている。

ちょっと外に出て歩くだけで、手の先から体の芯まで凍える。

だから、いつも僕たちは手を繋いで歩いていた。

二人一緒ならば、この雪の降る町も寒くないと信じていた。

――僕にとって雪は、妹である相川《あいかわ》陽滝《ひたき》の象徴だ。

手の平で溶けた雪を握り締めて、僕は妹への気持ちを見直していく。

陽滝は大切な家族。一番大切で、家族として深く愛していて、自分の命よりも大事。

妹を助けることは義務で、幸せにすることは使命。

だから、かつては迷宮の『一番』奥である『最深部』を目指した。

『最深部』に辿《たど》りつけば、きっと妹と会えると信じていた。

『元の世界』に戻って、また一緒に暮らせる。

昔のように、二人で、仲睦《むつ》まじく――

「ははは……。そんなわけないよな、ラグネ……」

乾いた笑いが零《こぼ》れる。

すぐに僕は、『妹の理想』という『表皮《かわ》』を捨てて、その内側にある靄《もや》を確認していく。

ラグネという先駆者のおかげで、その工程はスムーズだった。なにより、一度死んで、生まれ直したことで、色々と直ったものがある。

僕もラグネと同じだ。

それは昨日の夜の『親和』で、はっきりしている。ラグネは少し勘違いしていたが、あれは彼女を助ける為《ため》だけでなく、完全に僕自身の為だった。

その『親和』での見直しの結果、分かったことは――まず、ラグネが『星の理を盗むもの』でないように、僕も『次元の理を盗むもの』ではないこと。魔力が鏡という性質を利用した演技で、世界を騙《だま》しているだけだ。

当然、ラグネ・カイクヲラが『夢』そのものならば、相川渦波《かなみ》も『夢』そのもの。

僕の場合、その『夢』は――

――『僕は相川渦波。だから、妹を絶対に守る』。

これだ。この信念が、幻。

ラグネを通じて、僕の知らない妹の一面は見た。

底冷えするかのような目と魔力で、近寄るラグネを追い払った。

これから僕は、自らの中にある『矛盾』も一つ一つ確認しないといけない。

僕は強く握り締めた拳を開き、前を向く。

この屋上から降りて、目的の人物と会いに行く。

その前に、先んじて彼女は現れる。

階下では『理を盗むもの』による激戦があったはずなのに、その人物は傷一つなく優雅に階段を上がってきた。

――一人だけ。

フーズヤーズ城の戦いが終わったあと、『頂上』に辿りついたのは一人だけだった。

その姿を、その顔を、その瞳を、僕は見間違えない。

装いは変わらず、『異世界』で新調したもの。

僕と全く同じ質の黒髪を腰まで伸ばして、それを雪風に掠《さら》わせて歩く。瞳も同じく深い黒。肌は対照的に病的なまでに透明な白。目尻と口元は垂れ下がり、その柔和で人当たりのいい性格が窺《うかが》える。佇《たたず》まいと仕草の静かさから、大和撫子《なでしこ》という言葉が最初に浮かぶ。そんな女の子。

僕の妹、相川陽滝が現れた。

「――はぁ。少し肌寒いです」

陽滝は真っ白な息を吐き、両手を擦《こす》り合わせて暖を取る。

もう何年ぶりになるかわからない再会だというのに、陽滝は一日の目覚めが過ぎたかのような軽い反応を見せていく。

「あ。兄さん、おはようございます」

陽滝は微笑《ほほえ》んで、朗らかな挨拶を僕に投げた。

そこには皮肉や他意は一切含まれていないと、兄である僕は確信できる。

いつも通り。僕の知っている陽滝だ。だから、僕もいつも通りに答えていく。

「ああ、おはよう。陽滝」

挨拶を交わし合った。

瞬間、その僕たちの話を聞いていたかのように、朝陽が完全に顔を出す。

陽滝の背後から朝焼けが照りつけてくる。

その光に目を焼かれたけれど、僕は目を逸《そ》らさずに話に集中する。

「けど……、その、なんて言えばいいか……」

「まあ。確かに、話すことが多すぎて困りますよねぇ」

まだ考えが纏《まと》まっていないところで再会したせいか、どうしても歯切れが悪くなる。直前までの激闘も影響しているだろう。落差で、頭の歯車《ギア》が一つ壊れているような感覚があった。

だが、僕はラグネたちとの戦いを思い出して、冷静に一言答えを出す。

「いや、焦ることもないか……。ゆっくり、話をしよう。まずは『話し合い』。そこから始めるのが僕らしい……」

「……はぁ。話、ですか。確かに、それは兄さんらしいかもですね。その無駄に勿体振《もったいぶ》った感じも含めて」

今度は皮肉や他意が含まれていると、すぐ分かった。

妹の相変わらずの毒気に懐かしさを覚えながら、僕は言い返す。

「格好付けで悪かったな。でも、これが僕なんだよ」

「ええ、そうです。それこそが兄さんです」

同じことを言っているが、同じ意味ではない。

僕は所詮演技用の『表皮《かわ》』だと思っていて、陽滝は『あるべき兄の姿』だと思っている。

その齟齬《そご》を、いまから擂《す》り合わせて、壊したい。

「約束通り、隠し事はなしでいこう」

「ええ、約束しましたからね。戦いが終わったら、隠し事なしで話をしましょうって。嘘《うそ》つきな兄さんと違って、ちゃんと私は正直に話しますよ。なぜ、いま私が目を覚まして、ここにいるのかも含めて」

「僕だって嘘はつかない。もう千年前の――いや、あの頃の僕じゃないんだ」

もし、あの頃と同じならば、消えていった『理を盗むもの』たちに合わせる顔がない。

みんなから教わった数々の教訓を、無駄にはできない。

僕は胸のペンダントを握り締めて、ここにいる全員に誓う。

「だから、もうここで終わらせよう。陽滝」

その姿を見た陽滝は――

「――はぁ」

恍惚《こうこつ》の表情を浮かべる。

その意味が歓喜だと、僕には分かる。

陽滝は僕の成長を誰よりも喜んでいる。

いま、やっと陽滝は待ちに待ったものを手に入れたのだろう。

陽滝は恍惚のままに僕を見続けては、褒め称《たた》えていく。

「兄さん、魔力が……なによりも、心が強くなりましたね。やっと『対等』にお話できます。たとえ私が本気で話したとしても、もう兄さんは逃げない。壊れない。死なない」

物騒な言葉が最後につけられていたが、それが冗談でないと肌で感じる。全てを理解した上で、僕は何があっても逃げないし壊れないし死なないことを陽滝に約束する。

「ああ、そうだ」

その僕を見て、さらに陽滝は頬を紅潮させて喜ぶ。

そして、ちらりと目を後方の階段に向けたあと、感嘆の声を形にしていく。

「嗚呼《ああ》！　そして、いま！　階下も含めて、兄さんの抱えていた『呪い』が全て終わりました！　兄さんは弱さを捨てて、真の強さを手に入れた！　全て、『未来予知』の通りに！　嗚呼、嗚呼、嗚呼、嗚呼ぁあっ――――！」

階下の『彼女』も、終わってしまったのか。

分かっていたことだが、その瞬間に僕は立ち会えない。

それにしても、こんなに大騒ぎする陽滝は珍しい。思い返して心当たりがあるとすれば、それは両親がいなくなって僕と病院で和解したときくらいだろうか。

あのときに負けないくらいの笑顔を、いま僕に見せてくれている。

「はぁ。今度こそ、私と『親和』できますね」

熱のこもった白い吐息と共に。

にこりと、好意だけしかない笑みを向けられた。

それが僕たちの合図となる。

「では、二人だけの家族会議を始めましょう。兄さん」

「ああ、始めよう。陽滝」

長い物語が最後を迎える合図だった。

とある『異邦人』の兄妹が『異世界』に迷い込み、そこで紡いだ人生。

その意味と理由の答え合わせがされる。
本当は知りたくない。分かりたくない。認めたくない。
死ぬまで知りたくなかった『真実』だった。
けれど、もう僕は暗がりに逃げ込むことはできない。
この胸の中にある『明るい光』に導かれて、前に進む。
いま看取《みと》った鏡《ラグネ・カイクヲラ》に映った自分に誓って、僕らしく。
たとえ、最期に待っているものが、あいつと同じものでも『勇気』を出して、歩く。
フーズヤーズ城の屋上。
雪の降る中、兄妹は二人きり。
夜明けの陽を浴びながら、近づき合う。
思えば長いようで短かった。
迷宮に召喚されてから、数ヶ月。
意識のなかった時間も含めると、さらに千と一年。
やっと兄妹の別れは終わり、再会が果たされる。
——ああ。いま、始《終わる》まる。
二つの言葉を同時に思っていく。
——本当の流離譚《まぼろしものがたり》が一つ、ここから始《終わる》まる。
『矛盾』しているけれど矛盾なく、それを確かに僕は感じた。

あとがき

『大聖都決着編！』の十六巻！　今回もコミカライズ同時発売ですので、どうかよろしくお願いします！

相川渦波《あいかわかなみ》の物語が、また一つ前に進みました。ここからさらに『千年前』『兄妹』『元の世界』の情報がバンバン出てくるので……、言ってしまうと「ついに全ての解答が始まる」です。それは物語の裏側どころか、世界の仕組みまで含みます。なので、いつものWeb作品ならではの予告は「全ての伏線回収をする最終章へ突入！」といった感じになりますね。

十六巻は十五巻に引き続き、私の贔屓《ひいき》気味なキャラクター・ラグネが大活躍。まるで彼女こそがメインかのような流れでしたが、やはり物語の中心と言えるのはノスフィー。ノスフィーこそがメインということで、今回の表紙に抜擢《ばってき》！　ちなみに表紙を二度飾っているのは、メインヒロインと主人公を除けば彼女のみです。Webで人気が高いというのもありますが、本当に特別なキャラクターだと思っています。

ということで、今回も素敵なイラストを描いてくださった鵜飼《うかい》先生に感謝しつつ……、それを一緒に見て、読んで貰《もら》った皆様にもたくさんの感謝を。それではー！

コミカライズ連載中！
――【運命】に、抗え。
『異世界迷宮の最深部を目指そう』
漫画／左藤圭右　原作／割内タリサ　キャラクター原案／鵜飼沙樹
COMIC GARDO
コミカライズ最新情報はコミックガルドをCHECK!!→

OVERLAP

異世界迷宮の最深部を目指そう 16

発　　行　2021年8月25日　初版第一刷発行

著　　者　割内タリサ

発 行 者　永田勝治

発 行 所　株式会社オーバーラップ
〒141-0031　東京都品川区西五反田 8-1-5

校正・DTP　株式会社鷗来堂

印刷・製本　大日本印刷株式会社

Printed in Japan　ISBN 978-4-86554-979-9 C0193

作品のご感想、ファンレターをお待ちしています

あて先：〒141-0031　東京都品川区西五反田 8-1-5 五反田光和ビル4階　オーバーラップ文庫編集部
「割内タリサ」先生係／「鵜飼沙樹」先生係

PC、スマホからWEBアンケートに答えてゲット！

★この書籍で使用しているイラストの『無料壁紙』
★さらに図書カード（1000円分）を毎月10名に抽選でプレゼント！

▶https://over-lap.co.jp/865549799
二次元バーコードまたはURLより本書へのアンケートにご協力ください。
オーバーラップ文庫公式HPのトップページからもアクセスいただけます。
※スマートフォンと PC からのアクセスにのみ対応しております。
※サイトへのアクセスや登録時に発生する通信費等はご負担ください。
※中学生以下の方は保護者の方の了承を得てから回答してください。

オーバーラップ文庫公式 HP▶https://over-lap.co.jp/lnv/

オーバーラップ文庫
カーストクラッシャー月村《つきむら》くん
「カースト」に反旗を翻した、
超絶リア充による青春ラブコメ！
カーストトップに君臨する超絶リア充・月村響。にもかかわらず彼は、時に理不尽な問題を引き起こすカーストを心底嫌っていた。そしてある時、カーストゆえに起こったとある問題を解決するため、クラスのオタク女子をプロデュースすることになり……？
著 高野小鹿 イラスト magako
シリーズ好評発売中!!

オーバーラップ文庫
八城《やしろ》くんのおひとり様講座《こうざ》
Yashiro-kun no Ohitori sama Kouza
ぼっちとリア充が紡ぐ青春ラブコメの最先端！
「私に、一人の過ごし方を教えてほしいの!」ぼっちを極めた俺にそう頼んできたのは、リア充グループの人気者・花見沢華音だった。周りの友人に合わせてリア充でいることに疲れたという華音に、俺は“ぼっち術”を教えることになるのだが——!?
著 どぜう丸 イラスト 日下コウ
好評発売中!!

第9回 オーバーラップ文庫大賞
原稿募集中!
イラスト：KeG
紡げ、魔法のような物語!
【賞金】
大賞…300万円
(3巻刊行確約+コミカライズ確約)
金賞……100万円
(3巻刊行確約)
銀賞………30万円
(2巻刊行確約)
佳作………10万円
【締め切り】
第1ターン 2021年6月末日
第2ターン 2021年12月末日
各ターンの締め切り後4ヶ月以内に佳作を発表。通期で佳作に選出された作品の中から、「大賞」、「金賞」、「銀賞」を選出します。
投稿はオンラインで! 結果も評価シートもサイトをチェック!
https://over-lap.co.jp/bunko/award/
〈オーバーラップ文庫大賞オンライン〉
※最新情報および応募詳細については上記サイトをご覧ください。
※紙での応募受付は行っておりません。